Kirstin Warnke

Sei nicht so

Kirstin Warnke

SEI NICHT SO

Roman

PIPER

Mehr über unsere Autorinnen, Autoren und Bücher:
www.piper.de/literatur

Bildnachweis S. 288: Foto © Kirstin Warnke,
das Motiv stammt aus »All My Friends Are Dead«
von Avery Monsen und Jory John, Chronicle Books 2010

Unser Versprechen für mehr Nachhaltigkeit
Klimaneutrales Produkt
FSC®-zertifiziertes Papier
Hergestellt in Deutschland

FSC
www.fsc.org
MIX
Papier | Fördert gute Waldnutzung
FSC® C014496

ISBN 978-3-492-07257-1

Satz: Satz für Satz, Wangen im Allgäu
Gesetzt aus der Sabon Next LT Pro
Druck und Bindung: GGP Media GmbH, Pößneck
Printed in Germany

Meiner Familie

»Alles frei erfunden!«

Walter Kempowski

eins

WARTERAUM

»Life is a comedy for those who think, and a tragedy for those who feel.«

Ich entdecke das Zitat, als ich im Warteraum einer Produktionsfirma für Comedyformate in einem schwarzen Ledersessel vor einer wichtigen Tür sitze. Goldgerahmt hängt es da, in Schnörkelschrift, und ich starre schockiert auf das, was den Besuchern geboten wird. Ich recke den Kopf, kneife die Augen zusammen, lehne mich vor, stehe sogar auf und gehe die paar Schritte zur Wand – wie kann man sich nur so vertun, denke ich. Und merke, wie sich mein Gesicht zu einer Grimasse verzerrt, als drehte mir jemand Schrauben in die Schläfen.

Seit Vaters Tod trete ich als Komikerin auf, was in meinem Umfeld dazu führt, dass Leute alles, was ich sage, als Witz deuten und lachen. Weniger ein echtes Lachen, mehr eine Höflichkeitsgeste, oder weil sie etwas nicht verstanden zu haben meinen und sich nicht blamieren wollen. »Hallo, da bin ich«, sage ich. Sie lachen. »War gar nicht lustig gemeint«, sage ich. Sie lachen. »Das auch nicht«, sage ich. Sie lachen. Sie können es nur nett meinen, schließlich wissen sie: Ich lebe davon. Oder ist es Spott? Oder dieses weitverbreitete Angstlachen? Was ich auch sage, es führt zum selben Ergebnis, und wohin ich auch komme, weisen mich selbst Fremde darauf hin, was sie alles lustig finden in der Welt (kleckern, ein umfallendes Glas, ein Tampon, der aus einer Tasche kullert), Taxifahrer, Busfahrer und Kneipenwirte erzählen mir ihre Lieblingswitze (»Ein Deutscher, ein Engländer und ein Amerikaner …«) eine Friseuse präsentierte mir mit Mund und Händen ihre liebsten Knall-, Pups-, und Quietschgeräusche, Leute in Warteschlangen berichten mir vom Unterhaltungstalent ihrer Haustiere, Betrunkene torkeln mir nachts auf Gehwegen entgegen und beschreiben mir ihre Kneipenkumpels, gefolgt von dem Rat, »da unbedingt was draus zu machen«, und langjährige Freunde zeigen mir Videos anderer Witzeerzählerinnen, deren Witze sie viel witziger finden als meine.

Wenngleich ich eine große Freundin von lustigen Gängen, Geräuschen und Tieren bin, haben meine Freunde und ich schon lange nicht mehr denselben Humor, was ich mir nur dadurch erklären kann, dass wir uns vor zu verschiedenen Dingen fürchten. Doch verstärkt dies nur mein Lebensgefühl, das schon immer geprägt ist von einer *Entfernung*, die mir das Gefühl gibt, nicht wirklich Teil dieser Welt zu sein, und die Entfernung hat die Länge, sagen wir, einer Person. Humor würde die Brücke bauen, das hatte ich lange Zeit angenommen und mich schwer verausgabt an diesem Bau, doch nun stehe ich obendrauf – und winke in nur noch fernere Fernen.

Wie ruhig es ist. Schallisoliert, teppichgedämpft. Und draußen wächst der Schnee. Aprilschnee. Dabei: Hinter der Tür muss es lärmen wie sonst nur was. Das sind diese Doppeltüren, da lässt sich nie einschätzen, was dahinter los ist. Muss mein Gesicht noch in Form bringen, kämpfe noch immer mit der Übelkeit – der Flug. Bahnreise wär' mir lieber, hatte ich gesagt, aber die aufgeweckte Aufnahmeleiterin überhörte es, und man will ja nicht so sein. Sie betete ihr *yay* und *cool* und *fine* und *supernice* runter und beendete das Telefonat mit einem fast gebrüllten »wir freu'n uns hier alle me-ga auf Dich!«

Die sind alle so. Müssten doch chronisches Erschöpfungssyndrom haben von so viel Megafreuerei. Nach jedem Auftritt: Daumen hoch, überschäumende Begeisterung, *alle lieben dich*! und so weiter. Am Anfang ist man ganz dahin von so viel Überschwang und glaubt den Worten, später dann der Panik, die sich auf dem Heimweg von hinten ranschleicht.

Mit starker Verspätung starteten wir am Morgen in ein heftiges Unwetter hinein. Es ist ein weiterer Frühling voller Extremwetterereignisse, die sich mittlerweile mit meinem Wesen versponnen haben. Mal scheint der Regen den Asphalt zu zerstechen, dann entflammt ein kenianischer Hochsommer, aus dem Nichts toben Orkane los und wirbeln Äste und ganze Baumkronen durch die Luft. Mein Blick hat sich der schlechten Sicht angepasst, mein Gang lehnt sich selbst bei Flaute gegen den Wind, Preistafeln schweben mir auf Gehwegen entgegen, und einmal schleuderte es mitten in der Nacht meine Doppelfenster auf, und mir war so heiß vor Schreck, dass ich meinen Kopf in den Kühlschrank steckte, um ihn auszukühlen.

Die schweren Maschinen wurden hochgefahren und bebten wie eine nahende Explosion, der Geruch von Kerosin sank mir in den Schädel, und rote Warnlichter verschwammen im bleiblauen Dunst der Startbahn. Draußen hagelte es Titansplitter gegen die Scheiben, eine junge Frau auf der anderen Seite des Gangs bekreuzigte sich heimlich und überspielte es anschließend mit einem eifrigen Nasekratzen. Den gesamten einstündigen Flug über klammerte ich mich am Sitz vor mir fest und probte die Notlandehaltung, *brace, brace.* Man muss zu jeder Zeit auf alles vorbereitet sein; Schwimmweste, Atemmasken, Notausgänge – falls jemand Fragen hat: Ich kenn den Weg. Und als wir endlich gelandet waren – nach einem schier unaufhörlichen Drehen der immer selben Schleifen – taumelte ich am Rand der Gangway entlang und ließ mich in der Arrival-Zone rücklings auf die erste Bank fallen. So lag ich eine Weile in der riesigen Halle, zwischen Gongs und Ausrufen und herumwehenden Geschäftsmännern, und sah mir die Decke an: Streben, Zacken, Leuchten, und war froh, den Mülleimern so nah zu sein. »Ist Ihnen nicht gut, Sie sind ja kalkweiß«, fragte einer. »Geht schon, geht schon«, sagte ich und brauchte lange, um wieder auf die Beine zu kommen.

Es zieht. Noch immer nichts zu hören. Müsste doch langsam jemand kommen und mich holen – oder haben die mich vergessen? Es ist schon weit über die Zeit. Zugeschneit, die Großbaustelle vor dem Fenster. *Zugeschnitten*, würde mein Vater sagen und ich die Augen durch den Raum rollen. Sieben Jahre ist es her – so lange schon? Fragt man mich, wie alt sind Sie, sage ich noch immer: sechsundzwanzig. Sechsundzwanzig, sieben Jahre lang. Die Zeit steht still, doch weiter *dreh'n sich in der Welt die Dinge –*

es ist das Normalste auf der Welt, dass Eltern sterben! Nichts daran ist einzigartig oder schicksalhaft, jeder erlebt es; jeder eben zu einem anderen Zeitpunkt, und am Ende: Was ist schon ein Zeitpunkt? Die, die es *nicht* erleben, *das* ist schlimm.

Die Baustelle schläft; Bagger, Gerüste, Betonplatten. Meine roten Haare spiegeln sich in der Scheibe – *nur* die Haare spiegeln sich, nichts sonst. Das Glanzshampoo tut seine Wirkung. Mit etwas Phantasie könnte man meinen, da läge eine *Perücke* im Schnee –

»Die Pipeline ist defekt«, hatte er gesagt. Sein Herz nannte er Pumpe, sein Gehirn die Schaltzentrale, seine Nase war der Kühler, »und jetzt ist auch das Gebläse hin«. Ich las ihm aus der Zeitung vor. Macht das Gehen leichter, dachte ich. Er war schon weggetreten, aber sein Herz lebte noch. Schwarze Nacht war es und alles zugeschnitten. Und als es so weit war, stürzte ich rückwärts aus dem Raum, als schubse mich jemand. Ich rannte den leeren Flur entlang, das Deckenlicht spiegelte sich im grauen Linoleum, und ich, im Daunenmantel die Stationen rauf und runter, fand den Ausgang nicht.

»Schlag ihr Erbe aus«, das war sein letzter Satz. »Du musst ihr Erbe ausschlagen, hörst du.«

Deines meinte er.

Vor Wochen noch lebtest du mit den Füßen im Wasser. »Hast du eine Ente zu Besuch«, fragte ich am Telefon. »Was für eine Ente«, sagtest du. »Es platscht und watschelt so lustig im Hintergrund.« Die Badewanne war dir übergelaufen, und wochenlang schwammen dir Teppiche um die Beine. »Jetzt pass mal auf, mein liebes Frollein, das ist keine Ente, das bin ich! Ich laufe durch den Flur!« »Ach so«, sagte ich, »und sollte man da vielleicht mal jemandem Bescheid geben und das Wasser abpumpen?« »Nein! Nein! Da sollte man überhaupt niemandem Bescheid geben! Wehe, Alice, unter mir ist eh nur der Keller, das merkt keiner!«

Vielleicht kommt die Übelkeit gar nicht vom Flug, vielleicht setzt mir der Besuch bei der Esoterikerin noch immer zu. Neunzig Euro für eine Reihe von Beleidigungen und den Ratschlag, mich mit Pflanzen und Tieren zu unterhalten. Plötzliches Klacken, ich seufze laut auf vor Schreck: der Kaffeevollautomat! Hilfe, ich kann nicht mehr, *ist* das alles aufregend! Er raunt – ist es meine Schuld?

Vorgestern dann der Anruf von der Polizei: Ich hätte in deinem Wohnzimmer ein Baby geboren und es gleich darauf in der Wanne ertränkt.

Ich lachte. »Meinetwegen«, sagte ich, »dann rufen Sie mal schnell die Feuerwehr«, und legte auf. Ich kämpfe nicht mehr, was diese Dinge betrifft. Man kann dir keine Vorhaltungen machen. Kann dich nicht zur Verantwortung ziehen. Ich habe es versucht, mehrmals. Wie an diesem Nachmittag im Januar vor vielen Jahren, erinnerst du dich? Ich saß auf der Couch neben dir, es war einer dieser Momente, die ich als *vertraulich* interpretierte – denn alles sprach doch dafür, oder nicht? Kerzen brannten, ein Geschenk lag, schön verpackt, für mich auf dem Tisch. Du sahst gut aus, und du lachtest über Dinge, über die auch ich lachte; du lachtest sogar so laut, dass die Wände wackelten und ich nicht anders konnte, als dich wunderbar zu finden und einzigartig und ganz *verzaubert* sein. Und wieder einmal war ich haltlos sicher, dass *doch* alles in bester Ordnung ist. Dass ich und all die anderen sich nur vertan haben konnten die letzten Jahrzehnte, und alles, was passiert war, nur auf einem riesigen Missverständnis beruhen konnte – da sagte ich im Gespräch zu dir:

»Aber Mama, liebste, ich habe doch niemals etwas gegen dich gehabt, ganz im Gegenteil! Ich hatte nur ... wie soll ich sagen ... etwas Angst vor dir. Wie kann ich es dir erklären ... nur dieses kleine Beispiel: Ich war neun Jahre alt, ich lebte schon bei meinem Vater, da hast du die Mittelscheibe unserer Haustür mit einem Schneeschieber eingeschlagen. Und die Freundin meines Vaters mit dem Schneeschieber fast erschlagen. Sie war frisch operiert, ihre Narbe riss auf, die zerbrochene Brille und Blut auf dem Rasen. Die Sonne schien, die Vögel zwitscherten und die Polizei musste kommen, mehrere Streifenwagen, die halbe Nachbarschaft im Garten und zwei Mädchen in rosa Badeanzügen am Zaun sahen zu. – Versteh mich nicht falsch: Ich trage dir nichts nach. Aber kannst du nicht wenigstens versuchen zu verstehen, dass ich Angst hatte?«
Und dann, in dieser *Plötzlichkeit*, sprangen deine Augen auf, rissest du deine Hände als Krallen in die Luft, fletschtest die Zähne und knurrtest: »Rrrrrr, ich FRESS dich! Ich bin ein böser LÖWE! Rrrrr!« Du schnapptest ein paarmal nach mir, knurrtest, fauchtest, belltest und brachst dann aus in schallendes Gelächter, lachtest mich aus. Und stopptest abrupt wieder. »Was erzählst du nur für Sachen«, sagtest du. »Du hast sie doch nicht alle!« Ich beobachtete eine Weile die Luft vor mir, nahm einen Schluck vom Tee, stellte die Tasse wieder auf der Keramikplatte und lehnte mich zurück. »Löwen bellen nicht«, sagte ich. »Da einfach noch mal genauer recherchieren.« Dein Kopf mit den Locken, gefärbt in *Steel Blue Touch*, die immer ein klein wenig zu wackeln scheinen, als hätten sie ein Eigenleben, drehte sich zu mir, sehr langsam, und du sahst mich an, einen viel zu langen Augenblick lang; eine Zeit, in der sich die gerade gesagten Dinge auf neue Art anzuordnen schienen. Du ließest deinen Blick über mein Gesicht schweifen wie einen Suchscheinwerfer, und kautest. Immer kaust du. Dein Kopf leicht nach hinten gekippt, deine Lider schwer, die Mundwinkel zogen sich nach unten, als hingen schwere Haken daran, das Kinn zogst du hoch, als hieltest du den Kopf über Wasser, und alle Luft des Raumes fiel in dich hinein. Du riebst deine Hände aufeinander und be-

obachtetest mich wie Beute, die sich frei zu machen sucht; dein Blick, der immer außen vor bleibt und sich doch in mich hineinfräst, der nach mir greift, mir aber nie die Hand reicht, der meinen Rückzug nicht duldet und weiterstarrt, selbst wenn ich mich herauswinde, mich unter ihm hinwegducke – machte sich ein Bild von *dir.*

Tage darauf deine Mail mit dem Vorwurf, ich hätte versucht, dich mit einem Schneeschieber zu erschlagen.

Ich schwanke zum goldenen Rahmen zurück und knete die Kuhle unter meinem Kinn. Klein und kursiv steht darunter der Name des Urhebers, Horace Walpole, und mit Sicherheit weiß niemand in diesem Gebäude etwas mit dem Namen anzufangen, auch ich nicht. Und ob nun wirklich *der* das gesagt hat … ich würd' da nicht drauf wetten. Überhaupt kann sich niemand auseinandergesetzt haben mit dieser Aussage, die so schmissig und rund daherkommt und in dieser Schlagkraft den Anschein erweckt, ganz sicher wahr sein zu müssen – sonst wäre doch jemand darauf gekommen, wie umwerfend falsch dieser Satz ist.

PRIVATSENDER

Vier Jahre lang war ich mit meinen Witzen von Dorf zu Dorf und von Stadt zu Stadt getingelt, um auf muffigen kleinen Bühnen kurze Nummern zu spielen ... – nein, das stimmt so nicht: Ich arbeitete wie verrückt. Schrieb Nummern, trat auf, schrieb sie wieder um, trat wieder auf, fertigte Kostüme an, kaufte Perücken, übte Parodien verschiedener Leute ein – die Leute lieben *Imitationen*! – und entwickelte eine Persona: eine überdrehte, flatterhafte, etwas weltfremde Ulknudel, mit Cowboystiefeln, Minirock, Tigertanktop und Hang zum Dümmlichen, die sich ständig um Kopf und Kragen redet. Unter dem Deckmantel einer solchen Figur kann man die wildesten Dinge erzählen; niemand nimmt sie ernst, man bemitleidet sie ein wenig, verzeiht ihr eine Menge und tut alles als eine Art Freakshow ab. Zu meiner so schwer ersehnten Aufnahme in ein Theaterensemble war es nicht gekommen – ich hatte mich ein wenig verkalkuliert, was das betrifft, und gemeint, es ohne Ausbildung direkt vom Gymnasium ans Staatstheater zu schaffen – meine Träume von den großen Ibsen- und Tschechow-Figuren waren gescheitert, und so war es mein neues, mittelfristiges Ziel, es als Komikerin zu schaffen. Zum einen brauchte ich dringend die abendliche Gage von dreißig Euro – das Haus, das mein Vater so ungeplant zurückgelassen hatte, ist knapp hundert Jahre alt und marode und seiner ebenso zurückgelassenen Lebensgefährtin Irmi, eine Verwaltungsfachangestellte aus Bayern mit riesigem Dutt, die in Frührente war, wird die Zeit lang, weshalb sie alle paar Wochen etwas im Haus entdeckt, was erneuert werden muss. Und die fast wöchentlichen Telefonate, in denen sie mir die Liste der von mir neu anzuschaffenden Dinge vorliest und an deren Ende sie regelmäßig ihren Unmut darüber äußert, die Strom- und Heizkosten aus eigener Tasche zahlen zu müssen, bereiten mir, so lieb sie auch sein mag, nicht nur Freude. Mir ist klar, dass bald das Dach drankommen wird und die Rohrleitungen und die Elektrizität und die Heizung, und ihr Vorhaben, bis zum Lebensende unentgeltlich im Haus zu wohnen, untermalt sie mit einem Schwarzwälder Kirschtorte schmatzenden »Mir jeht's ja jut hier«. »Eine unmögliche, bösartige Person, die bringt dich noch ins Grab«, sagst *du* über Irmi – was mir gar nicht recht ist, sie ist doch meine liebe Irmi! Zudem bekam ich regelmäßig Anrufe von deiner Messie-Gruppe, weil du dich, um dir einen vierwöchigen Urlaub in Äthiopien leisten zu können, bei ihnen verschuldet hattest und danach schnell in eine andere Messie-Gruppe gewechselt warst, weshalb die alte Messie-Gruppe schließlich mich ins Visier genommen hatte und deine Schulden verzinst und -zinseszinst zurückforderte. »Eine schlimme, bösartige Person, die bringt dich noch ins Grab«, sagt Irmi über dich, was mir gar nicht recht ist, du bist doch meine liebe Mutter! – zum anderen habe ich einen unbändigen Ehrgeiz entwickelt, zu beweisen, dass ausnahmslos alles im Leben sich zu einem Witz verarbeiten lässt.

Doch manchmal kam ich, komme ich, ins Schlingern. Dann macht mein Kinn sich selbstständig, meine Oberlippe zuckt, oder einzelne Finger verrenken sich auf bizarre Weise, vor allem aber bricht mir die Stimme weg. Ich habe meine Stimmlippen untersuchen lassen, »völlig in Ordnung« hieß es, und doch leiert sie wie angesprungener Ton, kraftlos und jämmerlich. Ich muss das alles ausmerzen, sage ich mir; üben, üben, üben! Doch je verbissener ich übe, desto schlimmer scheint es zu werden, es ist ein Albtraum. Je lauter ich sein will, desto dünner und leiser fiept es mir aus der Kehle, je kraftvoller ich etwas sagen möchte, desto seichter und geflüsterter kommt es daher – ganz zu schweigen von den Schmerzzuständen und tränenden Augen, die durch das Scheinwerferlicht ausgelöst oder verstärkt werden, die damit zusammenhängende Übelkeit und das ständige

Übergeben – ich leide seit Jahren unter Migräne, was bedeutet, um die fünfzehn Attacken im Monat (in stressfreien Zeiten). »Haben Sie eine Berufsunfähigkeitsversicherung«, fragte Doktor Raffauf, mein Hausarzt. »Nein, die nehmen mich nicht mehr«, sagte ich, »dafür habe ich Anrecht auf einen Schwerbehindertenausweis, dann kann ich umsonst Bus fahren!«

Was haben wir gelacht.

Nach knapp vier Jahren Witzeschufterei war etwas Verblüffendes passiert: Durch eine unglaubwürdige Verkettung von Zufällen und einen nicht zurechnungsfähigen Chef eines kleinen *Privatsenders* bekam ich, entgegen allen Gesetzmäßigkeiten und ohne dass ich irgendeine Ahnung gehabt hätte, von heute auf morgen eine Fernsehshow.

Von Telefonistin, Hostess, Datenerfasserin, Chauffeuse, Zeitungsverkäuferin über Kellnerin, Komparsin, Weihnachtsengel bis zur Schlagerradio-Moderatorin hatte ich alle nur denkbaren Brotjobs gemacht, und an jenem sonnigen Novembernachmittag saß ich im Hotelrestaurant des *Savoy* nahe Kudamm, und der Mann in dem hellgrauen Nadelstreifenanzug bestellte noch eine Flasche Champagner (»Komm, einer geht noch!«), dabei wusste ich meinen Kopf schon lange nicht mehr aufrecht zu halten. Als nickte ich in einem Flugzeugsitz ein, kippte er ständig nach vorne oder hinten, während der Mann auf mich einredete und mit großem Appetit eine Maispoularde mampfte, wobei ihm, kauend und gleichzeitig redend, nach jedem Bissen die Hälfte wieder aus dem Mund auf die Tischdecke fiel. Was er da eigentlich aß, fand ich nicht heraus, ich hatte das Wort »Poularde« noch nie zuvor gehört und verwendete einige Kraft darauf, weltgewandt daherzukommen, während ich an meiner Portion Butterreis mit gedünsteten Möhren knabberte – seit einigen Jahren vertrage ich nur noch Schonkost, Kräutertees und Wasser; eine plötzlich aufgetauchte, aggressive Unverträglichkeit. »Was Eure Generation nicht alles hat«, sagt Irmi, »das ist doch Quatsch, musst mal mehr essen, bist viel zu dürr«, sagst du.

Am Morgen hatten wir telefoniert (»Guten Morgen, Ballert am Apparat, ich habe Ihre Nummer von« usw.), am Nachmittag hatte er den Flieger aus München genommen, und als ein kühler Abend langsam die Farben von den Fassaden saugte, wurden uns die Jacken abgenommen und eine Kerze angezündet, und wir nahmen Platz an einem Tisch am Fenster mit Blick auf die Straße und mehrere schwarze Limousinen. Einen Chauffeur, der vor dem Fenster auf und ab ging, erkannte ich beim zweiten Hinsehen als meinen alten Schulfreund Gunnar – dieser hatte mich einmal aus einer Misere befreit, als ein Mann, mit dem ich zusammen war, die Nerven verlor – aber es war weder Zeit, darüber nachzudenken, noch rauszugehen und Hallo zu sagen, Ballert ließ ordentlich auftischen, und aus irgendeinem Grund wäre ich auch ungern gesehen worden. An dieser Fernsehsache war mir irgendetwas unangenehm, ich wollte das gerne in Heimlichkeit erledigen, als eine Art Privatangelegenheit, aber vielleicht sind Überschneidungen beruflicher und privater Natur so oder so unangenehm.

Ballert war drall, gestrig und selbstzufrieden und streichelte sich lachend und schmatzend den Bierbauch, während er mir in den ersten Minuten unseres Kennenlernens berichtete, er begreife sich selbst als einen *König*. Ich lauschte aufmerksam. Er wirkte wie ein Landwirt, der in die falsche Kleidung gestopft worden war; sein Rumpf drängte gegen die zu enge Weste seines Anzugs, sodass sich die Knopflöcher zu bizarren Fratzen verzogen, das Gesicht des Mannes aber entzog sich komplett meiner Wahrnehmung – ich hatte Schwierigkeiten, ihm zu folgen; was meint er wohl in mir zu sehen, fragte ich mich, und mühte mich ab, einem Bild zu entsprechen, das ich nicht erkennen konnte.

»Ey, Holger!«, rief er seitwärts zum Kellner. »Die heißen alle Holger«, sagte er zu mir und zwinkerte. Der Kellner ignorierte ihn, was ihn nur noch hartnäckiger machte: »Ey, du da! Haaallo Tyyypii!« Der Herr bediente gerade am Nebentisch und schlug genervt den Blick zu uns auf, ich versteckte mein Gesicht hinter meiner Hand und tat, als kratze ich mir die Stirn. »Wir bekommen noch so eine hier«, Ballert schnippte gegen die Flasche und zwinkerte mir wieder zu. »Wegen dir bekomm ich Behindertenrabatt«, sagte er und grunzte vor Lachen. Irgendwie mochte ich ihn.

»Du erinnerst mich an die ungarischen Frauen. Ich hatte mal eine Zeit lang zu tun mit ungarischen Frauen. Die sind auch alle so ganz nett anzusehen, aber fragen sollte man die besser nix!« Er schnaufte amüsiert und wischte sich mit der dicken Stoffserviette Bratensoße vom Schnurrbart. »Die sind alle irre. Wenn du mit diesen Frauen reden willst, musst du am besten einfach immer die letzten Silben wiederholen: Chrsolomolo chrosolomolo!« Berstend vor Lachen warf er sich gegen die Lehne, sein Gelächter klang wie ein schwerer Keuchhusten, sein Körper wippte auf und ab. Im Augenwinkel sah ich, wie Gunnar mit einem weißhaarigen Mann in eine der Limousinen stieg und losfuhr, und war erleichtert. »Zum Glück wird man älter«, sagte Ballert, »damals hab' ich meine Nase noch überall reingesteckt. Schlimm war das. Mit der Nase. Aber egal.« Ein Bekannter habe ihm eine Aufzeichnung von einem meiner Auftritte geschickt, und aus irgendeinem Grund habe er nicht weggucken können und lachen müssen, wobei es weniger ein Lachen als mehr ein Ächzen gewesen sei, das selbst seinen Hund auf eine Weise verstört habe, dass dieser verängstigt aus dem Raum gerannt sei.

»›*Irrsinnig* lachen‹, sagt man ja auch!«, stellte er fest.

»Wo Alice Schaller auftritt, ist der Wahnsinn zu Hause!« Er donnerte mit der Faust auf den Tisch, ich zog beschämt den Kopf ein.

»Du bist Nische. Mehr Nische geht kaum! Nische *und* Frau! Du bist bestimmt so eine, die sich in Hotelzimmern zuschüttet, vollkokst und dann die ganze Nacht die Bettwäsche nassheult! Ritzt du dich?«, fragte er und steckte sich die übervolle Gabel in den Mund. Ich schüttelte den Kopf.

»Bist du«, er kniff die Augen zusammen und grinste schelmisch, während er mich beobachtete wie ein exotisches Tier im Zoo, »bist du … ich meine: Warum lächelst du so freundlich? Kiffst du? Bist du –«, sein Blick wurde mit einem Mal starr, und sein Atem stockte, als hätte er mit der Kontrolle seiner Verdauung zu kämpfen. Und so wurde auch mein Blick starr, und mein Atem stockte. Dann entspannten wir uns, und weiter ging es:

»Bist du dauerstraff oder so was? Hast du ein Ding weg oder so?« Ich zuckte die Schultern und schüttelte den Kopf.

»Du guckst die ganze Zeit, als wenn du *nichts* schnallst. Das ist witzig, Mann, wie machst 'n du das?«

Ich wusste auf die Frage nichts zu erwidern und suchte auf der vollgekrümelten Tischdecke nach Antworten.

»Pass auf, ja«, sagte er.

»Ja,« sagte ich.

»Ich geb' dir bisschen Asche« – hatte er wirklich *Asche* gesagt? –, »viel hab' ich nicht, aber bisschen, alles Low Budget, und du machst irgendwas Lustiges. In vier Wochen gehst du auf Sendung, okay.«

Er hat diesen Satz nicht als Frage formuliert, dachte ich gerade, da rutschte sein aufgestützter Ellenbogen von der Tischkante ab, sodass er mit dem Gesicht fast seitlich auf die Tischplatte krachte. Ich sprang auf, doch er fing sich gerade noch rechtzeitig ab. »Alder, ich hatte wohl echt einen zu viel«, sagte er, hickste, lehnte sich zurück und rülpste langsam und genüsslich. Warum redet ein Sechzigjähriger wie ein Sechzehnjähriger aus den Neunzigern, fragte ich mich, und ob er noch bei seiner Mutter lebte? Mit großer Anstrengung setzte er an zu einem neuen Gedanken, der immer wieder durch kurze Aussetzer unterbrochen wurde:

»Es … äh … es gibt doch irgend so was, wo Menschen … so ganz komisch sind. Die … die leben so voll in ihrer eigenen Welt … irgendwas mit … ›A‹ glaub ich.«

»Autismus?«

»Ja! Ja! Genau! Au–?«

»–tismus.«

»Ja! Ja, genau das! Das mein ich! Hast du dich mal darauf testen lassen?«, fragte er, und eine dicke Strähne seines mit Gel gebändigten blonden Haars fiel ihm in die Stirn. Ich schüttelte den Kopf.

»Würd' ich mal machen!«, sagte er.

»Gute Idee«, sagte ich. »Ja, geilo!«, sagte er und blinzelte. Eine peinliche Gesprächspause entstand. »Wir verstehen uns, wir sprechen voll dieselbe Sprache!« Wie ein Rapper tippte er sich mit Zeige- und Mittelfinger seitlich an die Schläfe und zeigte dann auf mich. Jetzt musste auch ich lachen. Der ist witzig, was ist mit dem, der lebt *voll in seiner eigenen Welt*, dachte ich und lachte, wie ich mich selbst schon lange nicht mehr hatte lachen hören. Und dann lachten wir beide sehr laut. Doch es gelang mir einfach nicht; ich kam nicht in ihn rein und aus der Sache nicht mehr raus.

DIE SHOW

Zu Beginn meiner Show hielt ich eine Dankesrede an die Geschlechtsorgane meiner Eltern für alles, was sie mit der Erzeugung meines Lebens geleistet hatten, und ließ, während ich redete, zwei menschengroße, aus Holz angefertigte Geschlechtsorgane an Seilzügen aufeinander zuführen und gegeneinanderknallen. Um ein bisschen auf *Du und Du* zu machen, stellte ich meine Spitznamen der verschiedenen Lebensphasen vor: Dummdumm, Knallbirne, Pferdefresse, Flachland, hässlicher Junge, Evolutionsbremse. Ich erzählte von meiner Kindheit, denn eine Kindheit hatten wir ja mehr oder weniger alle hinter uns gebracht, und diese Gemeinsamkeit, meinte ich, könnte uns zusammenschweißen. So erzählte ich, wie ich als Kind allein *Verstecken* spielte und niemand mich fand. Und wie man mich dann doch fand, im Morgennebel in einem rosa Prinzessinnenkleid auf dem Hochsitz eines Jägers.

Wild gestikulierend und von einer Bühnenwand zur anderen, von vorne nach hinten und durch die Diagonalen tigernd, versuchte ich, die vielen verschiedenen Wege meiner ersten Lebensjahre nachzuvollziehen und optisch erlebbar zu machen, und zog zur Hilfe einen Overheadprojektor heran, den ich in die Mitte der Bühne platzierte und der ein Lichttrapez hinter mich warf. Dorthin kehrte ich immer wieder zurück, um nach und nach, mit einem schwarzen Fineliner zeichnend, eine Art Karte zu erstellen – wegen des Lichts lief mir das Wasser endlos aus den Augen, weshalb ich mir mit dem Handrücken mehrfach durchs Gesicht wischen musste, wobei meine ganze Schminke verschmierte und mein linkes

Auge zeitweise so verklebte, dass es sich nicht mehr öffnen ließ:

Wie meine Eltern und ich von Bremen nach Taiwan, von Taiwan wieder nach Bremen, von Bremen nach Johannesburg, nach Kanada, nach Holland, von Holland nach South Carolina, von South Carolina wieder nach Bremen, von Bremen wieder nach Holland, von Holland nach Berlin und Mami und ich dann in Berlin aus dem gemeinsamen Haus zu Frau Malstetter in die Erpelallee 4 gezogen waren, um uns dort zu verstecken vor meinem Vater, den Mami mittlerweile den *Verbrecher* nannte und der, wie Mami sagte, UNMÖGLICH sei. Und wie wir dann bei Frau Malstetter in der Erpelallee 4 feststellen mussten, dass auch Frau Malstetter UNMÖGLICH und eine Verbrecherin war, und wir also von dort zu Familie Rolfinger in den Weidenhammerweg 38 umzogen und von Familie Rolfinger, weil Mami sagte, die seien ja UNMÖGLICH und schlimme Verbrecher, weiter zu Mutter und Tochter Scholtz am Reiherweg 18, die, wie Mami nach ein paar Wochen feststellte, UNMÖGLICH und schlimme Verbrecher waren. Von Mutter und Tochter Scholtz zogen wir notgedrungen zu einer Frau Gerberach in die Schöngauer Straße 12, von Frau Gerberach aber gleich wieder ins gemeinsame Haus zu dem Verbrecher, weil der Verbrecher jetzt, wie Mami sagte, doch nicht ganz so UNMÖGLICH war, dagegen aber nun Frau Gerberach ganz und gar UMMÖGLICH war, was sich nach nur wenigen Wochen erneut änderte und Mami und ich zum Verbrecher sagten, dass dieser absolut UNMÖGLICH und ein Verbrecher sei, und wir deshalb zurückzogen zu Frau Gerberach (die noch mal ein Auge zudrückte), dann aber kurz darauf wieder zurück ins Haus zu dem Verbrecher zogen, weil Frau Gerberach leider doch (ich dirigierte mein Publikum, und alle riefen jetzt gemeinsam) UNMÖGLICH! war. Und wie Mami und ich dann aus dem gemeinsamen Haus mit Vollkaracho über die Autobahn, achthundert Kilometer ins bayerische Gallsee fuhren, um fortzukommen aus dieser Stadt der Verbrecher, und dort zunächst zu den Großeltern zogen, um endlich in Sicherheit zu sein, aber leider schnell feststellen mussten, dass auch die Großeltern absolut UNMÖGLICHE Verbrecher waren, weshalb Mami sie leider erst mal verkloppen musste, und wir nun weiter zu Mamis Halbschwester Trautchen zogen, die eine kleine Tochter namens Nala hatte, mit der ich spielen konnte. Und wie wir vollkommen fassungslos waren festzustellen, dass Nala und Trautchen wirklich UNMÖGLICH und schwere Verbrecher waren. Und so ging es drei Straßen weiter in eine Wohnung in der Höllentalstraße 103, von wo aus ich dann auch eingeschult wurde in die Grundschule am Rohrweiler, was zu einer wilden Klopperei mit dem Verbrecher in der Schulaula führte, und wie ich dann, weil Mami sagte, die Grundschule am Rohrweiler sei UNMÖGLICH, in die Schauinsland-Grundschule umgeschult wurde, und wir außerdem, weil Mami es in der Höllenthalstraße 103 UNMÖGLICH fand, in die Rotbachstraße 9 umzogen und ich, noch immer das erste Halbjahr der ersten Klasse besuchend, an die Ernst-Rudolf-Grundschule am Weidendamm wechselte. Und wie wir dann, weil die Leute in der Rotbachstraße laut Mami UNMÖGLICH und schlimme Verbrecher waren, weiterzogen in die Sundgauallee 24, wo Mami an Heiligabend die halbe Wohnung abfackelte, was die Vermieterin einfach UNMÖGLICH fand und uns deshalb aus der Wohnung warf, woraufhin Mami die Vermieterin als KRIMINELLE DRECKSAU, Verleumderin und Verbrecherin bezeichnete, was die Vermieterin einfach UNMÖGLICH fand, und wir schließlich in einer Kellerwohnung in der Opfinger Straße 12 landeten, über die Mami schon bei der Besichtigung sagte, hier sei es doch wirklich (das Publikum brüllte laut im Chor) UNMÖGLICH! Und wie Mami und ich dann eine Zeit lang dort hausten, bis Mami mir eines Tages einmal zu häufig gesagt hatte, ich sei einfach UNMÖGLICH und eine Verleumderin, Lügnerin und Verbrecherin, und ich meine Sachen packte und aus der Opfinger Straße 12 auszog und mich verabschiedete mit den Worten: Mami, du bist eine Verleumderin, Lügnerin und Verbrecherin und einfach UNMÖGLICH!

Das hinter mir an die Wand geworfene Bild sah aus, als hätte ich die impressionistische Zeichnung eines explodierenden Langhaarmeerschweinchens zu Folie gebracht. Und selbstverständlich war alles, was ich erzählte, vollkommen untertrieben, aber man darf sein Publikum auch nicht überfordern, nicht wahr.

Was ich nicht erzählte: dass es mir damals doch etwas bange wurde und ich nicht besonders weit kam. Ich versteckte mich im Hausflur unter der Kellertreppe, und Mami guckte aus der Tür und lachte: »Hahaha, Feigling!«, sagte sie. »Bist ja immer noch da! Traust dich doch eh nicht zu gehen, ätschibätsch!«, und knallte die Tür zu.

Und wie ich dann wirklich ging. Und mich Stunden später auf einer diesigen, verregneten Hauptstraße wiederfand, umzingelt von einer Gruppe Erwachsener, die mit verzerrten Gesichtern laut gegen den Verkehrslärm auf mich einredeten und ich nichts mehr sehen noch verstehen konnte. Ob ich das entlaufene Mädchen sei, fragte eine. Bist du die Alice, eine andere. Deine arme Mutti, sagten sie alle, darfst du doch nicht machen, einfach abhauen! Und dann sah ich einen Polizeiwagen mit offener Tür auf dem Bürgersteig stehen, und durch die milchige Luft kam auch Mami angerannt, im Nachthemd und mit einem offenen grauen Trenchcoat darüber, der ihr um die Hüften wehte, und ihre roten Lederstiefel schepperten auf dem Asphalt, dass es mir im Kopf knallte. »Was machst du denn nur«, rief sie in greller Panik. »Was machst du denn nur für schlimme Sachen mit mir! Spinnst du jetzt völlig?« Und alle nickten. Dann verschwanden wir Hand in Hand wieder zusammen in unserer Kellerwohnung, und noch am selben Abend veranlasste sie mich, verschiedene Drohanrufe zu tätigen, um uns Gelder zu beschaffen.

Nun kam ich zu dem Teil des Abends, in dem ich über meine Schwierigkeiten mit der Schule erzählte und dem ich den Titel *Die Alle Und Die Mans* gab. Hier ging es um Verständigungsschwierigkeiten. Ich verstand damals einfach nicht, was man dort von mir wollte. Immer wieder sollte ich Sachen mitbringen, die ich nicht besaß und von denen ich auch nicht wusste, woher diese zu bekommen seien. »Dein Mathehefter, wo ist der?«, fragte man mich. Mein bitte was? »Hast du immer noch keine Hefter? *Man* braucht hier Hefter. Wir haben dir doch gesagt, du sollst verschiedenfarbige Hefter mitbringen – und wo sind die jetzt?« Ich kam einfach nicht hinterher: *Was* genau sollte ich aus *welchem* Grund in dieses nach Kohlsuppe stinkende Gebäude bringen, und *wozu* genau sollte das mir oder irgendjemandem auf der Welt dienen? Doch mein Nichtverstehen heizte die Suada nur immer weiter an: »Und dein Schulranzen, wo ist der? Guck, *alle anderen Kinder* haben doch auch ihre Schulranzen dabei!« Ich starrte die Lehrerin an. »Ich sehe auch weder Stifte bei dir noch ein Lineal noch einen Radiergummi. Hast du keine Federtasche?« Was sollte das denn schon wieder sein? »Hast du überhaupt *irgendwas?*« Ich schüttelte den Kopf. Und gleich war man noch empörter: »Ja, aber warum denn nicht? Guck dich mal um! *All die anderen Kinder* haben ihre Bücher dabei, und *alle* haben ihre Schularbeiten gemacht, nur *du* nicht! Warum machst du deine Schularbeiten nie? *Man* muss Schularbeiten machen! Wenn das so weitergeht«, äffte ich die Lehrerin von damals nach, »dann müssen wir leider *andere Saiten* aufziehen. Dann brauchst du nämlich gar nicht mehr herzukommen!« Wieder verstand ich nicht: Was genau war der Konflikt? Ich verspürte ohnehin nicht den geringsten Wunsch, hier noch jemals wieder herzukommen. »Hier sollen nur *liebe Kinder* herkommen, und du bist nicht lieb.« Witzig, genau das sagte Mami auch immer (wenige Sekunden später allerdings war ich mit einem Mal das allertollste, allerliebste und allerschönste Kind – auch was das betraf, kam ich nicht recht hinterher). Dann gab es noch mehr Ärger, weil ich wohl nicht auf die Art und Weise in das Gebäude kam, wie man sich das vorstellte: Ob ich wüsste, dass *man* jeden Tag in die Schule kommen müsse, fragte man mich, und ich schüttelte den Kopf. Erstens: Woher hätte ich das wissen sollen? Und zweitens: Warum hätte ich das tun sollen? So toll, dass man da jeden Tag hinwill, war es dort nun weiß Gott nicht! Und als ich Mami eines Morgens meinen Beschluss mitteilte, nicht mehr in die Schule zu gehen, gab sie mir zu verstehen, dass dies auch ihr ganz recht sei. »Komm, lass uns weiterpennen, Schnucki«, sagte sie, und wir drehten uns wieder um und pennten weiter. Ich noch zwei Stündchen und Mami noch zwei Monate. Und von diesem Morgen an schmiss ich den Haushalt und erledigte die Einkäufe.

Mit aller mir zur Verfügung stehenden Kraft versuchte ich, die mir angetragenen Aufgaben gewissenhaft zu erledigen, vor allem aber versuchte ich, all den wenig schmeichelhaften Beschreibungen meines Wesens entgegenzuarbeiten. Doch auf zauberische Weise schien genau dieser Versuch mich nur noch weiter hineinzutreiben in ebenjene, schien mich letztlich genau zu dem zu machen, was ich nicht sein sollte: eine Lügnerin und also: Verbrecherin. Wahrheiten nämlich trieben Mami unmittelbar in den Wahnsinn, also log ich, oder sagen wir: verschönerte und erleichterte die Dinge ein wenig, tat dies ja aber einzig um ihretwillen, was keinerlei Würdigung fand. Und was immer ich auch tat: Alles schien sie nur noch viel kränker, nur noch rasender und trauriger zu machen, und alles, was ich anstellte, führte zu einem weiteren Misserfolg: *Kam* ich *her*, wie gerufen, sollte ich auch schon wieder *weggehen*, ging ich *weg*, wie mir befohlen, sollte ich wieder *herkommen*. Und so versuchte ich, *herzugehen* und *wegzukommen*, was auch zu nichts führte. Und so hatte ich in meiner frühen Verbrecherinnenkarriere noch vor Beginn meines sechsten Lebensjahres einen so hohen Berg an Schulden angehäuft, ein so hohes Maß an Strafe abzuleisten, dass meine Aufgaben für die kommenden Jahrzehnte klar gestellt sein würden. Und ich staunte nicht schlecht, als mir viele Jahre später Leute, denen ich schamlos ins Gesicht verschönleichterte, auf die Schulter klopften und mich als »ehrliche Haut« bezeichneten, als »reine Seele« sogar, und zog mir die Sätze der anderen an wie einen zu engen kratzigen Pullover, aus dem ich mich ohne fremde Hilfe nicht mehr befreien konnte.

Der letzte Teil des Abends drehte sich um mein Leben der vergangenen Jahre. Ich berichtete, auf welche Weise ich mich für Jobs bewarb und beim Gehalt selbst runterhandelte:

Guten Tag, ich würde gerne Ihre Wohnung putzen, das würde hundert Euro machen. Pauschal natürlich. Für fünfzehn Stunden. Mindestens! Achtzig Euro? Ich mach's Ihnen für fünfzig! Ach, was soll's: Bitte, bitte nehmen Sie mich! Ich zahl auch was dafür! Fünfzig? Hundert? Zweihundert oder wie viel wollen Sie? Was auch gleich zum Thema Identitätsfindung überging: Ich flehe Sie an, lassen Sie mich Ihren Dreck wegmachen! Das bedeutet mir wirklich *alles* auf der Welt! Es gibt mir das wunderbare Gefühl, einen Wert als Mensch zu haben!

Ich erzählte, wie ich mich von allem und jedem persönlich angesprochen und angegriffen fühlte und selbst Herzklopfen bekam, wenn mein Computer meldete: *Es ist leider etwas schiefgelaufen* – die nackte Panik! Was hatte ich jetzt schon wieder falsch gemacht?! Würde jemand sterben oder schwer krank werden, meinetwegen? Meldete mir das Netzwerk *Sie sind nicht verbunden*, wollte ich mich rechtfertigen: Na und, das ist was Frühkindliches, du Arschloch! »Die Leute meinen, ich sei paranoid«, sagte ich zu meinem Publikum. »Aber wieso eigentlich immer *ich*?! Es sind doch *die anderen*, die mich verfolgen!« (Den verstand keiner.) Ich berichtete von dem Konflikt, der entstand zwischen mir und anderen Passanten, wenn ich starr und düster durch die Straßen roboterte und nur zentimeterweise vorankam, was nicht nur zu Gleichgewichtsproblemen führte, sondern auch alle anderen am Weitergehen hinderte, die augenrollend hinter mir drängelten (»Tz, darf ich mal bitte? Meine Güte, einfach noch mal neu laufen lernen, Frollein!«).

DAS HAUS

An jenem Novembernachmittag, an dem zerkaute Poulardenstückchen mich von der Tischdecke aus anglitzerten, war ich in eine Welt eingetreten, wie ich sie bisher nur aus Filmen kannte und die in ihrer Banalität und Klischeehaftigkeit atemberaubend ist: Ich war in das Land der *lustigen Leute* eingezogen. Im darauffolgenden Sommer lernte ich die angesagten Swimmingpools auf den Dächern der Stadt kennen, an denen koksende, fettbäuchige Produzenten einander Bikinifotos von ihren zwölfjährigen Töchtern präsentierten. Resolute Powerfrauen, die mich sonst keines Blickes gewürdigt hätten, steckten mir ihre Visitenkärtchen zu, boten mir ihre Freundschaft an und waren stets gerüstet mit teuerster Kleidung und lockeren Sprüchen. Ein groß gewachsener Fernsehproduzent, der sich selbst als Genie versteht und jeden mit seinen Fäkalwitzen drangsaliert, versuchte mit Schweißperlen auf der Stirn, von mir und meinen Kontakten zum *Sender* zu profitieren, erbat gemeinsame Abendessen und wurde ausfallend wie ein Kleinkind, weil ich nicht zurückrief. Bei Essen mit Produktionsfirmen lauschte ich Serienautoren, die sich in ihren Gesprächen gegenseitig darin bestärken, dass »man es machen muss wie die Engländer oder Amerikaner«, dass »man den Zuschauern mehr zutrauen muss«, dass »die Welt jetzt eskapistische Stoffe braucht wegen der *schwierigen Zeiten*«, und ein Künstlermanager, der sich als zarte Seele tarnt, und dessen größter Lebenstraum es ist, »einmal anzuordnen, dass ein Flugzeug erst lila lackiert werden muss, bevor ich es besteige«, raste nachts auf seiner weißen Jacht mit mir über den Müggelsee, dass silberne Fische danach tot im Mondschein schimmerten. Ich werde eingeladen zu Betriebsausflügen zum Skilaufen nach Sankt Moritz und auf Weihnachtsfeiern, bei denen alle Gäste als Give-away ein IPad bekommen. Komiker berichten mir davon, »in Wirklichkeit ja gar nicht immer gut drauf« zu sein, »eher im Gegenteil«, und ich sage »ach, tatsächlich?«. Und obwohl ein Teil in mir immer auf der Flucht ist und rennen will, *raus, bloß raus* und rein in die dichte Stille eines tiefen Waldes, beobachtet ein anderer Teil diese Welt der großen Gönner und Entscheider, der Kurzzeit-Enthusiasten und »Großartig!«-Schreier, der Ideenfanatiker und neonfarbenen Sportschuhliebhaber – und versucht, zu verstehen, was ich schon wieder nicht verstehe. Die Lebenswelt, in der ich mich bewege, ist immer schnell, immer schlagfertig, souverän und abgebrüht, man hört viel *whaaat* und *woohoo,* und es wird andauernd gelacht. Leute werfen mit Wangenküssen und Liebesbekundungen nur so um sich; Abliefern ist das, worum es geht. Und an den Stehtischen der totschicken Partys vor pink angeleuchteten Betonwänden suppt es aus den Rändern der Grinsemasken, sickert es aus den aufgesetzten Köpfen mit festgesprühten Stehfrisuren, und die aufdringlichen, sich im Raum verteilenden Parfums und Haarsprays überdecken nur den Gestank einer vergammelten, umgekippten Traurigkeit, deren Schleim sich als trüber Film durch die Augen dieser Leute zieht. Hier und da steht ein freundliches, verbindliches Geschöpf herum, an das sich alle ranwerfen wie ausgehungerte Böcke an einen Futtertrog. Einsame Hände krallen sich an den Stielen ihrer Gläser fest, dass die Sehnen hervortreten, knödelige Lachgeräusche erbrechen sich in die Nacht und bleiben als Lautknorpel in der Luft hängen; es liegt eine so berstende Leere unter den Bassgeräuschen dieser Events, dass, wann immer ich auf einem solchen bin und mich einsam an etwas festkralle, es mir passiert, dass ich mich vor Fremden um Kopf und Kragen rede, um anzuplappern gegen die große Sprachlosigkeit.

An den Wochenenden fahre ich an den Stadtrand und besuche Irmi im Haus. Sie kam zu uns, als ich vierzehn war, und sie war die, die bis zum bitteren Ende blieb. Irmi kümmert sich um den Garten, pflanzt Blumen, putzt die Fenster, wäscht die Gardinen, lässt die Hecken schneiden, fegt die Eingangstreppe und schimpft über »die Arbeitslosen«, »die Ausländer« und die undichten Fenster. »Das kostet mich Heizkosten!«, ruft sie. »Hättest du den Finanztypen damals geheiratet, hätte der das hier alles renovieren lassen können für mich, der hatte Geld!« Am Nachmittag sitzt sie im Sessel, sieht fern und weint, und nachts kann sie nicht schlafen. Bevor ich hinfahre, rufe ich an: Soll ich dir ein bisschen Gesellschaft leisten, frage ich. »Meinetwegen«, sagt sie, »ich bin aber nicht da, ich bin bei Gudrun zum Kuchenessen. Aber komm her, ich schlafe besser, wenn noch jemand da ist. – Ach so,« sagt sie noch, »aber wenn du kommst, vergiss nicht, dir dein eigenes Essen mitzubringen!«

So kaufe ich mir etwas zu essen und fahre zu ihr.

Doch wann immer ich im Haus ankomme, werde ich bewegungslos. Stehe über Tage zwischen den Wänden und Türen und in den Kammern herum, wie eine Rätselnde vor einem riesigen, unübersichtlichen Kunstwerk, und verstehe nicht. Stehe im Flur, die Hände in die Flanken gestützt, starre die geriffelte Struktur der Wände an und versuche, ein Muster zu erkennen. Manchmal wundere ich mich: Irmi redet von *ihrem* Garten, *ihrer* Küche, *ihrem* Fernseher, *ihrem* Tisch, *ihren* Schränken. »*Mein* Herd ist noch an«, sagt sie. »*Mein* Kühlschrank brummt.« Dann gucke ich lange in die Luft und überlege.

Mich hat sie innerhalb kürzester Zeit aus dem Haus ausrangiert. Kinderbilder entfernte sie von unverrückbaren Stellen, verschenkte meine Möbel, trug mir auf, meinen großen Schrank leer zu räumen, damit sie ihre Dinge darin verstauen kann, und zog mit ihrem Bett und ihren Kommoden in mein altes Kinderzimmer ein. »Dass Papi so früh gehen musste«, sagt sie und schüttelt den Kopf. Mähe ich den Rasen, läuft sie hinter mir her, »Tz, Mann, Mädel! Immer erst *vor* dem Haus mähen und dann *hinten*! *Vorne* ist doch der Teil, den die Leute sehen, *das* ist wichtig!« Manchmal höre ich sie am Gartenzaun mit einer Nachbarin über mich lästern: »Madam ist ja *Künstlerin!*«, jodelt sie süffisant und lacht gepresst. Dann guck ich in die Bäume und überfahre das Kabel.

Das Haus war mehr Lager geworden als Wohnfläche, Keller und Obergeschoss Sammelräume nie mehr angerührter Vergangenheiten, Dinge existieren starr von sich hin – auch Dinge von *dir*. Und als läge ein Bann über all diesen Dingen, als brächte eine falsche Bewegung das gesamte Haus zum Einstürzen, bleibe ich auf Abstand und rühre nichts an. Selbst die Erbschaft der Großeltern sammelt sich hinter den Türen im Keller, auf dem Dachboden, in Seitenkammern; Geschirr, von dem einmal Leute gegessen haben, Kleidungsstücke, zu denen es die Körper längst nicht mehr gibt, zwei Nähmaschinen, Lattenroste, Ventilatoren, Briefe, Ansichtskarten, nach Muff riechende Pelzmäntel, Briefmarkenalben, gestickte Tischdecken, angeschimmelte Bretter, staubige Schuhschränke, plaquefarbene Büroschränke aus der Firma, von Spinnweben überspannte Holzplatten, Schallplatten, CDs, Kassettenrekorder, Walkmans, eine gesamte Kammer bis unters Dach gefüllt mit Kindheitsdingen: Kuscheltieren, die mit ihren unbewegten Augen in einen luft- und lichtlosen Raum gaffen. Die Kleidungsstücke meines Vaters hängen noch immer in seinem Schrank, Schwippbögen verstauben, mehrere Setzkästen liegen mit umgefallenen Miniaturen auf dem Rücken, altertümliche Ölgemälde mit bayrischen Berglandschaften lehnen an einer Wand, Biergläser, Pokale, nie gelesene Romane und Enzyklopädien, eine Reihe Lexika (»Wo ist nur der Teil M–N, das gibt's doch gar nicht, der kann doch nicht weg sein! Ob der hinter den Schrank gefallen ist?«) stehen seit Jahrzehnten an denselben Stellen.
Ich halte mich im Büro meines Vaters auf, sitze auf seinem ledernen Drehstuhl und stoße mich ab mit den Zehen an den übervollen Aktenstapeln, um mich um mich selbst zu drehen, und lasse mich anschweigen von all diesen Sachen. Dem alten Schreibtisch, den vielen Geschenken von Kunden aus verschiedenen Ländern, Stickereien, Vasen – unten höre ich Irmi he-

rumlaufen und mit sich selbst reden, sie sagt »Alles ist schön! Alles ist schön!« – Drachenstatuen aus Peking, Ehrtafeln mit seiner Namensgravur. Stehe vor den Büchern über Physik, Ingenieurwesen, Wellen, Strom und Navigation, und überall dazwischen: die vielen Akten mit Gerichtsbeschlüssen, Gutachten, Anwaltsschreiben, Protokollen, Rechnungen und Briefen – und alles scheint dein Gesicht zu tragen.

Dass *es* wieder *so weit* war, verstand ich, als ich vor einigen Monaten auf dem U-Bahnhof stand und in meinem Handy herumwischte, um nach einem weiteren Ort der Unerreichbarkeit zu suchen – wann immer möglich versuche ich, weit weg zu sein –, der Zug hatte Verspätung und immer mehr Menschen sammelten sich am Gleis – da starrte, als ich kurz aufsah, aus dem Fenster des Kiosk dein Gesicht zu mir. Ich erschrak so sehr, dass mir heiß war vor Angst. Ich schüttelte den Mantel von mir, zog Schal und Pullover aus, hob mir die heißen Haare aus dem Nacken und wedelte mir mit der Hand vor dem Gesicht. Ich ging näher: Dein Gesicht war auf der der Titelseite einer reißerischen Tageszeitung abgedruckt, triefend vor Leid, mit der Schlagzeile:

ARME RENTNERIN
BALD OBDACHLOS?

Kurz darauf verlorst du deine geliebte Wohnung, jenen Ort, an dem du endlich ein Zuhause und ein wenig Ruhe gefunden hattest. Über sechs Jahre hatte man dir den Rausschmiss wegen Eigenbedarfs angekündigt; deine Nachbarin Frau Laugenberg, die für eine Menschenrechtsorganisation arbeitete, hatte deine Wohnung aufgekauft und dich schließlich aus der Wohnung transportieren lassen, und mit dir all deine schönen Möbel, die du dir über die Jahre von deinem bisschen Geld angeschafft hattest – damit sie, Frau Laugenberg von der Menschenrechtsorganisation, einen Durchbruch machen und ihre eigene Hundertquadratmeterwohnung zu einer hundertfünfundsechzig Quadratmeterwohnung vergrößern lassen konnte. In der neuen

Wohnung nun, die dir ein anderer Nachbar wie durch ein Wunder innerhalb weniger Tage organisiert hatte, war dein Zustand so katastrophal geworden wie seit vielen Jahren nicht, und so buchtest du eine Reise nach der anderen, und jede Reise endet in einer noch größeren Katastrophe und Ansprüchen an mich, das Auswärtige Amt zu kontaktieren, dich von der syrischen Mafia zu befreien, dich aus der Wüste Namib oder einem Hotelzimmer zu retten; sie enden mit weiteren Forderungen, Rechnungen auszugleichen, die du nicht zahlen kannst, was zu Widerworten von mir führt, die du nicht hinnehmen willst, und weiter drängst du mich zu dubiosen Geschäften mit der gewohnten Aufforderung, mich »doch nicht so anzustellen«. Und als ich das letzte Mal in deine Wohnung kam, lagen Vasen und Gläser zerbrochen auf dem Boden, die Gardinen waren von der Stange gerissen und lagen über Bett und Boden wie ein riesiger, abgerissener Brautschleier, Regalbretter hingen schief, Tonnen von Kleidung stürzten wasserfallartig aus dem Schrank, Blumenerde war über den Boden verteilt, die gesamte Wohnung verwüstet wie durch Einbrecher, und aus all den Trümmern ragte der Kopf einer weißen künstlichen Rose und blickte mich Hilfe suchend an. »Ich kann nicht mehr, ich kann das nicht mehr, das muss auch einmal aufhören«, schimpfte ich, heißer Schaum stieg mir im Nacken hoch, die Hände wurden mir taub, und schwarze Flecken schoben sich vor meinen Blick. Und dann flüchtete ich vor dem, was als Nächstes passieren würde: dass ich dastehe, vor einer ohnehin am Boden Liegenden, und die Fassung verliere. Leise und gemäßigt fing es an: »Kannst du bitte nicht in den Käse treten«, sagte ich. »In welchen Käse?«, fragtest du. »In den unter deinen Füßen.« Mit minutenlanger Verzögerung bücktest du dich wie eine Dreihundertjährige, dein Unterhemd war voller Flecken, du kipptest deinen Fuß zur Seite, und die Käsescheibe löste sich aus dem Fußspann, ein bisschen Butter hing jetzt noch am großen und mittleren Zeh, aber das war dir egal: Du setztest den Fuß einfach wieder auf dem Teppich auf, und ich bückte mich nach dem Käse, Dreck vom Boden hing jetzt daran, dicht auf kleinstem Raum: Krümel, Fusseln, Fasern, und an meinem Unterarm zog sich ein roter Ausschlag hoch.

»Welche von den Tüten hier ist Müll?«, fragte ich. »Das ist alles Müll!«, riefst du. »Gut, dann bringe ich den raus!« »NEIN! NICHT ALICE! Da ist vielleicht noch was drin, was ich brauchen kann.« »Mama, lass mich bitte diesen Müll rausbringen, du kannst dich doch kaum noch bewegen hier!« »Nein, ich MÖCHTE NICHT, dass du das rausbringst, ich will da noch mal drin gucken, ob ich was gebrauchen kann!« Ich ließ den Müll sein, es macht keinen Sinn, darüber zu diskutieren – schmeiße ich die Sachen weg, wühlst du sie wieder aus den Tonnen raus. Ich schmierte dir ein neues Brot, jetzt mit Marmelade, vorher prüfte ich alles auf Schimmel ab, legte das Brot auf einen Teller, reichte ihn dir. Du stelltest den Teller auf die Matratze, nahmst das Brot, kautest es geistesabwesend und konntest den Arm kaum oben halten, immer wieder sank er ab, und jedes Mal ist es ein solches Overacting an Schwäche-, Leidens- und Sterbensgesten, dein Körper so übertrieben unterspannt, wie kein Sterbender es schafft. Das Brot rutschte dir aus der Hand, selbstverständlich mit der Marmeladenseite auf den Boden. »Mein Gott, schaffst du es ernsthaft nicht, ein verficktes Brot zu essen«, fuhr ich dich an, kalt und leise, und flüchtete ins Bad; die schlimmste Version meiner selbst kündigte sich an, und ich wollte sie wegarbeiten, etwas schrubben, räumen, tragen, mich müde machen. Ich sammelte schmutzige Wäsche vom Boden, während du dasaßt und in deiner pathetischen Apathie das Kauen vergaßt. Ich wollte eine Waschmaschine anstellen, frischen Waschmittelgeruch in die Wohnung bringen; Erneuerung, Hygiene, Sauberkeit, dachte ich und riss die Fenster auf, öffnete die Klappe der Waschmaschine, drückte die Schnalle der Wäschetrommel auf: Beißend stieg es mir in die Nebenhöhlen. Zentimeterdicke Schimmelflocken ragten aus der Wäsche, Monate oder Jahre musste die Kleidung nass in der Maschine gestanden haben, es zuckte durch den unteren Rücken und fiepste mir aus der Kehle; ich schmiss die Waschmaschine zu und versuchte anzuatmen gegen das, was mich überkam – »Nein, das muss aufhören, das muss auch einmal aufhören«, hörte ich mich sagen und stürzte aus der Wohnung, warf die Tür zu mit einem Knall. Zitternd spürte ich deinen Blick durch das Fenster im Rücken und eilte zum Wagen, schmiss die Autotür zu – langsam fahren, langsam, konzentrier dich, sagte ich mir und hielt mich an meiner Kehle fest.

Dreiunddreißig Nummern habe ich mittlerweile blockiert und kürzlich auch die von deiner Messie-Gruppen-Freundin Brunhilde, die bei dir einzieht (»Damit sich endlich mal jemand kümmert um die arme Frau!«), und wieder bei dir auszieht (»Ihre Mutter hat mich mit einem Obstmesser attackiert! Also, ich sage es Ihnen ganz ehrlich: Ich habe auch noch ein eigenes Leben!«), und wann immer möglich, versuche ich weit weg und unerreichbar zu sein. Ich zelte wochenlang alleine auf Island, miete mich in einem Sechs-Betten-Dorm in New York ein, ich suche mir Orte, die eine plausible Begründung liefern, nicht erreichbar zu sein (»die Roaminggebühren!«). Durch die räumliche Dehnung will ich die Fäden herauszerren aus dieser engmaschigen Verwobenheit mit dir, deiner zersetzenden Einsamkeit, der bodenlosen Bedürftigkeit, welche unvermittelt umschwingen kann in eine übersatte Selbstgenügsamkeit (»Was willst *du* denn jetzt, ich habe gerade so schön gelesen!«). Aber manchmal ist mir, als zurre der Abstand uns nur noch enger zusammen; auch wenn ich wochenlang nicht zurückrufe, dich nicht besuche: deine Art, ans Telefon zu gehen, aus dem Tiefschlaf gerissen am späten Nachmittag, mit schwerer Zunge und teigigem Mund, oder knapp und kühl mit Vorwurf im Ton; katapultartig will ich durch die dunkle Decke hindurchschießen und nicht nur dagegen an, denn jedes *An*springen erzeugt nur den Rückschleudereffekt nach unten; für eine kurze Zeit will ich mich der Illusion von Freiheit und Aufbruch hingeben – Ausstieg unmöglich. Ich bin deine letzte Quelle, und wann immer ich mich zu lange entziehe, nimmt die Gefahr zu, dass du alles zu zerstören suchen würdest, was ich mir aufgebaut habe, so wie du es bei anderen versucht hast, so wie du es bei *ihm* getan hast.

Henriette, ich möchte dich bitten, die nächtlichen Anrufe bei meinen Kollegen und Vorgesetzten zu unterlassen, auch bitte ich dich inständig, mich nicht weiter bei meinem Arbeitgeber zu diffamieren, mich als Schläger und Säufer hinzustellen und darauf zu drängen, dass man mich aus dem Dienst entlässt. Bedenke bitte, dass von diesen Gehaltszahlungen auch die monatlichen Unterhaltszahlungen für dich und Alice abhängen, und ganz nebenbei auch meine eigene Existenz.

Nachts saß mein Vater am Tisch in der Veranda, umgeben von schwarzen Fenstern, die aus jeder Richtung sein Bild zu ihm zurückwarfen, und rechnete. Er verschob Gelder von einem Konto auf ein anderes Konto, rieb sich das Gesicht in den Händen, goss sich noch ein Bier ein und noch eines, dann einen Whiskey und noch einen Whiskey. Um all die Rechnungen bezahlen zu können, nahm er eine zweite Hypothek auf das Haus auf, dann eine dritte, lieh sich Geld von seiner Mutter, das er ihr niemals würde zurückzahlen können, und bis in die frühen Morgenstunden hörte ich ihn durch die Flure geistern; »alles für nichts und wieder nichts«, hörte ich ihn sagen. Und seine Existenzangst bekam immer neue Nahrung durch weitere Rechnungen für Gutachten, ständig neu ins Haus flatternde Vorladungen zu Gerichtsterminen, Anzeigen, Anträge. Dreitausend Mark hier, fünftausend Mark da, achttausend Mark dort, und alles Vermögen, das mein Vater allein durch seine viele Arbeit erwirtschaftet hatte – durch den Besuch der Abendschule neben der Ausbildung und durch unzählige Überstunden und Arbeitsaufenthalte im Ausland – ebbte in einer Geschwindigkeit von seinem Konto, die durch keine noch so harte Arbeit jemals mehr einzuholen sein würde.

»Alles für nichts und wieder nichts«, sagten wir im Duett. *Wir*, das waren nicht nur Vater und Tochter, es war eine Zwei-Personen-Armee, die zu jeder Zeit gegen deine Angriffe gewappnet sein musste. Meinen Vater und mich verband das Wissen darüber, dass niemand je würde verstehen können, mit was wir es hier zu tun hatten, und dass keiner, der nicht selbst involviert war, die Überlegungen würde nachvollziehen können, die sich zeitweise auftaten:

»Walter, engagier jemanden, der deine Frau aus dem Weg schafft, bring sie um die Ecke. Das meine ich ganz ohne Spaß und ganz im Ernst. Engagier jemanden, oder tu es meinetwegen selbst, aber so geht es nicht mehr weiter. Die Frau bringt dich um dein Leben und das deiner Tochter. Du bist fahrig, hast Aussetzer, die man unseren Kunden nicht erklären kann. Die Frau ist nicht nur gesundheitsschädigend, sie ist auch betriebsschädigend. Die Kräfte eines Menschen sind begrenzt, mein Freund. Man denkt immer, alles irgendwie zu packen, aber irgendwann kommt ganz unerwartet der *große Knacks*. Tu was, damit der Terror ein Ende nimmt, ich weiß mir nicht mehr zu helfen. Du kannst dich nicht konzentrieren, Röhnke kann es seiner Frau nicht verständlich machen, warum deine Ehefrau ständig nachts bei ihm anruft. Sie treibt die Menschen in den Wahnsinn, bedroht sie! Vierzig Anrufe in einer Nacht! Steht sonntagmorgens plötzlich bei uns auf der Terrasse! Brüllt alles zusammen! Schleicht vor den Fenstern herum, dass du blass wirst vor Schreck! Wie soll man tagsüber noch arbeiten, man lebt ja nur noch re-aktiv. Wir versetzen dich nach Kanada, ihr legt euch einen neuen Namen zu, und die Sache hat sich. Ich meine das alles genau so, wie ich es sage – überleg es dir!«

Und während ich da stehe, in den Räumen, vor den Wänden, Monat um Monat und Jahr um Jahr, sehe ich zu, wie meine Konservierung eines längst vergangenen Lebens, das sich mir noch immer nicht erschließen will, sich von der Wirklichkeit ablöst: durch neue Teppiche und Gardinen, neue Lampen und Duschvorhänge, und dann verlasse ich abrupt das Haus, *raus, bloß raus*, die Treppen runter, durch die Tür, den Weg zum Zaun, auf Socken die Straße runter bis in den Wald. Und lege mich dort hin, starre in die Baumkronen, das kühle Moos in meinem Rücken, und es ist, als sauge es für einen Moment all die Hitze aus mir raus, eine Hitze, die aus einer längst vergangenen Zeit in meine Organe hineinstrahlt und keinen Weg nach außen findet.

Das Haus halten, hatte er immer wieder gepredigt. »Wir müssen das Haus halten, koste es, was es wolle.« Und das zu haltende Haus lächelt weiter zur Straße in die stille Sonne und tut so, als täte ihm nichts weh. Trotz der zerkratzten Wände, der zugeknallten Türen, trotz der Bruchstücke und Spuren, die sich vor Jahren in den Garten geschrieben hatten: Haarspuren, Blut- und Trittspuren, Abdrücke von Polizeistiefeln und gefallener Körper auf dem jungen Gras. Schrille Schreie hatten sich für immer in die Vorstadtluft gehängt, Schläge und Knalle klemmten noch jahrelang zwischen Wänden und Türen fest, und noch lange vermutete man beim Blick aus dem Fenster den Wahnsinn hinter den Hecken wehen. Viele neue Bilder mussten hineinwirken in das Haus, von Tag zu Tag, um dem Schrecken die Farbe zu entziehen; Momente morgendlicher Wohligkeit im Sommer zwischen den Laken, ich liege im Bett unter dem geöffneten Doppelfenster, mein Fuß lehnt am kühlen Heizungsrohr, der hellblaue Himmel und das Rascheln der Pappeln wie Meeresrauschen, springende Sonnenflecken auf den Blättern einer noch schmalstämmigen Eiche, die von jedem Windstoß geschüttelt wird, eine Amsel singt, und kurz darauf meckert ein Buchfink, in der Ferne brummt der Motor eines Rasenmähers hoch, die Feuchte frisch gemähten Rasens dringt durch das Fenster, und ich stehe auf, laufe durch das stille Haus, alles schläft, und ein Balken von warmem Sonntagmorgenlicht fällt in die Veranda, fließt in den Flur und zieht langsam die Wände hoch.

Das Haus halten, ich muss das Haus halten.

»Hör auf mich, glaube mir,
Augen zu, vertraue mir.«

Schlange Khaa

DIE ESOTERIKERIN

Ich stand an der Wand eines gefangenen Zimmers im Erdgeschoss einer Altbauwohnung und wartete darauf, gelesen zu werden. Ich wusste weder, was bei einer Auraleserin passieren würde, noch, weshalb ich eigentlich hergekommen war. L'Aura, deren irdischer Name sicher sperrig und spröde war, hatte für den Vorgang alle Türen und Fenster geschlossen. »Nicht, dass Ihre Aura heimlich abhaut«, hatte sie gesagt, »die Dinger sind manchmal etwas scheu«, und mit einem kräftigen Zug am Fensterhebel den Frühling ausgesperrt.

Wie hypnotisiert war ich der Einladung dieser Fremden gefolgt, dabei hatte es sich vielleicht nur um ein gutherziges Ablenkungsmanöver gehandelt, wie bei einem Kind, dem man bei einem Schluckauf einen Schreck einjagen soll, denn ich hustete und schnappte nach Luft, dass mir heiße Tränen den Kopf schwemmten. Ich hatte mich verschluckt, das passierte mir zurzeit wieder häufig; ich war nicht bei der Sache. Vieles entging oder entfiel mir, ich übersah Augenscheinliches, stolperte über Unebenheiten in der Straße, vergaß Uhrzeiten, stieß mir die Schulter an Türrahmen, durch die ich schon viele Male gegangen war, und als ich aus dem Zugfenster sah und feststellte, dass es schon Winter war, hatte ich das wohl in den falschen Hals bekommen.

Sie steht ja *völlig neben sich*, wie oft hatte ich diesen Satz schon gehört. Das Kind steht neben sich, das Kind ist nicht bei der Sache, es ist völlig zerstreut, es vergisst alles, es verliert alles, es überlegt Überlegungen, die zu nichts nütze sind, es isst nicht, es spricht nicht, es ist zu scheu, zu still und wie ein leerer Platz im Raum, *Alice ist es noch immer nicht gelungen, sich in die Klassengemeinschaft einzufügen*.

Nun war das Kind schon lange erwachsen und schämte sich schrecklich in diesem Moment für das sabbernde Gewürge und Gehuste. Mir fiel alles nur Denkbare aus dem Gesicht, und es war, als könnte ich die Gedanken der anderen im Zugabteil hören (»Bitte nicht kotzen, bitte nicht«). Einer flüsterte ängstlich »Alles okay?«, und ich nickte nur und winkte ab, zwang mir ein Lächeln auf die Lippen, während das heiße Wasser mir aus Augen, Mund und Nase über das glühende Gesicht in die Ärmel rann und Bäume und Häuser stroboskophaft vor dem Zugfenster aufflackerten. Neben mir auf dem Sitz das noch feuchte, gerade hervorgebrachte Bild eines Malers, das ich dir schenken wollte, denn du hattest wieder einmal Geburtstag, was mich jedes Jahr schon Wochen vorher in einen Ausnahmezustand versetzte aus Furcht, dieses Jahr schon wieder alles falsch zu machen. Nicht nur die Auswahl der Geschenke setzte mich so unter Stress, dass ich wie eine verirrte Antilope durch die Geschäfte streunte, schließlich hatte ich schon oft genug Beschwerden gehört (»Häh?! Was soll ich denn da-mit? Das kann ich ja nun wirklich ü-berhaupt nicht gebrauchen! Nimm das mal lieber wieder mit«), was im völligen Kontrast zu meinem Vater stand, der mir selbst beim unmöglichsten Geschenk noch ein gutes Gefühl hatte geben wollen (»Eine. Neue. Fußmatte! Nä, das glaub ich ja jetzt nicht, *ist* das toll!« Erst Jahre später ging mir auf, wie unendlich bekloppt es ist, jemandem eine Fußmatte zu schenken. Dem eigenen Vater! Zu Weihnachten!), auch hatte ich noch nie wirklich herausbekommen, welches denn das richtige Datum deines Geburtstags sei: der 30. oder der 31. Juli. Wie erleichtert war ich, als mein Vater mir gestand, auch er hätte über all die Jahre nie wirklich herausgefunden, an welchem dieser beiden Tage denn nun tatsächlich dein Geburtstag sei, und bis heute verstehe ich es nicht: Gratulierte ich dir am 30., sagtest du: »Ich habe doch erst morgen Geburtstag! Warum weißt du nicht, wann deine eigene Mutter Geburtstag hat, das ist doch krank, ist das doch.« Gratulierte ich dir im Folgejahr am 31., warst du außer dir: »Na, herzlichen Dank auch. Ich hatte gestern Geburtstag. Aber lass gut sein, ich habe mir einen netten Tag allein gemacht und war in der Kirche«, dem du noch während des Auflegens ein »mit anderen vernachlässigten Müttern!« hinzusetzt. Es kam mir vor, als ginge das jährlich hin und her; was machte ich nur falsch, dachte ich jedes Jahr wieder – *diesmal* schreibe ich es sofort auf! Und im nächsten Jahr schaute ich nach und verstand nicht, warum ich es mir im vergangenen Jahr offenbar falsch aufgeschrieben hatte. Was stimmte denn nur nicht mit mir? Zu deinem diesjährigen Geburtstag wünschtest du dir »endlich mal ein schönes Bild von meiner geliebten Tochter! Wenn du schon nicht mit mir nach Juist fahren willst. Was mein größter Wunsch wäre, das weißt du ganz genau. Aber ist schon okay, ich mache dir keinen Vorwurf. Verstehen tu ich es nicht, aber das muss ich ja auch nicht. Und ich werde dich ganz sicher nicht drängen! Aber verstehen tu ich es nicht. *(Pause)* Das muss ich noch sagen: *Normal* ist das nicht, was du machst, Alice. Wiederhörn!«

Der Zug hielt. Drei Leute stiegen ein, einer aus. Gesamt: vierzehn. Zählen kann helfen. Zählen hilft immer. Ich hatte lange in der Personenerfassung des öffentlichen Nahverkehrs gejobbt und konnte seitdem das Zählen nicht lassen. Acht rein, vier raus, neun drin. Einer rein, zwei raus. Nächste Station: *Zur Freiheit*. Keiner rein, keiner raus – hah, witzig: »Zur Freiheit, keiner rein, keiner raus!«, dachte ich und äugte weiter somnambul durch das Abteil. Der Husten hatte sich beruhigt, und ich sah noch alles verschwommen, las durch meine Tränen wie durch die Oberfläche eines Sees die Werbeanzeige auf der U-Bahn-Tür *Wir öffnen jedem die Tür*, da tauchte die nächste Irrsinnsgestalt auf: eine leinenbehangene Frau mit haarlosem Kopf schob ihr käsiges Gesicht zu meinem runter und durchbrach etwas wie eine unsichtbare Wand, die mich umgab. Die vielen dünnen Silberringe klirrten an ihren alten Armen, und sie sah mich an aus wässrigen gelben Augen wie eine Leberkranke, darunter tiefe dunkle Ränder, wie eine Lungenkranke, und sagte mit heller, junger Stimme, sie würde gerne meine Aura lesen.

Ganz gebannt war ich. Dass die Frau ausgerechnet mich angesprochen hatte, muss ja einen Grund haben, dachte ich. Nicht nur habe ich, wie du, schon immer an höhere Mächte geglaubt, ich bin auch der Meinung, dass alles, was andere Leute sehen, denken und von sich geben, grundsätzlich richtiger ist als alles, was ich denke, wahrnehme und von mir gebe. Vielleicht sieht sie in mir ja etwas Besonderes, dachte ich, eventuell bin ich ja, ohne es zu wissen, im Besitz einer sehr außergewöhnlichen, einzigartigen Aura, was mir natürlich schmeicheln würde, und mit Schmeicheleien aller Art kriegt man mich immer.

Doch nicht nur das. Das zierliche Persönchen wirkte so verloren und erinnerte mich darin an irgendjemanden – nur an wen? An Heidrun aus der Grundschule vielleicht, die immer aussah, als hätte sie sich zu Fasching als Oma verkleidet? In meiner Erinnerung trägt sie ein dunkelbraunes großmaschiges Strickkleid, das ihr bis zu den Knöcheln geht, und einen grünen, selbst gebastelten Filzhut mit daran befestigten bunten Filzblumen. Von den anderen wurde sie immer Popel-Heidrun genannt, und zum Julklapp bekam sie eine selbst gebastelte Popeldose geschenkt, in der sie all ihre Popel sammeln sollte. Sie war meine einzige Freundin. Und dann gab es noch den dicken Kai, der alle paar Tage einen seiner Tobsuchtsanfälle bekam, bei denen sein viereckiger Kopf unter dem hellblonden Haar rot anschwoll, er verzweifelt um sich schlug, trat und so herumbrüllte, dass er den ganzen Tisch vollsabberte. Bei Klassenarbeiten geriet er immer so unter Stress, dass er ständig laut furzte (und dann, weil er die Sache nicht unter Kontrolle bekam, von einem weiteren Tobsuchtsanfall übermannt wurde), und in der Pause wurde er aufgrund seiner Furzanfälle verprügelt. Auch er war mein Freund, diese Freundschaft war allerdings eher einseitig; ich sah es als meine Aufgabe an, mich um Kai zu kümmern.

Die Aura-Tante ist eine von uns, dachte ich jetzt, ich muss sie retten! Und da ich sowieso mittlerweile vergessen hatte, wohin ich eigentlich wollte, lief ich einfach mit ihr mit.

Je länger ich neben der fremden Frau in der sonnigen Vormittagsstille durch die Straßen schwebte, entlang an den Altbauten links und rechts, umso mehr kam ich wieder zu mir, und langsam dämmerte mir, was ich hier tat. Aber was sollte ich jetzt machen: stehen bleiben und sagen, ich hätte es mir anders überlegt, ich wollte meine Aura doch lieber ungelesen lassen? Was würde werden aus der armen Esoterikerin, ginge ihr der Fang, den sie gerade gemacht hatte, wieder von der Angel? Ich schielte rüber zu ihr. Würde sie mir gleich eine Schwermetallvergiftung diagnostizieren, einen verloren gegangenen vorgeburtlichen Zwilling oder ein Leaky-Gut-Syndrom? Fest entschlossen und ohne meine Seitenblicke zu bemerken, ging die Frau mit geierhaft vorgerecktem Kopf, als hätte sie eine wichtige Mission zu erfüllen. Nein, unmöglich, es gab kein Zurück, ich musste da durch und die Sache irgendwie vor mir selbst rechtfertigen. Gründe mussten her – und auf einmal, bumm: waren sie da! Und mir erschien alles – ja! als eine Art Fügung! *Aura* – na sicher!, dachte ich und freute mich sehr. Selbstverständlich war eine *Auraheilerin* genau das, was ich nötig hatte! Ganz unbedingt sogar!

Meine Migräne-*Auren*, die mir vor den Schmerzattacken als optische Spektakel erscheinen, waren in letzter Zeit stärker geworden; wo ich sonst nur Lichtblitze durch die Gegend zucken sah, verschiebt sich jetzt der Raum, sodass der Küchentisch schräg auf der Spüle steht und der Herd aus dem Fenster hängt. Manchmal zerreißt das Zimmer in der Mitte wie ein Foto, das jemanden sehr wütend gemacht hat, und setzt sich in unpassender Weise wieder zusammen. Das Klavier wird als Kleiderschrank fortgesetzt, die Heizung endet in der Baumkrone vor dem Fenster, all das begleitet durch eine minutenweise Halbseitenlähmung meines Oberkörpers. Ein mir länger bekanntes Phänomen ist auch, dass Menschen plötzlich sehr nah dran und dann wieder sehr weit entfernt wirkten. Sehr riesig, mit bulligen, aufdringlichen Gesichtern und wulstigen Nasen, dann wieder sehr klein und weit weg, wie in einem umgedrehten Fernglas. Oder verwechsle ich da was? Denn exakt dies hatte mal jemand nach einem Auftritt zu mir gesagt: »Es ist seltsam mit Ihnen«, sagte die Person, »auf die Nähe sind Sie ganz klein und in der Ferne riesengroß.« Vielleicht also habe ich aus dieser Beschreibung etwas in meine Wahrnehmung der Dinge übernommen, so wie Erinnerungen anderer einem manchmal wie die eigenen erscheinen:

Als ich mit fünf Jahren meine Mutter verlor, stand ich mitten in der Nacht aus dem Bett auf, ging in die Küche, nahm alle Gewürze aus den Schränken und schüttete sie durcheinander: Pfeffer ins Salz, Thymian in Oregano, Kümmel in den weißen Pfeffer, Curry in den Zucker. –

»Nein, nicht *du* hast das getan«, sagtest du. »*Ich* habe das getan, als *ich* fünf Jahre alt war und *meine* Mutter verlor. Man hat dir das erzählt über mich, und auch ich weiß das alles nur aus den Erzählungen anderer; wer weiß schon, ob es überhaupt stimmt!«

Als *ich* fünf Jahre alt war, hattest *du* meine Sachen gepackt und gesagt: »Du musst jetzt gehen, Schnucki.« Du hattest dich in dem dunklen Zimmer (der Strom war uns abgeschaltet worden) auf den großen roten Plastikkoffer gesetzt, auf dem viele abgeriebene Aufkleber mit verschiedenen Länderflaggen klebten u(nd der so übervoll war, dass Stofffetzen daraus hervorquol)len, und dann die Schnallen des Koffers zuschnappen lassen. Und obwohl ich wenige Wochen zuvor sogar selbst Anstalten gemacht hatte fortzugehen, hatte ich Schwierigkeiten, das mir Gesagte zu verstehen. Da aber klingelte es schon an der Tür. »Das sind deine Abholer«, sagtest du und öffnetest die Tür. »Wir sind dann so weit«, hörte ich dich sagen.

DER URKNALL

In der Aurapraxis roch es nach Geriatrie, Räucherstäbchen und Katzenfutter, und die wortkarge Art der Auraleserin kam mir sehr entgegen – ich hatte mir über die vergangenen Jahre abgewöhnt, jenseits der Bühne und ohne den Schutz einer künstlichen Persona mit Menschen in Kontakt zu treten. L'Aura schwenkte die Arme an mir entlang, hoch, runter, seitlich winkend, wieder hoch, wieder runter, seitlich, hielt dann inne – aus Freundschaften hatte ich mich zurückgezogen, andere nur noch mit obligatorischen Treffen abgearbeitet, ihnen nach dem Mund geredet und widerstandslos allem zugestimmt; alles andere hätte mir zu viel abverlangt. So teilte ich mich auch im öffentlichen Umgang nur noch über Endsilben oder Sprachpantomimen mit: auf ein »Hallo« beim Eintreten in die Apotheke antwortete ich mit einem »llo«, auf ein »Tschüss« mit zum Ü gerundeten Lippen, Ja und Nein erledigte ich durch Kopfnicken oder -schütteln, und damit war das Wichtigste auch gesagt.

Sie erstarrte wie ein Roboter, dessen Betriebssystem sich aufgehängt hatte. Und fing erneut an, die Luft um mich herum abzutasten, zu streicheln und sogar zu tätscheln, wie man ein verschrecktes Fohlen beruhigt. »Geht's?«, fragte ich ganz ohne Ironie und überlegte, was ich wohl falsch machte. Nach einigen weiteren Versuchen ließ sie von mir ab und schritt, das Kinn mit Daumen und Zeigefinger festhaltend, bedeutungsschwer wie ein Ermittler durch den Raum, setzte sich hinter den massiven Schreibtisch, lehnte sich zurück und guckte, als hätte sie den Teufel gesehen.

Ich stand noch immer da, wie ich hingestellt worden war, und wartete auf weitere Anweisung. Ohne mich anzusehen, gebot sie mir mit einer kaiserlichen Armbewegung ihres zarten Ärmchens, Platz auf der anderen Seite des Tischs zu nehmen, und zog eine Akte hervor. Ob das eine Art Patientenakte sei?, fragte ich, jetzt sitzend, und was sie jetzt da notieren würde; ich wollte irgendeine Klemme lockern, die den Raum zusammenquetschte.

L'Aura schlug mit einer lässigen Schüttelbewegung die Bügel einer Lesebrille auf, pikste sich mit dem Bügel ins Auge, machte »tz« und hielt sich kurz das tränende Auge. Dann schüttelte sie die Brille erneut auf, setzte sie erfolgreich auf, sah über die Ränder des roten Plastikgestells rüber zu mir, mehrere gespannte Sekunden lang – klappte die leere Akte wieder zu und lehnte sich zurück in ihren Thron. »Um die Wahrheit zu sagen«, sagte sie mit ihrer fast kindlich jungen Stimme und machte wieder eine grüblerische Pause, in der sie mehrfach bedächtig nickte. »Um die Wahrheit zu sagen –« »Sie machen's aber spannend!«, unterbrach ich sie, woraufhin sie mich noch bestürzter ansah, die Hände zu einer Waffe faltete und den Kugellauf gegen ihr Kinn hielt. »Da ist nichts«, sagte sie unvermittelt und sah mir direkt in die Augen. »Was?«, sagte ich und zog mein Gesicht sehr weit auf in der neugierigen, zuversichtlichen Annahme, dies wäre erst eine Art Ausholbewegung für einen nun folgenden, ausschweifenden Monolog über die Schönheit und Besonderheit meiner Aura. Aber da folgte nichts. »Wie nichts?«, fragte ich. »Ich kann nichts finden«, sagte sie. »Sie haben keine Aura.«

Mein Kopf zuckte zurück, als hätte mir jemand vor den Augen geschnippt, und dann war ich auf einmal sehr klein auf ihrem Holzstuhl. Die zierliche Frau lehnte sich energisch zu mir rüber, sodass ihr ganzer Oberkörper auf der Holzplatte lag, verzog das Gesicht zu einer schmerzverzerrten Sorgengrimasse und sagte:

»Wo sind Sie?«

Sie sagte das in einer betörenden Eindringlichkeit, eben in

einer Art und Weise, die eine Menge Mut zur unmittelbaren Begegnung voraussetzt, und ich drehte mich kurz um und sah mich im Raum um, zog mein Kinn an den Hals, um den von der anderen Seite überschrittenen Abstand wieder ein Stück herzustellen, und starrte sie an. »Hm?«, fragte L'Aura. »Wo sind Sie? *Hier* sind Sie jedenfalls nicht. Also *hier* schon. Aber eben nicht *da*. Ich kann Ihre Aura nicht finden, sie ist weg, beziehungsweise –«, sie schielte einmal nach links, dann nach rechts und entschied sich sichtlich, etwas anderes zu sagen als das, was ihr in den Sinn gekommen war, »Sie sind – unsichtbar.«

Verlegen kratzte ich mich am Kehlkopf und überlegte, was ich tun oder sagen könnte. Ich fühlte mich auf so unangenehme Weise ertappt wie vielleicht noch nie zuvor. Ein flirrender Piepston breitete sich im Raum aus und drückte gegen meinen Schädel. »Es ist wirklich wahnsinnseng hier, ist hier überhaupt Luft im Raum«, sagte ich, seufzte einmal schwer und wedelte mir mit der Hand vor dem Gesicht. Die Frau sah sich um und zog die Stirn in Falten, stand auf, ihr Leinengewand fiel lang und gerade an ihr runter, sie öffnete das Fenster wieder, setzte sich zurück an ihren Tisch und erklärte mir schulterzuckend, sie hätte »so was« auch noch »nie erlebt«, und sei selbst unsicher, wie »damit« umzugehen sei. Ich guckte sie an. Mein linkes Augenlid zuckte, und ich hoffte, dass es nicht auffiel. »Was ist das da mit Ihrem Auge?«, fragte sie. »Wo könnte sie denn hin sein, meine Aura?«, fragte ich und versuchte, mein Eingeschüchtertsein zu überspielen, hampelte unsicher auf dem Holzstuhl und klemmte mir die ruhelosen Hände unter die Schenkel. Vor dem Fenster hörte man eine Frau mit Whiskeystimme durch die Straße grölen. Ein Hund bellte. Die weißen Vorhänge bauschten sich auf. »Das kann ich Ihnen nicht sagen«, sagte die Frau.

Ich hatte den Faden verloren.

»Sie sollten sie ganz dringend aufspüren!«, sagte sie. Mein Auge zuckte wieder, und nun fing es auch noch an, in meinem Kopf zu brummen. Ich hatte dieses Brummen, ein ultratieffrequentes Geräusch, das weniger ein Ton war als ein dauerhaftes Zerrütten des Trommelfells, in den ersten Wochen für ein Rumoren des Erdkerns gehalten, das bis zu mir in den vierten Stock drang; dann einige Monate für einen Schallwaffenangriff Russlands oder Chinas und mich gefragt, wie viele Leute wohl dadurch schon den Verstand verloren hatten. So wollen sie die Leute in den Wahnsinn treiben, arbeitsunfähig machen und die deutsche Wirtschaft vernichten, da war ich mir ganz sicher! Bis ich auf einer Griechenlandreise bemerkte, dass das Gebrumme sogar dort zu hören war, und Zweifel bekam. Immer wieder googelte ich nach »Schallwaffenangriff auf Deutschland und Griechenland«, und erst Tage später kam ich darauf, nach »Brummgeräusch« zu suchen, und stieß auf eine Seite, auf der behauptet wurde, es gebe ein Brummen, das sich im Inneren des Ohres abspiele.

Ich machte ein lustiges Gesicht. »*Aufspüren?*«, fragte ich, aber da war nichts zu machen. Sie sah mir erneut sehr direkt und so unangenehm sorgenvoll in die Augen, dass mir davon ein Doppelkinn wuchs. »Ich halte das sogar für überlebenswichtig«, sagte sie, und ich schluckte so laut, dass ich selbst darüber erschrak und aufsprang.

In der Ecke unter der Papierlampe stand ein Fressnapf mit aufgemaltem Katzengesicht. »Ist das ein Katzenfressnapf?« »Ja«, sagte L'Aura, »ist das ein Problem?« Ich schüttelte den Kopf, guckte mich weiter im Raum um, klopfte ein paarmal mit meinen Händen gegen die Seiten des Stuhls und lachte wieder, was so seltsam außerhalb klang. An der Wand hinter L'Auras Kopf entdeckte ich ein Gemälde. Es hing hinter ihr wie ein verunstalteter, quadratischer Heiligenschein und sah aus, als hätte da jemand mit Anschwung vollkommen wahllos Farben auf eine Leinwand geworfen. Auch Gold, Silber und ein Metallicblau waren dabei, und an einigen Stellen hatten Blasen und Brüche eine Kraterlandschaft gebildet. »Sehen Sie sich meinen Kopf an?«, fragte L'Aura, und zeigte auf ihren weiß glänzenden Glatzkopf. »Das war schon immer so. Erbanlage. Kein Krebs.« Nein, nein, ich sähe mir das Gemälde an, sagte ich, und dass einige Stellen des Bildes vor meinem Blick verschwimmen würden.

Ich hätte bei allen Farben, die auf der Farbenskala nach Grün kämen, eine Sehschwäche. »Ah ja, die dunklen Töne, niedrig schwingendes Farbspektrum«, sagte sie und nickte, als passe alles zusammen. »Es ist aus einem Luftkurort«, sagte sie stolz, »es heißt *Der Urknall.*« Sie freute sich. Ja, so was habe ich mir beinahe gedacht, sagte ich.

Wo sind Sie. Ich bewegte die Worte durch meine Gedanken. Ob sie mir durch die Blume sagen wolle, dass ich leider keinerlei Ausstrahlung habe, fragte ich. Sie lächelte warmherzig. »So will ich das nicht sagen«, sagte sie mit einem irritierenden Singsang, aber aus irgendeinem Grund bekäme man, wenn man nicht übermäßig aufmerksam und hochsensibel sei (so wie sie, die Auraleserin, es ja zum Glück sei), nicht mit, dass ich mich überhaupt hier im Raum aufhalte. Sie unterbrach sich selbst und sprang schnell weiter zu einem immer willkommenen Vorschlag: »So«, sagte sie, »ich würde Ihnen empfehlen, mal ordentlich Urlaub zu machen!«, und gab der Tischplatte einen abschließenden Klaps.

Eine vernichtende Diagnose. Mir fiel ein Spanischkurs ein, bei dem ich nicht nur in der Vorstellungsrunde am ersten Kurstag übergangen worden war, sondern in dem der Kursleiter Rodrigez mich nach zwei Wochen des täglichen stundenlangen Zusammensitzens in einem engen Volkshochschulklassenzimmer fragte, ob ich neu sei im Kurs, und die Mail mit meiner Anmeldungsbestätigung sehen wollte – und das, wo ich mich sogar eifrig an einer Zeiten-Diskussion beteiligt und kampfeslustig behauptet hatte, *abgeschlossene Vergangenheit* sei die größte Schwachsinnskategorie, die jemals erfunden worden sei, womit ich die ganze Klasse gegen mich aufbrachte: Ob jemand, der mir vor dreißig Jahren eine Milch gebracht hätte, mir zum gegenwärtigen Zeitpunkt immer noch die Milch bringen würde, maulte man mich an. »Nein«, maulte ich zurück, »aber wäre es denkbar, dass eine Person, die mir vor dreißig Jahren *keine* Milch gebracht hätte, mir die Milch noch immer *nich*t bringt, weil vor weiteren dreißig Jahren auch ihr *keine* Milch gebracht worden war, ich aber die Milch, die auch ihr *nicht* gebracht worden war, nun für alle Zeiten zu ihr zurückbringen soll?« Dann war es still geworden, und alle glotzten mich an. »Sorry, Leute, ich bin raus«, sagte eine. Ob ich zurzeit unter starkem Druck stehen würde, fragte eine andere. Milch sei ja eh gar nicht gesund, sagte eine dritte. – Auch fiel mir nun ein, dass ich mich bei einigen Leuten jedes Mal erneut mit Namen vorstellte, weil ich davon ausging, man könne sich sowieso nicht an mich erinnern. Und dass es zu meinen Alltäglichkeiten gehörte, dass Leute völlig selbstverständlich über mich hinweggingen oder sogar versuchten, durch mich hindurchzugehen, und nicht einmal Entschuldigung sagten, wenn sie mir dabei in die Hacken traten. Oder dass einige Leute einfach losredeten, während ich gerade sprach. Und dass meine Freundin Charlotte mich bei gemeinsamen Parkspaziergängen jedes Mal, während sie redete, vom Gehweg drängte, sodass ich zu einem Teil *im* Knallerbsenstrauch laufen musste und mir die kleinen Äste im Gesicht und an den Armen zeckten. Auch dass ich am Morgen den Nachbarn im Gegenlicht mit einem fröhlichen Winken gegrüßt hatte und dieser nicht zurückgrüßte. Und dass langjährige Freunde, bei denen ich zu Besuch war, über mich in der dritten Person sprachen, als säße ich gar nicht mit am Tisch; ja, sogar Witze machten über meine Kleidung, meine Art, mich hübsch zu machen, meine, wie sie sagten, *lange Leitung*, die man seit Jahren mit einem augenrollenden »Ach, Alice!« kommentierte; sie redeten über meine neue längere Frisur, meine alte kürzere Frisur, meine Essgewohnheiten, meine Zahnstellung, äfften mich nach in meiner Schreckhaftigkeit und Schmerzempfindlichkeit, beurteilten meine geistige Entwicklung der letzten Jahre und kritisierten meinen letzten Aufritt als Spaßmacherin wie ein Expertengremium. Ich guckte interessiert von einem zum anderen, hörte zu, nickte verständnisvoll und sagte »Ja, das find ich auch« oder »Nee, doll war das nicht«, als spräche auch ich über mich in der dritten Person. Für all dies gab es plötzlich eine Erklärung. Ich musste die Gründe nicht mehr bei mir suchen, denn: *Mich* gab es vielleicht gar nicht!

Ob diese kleine Person, die sich selbst für eine Auraleserin hielt oder einfach in großer Geldnot war, mich tatsächlich ertappt hatte – oder waren es lediglich die Worte, die mich zu dem machten, was die Frau *(nicht)* in mir sah? Was sind das für Leute, die sich anmaßen anzunehmen, im Besitz irgendeiner Wahrheit zu sein, und diese Wahrheit für so kostbar erachten, dass man sie sogar Leuten in Rechnung stellt, ohne sie zumindest als Betriebs- oder Sonderausgabe steuerlich geltend machen zu können.

»Vielleicht können Sie sich ja einer Pflanze anvertrauen«, sagte L'Aura und riss mich aus meinem Gedankenwirbel. Ich hob die Brauen. »Na ja. Sie scheinen ein Problem mit Vertrauen zu haben. Und solchen Menschen rate ich immer, es zumindest mal bei einer Pflanze zu versuchen. Oder einem Tier. Das fiel mir nur gerade ein, so ganz intuitiv. Farn ist ja zum Beispiel sehr geduldig.« »Farn?« »Ja, oder auch eine Efeutute. Die wäre auch gut für Ihr Asthma.« Ich überlegte.

Dann war Aufbruch. L'Aura war unruhig geworden über die Momente der Sprachlosigkeit und schien sich von irgendetwas bedroht zu fühlen, vielleicht von meiner Abwesenheit höchstselbst, wie vor dem Nichts, das gleich anfangen würde zu nichten, also entschied ich mich, sie von meiner Last zu befreien, sprang auf, bedankte mich, indem ich mich mehrfach vor ihr verbeugte, nahm meine riesige, unförmige Tasche und verabschiedete mich mit einem warmen Lächeln, das sie mit einem warmen Lächeln erwiderte – wir trauten einander nicht über den Weg.

Was mit all den Nichtigkeiten nun anzufangen war, war mir nicht klar, und ich googelte, während ich benommen durch die Straßen eierte, ob es im internationalen Verzeichnis der Krankheiten eventuell eine Störung gab, die mir die Sache einordnete. Eine Absent-Disorder, mit der Abkürzung AD vielleicht, oder Absent-Personality-Disorder, stieß aber nur auf schamanische Seiten mit Kostenvoranschlägen und das Wort »Seelenverlust«

und ging dann selbstvergessen in meinem grünen Kleid über die Kopfsteinpflasterstraße, wo ein Lkw mich fast übersehen und umgefahren hätte, bestellte im nächsten Straßencafé eine Tasse Kaffee und brach eine halbe Stunde später wieder auf, ohne den Kaffee erhalten zu haben.

SCHWERES VERBRECHEN

Von meinen neuartigen *Auren* habe ich selbst Doktor Raffauf noch nichts erzählt, aber er würde damit ohnehin nicht viel anfangen können; Hausärzte interessieren sich nicht für Migräne, sie bescheren ihnen kaum Erfolgserlebnisse. In Raffaufs Praxis sitze ich immer an derselben Stelle im fensterlosen Wartezimmer, unter dem riesigen Foto mit dem gekenterten Kreuzfahrtschiff, in Pyjama und Mantel mit Mütze bis zur Oberlippe gezogen, und warte darauf, dass er mir mein Rezept ausstellt. Tritt Raffauf aus seinem Behandlungszimmer und entdeckt mich, schaltet er mit einem lebhaften Klatscher auf den Schalter das Licht aus. So besser?, fragt er, und alle sitzen im Dunkeln. So ist super!, ruft seine Arzthelferin, dass man ihr Augenrollen hören kann, und wirft beleidigt den Kugelschreiber auf die Akten.

»Was bereitet dir denn solches Kopfzerbrechen«, fragte er. »Nee, Arzt, komm mir jetzt bitte nicht so«, sagte ich. »O.k., dann anders.« Was es für ein Schmerz sei, fragte er, ich solle ihn beschreiben. »Ein verlässlicher«, sagte ich, er komme immer wieder. Alle anderen Beschreibungen könnten pathetisch wirken, denn es sei ein sehr dramatischer Schmerz. Das mache nichts, sagte er, er habe nichts gegen Pathos, und das Drama habe etwas Heilsames; sich hin und wieder hineinzusteigern ermögliche ein rascheres Verarbeiten der Dinge. Außerdem kämen viele Menschen so unberührbar daher, so glatt und gemäßigt und passiv-aggressiv, er fände das unangenehm, sogar unästhetisch. »Und überhaupt!« Jetzt kam er richtig in Fahrt, »anstatt großer Gefühle überall nur noch Stimmungen, Befindlichkeiten und Sentimentalität!« Bilder von Hundebabys funktionierten selbst bei Nazis, Sentimentalität sei eine Volkskrankheit. Sie beziehe sich nur auf sich selbst und ersetze die Fähigkeit zu einer wirklichen Empfindung; einer Empfindung, die sich auf einen anderen beziehe! Er betonte das letzte Wort mit erhobenem Zeigefinger und bleckte die Zähne. »Meine Frau ist Portugiesin«, sagte er, und in Lissabon, da gingen die Menschen einander noch spontan besuchen, mitten am Tag. Klingelten, kämen rein, setzten sich auf einen Kaffee oder einen Schnaps. Hier aber brauche es sechs Wochen Ankündigung, damit die Leute vorher noch schnell eine neue Fassade hochziehen lassen könnten. »Das ist doch alles krank«, sagte er und entschuldigte sich, vom Thema abzukommen.

Es sei wie eine schwere Vergiftung oder ein sehr starker Kater, sagte ich. Raffauf guckte enttäuscht. Unter der Ankündigung *Pathos* hätte er jetzt mehr erwartet, sagte er. Ja gut, sagte ich, ich sei ja noch nicht fertig und habe eben nicht allzu steil einsteigen wollen. Heiß glühende Metallsplitter stellten sich auf in mir und zäunten mich von innen her ein, dass ich nahezu bewegungslos würde. Es beginne zwischen den Schulterblättern, ziehe sich an meinem Hals hoch, greife nach meiner Kopfhaut, sauge sich durch meine Augäpfel hindurch ins Innere des Kopfes hinein durch das Gesicht in den Kiefer, den vorderen Hals hinunter, durchs Brustbein, und mir werde speiübel, dann weiter in den Unterleib und in die Schenkel und Waden, und dann bekäme ich Fieber. In dieser Zeit, die zusammengerechnet mehrere Monate im Jahr ergebe, zählte ich tagelang die Sekunden. Einmal hätte ich es dabei bis vierundzwanzigtausendneunhundertsechsunddreißig geschafft. Denn das sei mit das Unangenehmste an dieser Krankheit: Sie bringe Bilder hervor aus einer längst vergangenen Zeit. Aus der Dunkelheit des Zimmers, in dem ich läge, stiegen Bilder vor mir auf, die ich längst vergessen hatte –

»Aber dann«, sagte ich und schwenkte um zum angenehmen Teil: Wenn der *böse Zauber* vorbei sei, folge ein Seligkeitsrausch. Als würde man jemanden das allererste Mal ans Licht lassen. Oder das Meer zeigen. Dann äße ich dankbar und laut schmatzend mit bestem Appetit, schliefe wohlig und wachte am Morgen auf mit so viel Kraft, dass ich meine Sachen packen und losziehen wolle, um die ganze Welt zu retten. Mir sei dann, als würde alles, was tagelang dunkel, zersetzend und zusammengezurrt war in mir, nun in eine Gegenbewegung gehen; als funktioniere alles nach einem solchen Ausgleichsprinzip. Wie frisch verliebt sei ich dann und von so heller Freude erfüllt, dass ich bei lauter Musik durch meine Wohnung tanzte. Alles sähe ich dann neu: Die Farben, die Bäume und Vögel, alles dufte, und mir erschienen alle, die es als Gegebenheit hinnehmen, täglich ohne Schmerz zu sein, als blinde Irre. Ich wolle dann alle bekehren und wie die Zeugen Jehovas an den Türen klingeln, um Bescheid zu sagen, dass heute Weltaufgang ist. Die Wiederherstellung des Paradieses hat geklappt, das müssen Sie sich unbedingt ansehen – die Geigen setzen gerade ein!

Der Arzt brabbelte Unverständliches in seine Handfläche hinein, ich fragte nicht nach. Er stand mit überschlagenen Beinen locker an seinen Schreibtisch gelehnt, hatte einen Arm auf dem anderen verschränkt und Mund und Wange schief in die offene Hand gelegt. Er nahm die Hand weg, richtete den Blick auf mich, zog eine Schnute und nickte diplomatisch. Und kam dann doch nur mit dem Üblichen: Immer zur selben Zeit essen, schlafen, aufstehen, kein Fast Food, kein Alkohol, kein Zucker, kein Garnix. Sie müssen leben wie ein anfälliges Kleinkind. »Weiß ich doch alles«, sagte ich, »ich lebe seit Jahren wie ein asketischer Mönch.« Er sei ja noch nicht fertig. Man müsse der dunklen Seite Einhalt gebieten. Die Schmerzhochs müssten vermieden, der Schmerz verlernt und die Schmerzlosigkeit in höchster Diszipliniertheit sich selbst anerzogen werden, damit sie eine neue Normalität werde. Denn das Prinzip des Schmerzes sei zu vergleichen mit dem Prinzip des Geldes: Mehr ergebe noch mehr. »Wer hat, dem wird gegeben«. Doch nur, weil ein Schmerz vertraut sei, heiße dies nicht, dass er zu einem gehöre. Es sei ein Irrtum, anzunehmen, Schmerzen und dunkle Räume seien Teil einer Persönlichkeit. Überhaupt: Ich solle die Metallsplitter, die mich von innen her einzäunten, als etwas Gutartiges zu betrachten versuchen, als einen *weißen Schmerz*. Denn in Wahrheit meine er es gut mit mir. Jede Krankheit habe auch einen Gewinn, und immerhin könne ich an Tagen wie diesen wohl kaum ein schweres Verbrechen begehen.

Im Hochsommer hatte ich einen besonders schlimmen Anfall. Nach vier Tagen allein mit meinen Gebeinen in meiner Grotte saß ich ausgezehrt mit einer riesigen schwarzen Sonnenbrille in einem langen Unterhemd auf dem Bordstein gegenüber von Raffaufs Praxis und dämmerte vor mich hin. Die Kraft zum Weitergehen hatte mich kurz vor dem Ziel verlassen, und die Sonne brannte in so aggressiver Weise auf meine viel zu dünne Haut, dass ich gerade beschlossen hatte, mich zu ergeben: ab hier für immer alles sein lassen. Da waren mir auch die Blicke der Leute egal, die hinter mir an Restauranttischen Wiener Schnitzel aßen. Ich hing auf dem Bordstein, schluchzte schamlos laut und ließ mich komplett gehen – da war auf einmal ein Schatten vor mir. Unter meiner abschirmenden Hand öffnete ich halb ein Auge, und Raffauf mit seinem rot gefleckten Stressgesicht stand da, bückte sich zu mir runter und drückte mir das Rezept in die Hand. »Hier«, sagte er. Er habe aus dem Fenster gesehen, wie ich hier mal wieder hängen würde wie ein Schluck Wasser. »Oh«, sagte ich und hielt ohne mein Zutun den kleinen rosafarbenen Zettel in der Hand, der mir schnelle Linderung versprach. Raffauf nahm mein salzzerträntes Gesicht zwischen die Hände – mein letzter Blick in den Spiegel war etwa drei Tage her; ich hatte vor längerer Zeit entschlossen, mir den Anblick dieser immer wieder aufs Neue schockierenden Gesichtsverzerrung nicht mehr anzutun; mein Gesicht war wie in einzelne Kuben unterteilt, die umeinander verdreht und aneinander verrutscht waren –, er lehnte seine raue Herrenstirn an meine schmerzfieberstrahlende Stirn, blickte mir mit seinen lieben Kinderaugen in meine zerdellten Glotzflatschen und streichelte mir mit seinem Daumen väterlich über den Hals; mein Mund versuchte aus Versehen, ihn zu küssen, was er freundlich überging und sagte: »Liebes. Nichts ist so schlimm, dass es keine Lösung dafür gibt. Mach bloß keinen Unsinn. Hörst du.« Ich nickte, und der Rotz fiel mir aus der Nase. Ich war so dahin von seiner Fürsorge, dass mir heißes Wasser aus den Augen quoll und in Rinnsalen über seine warmen Hände lief. »Haben wir uns verstanden?!«, fragte er mit Nachdruck und schüttelte flehentlich meinen Kopf; eine Erschütterung, als schwappe mein entzündetes Hirn direkt gegen die harte Schädeldecke. Meine Stimme leierte wie die einer Betrunkenen, und mit vor Übelkeit zerknittertem Mund fragte ich: Tragen Sie auch sonntags Kittel? Dann fielen mir die Augen zu, ich hob die Hand gegen seinen Blick und übergab mich in den Gully neben einen Autoreifen. Hinter mir ließen Leute ihr Besteck auf den Teller fallen und sagten: »Also ehrlich.«

TOLL

Die Deutung dieser Auraleserin erscheint mir mit einem Mal wie die lange erwartete Antwort auf vieles, was ich noch nie zuvor verstanden hatte. So erklärt sich endlich auch, dass Leute mir Bezeichnungen wie »Gespenst« hinterherwerfen, oder dass Personen, die ich nur flüchtig kenne, mir ungefragt spiegeln, ich erweckte den Eindruck, mich von einer Sekunde auf die andere »in Luft auflösen« zu können, was man mir in einer Mixtur aus Sorge und Kompliment vorträgt. Ich hätte etwas an mir, sagen Leute, das so *flüchtig* sei, dass man sogar im Augenwinkel meine, meine Gliedmaßen als Einzelteile durch die Luft fuchteln zu sehen, ja, dass man überhaupt alles an mir *vereinzelt* wahrnehme und *nicht zusammenhängend*; als verstreute ich mich in alle Richtungen wie eine ausgerissene Pflanze auf einer Autobahn, die mit allem, was kommt und geht, hin und her geworfen und nur noch weiter verweht werde. Auch sei meine Körpertemperatur kühler als die anderer Leute, was es angenehm mache, neben mir zu übernachten, da man nicht allzu schnell in einem beängstigenden symbiotischen Schwitzen verklebe.

»Weißt du, Alice», sagt man mir, »das Tolle an dir ist, dass man sich bei dir einfach alles traut«. Vor mir schäme man sich für gar nichts, fühle sich ganz wie zu Hause und könne sich mal »richtig locker machen«, und insbesondere Medienmänner in Leitungs- und Vorstandspositionen reden drauflos, wie man es vielleicht in einer Analyse machen würde, wobei die Zuhörende *hinter* dem Patienten sitzt, um nicht vom Assoziationsfluss abzulenken durch eigene Anwesenheit. Mit Hemd und Jackett, gerade frisch von einer großen Konferenz kommend, lockern sie ihre Hemdkragen, ziehen den Krawattenknoten auf, dass der Schlips an ihnen runterhängt wie eine aufgezogene Schlinge, knallen die Füße mit einem lauten Seufzer auf den Stuhl neben sich, verschränken ihre Arme zu einer Brezel hinter dem Kopf, bestellen sich erst mal einen Doppelten und plaudern freien Herzens drauflos. Sie geben an mit ihren neuesten Siegen und Errungenschaften (»Die haben wir so richtig von der Seite weggefickt vorhin, die Gesichter hättest du sehen sollen!«), ergehen sich triumphierend über Zügellosigkeiten (»Was meinst du, wem ich nach der Premierenparty noch die Gurke durch den Entsafter gejagt habe, dreimal darfst du raten! Kleiner Tipp: Sie ist *sehr* jung und *sehr* berühmt!«), zeigen sich von ihrer ganz menschlichen Seite (»An Weihnachten bringe ich dem Obdachlosen bei mir an der Ecke immer eine selbst gemachte Gans«), als Retter der Überflüssigen und Übriggebliebenen (»Du, mal unter uns: Ohne mich säßen die *längst* auf der Straße!«), zeigen mir ihr ehrlichstes, tiefstes Leid (»Eigentlich bin ich depressiv, weißt du. Hab' ja schon als Kind SSRI-Hämmer nehmen müssen, weil ich einfach keine Freude empfinden konnte«) oder rufen mich aus ihren Familienurlauben an, um sich über ihre Ehefrauen zu ergehen, als deren Opfer sie sich sehen (»Jetzt hab' ich Leistenbruch von dem ganzen Scheißdrama hier! Die Kuh macht mich echt fertig!«)

Doch was auch immer sie mir erzählen, ich erkunde mit Interesse die schillernde Welt derer, die Sicherheit und Macht ausstrahlen; ganz so, als trügen sie den festen Boden, auf dem sie selbst stehen, mit sich herum und würden auch mir einen kleinen Platz darauf gewähren.

Vor wenigen Wochen nun überwies mir einer von den *Ganz Großen* mit einem Mal eine größere Summe Geld mit dem Verwendungszweck: *Mach was Schönes damit Ganz liebe Grüße*. Ich wunderte mich, mein Konto so plötzlich im grünen Bereich zu sehen, bis mir einfiel, dass, hätte ich es denn gewollt, ich nicht nur seiner Frau und seiner Freundin, sondern auch seinen Kindern die wildesten Geheimnisse über ihren Vater hätte berichten und damit einiges durchrütteln können – allein durch die Weiterleitung einer einzigen Nachricht! Wahnsinn. Wäre das eine Möglichkeit, mir noch ein achtes Standbein aufzubauen? Indem ich einfach monatlich den Druck erhöhte? Die Schrauben ein bisschen fester anzog? Andere haben Lebensversicherungen, ich dreckige Geheimnisse, dachte ich und nickte mir selbst anerkennend zu, steckte mir die Haare hoch, schminkte mir die Lippen, rieb sie aufeinander, blinzelte ein paarmal in den Spiegel und ging runter zum Italiener, schmiss die Füße mit einem lauten Seufzer auf die Sitzfläche neben mir, verschränkte die Arme zu einer Brezel hinter meinem Kopf und bestellte mir ein großes Glas vom Hauswein.

Dass all die Leute womöglich Dinge an mir entdeckt hatten, die ich lange Zeit als nicht der Rede wert abgetan hatte, bemerkte ich, als ich im Supermarkt in ein Käseregal hineinweinte, beim Anblick der vielen Käsesorten die Zeit vergaß und kurz darauf in eine große Heiterkeit verfiel über meine Hände, die, wie ich feststellte, so frech und neugierig aus ihren Ärmeln herausguckten: Ja, wer seid ihr denn? Seid ihr meine? Na, so was! Und genauso die Füße, die da unten so lustig herumstanden und, dachte ich, so vor sich hin sind in ihrem Sein. Ist es nicht faszinierend, überlegte ich im monotonen Brummen des Käsekühlschranks, dass die Füße, obwohl sie so weit weg sind, dass man ihnen winken kann, immer noch zu einem selbst gehören? –

Ich tat einen Schritt vor den anderen, sehr langsam, und erkundete das Schrittmachen. Ein Schritt. Noch einer. Und ein seeehr großer Schritt. Jetzt stand ich beim Quark. Im Seitenwinkel entdeckte ich zwei Jungs, die sich hinter dem Ständer BILLIG BILLIG BILLIG versteckten und mich, eine verstörte Erwachsene, beobachteten in ihrer pubertären Albernheit.

Mir fiel meine Schulfreundin Marie ein und wie auch wir in derselben Albernheit Leute beobachtet hatten, ihnen sogar Stimmen gaben und ihre Gespräche nachsynchronisierten. Marie lebte mit ihrer Mutter allein, ich mit meinem Vater, und so ergaben wir zusammen eine Art Symmetrie. Marie und mich

verbanden Lachanfälle, die immer dann aus uns herausbrachen, wenn es auf keinen Fall erlaubt war. Diese Anfälle waren so ungehalten, dass wir uns selbst davor zu fürchten anfingen; es waren körperliche Krämpfe, in denen sich eine solche Spannung entlud, dass das Lachen in ein laut schluchzendes Weinen überging. Marie und mich verband die Angst vor dem Tod und dass man niemandem davon erzählen konnte. Und die Scham darüber, nicht zu wissen, wie man *geht*. Ich stakse! Ich weiß nicht, wie man normal geht, klagten wir, ich schäme mich so! Ich habe keinen eigenen Gang! Aber keine Angst, man sieht es nicht, es kommt dir nur so vor, von außen ist es unsichtbar!
Nach Unterrichtschluss blieben wir so lange vor dem Eingang des Schulgebäudes stehen, bis alle anderen fort waren und wir sichergehen konnten, dass auf dem Weg niemand hinter uns gehen und unser Herumgeeiere sehen würde, was durch die Beobachtung Außenstehender bis zum grundlosen Hinfallen verschlimmert wurde. Niemand außer uns schien sich jemals mit der großen Geh-Frage beschäftigen zu müssen, alle schlenderten völlig selbstverständlich aus dem Schulgebäude, zündeten sich eine Kippe an, setzten sich Kopfhörer auf, schubsten sich gegenseitig, redeten und lachten und liefen dann gemeinsam in einer Gruppe von anderen sicheren Gehern – jedenfalls kam es uns so vor. Vielleicht hat es andere gegeben, die auf ähnliche Weise ganglos waren, aber niemandem davon erzählen konnten. Wir lachten Tränen vor Scham, während wir umhertaumelten, als hätten wir Seegang; Marie meistens eher nach rechts pendelnd, ich eher nach links, und wir sicherten uns immer wieder ab, dass uns auch wirklich niemand sehen konnte. Kam jemand, zuppelte die eine die andere am Ärmel, und wir blieben stehen und taten, als hätten wir Wichtiges zu bereden. Dann erzählten wir einander Dinge, die wir bei den coolen Mädchencliquen auf dem Schulhof aufgeschnappt hatten, gaben diese Geschichten als unsere eigenen aus oder erfanden Namen von Jungs, mit denen wir gingen.

Bei einem Yogakurs viele Jahre später, an dessen Ende die Kursleiterin die Möglichkeit anbot, noch Fragen zu stellen, hob ich den Arm. »Ich habe eine Frage, die mich schon sehr lange beschäftigt«, sagte ich: »Wie *geht* beziehungsweise *steht* man richtig?« Die Yogalehrerin sah mich an, als warte sie, dass noch etwas komme. »Ist das die Frage?«, sagte sie. »Ja«, sagte ich. »Tut mir leid, ich versteh die Frage nicht«, sagte sie. »Na, ich meine: Wenn man jetzt einfach so *dasteht*, wie wir alle so *dastehen*: Wie geht das. Wie macht man das am besten, das mit dem Stehen?« Die Kursleiterin zog die Stirn in Falten wie der Marlboro-Mann. »Ja, nee, Leute«, sagte sie und fing an, ihre Matte zusammenzurollen. »Auf genau so was hab' ich echt gar keinen Bock! Sucht euch für so 'ne Scheiße 'ne andere Veranstaltung – thanks.«

Nur meine Physiotherapeutin Rita, zu der ich alle paar Wochen zur Massage gehe, ließ sich auf die Frage ein und begründete das Geh- und Stehproblem mit einer »Schwäche der Mitte«, welche, wie sie sagte, nicht allein durch Stärkung der Bauch- und Rückenmuskulatur zu beheben sei. Sie führte mich zu einem Spiegel und wies mich auf mehrere *Haltungsfehler* hin, die auch dazu führten, erklärte sie, dass mein Gesicht so »schief und verzogen« sei, was ich in diesem Moment zum allerersten Mal selbst sah. Die Vermeidung von Schmerzen führe zu Schonhaltungen und Schiefstand, wobei manche Muskeln fälschlich gebraucht, andere dafür überhaupt nicht genutzt würden, und diese Fehlhaltungen führten dann wiederum zu neuen Schmerzen. Aufgrund von Fehlspannungen entstünde ein dauerhaftes Ungleichgewicht und eben dieses Phänomen, das einen Menschen zum »Körperclown« mache. Ich nickte und guckte beschämt auf den Boden. »Es gibt auch Menschen mit echten Problemen«, sagte ich, bedankte mich und ging.

DAS UND

Der Ausgang meiner Begegnung mit der Auraleserin deprimierte mich nicht nur, weil die Frau mir für all die Beleidigungen so viel Geld abgeknöpft hatte – auch meinen kleinlauten, in eine freundliche Witzelei verpackter Protest, eigentlich könne ein Arzt ja auch nichts bei der Kasse abrechnen, wenn ein Patient keinen Körper zur Behandlung mitbrächte, überhörte sie. Das Geld für die Behandlung, die gar nicht stattgefunden hatte, die gar nicht hatte stattfinden können, zog sie mit diebischen Fingern über die Tischplatte und ließ es sofort in einer Schublade auf ihrer Seite des Tisches verschwinden – sondern auch, weil ich mich doch mehrfach, so meine ich, sehr aktiv für *Anwesenheit* entschieden hatte, da mir alles andere als vollkommen unsinnig erscheint in der ohnehin begrenzten Zeitspanne, die einem hier zur Verfügung steht. »Sie müssen sich entscheiden zwischen *Haben* und *Sein*«, hatte ein großer, weißhaariger Psychotherapeut mit Augenbrauen wie Wüstenbüschel zu mir gesagt, der bei einer Geburtstagsfeier neben mich platziert worden war. »Und – was ist Ihre Neurose?«, hatte er mich mit väterlichem Charme beim Aperitif gefragt, und ich hatte gesagt: »Ich denke viel übers Gehen nach.« Er hatte mich eine Weile angesehen, ohne zu antworten, was mich dazu trieb, einfach weiterzusprechen, ohne dass ich es vorhatte … Ich dächte die schönsten Augenblicke immer von ihrem Ende aus und sei deshalb manchmal etwas unfröhlich. Ich trauerte über vergangene Tage und die damit zusammenhängenden Zahlen, die niemals mehr wiederkehren würden; niemals mehr würde es einen 9.10.2016 geben, sagte ich, ist das nicht entsetzlich?! Und das nehme ja niemals ein Ende: Jahreszahlen, schöne Blumen, die in der Sonne herumstünden, aber schon bald nicht mehr in der Sonne herumstehen würden. Lebende Tiere, die bald schon gestorben sein würden. Segelboote, die im Wasser an einem vorbeizögen und kurz darauf für immer vorbeigezogen sein würden. Sehen Sie, jetzt ist es 20 Uhr 21«, sagte ich, »aber gleich, passen Sie auf, wird es schon 20 Uhr 22 sein und das 20 Uhr 21 am heutigen Datum wird nie nie nie mehr wiederkehren! Ist das nicht grausam?« »Na ja, nun«, hatte er gesagt, das Aufhören nähme niemals ein Ende, was man übrigens auch von den Anfängen sagen könne, und manches könne gar erst anfangen, wenn etwas anderes aufgehört habe. Zudem hätten die Dinge ja nicht nur einen Anfang und ein Ende, sondern auch einen zweiten Akt, »den vergessen Sie bei Ihren Überlegungen irgendwie. Wollen Sie sich freuen am Anblick der Blume, oder wollen Sie sie pflücken und besitzen? Sie müssen sich entscheiden«, hatte er gesagt, beide Hände vor mir aufgehalten, als halte er in der ersten Hand *Haben* und in der zweiten Hand *Sein,* und tat, als wiege er sie gegeneinander ab. Und ich hatte ihm freudig auf die linke Hand getippt und gesagt: Ich nehme definitiv das Zweite! (Was ein Kellner, der hinter mir stand, auf die Bestellung bezog und mir schließlich die rohe Rinderzunge servierte.) »Überwinden Sie die Schlucht!«, hatte der Weißhaarige zu mir gesagt. »In Ordnung, mach ich«, hatte ich geantwortet. »Überwinden Sie das *Und* zwischen sich und sich«, setzte er hinzu. »Ach, das *Und,* das kann mich schon lange!«, hatte ich gesagt, und wir prosteten uns zu, ohne dass die Bäuche unserer Gläser einander berührten.

… – Wer nimmt sich selbst nicht als verschwindend wahr? In Anbetracht der vom Leben vorgegebenen Verfallprozesse ist *Verschwinden* doch die einzig richtige Annahme. Sich selbst im Wenigerwerden zu begreifen kann keine Eigenheit, keine Besonderheit sein. Aber *abwesend? Nicht da?* Allein dass es auffällt, könnte hinweisen auf etwas, das nur hinter dem Horizont verschwunden ist, aber noch ein mildes Licht wirft!
Ich könnte nun die Geschichte durchwühlen: Wo gab es einen

Diebstahl? Wo eine Vernichtung? *Nicht* vernichten hieße doch im Wesentlichen, die Dinge *sein lassen*. Ich könnte die alten Bilder durchwühlen und all die Momente zusammensuchen, die bedeuteten: *Sei nicht. Geh weg. Du bist mein,* und so fort. Da ließe sich sicher was finden! Man kann für alles Beweise finden, wenn man nur will, selbst für Abwesenheit. Und da eh keiner kommt, obwohl es schon weit über die Zeit ist, und ich weder aufgerufen noch abgeholt werde, könnte ich mir Dinge ausdenken und

Eine große Geschichte des Verschwindens

daraus basteln. Allein in der Suche würde ich nur weiter zerfasern, um schließlich eine weitere Auflösung in einem Trugschluss zu finden: Etwas ist da oder ist nicht da – *weil.* Etwas ist geworden oder ist nicht geworden – *weil.* Fiktive Rückschlüsse würden entstehen, aus denen man *Wenn-dann*-Regeln ableiten könnte, die nur zu weiteren Trugschlüssen führten:

Wenn ich mich nicht um dich kümmer', *dann* bringst du dich um. Ein Trugschluss. Man müsste *wenn* und *dann* ganz aus der Sprache streichen, damit die Dinge ohne Bezüge existieren könnten. Dann hieße es vielleicht: *Du bringst dich nicht um. Ich kümmere mich nicht.* Oder: *Ich kümmere mich. Du bringst dich um.*

Ich brauch' mich nicht kümmern. Ich kann die Dinge *sein lassen* und aufhören, mich einzumischen. Da sich nichts ändert, ganz besonders durch die *Zusammenhänge* nicht. Die machen es sogar schlimmer: Je mehr ich mich *kümmer'*, umso mehr bringst du dich um, wenn ich mich *nicht kümmer'*.

E 02

»Jaja, Sie sind ganz richtig, das hier ist die *Zweite Ebene*! Falls Sie die suchen. Viele suchen sie und verirren sich dann, dabei ist es ganz einfach. Sie müssen übrigens klingeln. Das ist eine Sicherheitstür. Da braucht man einen Schlüssel! Den nur wir hier haben, die Ärzte und das andere Personal. Oder man gibt eben einen Code ein und der ist, natürlich, geheim! Jaja! Sie sind die Tochter von Zimmer vier, richtig? Von Henriette Schaller? Ja, super, kommen Sie rein. Stehen Sie schon lange hier draußen? Ach, tatsächlich?! Ist ja ein Ding! Hab' Sie gar nicht gesehen, dabei laufe ich ja die ganze Zeit hier hin und her! Ulkig. Nur nicht abschrecken lassen, gell. Ich bin übrigens Mike, Mike Juncker, zweites Ausbildungsjahr hier auf der *Psych*, sozusagen der Jungspund auf der E Null Zwei. Wobei ich soo jung gar nicht mehr bin. Hab' noch mal gewechselt, die Richtung. Sagt man das überhaupt noch: Jungspund? Sie sehen jedenfalls auch noch jung aus für ihre einunddreißig. Ihre Mutter sagte mir ja, dass sie einunddreißig sind. Ach, schon dreiunddreißig? Sie sagte einunddreißig, na so was. Na, wie dem auch sei – nanu! Wie Sie gerade geguckt haben! Da dachte ich glatt, eine Fünfjährige guckt zu mir, stark! So viele Verwirrungen auf so kurzer Strecke. Na, wie dem auch sei! Das ist ja schön, ja. Schön, dass Sie hier sind, wirklich schön. Ihre Mutti sagte ja, dass Sie UNBEDINGT herkommen und mit mir reden wollten, beziehungsweise mit uns. Das finde ich toll, ja, ganz toll, wenn die Angehörigen da so hinterher sind! Wie, was? ICH? Nein. ICH soll gesagt haben, dass SIE ganz dringend herkommen müssen? Das, äh, stimmt nicht, nein. Ich habe nichts dergleichen gesagt. Zu so was komme ich ja gar nicht. Das hat Ihre Mutti gesagt, ja? Eigenartig. Da ist wohl irgendwo ein Missverständnis entstanden, was. Da kann man mal sehen, wie Kommunikation manchmal schiefgehen kann; ah, morgen Bärbel! Das ist die Bärbel, Urgestein. Arbeitet schon seit bestimmt dreißig Jahren auf der Station. Passen Sie mal auf, ich überlege gerade – wie machen wir das am besten. Ah, ich weiß! Wir gehen einfach nach oben in den dritten Stock. Da haben wir ein nettes kleines Räumchen, ich sage Ihrer Mutti mal Bescheid, dass Sie da sind, und dann geht's auch schon gleich los. Oder, ach iwo: Gehen Sie doch jetzt gleich selbst zu Ihrer Mutti, und ich hole Sie beide dann hier ab. Wa? Jut. Sind Sie eigentlich Berlinerin? Ach wat! Ne eschte Balinarin, wa! Is ja nüsch wahr, wa! Ich bin aus Oberhessen, da so die Ecke Darmstadt. Ihre Mutti redet ja ausschließlich von Ihnen. Gibt sozusagen gar kein anderes Thema, den ganzen Tag nicht. Und nachts auch nicht. Sie scheinen ja wirklich ihr absolutes Ein und Alles zu sein. Wahnsinn, wenn die Liebe derartig knallt! Selten eine Mutter dieser Art erlebt – warten Sie mal, dieses Zimmer hier ist es. Huch! Wo ist denn Ihre Mutti hin! Ist ja seltsam. Schauen wir mal nebenan. – Nee, das ist nur Frau Eulert. HALLO, FRAU EULERT. ALLES GUT, FRAU EULERT, ICH HABE MICH NUR IN DER TÜR GEIRRT. WAS HABEN SIE DENN DA SCHÖNES, EINEN KUCHEN? IST DAS EIN ERDBEERKUCHEN? ACH, EIN MANDARINENKUCHEN! NA, DAS IST JA DOLL! DANN GUTEN APPETIT, FRAU EULERT! Das war Frau Eulert. Dauergast auf der E Null Zwei. Ach, sehen Sie, da ist sie doch, Ihre Mutti! Doch Zimmer vier, hatte mich schon gewundert, sie war sicher nur zu den Waschräumen. Ich suche mal eben den Schlüssel, und dann komme ich und hole Sie beide ab. Wa? Jut!«

–

Allein du, im einfallenden Licht, mit hängenden Schultern und baumelnden Beinen, als säßest du auf einem Steg und schwenktest die Füße durchs Wasser. Deine Ballen streiften den blauen Linoleumboden, die Füße geschwollen, Löckchen in *Steel Blue Touch* verschwitzt in deinem dünnen Nacken. Dein Körper schmal und schwer von all den Verlusten, die du durch Wege und Straßen schleppst, immer hinkend, immer schnaufend, nach allen paar Schritten pausierend (»nun warte doch mal, Alice! Ich kann nicht so schnell, nun renn doch nicht immer so!«) Deine kummerschweren Schultern. Dein Oberkörper kraft- und willenlos. Deine schmerzenden Hüften steif, dass jeder Schritt knarrt. Und der Mund, der immer kaut, mit dem rostrot schimmernden Lippenstift, schief aufgetragen, nachlässig, wirr, und unablässig kaut, dass die Wangenknochen rhythmisch hervortreten, als boxe jemand Kleines von innen dagegen und versuche, sich zu befreien –

was könnte ich jemandem von mir erzählen, der *dich* nicht kennt.

Seelenruhig blicktest du deine Zehen an, so ausgeklammert aus der Wirklichkeit, in der du deinen Platz nicht mehr suchst. Du hast dich abgegeben an eine Autorität, die dir sagt, was zu tun ist, wo es langgeht, wann Tages- und wann Nachtzeit ist, wo es Essen gibt und wann; wie viele verbringen ihre Leben so: abgegeben an eine Elternschaft, die Aufgaben übernimmt, an denen du dich scheitern siehst – aber *nur* jetzt zurzeit, Alice, das ist ja nur eine Ausnahme, *weil*, sagst du mir. Und dann folgt auf das *Weil* ein *Du.* Bis *es* wieder geht. Wieder einmal wieder geht. Bis du wieder *kannst* – vielleicht auf eine Weise auch *willst?* Zwei Wochen mögen es werden oder vier, länger nicht, die *zweite Ebene* ist kein Ort für einen Daueraufenthalt, und dann wirst du wieder auf den Beinen sein; wie lange dann. Die Struktur allein macht es schon, fast scheint es wenig zu sein, was der Mensch braucht: Gemeinschaft, Rituale, eine Aufgabe. Aufstehen, Waschen, Frühstücksraum, einmal über den Flur bitte und um die Ecke; Knäckebrot, Kaffee, Apfel, Gouda, Gurke, Joghurt light, und das Trinken nicht vergessen, Sie müssen immer viel trinken, Frau Schaller, das hatten wir doch besprochen, gerade wegen der Medikamente. Hier kennt man die Wege, die zu gehen sind, versteht die zu meisternden Aufgaben, ist *entbunden*; kein Öffnen unangenehmer Post, keine Anrufe von Ämtern, Banken, Inkassobüros. Deinen sonst so starken Unwillen hast du zurückgelassen in dem Leben, das du nun zur Seite stellst; *die zweite Ebene*: ein Transitraum schräg über dem sonstigen Leben. Und Therapie, vielleicht heute doch mal ausprobieren, Frau Schaller? Einfach mal kommen zur Gruppensitzung, was meinen Sie? Nein, das brauchst du nicht, sagst du, mit der immer gleichen, aus allen Gesichtern fallenden *Überraschung*: Therapie?! Dann *Empörung*: Wieso denn Therapie! Wie kommen Sie denn *darauf*! Nein, das hast *du* nun wirklich nicht nötig. Die anderen schon, aber *du*? – Nein. Du weißt auch wirklich nicht, was das soll, also ehrlich, ich bitte Sie, ja. Wenn die anderen anders wären, ginge es dir ja gut!

»Mama?«, fragte ich fast stimmlos ins Zimmer. Du bemerktest mich nicht. Warst abgetaucht in deine Träume, deine Kämpfe.

Gäbe es doch noch jemanden. Irgendjemanden. Geschwister, Großeltern, Onkel, Tanten, den Vater oder andere mit der Sache Vertraute, mit denen man später zusammensitzen könnte und schweigen, bis die Worte kommen. Schweigen und in der Unauflöslichkeit zusammensitzen, das aber kann man nur mit dir: Du hältst es aus, das Unerlöste, du bist es selbst. Du hast diese seltene Würde, der Stille standzuhalten und einfach nebeneinanderzusitzen, dazwischen eine Wand aus Lücken gebaut. Nie lässt du dich in eine Funktionalität zwängen, nie würdest du aufspringen und putzen, wuseln, quasseln. Du lässt dich nie hetzen, nimmst dir deine Zeiten ohne Zweifel, und sitzt und wartest, bis du so weit bist. Bei dir gibt es keine Floskeln, kein Reden um des Redens willen, was andere von dir halten, interessiert dich nicht. Auf der Station beruhigst du die Verlorenen und Schreienden, auf der Straße die Wohnungslosen, du streichst ihnen mit der Hand über den Arm und sagst: »Ich weiß, ich weiß.« Denn du weißt.

»Mama?«, fragte ich jetzt lauter.

Unerreichbar warst du, versunken.

In Erinnerungen? Innere Monologe? Oder ein Gebet vielleicht? Eines aus dem kleinen blauen Buch, dem Zwölf-Schritte-Programm für Alkoholiker? Weil ihr alle Alkoholiker seid, alle! Sagst du, und ich bin die Angehörige. *Gott, gib mir die Gelassenheit, Dinge hinzunehmen, die ich nicht ändern kann, den Mut, Dinge zu ändern, die ich ändern kann, und die Weisheit, das eine vom anderen zu unterscheiden.*

»EY, SPORTSFREUND!«, rief ich fröhlich. Du sprangst auf, wichst aus in die Ecke wie ein verstörtes Tier, das nicht geschlagen werden will; weit aufgerissen und panisch deine Augen.

»Ist gut, ist gut. Bitte beruhige dich, bitte!« sagte ich.

»Was willst du!«, riefst du und hieltest deinen Arm vorgestreckt, die Faust geballt, als richtetest du ein Schwert gegen mich.

»Ich komme dich besuchen.«

»Warum willst *du* mich denn besuchen!«

»Ich will dir Sachen bringen. Darf ich reinkommen?« Ich trat über die Schwelle, blieb am Rand stehen, sah dich nicht an, vielleicht um dich nicht zu provozieren. Ich hielt die Hände in der Luft, vielleicht um die Wogen zu glätten oder zu zeigen, ich komme unbewaffnet.

»Und, wie ist die Bettnachbarin?«, fragte ich um Alltäglichkeit bemüht. Und los ging das alte Spiel:

»Die Bettnachbarin!? Wie soll die sein! Wenn *du* nicht so schlimme Sachen mit mir machen würdest, müsste ich gar nicht hier sein! Die Bettnachbarin! Ich FASS es nicht!«

»Ich mache nichts mit dir. Ich habe dir gesagt, dass ich nicht mehr kann. Ich kann nicht mehr weiter erpresst und beschimpft werden von dir.«

»Watt?! Spinnst du!? Ich kann mich nicht erinnern, dich je beschimpft zu haben! Du hast sie doch nicht alle!« Eisenstäbe vor dem Fenster in einem Abstand, dass kein Kopf dazwischenpasste, fingerdick und dunkelbraun lackiert; die Luft stand, dass kein Gedanke, kein Gefühl sich regen konnte. Leise scharrte es, du riebst deine Finger rhythmisch über den Handballen, als zerriebst du ein paar Zügel in der Hand.

»Ich weiß genau, was ihr gemacht habt, sehr genau weiß ich das, dein Freund und du. Die Drecksau. Vergiften wolltet ihr mich. Mörder seid ihr! Du bist eine Mörderin!«

»Ich freue mich auch, dich zu sehen, guten Morgen. Aber ich habe weder einen Freund, noch war ich bei dir, und schon gar nicht habe ich versucht, dir etwas anzutun. Und es wäre nett, wenn du solche Anschuldigungen lassen könntest, ich finde das doch einigermaßen unangenehm.«

»Sei nicht so schnippisch!«, sagtest du und sankst zusammen in dir, verschämt, mahltest deine Backenzähne aufeinander, stelltest den Blick leer, dass der Raum verschwamm, fokussiertest die inneren Bilder, riebst die Hände aneinander, als würdest du sie kräftig einseifen.

»Ich hatte ein Delir, na und! Deshalb ist man nicht gleich verrückt! Ich hatte ein Delir, weil ich zu viele Medikamente genommen und zu wenig getrunken hatte, als ich aus Syrien wiederkam! Ja und?! Die Reise war anstrengend! Ich bin achtundsechzig Jahre alt, mein liebes Frollein, zeig mir mal bitte eine Frau in meinem Alter, die nach Syrien reist und mit den Beduinen durch die Wüste zieht!«

»Ich kenn keine – Mama. Es ist alles in Ordnung. Keiner macht dir einen Vorwurf. Nur entspricht dieser Traum nicht der Wirklichkeit, du reagierst auf eine Phantasie.«

»Was für eine Phantasie?! Duuuu! Du hast mich verhungern lassen! Was bist du nur für ein Mensch, der seine arme Mutter in der Wüste verrecken lässt!«

»Lass mich raten: ein Unmensch?«

»Jetzt werd mal nicht frech, mein liebes Frollein! Anzeigen müsste ich dich wegen unterlassener Hilfeleistung! Ein Unmensch bist du, das sagt sogar mein Friseur!«

Du ließest dich zurück auf die Bettkante sinken. »

Vielleicht kann dein Friseur dir ja auch deine Hauslatschen ins Krankenhaus bringen, deine Wohnung entmüllen oder dir ein bisschen Geld leihen – kann ich das Fenster kurz kippen bitte, ich krieg keine Luft hier drin.«

»Meinetwegen«, sagtest du, beinahe sanft.

»Bitte nicht so freundlich, Freundlichkeit verstört mich auf einer ganz tiefen Ebene.«

»Und dass du keinen Freund hast, ist ja wohl schuld eigen, Alice! Was musst du es auch mit allen Männern versauen! Der Hinnerk war SO ein netter Junge!«

Ich ging zum Fenster, zog am Hebel, das Oberfenster klappte auf, leises Zwitschern brachte die Welt hinein, die Zimmertür flog krachend zu. Unten wachte der Rasen gerade auf, reckte sich zur Vormittagssonne, dazwischen das runde Beet in Rot und Weiß; Petunien, Margeriten. Die Holzbank hielt freundlich ihre Arme auf. Wenn wir dort sitzen würden. Über Harmloses plaudern könnten; Leute, Zeiten, Orte.

»Sitzt du manchmal da unten im Garten?«, ich kratze mit dem Fingernagel an der Scheibe.

»Bisher nicht. Vielleicht nächste Woche mal, wenn ich rausdarf.«

Zwei Frauen redeten im Flur, ihre Stimmen verschwammen zu einem Klang.

»– Ich wollte dir das eigentlich gar nicht erzählen«, sagtest du, »aber: Ich bin jetzt verheiratet. Ich habe in Syrien geheiratet. Jemanden, der mich *liebt*!«

Ich drehte mich zu dir, reckte den Kopf vor, hob die Augenbrauen in süffisanter Neugier.

»Soooo schööööne SMS hat er mir geschrieben, hach!«, du zeichnetest eine Melodie in die Luft, der Bademantel rutschte dir von den Schultern, »von Rosengärten und Wasserfällen! Von schönen Kleidern, Blumenblüten und Zauberwäldern!« Deine Züge weichten auf, hell wurde dein Blick. Die noch sonnengebräunte Haut auf deinen Armen, deine Schultern, deine unschuldige Haut, dein ganzer Körper so schuld- und harmlos und von Weichheit verformt, dass es besticht gegen die Angst. Der Rücken viel schmaler, als ich es in Erinnerung hatte, und formlos wie der eines Babys; zerbrechlich, als hätte sich alle Zartheit in diesen Teil deines Körpers verschoben.

»Wie schön er ist! Soooo schöööön sind die Männer dort!

Nicht so plump und unromantisch wie die Männer hier. All diese deutschen Jeans-Männer, schrecklich! Arafat ist ein Romantiker! Und was er mit seinen Händen machen …«

»Halt, stopp! Es reicht! *Blumenblüten*?! Und diese Hochzeit, was genau bedeutet das? Bekommt er Geld von dir? Und werde ich jetzt zwangsverheiratet oder in irgendeinen Töchter-Harem gesteckt?«

»Red' keinen Unsinn, Alice! Es geht um *Liebe! Liebe!* Aber so was verstehst du eben nicht. *Der* verlässt mich nicht einfach. So wie du! So wie ihr alle. Alle habt ihr mich im Stich gelassen, als ich in Not war, alle! Mein Mann! Mein Vater! Meine Stiefmutter! Meine sechs Stiefschwestern! Meine Anwältin! Die Bank! Der Mieterverein! Die Messie-Gruppe! Die Nachbarn! Das Jugendamt! Die Gutachter! Das deutsche Rechtssystem! Und jetzt auch noch meine eigene Tochter!«

»Das sind echt viele fiese Leute.«

»Verbrecher sind das, Elende!«

»Mama. *Niemand* hat dich im Stich gelassen. Und *alle* haben versucht, dir zu helfen, und wurden als Dank von dir fertiggemacht.«

»Ach ja? Wer hat mir wann geholfen? Ich kann mich nicht erinnern!«

»Natürlich nicht. Wir sind einfach alle sehr schlechte Menschen.«

»Nein. Ihr seid eben krank. Trinker seid ihr alle. Dafür könnt ihr nichts. Ihr müsst euch in Behandlung begeben, aber ihr könnt euch das leider nicht eingestehen. Dein Vater würde vielleicht noch leben, hätte er das getan.«

»Ach, schau an! Mir würden da noch ein paar andere Dinge einfallen, die sein Leben deutlich verlängert hätten!«

Ich atme sehr langsam viel Luft ein, halte sie fest: *Eins-zwei-drei-vier-fünf-sechs-sieben-acht*. Du holtest neu aus, ich entließ die Luft.

»Und im Übrigen solltest du mal die Bibel lesen! Da steht nämlich: Du sollst Vater *und Mutter* ehren! Verstehst du: *ehren*!«

»Keine Sorge, ich ehre dich. Es ehrt sich nur irgendwie leichter, wenn man nicht andauernd unter Beschuss steht. Und wenn du mir schon mit der Bibel kommen willst, da steht auch: ›Wer Vater oder Mutter mehr liebt als mich, der ist meiner nicht wert.‹«

»Watt? Wo hast du das denn her?! Aus einer deiner Sekten?! Und wer ist *mich*?«

»Na, wer wohl: Gott! Oder nenn es: das Leben. Die Liebe. Such dir was aus.« Eine Fliege surrte zwischen Innen- und Außenfenster, schabte mit den Flügeln an der Scheibe, sie vibrierte.

»Jetzt will er immer, dass ich ihm Geld schicke.«

»Wer – Arafat? Das kannst du nicht! Du lebst selbst von Grundsicherung! Du kannst ihm keinen Cent schicken!«

»Ich muss! Er hat einen Souvenirladen, und weil die Touristen immer weniger werden, kommt kaum noch Geld rein. Er muss ja auch seine andere Ehefrau noch ernähren!«

»Von *deinem* Geld?!«

»Wenn ich ihm kein Geld schicke, muss er den Laden dichtmachen! Aber das sind Dinge, die verstehst du nicht, Alice. Du weißt doch gar nicht, was das ist: *Liebe*.« Ich stieß einen bitteren Lacher aus und setzte mich auf einen Stuhl an der Wand, dir gegenüber.

»Mama, bitte. Du kannst diesem Mann kein Geld schicken. Es geht nicht.«

»Ach nein?! Und was dann?! Soll ich ihn auch noch verlieren!?«

Du weintest, lautlos, und hieltst dir das Gesicht zu. Nur dein schmaler nackter Rücken bebte. Du nahmst die Kosmetiktasche vom Nachttisch, zogst einen Lippenstift raus, bemaltest dir die Lippen ohne Spiegel, riebst sie aufeinander, dann sahst du mich an, aus umschatteten Augen, mit schiefem Mund. Deine silberblauen Locken standen vom Kopf ab, mit Spannkraft und Witz in alle Richtungen, als versuchten sie, ihre Besitzerin aufzuheitern.

»*Du!*«, weintest du und schnaubtest dir schluchzend die Nase.

»Wer bist du denn überhaupt? Erzählst ja nie was von dir!

Weißt du eigentlich, wie diskriminierend das ist, überhaupt nichts zu wissen von der eigenen Tochter?«

»Haaaallo – Haaalllo – Haaallo!«, rief es draußen auf dem Gelände, eine Herrenstimme, kraftlos, gebrochen. »Haaaaallo – Haaalllo – Haaallo!«, lang gezogen, in den immer gleichen Abständen.

»Hör mal, der Hallomann ist auch wieder da«, sagte ich. Du schwiegst und kautest. Der Hallomann trug einen hellen Anzug mit Hut, wie ein Mafiaboss aus den Siebzigern. Er lief mit seinem Rollator durch den Garten, verschwand vorne durch die Drehtür im Backsteingebäude und erschien einige Minuten später wieder aus der Drehtür am anderen Ende des Gebäudes, stakste durch den Garten, rief weiter »Haallooo haaallooo haallloo!«, und verschwand wieder in der vorderen Drehtür, immer derselbe Ablauf. Wen grüßte er, was wollte er, bei welchem Akkord war ihm die Nadel von der Platte gerutscht. Eine Natter huschte über den Weg an seinen Füßen vorbei, da blieb er auf einmal stehen, gab Ruhe. Wir atmeten einmal durch, beide gleichzeitig. Dann setzte es wieder ein, als hätte die Nadel den Spalt wiedergefunden.

»Ich muss raus hier; *raus, bloß raus*! Aus dieser kranken Stadt, aus diesem kranken Land! Woanders geht es mir immer gut! Solange ich nicht hier bin, ist alles wunderbar! – Und dich werde ich anzeigen!«, brülltest du. Ich ließ die Hände zu einem Klatscher aufeinanderfallen und blinzelte entzückt.

»Na wunderbar, ist es wieder so weit.«

»Ja, allerdings ist es wieder so weit! Und eines sage ich dir, mein liebes Frollein: Wenn du mich noch einmal im Stich lässt, bringe ich mich um! Für immer! Dann war's das. Ein für alle Mal!«

Mikes Kopf erschien schräg in der Tür, er schüttelte einen Schlüsselbund in seiner Hand.

»Kuckuck, die Damen! Da bin ich! Wollen wir dann?«

zwei

STARKSTROM

Sein Leben lang hatte mein Vater sich mit Wellen und Strom beschäftigt. Schallwellen, Luftwellen, Wasserwellen, Druckwellen, Wellenlängen, Wellenfunktionen, Longitudinal-, Transversal- und Torsionswellen; Starkstrom, Gleichstrom, Wechselstrom, Mischstrom, Konvektionsstrom, Verschiebungsstrom, Dreiphasenwechselstrom, dem pulsierenden Gleichstrom. Knapp sechstausend Fotos sammelte er in seinem Leben an, auf denen Masten, Transformatoren, Trafos, Trenner, Schaltwerke, Stahlwerke und Störlichtbögen zu sehen sein würden; Halbleiter und Leiterplatten, Regler, Röhren und Generatoren, Kupferdrahlspulen, Sammelschienen, Lasttrennschalter, Überlandleitungen und eine unzählige Masse von Widerständen. Aus »dem« werde doch eh nie was, hatte der Vater meines Vaters gern über seinen Sohn gesagt, und so war sein Sohn mit Anfang zwanzig Leiter eines Umspannwerks in Keetmannshoop, Namibia, geworden. Doch auch das wurde nicht besonders gut aufgenommen:

»Innendschör? Was soll das denn sein, ein Innendschör!«, fragte der Vater meines Vaters, »gibt es dafür nicht auch ein deutsches Wort?« Und es dauerte, bis er eine Antwort bekam, die Leitung war lang, die Übertragung brauchte elf Sekunden.

—————————— »Hallo?« ——————————

——————————————————————————

—————— »Walter, bist du noch da?« ——————

——————————————————————————

—————————————— »Dann sag eben Techniker«,

antwortete sein Sohn und versicherte, bald noch mehr Geld nach Hause zu schicken.

Zur selben Zeit warst du dort Fremdenführerin. *Raus, bloß raus*, hatte es dich getrieben, erst nach Mauretanien, dann nach Georgien, Turkmenistan, Pakistan und schließlich nach Namibia, denn in deinem Heimatdorf Gallsee fand man so allerlei nicht richtig an dir. Du seiest nicht häuslich genug, um eine gute Ehefrau zu werden, du kleidetest dich nicht, wie andere Frauen sich kleideten, du läsest zu viel, was einer Frau nie gut bekomme, und so verwendete man viel Kraft darauf, dich zu einer *anständigen Frau* umzuerziehen. Als einziges Kind einer anderen Frau wurdest du an den Rand der Familie gedrängt, warst Außenseiterin neben deinen sechs Schwestern, und »die«, wie man deine verschwundene Mutter nannte, sei »eh immer komisch« gewesen, und mit »eh immer komisch« waren alle Fragen schnell aus dem Weg geräumt. Für kleine Fehltritte bestrafte man dich und trug dir auf, den Abwasch der ganzen Familie zu erledigen, und wann immer ich dich später abwaschen sah, sah ich dich gesenkten Hauptes vor der Spüle stehen wie einen Sträfling, die gelben Gummihandschuhe über die Hände gezogen, eine blaue Schürze um den Hals gehängt und aus der Zeit gefallen. Es tropfte dir von den Gummihänden, Schaum wölbte sich vor dir im Becken, während das Wasser auf den Edelstahl hämmerte – »Mama«, sagte ich. ——————»Mama!« ————————————————— »MAMA! Siehst du nicht, dass es brennt, verdammt!« Ich warf den brennenden Topflappen ins Becken, es zischte. »Was?«, fragtest du, im Dampf stehend. »Huch, nanu, das hab ich gar nicht mitbekommen …«

In Fotoalben, die du in tagelanger Arbeit gestaltest hast, beschriftet mit lustigen Kommentaren und Aufklebern, sieht man dich mit Pfeife im Mund auf einem Schiff stehen, an die weiße Reling gelehnt, der Blick in die Ferne, einem großen Aufbruch entgegenlächelnd. Sieht dich mit Sonnenbrille in einer lichtdurchfluteten Straße gegen ein Gemäuer lehnen, über dir ein riesiger hellroter Zuckerbusch. Sieht dich zwischen Feiernden barfuß am Strand an einem Lagerfeuer, mit hochgekrempelten Jeans. Du hast die Armbeuge um den Hals meines Vaters gehängt, ihr seid jung, braun gebrannt, lacht mit offenen Gesichtern.

Auf achtundsechzig Super-Acht-Filmspulen hat auch er das gemeinsame Leben festgehalten. In nächtlicher Handarbeit hat er all die Aufnahmen zu kleinen Erzählungen zusammengeschnitten, atmosphärische Szenen ohne Ton, in denen Menschen sich etwas schneller bewegen als die Wirklichkeit und in die Kamera winken.

Ein Abend vor gemusterten Tapeten. Leute stoßen an, trinken Brandy und Wein, ein Plattenspieler im Hintergrund, jemand mit Schnauzer und Schlaghose zieht eine Platte aus der Hülle, legt sie auf, Leute springen auf und tanzen, es ruckelt, ein Lichtstreifen huscht über das Bild, all das stumm und begleitet durch das sanfte Rattern der Spule. Frauen mit langen Haaren in schulterfreien Minikleidern und dazwischen du: gesellig, elegant, schön. Deine Haare noch schwarz und hochgesteckt, dein Blick wach und wissend.

Auf einer weiteren Spule ein Familienspaziergang in einem Winterwald. Ihr lauft mit zu flinken Beinen und zu schnell baumelnden Armen. Du trägst eine rote Pudelmütze und dein großes blaues Brillengestell. Du läufst in der Unschärfe. Du drehst dich um. Dein Gesicht bleibt verschwommen. Es dauert einen Moment, bis das Auge dich scharf zieht, begleitet von einer kurzen Unruhe im Bild. Du blickst über den Betrachter hinweg, sagst etwas, nickst, dann legst du den Kopf schief, um dich kleiner zu machen; so, als könne man dich nur sehen, wenn du dich biegst. Du winkst mit dem verschnellerten Winken, guckst eine Weile suchend in Richtung Kamera, dein Lächeln ist unecht, als versuchtest du, gegen Widerstände eine Stimmung oben zu halten. Lichtflusen flackern über dein Gesicht. Am rechten Rand des Bildes erscheint jemand und verdeckt dich: meine Großmutter, deine Schwiegermutter. In einem dunkelroten Mantel mit rotem Hut und Handschuhen, auch sie dreht sich zur Kamera, lächelt und winkt. Von dir sieht man jetzt nur noch einen Arm im Abseits baumeln, und wie du schnell Abstand gewinnst.

Je weiter du dich entfernst, zum Mittelgrund des Bildes hin, desto mehr bist du wieder Teil des Films, bleibst aber am Rand, außerhalb der Gruppenline, deren Anfangspunkt dein Vater bildet. Deinen Kopf hältst du gesenkt, dein Gang ist der einer im Stich Gelassenen. In der Ferne dreht sich auch deine Stiefmutter Tilda um: Sie entdeckt die Kamera, lacht, zeigt mit dem Finger zum Bild und sagt etwas zu deinem Vater, doch der winkt ab. Sie bückt sich, formt einen Schneeball zwischen ihren Handschuhpranken, wirft ihn in Richtung Kamera. Das Bild weicht aus, schwenkt nach rechts zu den Tannen, auf deiner Höhe fällt er zu Boden, du machst eine Ausweichbewegung, drehst dich zum Filmer und lachst, als wolltest du sagen: Keine Sorge, ich kann Spaß verstehen.

Dein Vater trägt keine Mütze und einen beigen, viel zu dünnen Parka für einen Gang durch den Winterwald, seine Schultern sind nach oben gezogen. »Wir waren uns immer ähnlich«, würde mein Vater später über ihn sagen. »Auch er hat immer den Clown gemacht. Nur sein Gemüt«, er würde pausieren, »das hing an ihm runter wie ein schwerer, nasser Lappen.«

Es war auf der Hochzeitsreise nach Afghanistan, als die Stimmung zum ersten Mal kippte – und bald ward dein Mann nicht mehr viel gesehen zuhaus. Er ließ sich versetzen nach Dänemark und kam nur noch an den Wochenenden heim. »Ich habe keine Kraft mehr für die ewigen Streitereien«, sagte er. »Hast du eine andere?«, fragtest du.

Im nächsten Film der Reihe sieht man dich in einem langen roten Sommerkleid. Du tanzt, springst von einem Sofa auf ein anderes und schwenkst ein Weinglas in der Hand. Du zwinkerst, prostest uns zu, stoppst mit dem Tanzen und wirfst dein Kleid hoch. Ein großer Schwangerschaftsbauch wird sichtbar. Lachend vor Freude wirfst du den Kopf in den Nacken. Den Stoff lässt du fallen, die Brille schiebst du dir auf die Nase zurück. Dann setzt du dich. Lehnst dich zurück. Du stellst ein Römer-Weinglas auf deinem Bauch ab, lässt es kurz los, zeigst auf das Glas, wie es wackelt, und lachst.

ORT DES BLAUEN NEBELS

Nordamerika, Juni 1985

Das Rauschen der Straße, die Hitze im Wagen, wochenlanges Fahren, ziellos, ich sehe aus dem Fenster, deine Schulter vor mir, die Kopfstütze, die Eisenstangen; du weinst, immer weinst du, und ich bin vier Jahre alt. Weinfahrten durch das beißende Licht endloser amerikanischer Highways, an unserer Seite durchhängende Stromleitungen wie alte, verwitterte Wäscheleinen, vor uns weht roter Sand über den flimmernden Asphalt. Wir steigen aus, stehen im heißen Wind an der offenen Autotür, dünn flattern die Ärmel auf deinen Armen, die Sonne fällt uns direkt auf den Kopf, dein Gesicht nass und schmutzig. Wir wohnen im Auto zwischen Klamotten, mit einem Nachttopf unter dem Fahrersitz, frühstücken an Tankstellen, laufen durch klimatisierte Malls mit kalten, marmorhellen Böden, um uns von der trockenen Hitze abzukühlen, sitzen auf Bänken vor lauten, grellbunten Geschäften, fahren weiter. Im Kassettenspieler Alan Parsons Project, Dire Straits, Kate Bush, Peter Gabriel, Danny Wilson, Patti Smith, Men at Work, Michael Jackson, Elton John, und immer wieder spulst du zurück und spielst von vorne ab: »Silent Running« von Mike and The Mechanics. »Reichst du mir noch eine von den Tabletten, Schnucki?« Sagst du. »Da in der Ledertasche. Die sind für den Magen.« Und ich greife in den Fußraum, durchwühle die Tasche, sie riecht nach unbeatmetem Leder und altem Mintgummi, es strengt mich an, und mir wird schlecht, die stehende Hitze im dahinrauschenden geschlossenen Raum, ich finde die Packung und drücke dir eine Pille durch die metallene Folie, lege sie in deine Hand, die du nach hinten aufhältst, die kleinen Zacken und Schluchten darin, der zerrissene Daumennagel, an dessen Kanten du pulst in ständiger Unruhe, und du kippst den Kopf nach hinten und spülst nach mit warmem, abgestandenem Wasser.

Tage und Nächte hindurch fahren wir, an den Fenstern jagen Rinnsale entlang, ich zeichne sie mit dem Finger nach, die Scheibenwischer knarren und quietschen hinweg über deine immer neuen Tränen. Es führt uns in verbotene Höhen und durch Wolkenwälder, in denen der Nebel sich, kurbelt man die Scheibe runter, wie ein kühler Lappen aufs Gesicht legt; wir fahren uns fest, versuchen, freizukommen mit durchdrehenden Rädern auf verschlammten Wegen, schlafen auf runtergekurbelten Sitzen unter Pullovern, auf einem Parkplatz bei McDonald's steigen wir aus, waschen uns das Gesicht in den Toilettenräumen, einige Male rutschte ich auf der geschwungenen Rutsche in der Mittagssonne, und als wir zurück zum Parkplatz kommen, laufen Polizisten um den Wagen herum und zeigen darauf. »Stolen«, sagen sie. »Was ist stolen?«, frage ich. »Eine Suchmeldung, was für eine Suchmeldung, was soll der Quatsch denn jetzt«, sagst du.

Nachdem der Dienstwagen meines Vaters wiedergefunden und zurück an Ort und Stelle ist, leben wir eine Zeit lang zu dritt in einem Bungalow in Mooresville, in weiten, hellen Räumen mit sauberen Möbeln im Stil der Fünfzigerjahre. Im Wohnzimmer der größte Fernseher, den ich je gesehen hab. Donald, Goofy und Mickey Mouse quaken aus den Lautsprechern, den ganzen Tag flackern bunte Bilder durch das Haus, und schiebt man die Terrassentüren auf, ist da der Garten mit dem sauber gekämmten Rasen, ein gelber Sonnenschirm, akkurat geschnittene Hecken, und unter dem werbeblauen Himmel leuchten zwei Swimmingpools, in deren Wasser das Sonnenlicht glitzert. Ein großer ovaler Pool für Erwachsene, ein kleiner rechteckiger Pool für Kinder, und ich stehe enttäuscht in dem Wasser, das mir nur bis zu den Oberschenkeln reicht, klatsche mit der flachen Hand auf die glatte durchsichtige Fläche und sehe rüber zu dir, die du mit Sonnenbrille deine Bahnen ziehst.

Wir reisen weiter, zu zweit allein. Nach Johannesburg, nach Moskau, nach Norwegen, Schweden, Holland, Marokko, Mexiko. Wir nicken ein auf Flughafenbänken, ich trage eine silberne Pappkrone von McDonald's und lehne die Stirn an den Haltegriff meines rosa Koffers, zwischen den Stangen sitzt mein grüner Plüschfrosch und lässt die Beine baumeln, er trägt einen Strohhut. Du stehst neben mir, dein herbes Herren-Parfum, du klappst das Lippenstiftetui auf, ziehst deinen metallic-roten Lippenstift raus, siehst in den fingerbreiten Spiegel, ziehst dir die Lippen nach und drehst und wendest deinen Kopf, um dich von allen Seiten zu sehen, klappst das Etui zu und steckst es zurück in die Tasche.

»Lufthansa-Flug L579 nach Berlin Tegel«, das ist unser Aufruf.

LASST DAS LICHT AUS

Berlin, September 1985

»Was da wohl los ist«, sagten die Nachbarn. »Die janze Nacht brenn'n da die Lichter, und et wird jeschrien, und am Morgen jeht er dann zur Arbeit, wie macht der ditte, der schläft doch nicht.« Die Decke an den Augen und wandernde Flecken in der Dunkelheit, totstellen, totstellen, dass die Gefahr mich übersieht, keine Angriffsfläche bieten; das Weiß der Augen könnte zu hell sein, also die Augen schließen, und nur die Fühler ausstrecken, weit hinaus bis vor alle Türen fühlern, alles deuten, alles tasten, bis es still wird und der Lichtbalken unter der Tür fort ist und alles dunkel. Kein Brüllen mehr, keine Schläge von Haut auf Haut, kein schweres Fallen eines Körpers, keine harte Hand, die mich aus dem Bett reißt; und manchmal, wenn es still wurde, wenn nichts passierte, war die Zeit wie eine sich im Raum ausdehnende Schweigeblase, die nur noch unerwarteter zu platzen drohte. Hoch alarmiert zu sein, und dann passiert nichts, ist auf seltsame Weise enttäuschend. Als fürchte man wochenlang eine Operation und dann, wenn alle denkbaren Katastrophenszenarien in der Phantasie durchlebt worden sind (von Chirurgen, die mit lebenden Organen Fußball spielen, über zu hoch dosierte Narkosen bis hin zu vergessenen Instrumenten im Innenraum des Körpers) und sogar schon die eigene Beerdigung gehalten, jede einzelne Rede mit Genuss gehört worden war, heißt es auf einmal: Nee, sorry, wir haben uns vertan, Sie müssen doch nicht operiert werden. Wohin dann mit all der Vorbereitung? Wohin mit der Anspannung der immer wieder geprobten Katastrophe? Ein Tritt ins Leere. Und was sollte anderes passieren, als dass sich die Anspannung zu einem anderen Moment ganz plötzlich entlädt, in einem meist unpassenden Augenblick, zwanzig Jahre später, und es unangekündigt und scheinbar grundlos aus einem rausbrüllt und rein in die Tiefkühltruhe bei Edeka, die toten Eishühner an.

»Wat is dit nur für eine Mutter«, sagten sie, »die dit arme Äffchen so verkümmern lässt. Janz dünn isse, janz verschüchtert, ja komm, komm mal her«, sagten sie, »ja schau mal, du kleiner Fratz, hier, schau mal, magste wat Süßet? Na, dann jib mir mal deine Hand, ei, schau«, sagten sie, »dit passt da gradma durch den Zaun, dit kleene Händchen. Kiek ma, Biene, dit arme Äffchen rennt ooch am Mittach noch im Nachthemde durchn Jarten. Die weeß do ooch ja nich mehr, wann Tach und wann Nacht is; is ooch schon völlich durcheinander, der Fratz. Neulich«, sagten sie, »neulich, da hat der Fratz im Nachthemde bei den Stanges drüben jeklingelt, am späten Abend, elve-zwölve rum musset jewesn sein. Aber mich wundert dit nich, dit sach ich dir. Ick meine, kiek dir dit doch ma an: Wie kann sich eine Frau nur so jehen lassen, schlimm is dit doch. So ein Mann, der hat doch ooch Bedürfnisse, ist ja keen Wunder, ditt die Ehe im Eimer is. Und wenn se ma wach ist am Tach, läuftse in afrikanischen Jewändern rum. Soll se doch nach Aff-rika ziehen! In eene Kuhhütte! Die hat hier eh noch nie herjepasst, zu uns. Du, ick hab dit ja immer versucht. Hab se ja mehrfach innjeladen, hab immer jesacht, se soll doch ma uff'n Kaffe rüberkommen, aber se wollt ja nie! Is ja watt Bessret! Hat ja immer nur ihre Bücher im Sinn, von anderen Ländern und von ihrm Aff-rika! Die immer mit ihrm Aff-rika! Ist doch krank sowat! Soll se doch hinziehn, zu den Schwazzn! Du, dit sach ick die janze Zeit«, sagten sie, »dann is er se ooch endlich los und kann sich ne vernünftje Frau suchen. Ne tüchtje, die kocht und den Haushalt macht. Und nich sowat! Is eben eine von diesen Emanzen, da kann einem der Mann nur leidtun, wer will schon 'ne Emanze! Die kann froh sein, ditt se überhaupt einn abbekommen hat, du. Er war ja ooch lange nicht da, mehrere Monate war se schon wieder alleen zu Haus mit dem Fratz, und er irjendwo im Ausland. Hat ja auch sicher noch woanders 'ne Frau, ist ja 'n ansehnlicher Mann, du, und dit wundert mich nich, ditt der abhaut. Also ick würde den ooch nich vonne Bettkante stoßen, wa! Se soll ja wohl ooch mal 'ne Schönheit jewesen sein, hab ick ihn schwärmen hörn. Richtig Pippi inne Oogen hatta jehabt, als er erzählt hat von se, lustich war se wohl. Du, wat da passiert is – am Ende wees dit keener. Ach kieke: Nu isse wohl endlich ma uffjestanden. Juten Morgen, Madam, bei mir jibts bald Abndbrot, aber jut, wa, wat soll ick sagn. Frage mich, wie eener so lange penn kann. Mann, Mann Mann, und zum Haarekämm war wohl ooch keene Zeit mehr, wa. Nee du, da kann man ooch wirklich nich weiterhelfen. Der Rasen ist ooch völlich verbrannt, aber is ja klar, wenn sich keener drum kümmert, wa! Aber weeste watt: Am Ende isse einfach krank. Die kann da wascheinlich janüscht für, die muss eigentlich inne Klappa, wa.«

»Kommt doch mit zu uns«, sagten andere Mütter. »Für eine Nacht oder ein paar, das ist doch kein Problem, das macht doch nichts. Wir haben da noch ein Gästezimmer, und das geht ja nicht, dass *er* euch bedroht. Ein Mann, der seine Frau schlägt und bedroht, schlimm so was, das ist der Alkohol, der holt das Schlimmste aus den Menschen.« »Ihr könnt gerne bei uns bleiben«, sagten die Leute, »und die Alice, die kann ja bei der Tanja unten im Hochbett schlafen, das untere Bett ist eh ja immer frei. Nein, nein, ganz ehrlich«, sagten sie, »das ist überhaupt kein Problem, fahrt schnell heim, solange *er* noch nicht da ist, packt eure Sachen, und dann kommt mit zu uns, *er* wird es nicht erfahren, wir werden es niemandem sagen; es ist ja klar, dass ihr Angst habt, völlig klar ist das.«

Und so saßen wir bei den hilfsbereiten Leuten zu Hause, Leute, die sich mit betroffenen Gesichtern all die Grausamkeiten von *ihm* anhörten, deretwegen es dir und *dem Kind* so schlecht gehe, und die hilfsbereiten Leute versicherten uns, dass alle Eltern *ihn* jetzt meiden würden, *ihm* böse Blicke zuwürfen, und manchmal, ja, manchmal traue sich auch mal jemand, *was zu sagen*. Und wie er dann nur kopfschüttelnd davonlaufe, mit einer abwinkenden Armbewegung, in seiner dunklen Hose, dem blauen Hemd, dem dunklen Jackett, gerade aus der Firma kommend, und ins Auto steigend mit den Worten »Das ist doch alles nicht zu fassen«.

»Lasst das Licht aus«, sagten die hilfsbereiten Leute, mit denen wir im dunklen Zimmer saßen, und alle paar Wochen waren es andere hilfsbereite Leute und ein anderes dunkles Zimmer, »lasst das Licht aus, damit *er* nicht in die Wohnung gucken kann, falls *er* kommt und euch sucht«, sagten sie. »Achtung, da ist *er!*« brüllte eine in Flüsterstimme, und alle duckten sich unter das Fensterbrett, als ein silberner Mercedes um die Ecke bog; weit unters Fensterbrett duckten wir uns und hielten lange aus in dieser Pose, damit *er* uns nicht würde sehen können – sollte er zufällig genau in diesem Augenblick während des Fahrens aus seinem Auto in das Fenster eines vollkommen fremden Hauses sehen. Und langsam und ängstlich flüsterte eine: »Ist *er* weg?« Und eine andere fasste allen Mut und hob den Kopf bis übers Fensterbrett. »Jaha«, flüsterte sie, so wie alle flüsterten, bei geschlossenen Fenstern in einem geschlossenen Haus, und die hilfsbereiten Leute brachten uns Essen und Getränke und etwas zum Anziehen. »Alice, Tanja, geht doch bitte spielen, wir müssen uns hier unterhalten – Erwachsenengespräche«, sagten sie. »Ihr seht ja, dass das gerade eine *schwierige Situation* ist. Geht mal rüber in Tanjas Zimmer und spielt, aber bitte denkt dran: Lasst das Licht aus!«

»Das ist ja wie in einem Krimi«, sagte Tanja, das Mädchen mit der rosa Katzenhaarspange. Und dann Anna mit den langen, blonden Haaren und dem Ringelpulli. Und Jan, der gleich seine Plastikpistole aus der Kiste holte und Krieg spielte. »Ist *er* einer von den Bösen?«, fragte Jan, und alle nickten. »Meine Mutter und ich müssen flüchten, wie die Leute in den Nachrichten«, erklärte ich Jan. Und Tanja. Und Anna. Und Simone, Julia, Lisa und Jannis. Ich stellte mir vor, wie auch wir bald in den Nachrichten zu sehen sein würden, Mama und Alice, die sich mit ihren Tüten und Koffern durch das Kriegsgewitter der Berliner Vorstadtsiedlung kämpften, wo an jeder Ecke Gefahren lauerten. Und ich wünschte, die ganze Welt möge uns zusehen dabei, wie wir auf der Flucht waren; möge mitfiebern, wie wir heldenhaft durch die Straßen der Stadt rannten, wie wir weinten, erschüttert und verängstigt, und fremde Menschen um Hilfe anflehen mussten; wie wir in fremden Autos flüchteten, uns zusammenrollten auf den Rücksitzen, damit *niemand* uns sehen kann. Denn zu jeder Zeit konnte es geschehen: dass *er* uns auflauerte, dass *er* hinter uns im Auto fuhr, um uns zusammenzuschlagen und im Keller einzusperren; alle sollten sie die Dramatik unseres Lebens miterleben und nachempfinden können, dann wären wir weniger allein. Und mit Tanja im Kinderzimmer konnte ich auch nur so tun, als würde ich spielen, denn ich musste die Sache ja im Auge behalten. Und so teilte ich mich auf: Die eine Alice spielte Spielen mit Tanja im dunklen Zimmer, die andere musste aufpassen, dass nichts Schlimmes passierte in dieser gefährlichen Situation, und eine dritte Alice stellte sich alles von außen vor und hörte den Nachrichtensprecher erzählen:

»Hier ist das Erste Deutsche Fernsehen mit der Tagesschau; guten Abend, meine Damen und Herren. Alice und ihre Mutter haben endlich einen weiteren Fluchtort gefunden, doch es bleibt unklar, wie lange sie dort bleiben können. Der Vater ist noch immer hinter ihnen her, und die Frage ist: Wird er das neue Versteck finden oder nicht? Hier auf diesem Bild, meine Damen und Herren, sehen Sie, wie Alice und die Mutter sich in einem Haus nahe ihrem eigentlichen Zuhause verstecken, in welchem der Vater unterdes weilt. Auf diesen Aufnahmen hier sehen Sie Alice und ihre Mutter in einem fremden Auto flüchten. Und hier sehen Sie Alice, wie sie mit ihrer Freundin Anna spielt, wir wissen aber selbstverständlich, dass sie nur so tut, als würde sie mit Anna spielen, in Wirk-

lichkeit behält Alice die gefährliche Situation im Blick. Wir haben sie in ihrem derzeitigen Versteck antreffen können und sie befragt: ›Was wünschen Sie sich am meisten?‹ (O-Ton Alice: ›Dass wir endlich in Frieden leben können und er uns in Ruhe lässt.‹) Dieser Wunsch ist nachzuvollziehen, nur ob er jemals in Erfüllung gehen wird – wir wissen es nicht. Werden Alice und die Mutter für immer um ihr Leben bangen müssen? Das Erste Deutsche Fernsehen hält Sie auf dem Laufenden.«

»Da!«, rief Anna, und augenblicklich war ich unter dem Hochbett, lag auf dem Boden unter dem Lattenrost, und das Herz schleuderte wie ein schweres nasses Bündel in einer Wäschetrommel. »Da, kuck!«, sagte Anna und hielt stolz ihr neues Barbie-Auto in die Luft. Die Tür öffnete sich vorsichtig, und der Kopf von Annas Mutter schaute geduckt ins Zimmer: »Ach, wisst ihr was«, flüsterte sie, »wir können auch einfach die Jalousien runterlassen, dann brauchen wir nicht im Dunkeln sitzen.«

Und *er*? Saß wenige Wochen später abends bei Don, dem Kneipenwirt. »Machste mir bitte n Bier und n Klaren und irjendwat zu essen, du kannst dir nich vorstellen, wat mir passiert is«, sagte er und hielt sich beim Erzählen mit der flachen Hand den Oberkopf: »Ick stand mit dem Kollegen Röhnke in Nordnorwegen uff der Station, ick im dünnn Mantel und Röhnke mitta Thermoskanne im Arm. Wir hatten mit unsern Zulieferern in den Staaten zu telefonieren, paar Ersatzteile waren nich jeliefert worden, aber es war noch weit vor der Zeit. ›Ick jieß uns ma noch een inn‹, sagte Röhnke und goss uns einen Schluck Cognac in den Früchtetee. ›Kannste doch nicht trinken sonst, dit Mistzeuch‹, sagte er. Seit sechs Uhr waren wir uuff dem Jelände rumgejraxelt und hattn uns die Pfoten abjeroren, und dann, mit eim Mal, rief der Typ aus seim Pförtnerhäuschen ›phonecall, Mister! Phonecall!‹ Und fuchtelte mit dem orangefarbenen Hörer in der Hand herum. ›Wer ruft mich denn um die Zeit an‹, sachick zu Röhnke. Und spring dann da durch den Schnee. Dann drückt der – so ne Fellmütze uff'm Kopp – mir den Hörer in die Hand und am Apparat kündicht mir die Sekretärin Frau Bedjeti ein ›dringendes Privatgespräch‹ an. Sie stellt durch: Frau Nowak aus'm Hinterhaus.

›Bitte entschuldigen Sie die Störung‹, sagt Frau Nowak, ›aber ist dit richtich‹ ›Frau Nowak?‹ ———— ›Sind Sie noch da?‹ ———— ›ein Lkw in der Einfahrt ———— das Haus ausräumen‹ ———— ›Wie bitte? Watt für ein Lkw?‹, sach ick.

Aber die Verbindung war so wackelich und ick so durcheinander, ick konnt' überhaupt nich mehr denkn. ›Irgendwat is zu Hause, irgendwat stimmt nich‹, sach ick zu Röhnke. Dann brech ick also meine Jeschäftsreise ab, fahre mit dem Bus von Nordnorwegen bis runter nach Oslo, nehm den nächsten Flug. Und als ick zu Hause ankomm: is nüscht mehr da. Nüscht! Das Sofa, der Tisch, dit Rejal, die Sessel, der Fernseher, alle Kommoden, der Schrank – allet weg, und nur noch nackte Glühbirnen hängen vonna Decke. Außer inna Küche. Die holländische Küchenlampe hat se hängen lassen. Und dit Bett. Dit Bett, dit stand ooch noch. Ick rufe im Kinderjarten an: das Kind war seit Tagen nicht jesehen worden, hießet. Auch meene Mutter wusste von nüscht, genauso wie die Schwiegereltern in Gallsee. Selbst die Katze hat se mitjenommen.«

Was aber das Schlimmste war für ihn, erzählte er Don, das waren unsere letzten Blicke. Unten an der Treppe hätten wir gestanden, als Einheit, er auf dem Weg hoch zum Schlafzimmer und wir Hand in Hand, traten auf gegen ihn, und alles, was du sagtest, sagte auch ich. Warst du voller Wut, war auch ich es, lachtest du, lachte ich, schriest du, schrie auch ich, »und wäre die Mutter ein Fluss«, sagte er, »das Kind wäre der Seitenarm.«

Im vollen Wagen rasten wir über die Landstraßen, durch stille Ortschaften, Straßenlaternen flackerten am Fenster auf und ab, neben uns nur Felder in der Nacht und ein gelber Brandstreifen am aufgerissenen Horizont, dann: dein Bremsen, plötzlich, der Druck im Magen, ich schleuderte nach vorne mit dem Gesicht an den Vordersitz.

»Mitten in der Nacht standen sie bei uns am Gartenzaun«, erzählten die Großeltern. Ich mit einer Platzwunde an der Stirn, du außer dir. »Du sprichst nicht mit diesen Leuten, das sind schlimme, böse Leute«, riefst du, und drücktest mein Gesicht an deinen Bauch, als wolltest du Luft aus einem Ball pressen; zerrtest mich zum zerdellten Wagen zurück, und unter *Tritten und Gezeter* warfst du die Tür zu. Dann saß ich im Wagen und durch meinen Atem wuchsen die Scheiben zu, eisig war es, und bald blendete blaues Licht vor den Fenstern auf und ab. Menschen sprangen aus einem Polizeiwagen, dunkle Silhouetten bewegten sich durch das rhythmische Blau, das in den milchigen Fenstern streute. Ich wischte mit dem Ärmel über die Scheiben. Ein zweiter Polizeiwagen kam mit Blaulicht, Nachbarn traten auf die Straße; *Tritte und Gezeter*.

NACHTSONNE

Februar 1986

Die Fenster setzten über unseren Köpfen an, draußen sah man Beine, sie kamen in Gruppen oder zu zweit, in sportlichen Hosen, mit langen dunklen Mänteln und klackernden Schuhen, und dann und wann lehnten welche an der Hauswand über dem Fenster, und ein Zigarettenstummel fiel an der Scheibe runter in den Schacht.

Die Katze hattest du weggegeben, hattest mit deiner Hand ins Katzenkörbchen gelangt, das neben mir auf dem Rücksitz stand, und das Tier am Nackenfell rausgezerrt, dass es aufheulte; es im strömenden Regen durch das zerfallene Eingangstor eines Bauernhofs getragen und auf der Fußmatte abgesetzt, kleines schwarzes Bündel Wesen mit Ohren patschnass vor einer riesigen Holztür mit Eisengriffen, geklingelt hast du nicht und auch nicht geklopft, warst zurückgekommen, die Autotür schwang auf, laut rauschte der Regen, und du, triefend auf dem Vordersitz, brettertest los, die Scheiben beschlugen von innen, du stelltest die Lüftung auf volle Pulle, erster Gang, zweiter Gang, und weiter ging es.

»Welcher Tag ist heute«, fragte ich dich. Ich fläzte mich auf dem alten, zerfledderten Sessel unterm Fenster, der Fernseher lief; »wie lange dauert das Jahr noch?« Wegen allzu verschiedener Lebensrhythmen wurde es mir zunehmend schwieriger, die Orientierung zu behalten: Du schliefst tagsüber und wurdest erst am späten Abend wach, ich schlief nachts und wurde erst am Morgen wach. Auch gab es immer größere Schwierigkeiten in der Findung gemeinsamer Gesprächsthemen; so wolltest du die immer gleichen Dinge besprechen über die kriminellen Drecksäue, was mir langweilig wurde mit der Zeit, ich dagegen interessierte mich brennend für die Abenteuer von *Tao Tao: Der Kleine Panda Bär*, für den du dich wiederum kein Stück begeistern konntest. Meine ständige Fragerei trieb dich erst in den Wahnsinn, dann in einen noch längeren, noch tieferen Schlaf; es waren Fragen, die aus einem Gefühl von Zeitverlust herrührten: »Welchen Monat haben wir? Wann ist Mittwoch? Wann ist Sonntag? Wie spät ist es? In welchem Jahr leben wir? Und wann geht ein neues Jahr los?« Ich bekam die Fragerei nicht unter Kontrolle, was nur umso mehr zunahm, je weniger ich eine Antwort bekam, schwang doch jeder meiner Sätze wie ein Bumerang zurück, und je mehr Sätze ich losfeuerte, leise, laut, dann sogar brüllend, desto lauter hallten sie zurück zu mir, und du, Liebe – was träumtest du, in welchen Welten warst du unterwegs, als du da lagst auf der alten, fleckigen Matratze, neben dir ein Flatschen ausgekippten Joghurts, und dein Körper zwischen schmutzigen Klamotten, Dosen, Tablettenpackungen, ungeöffneter Post und einer Daunendecke mit Gänseblümchenmuster, die halb aus dem Bezug gerutscht war. Um deine zusammengepressten Augen zogen sich Schmerzfalten, kleine Flussdeltas bildeten sich darin, die umrandet waren von weißen Salzrändern, deine regungslose Hand mit dem eingerissenen Daumennagel, der nie zusammenwuchs, und dem abgesplitterten rotbraunen Nagellack, hing von der Matratze, als gehöre er nicht zu dir; so lagst du auf unserer gemeinsamen Insel, aufgesaugt von einem giftigen Schlaf und ich bewegte mich durch die reglose Stille, schlich entlang an herumstehenden Möbelteilen im dunklen Zimmer, eine vertrocknete Palme mit braunen Blättern hing neben dem Herd in der Küche »– wie spät ist es? Und wie spät ist es jetzt? Und jetzt? Und jetzt?« Ich ließ meine Hand an den kühlen Heizungsrillen entlangrattern. Abwechselnd löffelte ich Kakaopulver und Zitronenteekrümel aus der Plastikpackung. Zeiten und Zahlen waren die Konstanten, und das Fernsehprogramm. Immer zur selben Zeit zeigten sie *Heidi*, und während der Fernseher lief, in dem ich wache Menschen sich bewegen und sprechen sah, saß ich zwischen Krempel auf dem Boden und malträtierte meine Puppe, schnitt ihr die Haare ab, rupfte ihr die Wimpern aus, malte ihr Gesicht mit Filzstiften an, riss ihr den Kopf ab, wie lange dauert das hier alles noch?

Am Abend wurdest du langsam wach. Dann sah ich dich in der Küche stehen, sah nur deinen Rücken und deine schwarzen Locken und hörte dich streiten mit der Nacht. Starkstrom flirrte durch die Luft, du kämpftest und brülltest, und in jedem Moment konnte es einen Kurzschluss geben. Hellwach versteckte ich mich unter der Decke im Bett, und immer weiter grollte und schrie es aus der Küche, an den Türrahmen vorbei konnte ich deinen Kopf wackeln sehen, und wie du da standest am Waschbecken, ohne zu waschen, und dich aufstütztest und, den Kopf immer ungläubig schüttelnd, plötzlich laut und bitter auflachtest, dann mit fremdartiger Stimme sprachst und erneut die Drecksäue anbrülltest, wobei der Dreck vor dir stehen blieb und die Säue hoch in die Luft schossen, etwas knallte hart und dumpf wie ein ausgeschlagenes Handtuch, und mit einem Mal war es still, und diese Momente waren es, in denen das Flirren der Luft tosend wurde, mit weit aufgerissenen Augen hielt ich die Luft an, dann weintest du über die Schweine, hell und hilflos, und gleich fiel deine Stimme mehrere Oktaven nach unten; »fertigmachen«, bebtest du, und es schoss wieder hoch: »Fertigmachen werde ich euch!« Und ich rätselte, wer es war, dieses *Euch*, und nie und nimmer hätte ich geglaubt, dass auch ich einmal dazugehören und die Seite wechseln würde. »Nicht mit mir«, drohtest du, »SO nicht mit mir, nein, SO nicht mit dir, ihr *kriminelles Pack.* Haben sie euch Geld gezahlt, ja? Ja?«, riefst du und lachtest laut. »Haben sie euch Geld gezahlt? Ich bin nicht krank!«, riefst du, und ich drängte mich im Bett an die Wand. »*Ihr* seid krank! *Alle* miteinander! *Ich* nicht, *ich* ganz sicher nicht.« Es schepperte, es klirrte, das kreisende Gähnen einer ausrollenden Pfanne auf dem Boden, dazu dein jaulendes, fiepsendes Weinen, und ich will dich trösten, komm, sei nicht mehr traurig, will mein Gesicht in deine Armbeuge graben, deinen Geruch, mich an deine Hüfte hängen, und lag stattdessen da, bewegungslos, wie eingespannt in mehrere Drähte, durch die all die Ausschläge in mich eingeleitet wurden.

Nächte folgten, in denen ich in den Schlaf glitt und an einem Arm von dir hochgerissen wurde, aus der Wärme, auf den Rücksitz des Wagens geworfen, und wir rasten los, du wieder starräugig über die Landstraßen, und kurz darauf im Flur der Großeltern die flehende, bettelnde Stimme deiner Stiefmutter Tilda: »Hör doch auf, bitte hör doch auf! Siehst du denn nicht, was du dem Kind antust! Siehst du denn nicht, in Herrgottsnamen!« Die Großmutter zog mich auf ihren Schoß, hoppelte mit ihren Knien unter mir, und auch sie weinte, der Großvater fiel schwer gegen eine Vitrine, dass mehrere Gläser durcheinanderfielen, mit spitzen Absätzen tratst du gegen den Körper meines Vaters – mein Vater, der in Amerika doch immer mit mir getanzt hatte, meine kleinen Sockenfüße auf seinen großen Sockenfüßen, ich nur halb so groß wie er, hielt er meine kleinen Hände in seinen großen, warmen Händen, und so hatten wir uns gemeinsam durch die Zimmer gewiegt –, er fiel gekrümmt zu Boden durch einen Tritt von dir, *hoppe, hoppe, Reiter* sang die Großmutter, alles wird gut, alles wird wieder gut, betete sie; im Flur Tilda am Telefon, »schnell, bitte schnell, hier passiert sonst ein großes Unglück!« Sie gab die Adresse durch, und wenig später hörte man Sirenen und Männerstimmen im Hausflur hallen und schnelle, schwere Schritte, die Tür blieb offen stehen, eisiger Wind zog in die Wohnung, Blaulicht vor dem Fenster, und sie brachten den Großvater in einen Krankenwagen.

Bald wachtest du gar nicht mehr auf. Ich brachte dir Wasser, briet dir ein Ei, schüttelte dich, schlug dich, bewarf dich mit Sachen, doch nichts weckte dich. Ich legte mich auf dich und versuchte, in dich einzusinken, um wieder dein zu sein, und die große Erleichterung kam mit einem Zucken im Gesicht, du zogst die Augen zusammen, deine Stirn, schirmtest das wenige

Tageslicht ab, legtest einen Arm über die Augen; »Schnucki, ist gut, hör auf«, sagtest du müde und schwer und drehtest dich um.

An anderen Abenden hörte ich nur die Tür ins Schloss fallen, hörte deinen getriebenen Gang, deine Absätze auf dem Kiesweg, das wütende Aufheulen des Motors im Leerlauf, Reifen auf dem Schotterweg und die Stille, die dann eintrat, war leblose und leer. Beim Versuch, dir hinterherzueilen, war ich ausgeglitten, und nun saß ich auf dem Boden inmitten all deiner Kleider. Deinem aufgekratzten Aufbruch war ein Geklirr im Waschbecken vorausgegangen, ein eiliges Suchen, immer die panische Hast, die da über dich kam und die noch immer nachklang. Ich stand auf, ging ins Badezimmer, drückte auf den Lichtschalter, es blieb dunkel. Im Waschbecken lagen Deos, Lippenstifte, Lidschatten, Cremedöschen und Tuben, Medikamentendöschen, mehrere kleine Spiegel. Angezogen stieg ich in der Dunkelheit in die viereckige Duschkabine, nur eine Straßenlaterne leuchtete in das Fenster und definierte die Kanten des Raumes. Ich nahm den silbernen Duschkopf, ein dünner Streifen Licht wurde daran reflektiert, stieg wieder aus der Wanne, drehte das Wasser auf, steckte den Stöpsel in den Abfluss. Ich stieg aus der Kleidung, setzte mich in die quadratische flache Vertiefung, klammerte mich fest an meine Knie, es war kalt in der Wohnung, und als die Wanne voll war, legte ich mich ins warme Wasser mit angewinkelten Beinen, es reichte genau für einen Arm und ein Bein und bis zum Nabel, ich schaute hoch zu den Milchglaswänden aus Plastik, schob mit den Fingern an einer der Schiebetüren, die durch die verkalkte Schiene scharrte, und sah aus dem Fenster. Vor dem Gasthof *Ochsenwirt* die einzige Straßenlaterne, winzige Tropfen von Nieselregen krümmten sich um den gelben Lichtschein. Einzelne kalte Tropfen lösten sich langsam vom Duschkopf und durchbrachen beim Aufprall auf dem Wasser die Stille. Es war kalt geworden, der Wasserboiler leer; irgendwann musstest du doch wiederkommen.

»Ich habe dich doch gebeten, deine Mutti herzuschicken, weil wir sie nicht erreichen. Aber sie hat sich bisher nicht zurückgemeldet. Hast du ihr nicht Bescheid gesagt? Oder sagst du gar nicht Bescheid und gehst heimlich Süßigkeiten kaufen? Man hat dich ja neulich im Laden gesehen. Ganz alleine! Das muss ich eigentlich deiner Mutti melden, weißt du. Die Frau Meyer aus dem Laden hat nämlich gesagt, dass du am Vormittag dort warst, wo alle anderen Kinder brav in der Schule sind. Mit viel zu großen Schuhen und offenen Schnürsenkeln und einer roten Lederjacke, die dir bis zu den Knien hing, haben sie gesagt. Und dass du dich ganz komisch verhalten hast. Und warum rennst du vor deinem Opa weg, Mädel? Was stimmt denn nicht mit dir? Rennst du weg, weil du eine kleine Diebin bist? Das hat die Frau Meyer nämlich auch gesagt: dass du gar nicht bezahlt hast!«

Stolz hatte ich dir, vor der Matratze kniend, erzählt, welche gefährliche Situation ich an jenem Vormittag gemeistert hatte: wie ich einkaufen war für uns (Orangen, Kakaopulver, Zitronentee, Eier, Smarties), als ich im Augenwinkel eine große Gefahr erkannte: den champagnerfarbenen Opel von Opa. Und wie mir das Herz hochschlug vor Schreck und ich so-fort reagierte: hinter den großen Zeitungsständer sprang und dort ein sicheres Versteck fand. Ich hatte solche Angst, erzählte ich dir, und wie ich den Großvater, wie eine Detektivin, durch eine Lücke des beklebten Fensters beobachtete: Mit einer Tasche in der Hand habe er am Kofferraum gestanden! Und da-hann (ich japste vor Aufregung), »hat er den Kofferraum wieder zugeschlagen, Mama!« Und daaa-bei sei ihm der Autoschlüssel (die Spannung stieg): aus der Hand gefallen! Er habe sich gebückt! Nach dem Schlüssel! Und da-hann (mir fielen fast die Augen aus dem Kopf), sei er MIT DER EINKAUFSTASCHE in der Hand DIREKT auf den Laden zu-ge-lau-fen! Ich war so außer mir, dass die Worte sich überschlugen: der Großvater sei nun auch noch die Stufen zum Laden hoch-ge-kommen!, und ich, schlau wie ein Fuchs, hätte mich zu seinen Bewegungen bewegt wie die Nadel eines Kompasses: der Großvater war Süden, ich Norden, und so drehte ich mich, je näher er kam, immer weiter um den Zeitungsständer und aus seinem Blickfeld heraus, machte mich so klein, wie es nur möglich war –

»Mädchen, geht's dir gut? Kann man dir helfen?«

Ich schreckte auf aus dem Krimi, sah die Verkäuferin an, die mich misstrauisch anblickte, schüttelte panisch den Kopf und versuchte durch wildes Handschütteln den Blick der Verkäuferin von mir zu werfen; sie durfte doch die Aufmerksamkeit nicht auf mich lenken! War sie denn bescheuert, das nicht zu kapieren! Die Schlinge zog sich immer enger, denn jetzt stand er schon auf der Türschwelle, und ich atmete überhaupt nicht mehr; die Situation war so außer Kontrolle geraten, dass sie nur noch mit allergrößter Konzentration zu meistern war. Und als er schließlich den Laden betrat, musste alles sehr schnell gehen: Ich wartete, er tat einen Schritt und noch einen und noch einen, die Einkaufstasche in der einen, den Autoschlüssel in der anderen Hand, lief er an der Kasse vorbei, und die Pumpe schlug sich nun fast durch mein Rückgrat – und dann: ergriff ich die Chance! Er war gerade an meinem Versteck vorbeigeschlendert, da huschte ich um den Zeitungsständer herum und: rannte! Rannte um mein Leben! Die Treppen runter und über den Vorplatz, die kleine Straße, am Gasthof *Ochsenwirt* vorbei, die fünf Stufen runter zur Eingangstür und schließlich: hatte ich es geschafft! »Er hat mich nicht gesehen, Mami, ganz ehrlich«, schwor ich dir, »es wird uns nichts passieren, ich habe so gut aufgepasst!«

Aber du rührtest dich nicht.

»Was stimmt denn nicht mit dir?«, fragte die Lehrerin, »warum rennst du vor deinem Großvater weg? Hast du deinen Großvater nicht lieb?«

Ich sah sie an – ja, *warum* rannte ich vor meinem Großvater weg? Ich war ganz durcheinander auf einmal. Er war doch mein allerallerliebster Großvater. Und natürlich liebte ich ihn. Er war immer gut zu mir, und auch er liebte mich, wie man ein Enkelkind nur lieben kann, das wusste ich ganz sicher. Auch brachte er mich immer zum Lachen, und es war – ja: es war so gemütlich bei ihm! Wie gemütlich es bei ihm war, konnte ich gar nicht beschreiben, im Wohnzimmer der Großeltern war es immer warm, die Betten waren ordentlich gemacht, und er brachte mir Orangensaft in einem sauberen Glas! Ich freute mich immer, wenn ich ihn sah, ich freute mich sogar so sehr, dass alles in mir jauchzte und hochsprang, noch bevor ich selbst jauchzen und hochspringen und ihm aus weiter Entfernung in die Arme laufen konnte. Denn das war es, was ich wollte: in seine offenen Arme laufen, aus weiter Entfernung, und laut nach ihm rufen und mich hochwerfen und in der Luft herumschleudern lassen von ihm!

Aber ich jauchzte nicht und ich sprang nicht hoch und ich rannte ihm nicht in die Arme.

Ich war doch dein.

Immer noch sah ich die Lehrerin an.

»Weil er ein schlimmer Verbrecher und eine kriminelle Drecksau ist«, sagte ich.

WILLST DU MITESSEN?

September 1986

Sehr geehrte Frau Bachvogel, sehr geehrter Herr Dillich, schrieb der Vater ans Jugendamt. Er wende sich an sie zunächst auf dem Postwege, um ihnen seine Sorge um seine kleine Tochter Alice vorzutragen. Diese Sorge nun gelte der Art und Weise, mit der seine von ihm getrennt lebende Frau das Kind isoliert aufwachsen lasse. Seine Frau begründe dies Verhalten mit der Behauptung, der Vater, der Opa, die Oma, andere Eltern oder sogar andere Kinder seien Alkoholiker und schwer gewalttätig. Sicher sei das Jugendamt längst ausreichend informiert worden über das Fehlverhalten diverser Personen, und seine Frau habe dabei sicher auch einen absolut aufgeräumten und überzeugenden Eindruck gemacht, denn sie glaube all dies selbst. Es seien Schutzbehauptungen – nichts, absolut nichts von alldem entspreche der Wahrheit. Sie habe sich eine Welt zusammengebaut, in der alle Menschen, die sie umgeben, Feindbilder seien und ihr schadeten, auch jene, die alles täten, um ihr auf jede denkbar mögliche Weise zu helfen. Verschiedene Zeugen gäben Kunde darüber, was wirklich laufe. Das Kind wachse nun in kompletter Isolation auf, da seine Frau Angst habe, das Kind, sollte es mit anderen Menschen in Kontakt kommen, zu verlieren. Diese Angst sei nicht unberechtigt, da seine Tochter eine vollkommen andere Welt kennenlernen würde, in der Menschen sich um sie bemühten und sorgten, und in der sie regelmäßig Essen bekäme.

Seine Schwiegereltern, das Ehepaar Wilke, seien schon beim Jugendamt vorstellig geworden, um sich über die Möglichkeiten der Kontaktaufnahme zu informieren, doch seien sie in freundlicher Form von Herrn Dillich über die Gesetzmäßigkeiten unterrichtet worden und sehr enttäuscht nach Hause gegangen. Da er, der Vater, bedingt durch die Entfernung von knapp achthundert Kilometern und seine Berufstätigkeit, verbunden mit Unterhaltszahlungen, nur selten die Möglichkeit habe, seiner Vaterrolle auch nur ansatzweise nachzukommen, wolle er sie bitten, mit seiner Frau Kontakt aufzunehmen und sich selbst ein Bild zu machen. Bitte versuchen Sie, schrieb er und unterstrich den folgenden Satz, unbedingt auch mit dem Kind separat zu reden. Er selbst stünde dem Jugendamt jederzeit für ein Gespräch zur Verfügung. So verabschiedete er sich mit der Zuversicht, Verständnis gefunden zu haben, und verblieb mit freundlichen Grüßen.

Auf leisen Füßen lief ich aus der Wohnung, zog die Tür zu hinter mir und spazierte barfuß im Nachthemd auf die sonnenbeschienene Straße. Es war eine beschäftigte Vormittagsstille, der Asphalt strahlte die gespeicherte Hitze der vergangenen Tage zurück, in der Ferne hörte man es hämmern, aus einigen Fenstern drang Geschirrgeklapper, angekippte Fenster zeigten eine umgefallene Landschaft. Ich schloss die Augen, sah rot und ließ mich auf den Asphalt sinken. Mit den Händen fuhr ich über die raue Fläche, kleine Steinchen verfingen sich daran, und ich betrachtete das Glitzern in meinen Händen. Ich legte mich auf den Rücken, in einiger Ferne klangen die Kirchenglocken der Dorfkapelle.

Ich stand wieder auf und spazierte durch die Gassen. An einem doppelstöckigen Haus blieb ich stehen und lief unter das Vordach, um mir die Klingelschilder anzusehen. Manche Namen waren lang und wellig, andere kurz und zackig. Ich fuhr mit den Fingern über die Schildchen und die runden Klingeln. An einem der Schilder klingelte ich.

»Ja, hallo?«, sagte eine Frauenstimme durch die Anlage.

»Hallo!«

»Wer ist da?«, sagte die Stimme.

»Ich.«

Es gab eine kurze Pause. Dann surrte es, und ich lehnte mich gegen die schwere Holztür. Es roch nach Mittagessen. Eine Treppe mit muschelfarbenen Fliesen führte nach oben, sie waren kühl an den Füßen, Sonnenlicht fiel schräg in den Flur. Eine Frau mit gerade geschnittenen braunen Haaren stand in Wollpantoffeln auf dem Fußabtreter des ersten Stocks.

»Wo gehörst du denn hin?«, fragte die Frau. Ich senkte den Blick und wand mich am Treppengeländer. »Wo ist denn dein Zuhause? Hast du dich verlaufen?«, fragte die Frau. »Ich habe Hunger.« »Bist du eine Freundin von Anna und David?«, fragte die Frau. Ich schüttelte den Kopf und ließ meine Finger als Pferde über das Treppengeländer galoppieren. »Musst du nicht in der Schule sein?« Ich schüttelte den Kopf. »Da ist es blöd.« Ich sah mich im Treppenhaus um. »Wohnt hier überall jemand?«, fragte ich. »Ja, hinter jeder Tür wohnt jemand. Magst du nicht wieder nach Hause gehen? Ich kann dich ja ein Stück bringen, wenn du mir sagst, wo das ist. Sonst macht sich deine Mama sicher Sorgen.« Wieder schüttelte ich den Kopf. »Die schläft. Die ist sehr müde.« Die Frau guckte mich einen Moment an, fuhr ein paarmal verlegen mit dem Zeigefinger über ihre Augenbraue, dann trat sie ein Stück zurück in ihre Wohnung. »Tja also, Anna und David kommen bald nach Hause, dann essen wir Mittag. Möchtest du mitessen?« Ich nickte. Die Frau zögerte noch einen Moment und lächelte ratlos. »Dann komm mal rein. Aber bitte putz deine Füße ordentlich ab«, sagte sie.

Der Teppich im Flur war sauber und weich, der Geruch fremd. Vor jedem Zimmer blieb ich einen Moment stehen und sah es mir an. Alles hier hatte seinen Platz. Es gab zwei Kinderzimmer nebeneinander. Die Betten waren gemacht. Aus roten Kisten ragte Spielzeug. Es war hell. Da waren Schränke und Regale. Über den Betten an der Wand hing ein gelber Plastikmond in Form einer Sichel, aus dem eine Kordel hing. So was hatte ich noch nie gesehen. Unter dem Bett waren weitere Kisten, in denen Spielzeug verstaut war.

»Kommst du mit in die Küche? Dann kannst du mir beim Kochen helfen.« Ich hörte die Frau nicht, viel zu beschäftigt war ich mit all den neuen Eindrücken. »Wollen wir nicht mal deine Mutti anrufen und ihr sagen, wo du bist?« Ich schüttelte den Kopf. »Ich gehe in die Küche, du kannst ja auch kommen und dich dazusetzen«, sagte die Frau. Ich nickte und ließ meine Hand an der riffeligen Flurwand entlangstreifen. Bilder hingen daran. Auf einem war eine Landschaft mit Schafen und Kühen zu sehen, auf einem anderen die Bleistiftzeichnung einer Stadt. Küche und Wohnzimmer waren hell und ein gemeinsamer, großer Raum, die Trennung nur definiert durch den Übergang von den hellen Fliesen zum hellen Teppich. Weiße Schleier hingen bis zum Boden herab, und vor den Fenstern war einer der großen Holzbalkone, die ich sonst nur von der Straße aus kannte. Die Balkontür war geöffnet, die Vorhänge bewegten sich. »Magst du dich setzen?«, sagte die Frau. Ich nahm Platz auf einem der sechs Stühle. Durch das Küchenfenster fiel Sommerlicht auf meine überkreuzten, baumelnden Beine. »Willst du was malen?«, fragte die Frau. Ich nickte, und die Frau ging raus, kam mit einem Korb voller Dinge zurück, breitete Buntstifte und Papier vor mir aus. Und während ich anfing, ein bisschen zu kritzeln, hörte ich das Klopfen eines Gemüsemessers auf dem Schneidebrett. »Willst du mir deinen Namen verraten?«, fragte die Frau, ging an den Kühlschrank, holte eine Saftpackung raus, öffnete eine der Schranktüren auf Höhe ihres Gesichts und holte ein Glas heraus. Ich hatte ihre Frage schon wieder vergessen: in dem Schrank standen Gläser, die alle dieselbe Form hatten. Sie waren so sauber, dass sie glänzten, und kopfüber aufgereiht. Die Frau goss einen Kirschsaft ein und stellte das Glas vor mich auf den Tisch. Und als ich wieder das gleichmäßige Klopfen des Messers auf dem weichen Holzbrett hörte, lehnte ich den Kopf auf den aufgestützten Arm, und langsam fielen mir die Augen zu.

Durch eine sanfte Berührung am Unterarm wachte ich wieder auf. »Willst du, bevor wir essen, vielleicht noch mal duschen

gehen?«, fragte die Frau. Ich schüttelte den Kopf. »Ich denke, es wäre gut, wenn du mal kurz duschen würdest, du bist ganz schmutzig.« Sie legte eine Hand an meine Schulterblätter und schob mich sanft vom Stuhl runter und in Richtung Badezimmer. Ich rieb mir die Augen, und sie fingen an zu brennen. Im Badezimmer war der Boden warm und die Luft feucht. Auf einer Waschmaschine lagen ordentlich zusammengelegte dunkelblaue Handtücher. Die Frau zog mir das Nachthemd über den Kopf, und ich stieg in die große Badewanne. Sie drehte das Wasser auf und fühlte vor, ob die Wärme verträglich war. Sie schöpfte das Wasser und goss es aus der Hand über meinen Rücken. »Gibst du mir mal das Shampoo, da in der Ecke?«, fragte sie, und ich gab es ihr. Sie verrieb eine glänzende blaue Flüssigkeit in ihren Händen und wusch mir den Kopf. Nichts lief mir in die Augen, nichts brannte. Dann gab sie mir den Duschkopf in die Hand. »Dein Nachthemd kommt mal kurz in die Wäsche und dann gleich in den Trockner, ok?« Neben der Waschmaschine stand ein weiteres Gerät, das aussah wie eine zweite Waschmaschine. Ich nickte und ließ mir das warme Wasser in den offenen Mund laufen. Die Frau ging kurz aus dem Raum, kam dann wieder. »So, das reicht, oder?«, sagte sie und stellte das Wasser ab. Sie nahm eines der Handtücher von den ordentlich gefalteten, und als ich aus der Wanne stieg, rubbelte die Frau meinen Kopf in dem Handtuch trocken, dann hielt sie mir eine Hose hin, in die ich hineinstieg. Sie war mir etwas zu groß, genau wie der Kapuzenpullover, den ich dazubekam.
In den neuen, fremd riechenden Anziehsachen saß ich wieder am Tisch und plauderte nun aufgeweckt, während ich auf dem Papier kritzelte.

Es klingelte.

Und als ich Kinderstimmen und Schritte nahen hörte, fühlte ich ein Stechen in der Brust. Die zwei Kinder kamen durch die Tür gerannt und schmissen ihre Schulmappen in die Ecke. Ich presste die Lippen aufeinander und sah auch nicht auf, als der Junge in die Küche gestürmt kam, abrupt stoppte und fragte:

»Wer ist das?«

»Das ist ein Mädchen aus der Nachbarschaft, und sie isst heute mit uns«, sagte die Mutter. »Das ist David«, sagte die Mutter zu mir. Doch ich wollte David weder ansehen noch kennenlernen. »Willst du einmal Hallo sagen?«, fragte die Frau. Ich warf David einen harten, kalten Blick zu. »Warum hat die meine Klamotten an?«, fragte David. »David, zeig Alice doch mal dein Klavier«, sagte die Mutter. Augenrollend seufzte David ein langgezogenes »Na gut. Komm halt mit«. Widerwillig stand ich auf von meinem gerade so heimelig gewordenen Platz und lief steif wie ein Roboter hinter David her.

In seinem Zimmer klappte er das Klavier auf und setzte an. »Was ist das?«, fragte ich. »Das lernen wir gerade. Es ist von Bach.« »Ich will das auch können«, sagte ich. »Okay, ich zeig es dir.« Er nahm meine Finger und legte sie auf die entsprechenden Tasten. »Und jetzt vorne anfangen und die anderen hintereinander.« Er machte es mir auf einer tieferen Oktave vor.
Später aßen wir gemeinsam Mittag. Kartoffelbrei, Gemüse, Fischstäbchen. »Darf ich meiner Mutti etwas davon mitnehmen?«, fragte ich. Die Frau setzte kurz mit dem Kauen aus und sah mich an. »Hat deine Mutti denn nichts zu essen?«, fragte sie. Ich schüttelte den Kopf. Die Familie warf sich einen Blick zu. »Ja sicher, ich gebe dir was mit«, sagte die Frau.

»Es wäre so schön, wenn alle endlich tot wären«, sagte ich verträumt und fuhr mir mit der Gabel durchs nasse Haar. »Papa, Oma, Opa und die andere Oma und die Arbeitskollegen von Mama und ihre Schwestern auch. Einfach alle«, sagte ich. David schielte zu Anna rüber. »Was erzählst du denn da für Sachen«, sagte die Mutter. »Warum wünschst du dir so was?« »Weil es Mama dann nicht mehr so schlecht gehen würde«, sagte ich. Dann könnten Mama und ich auch endlich glücklich sein und so leben wie ihr.« Alle schwiegen und warfen sich Blicke zu. Nach einer Weile sagte David: »Was haben die denn alle gemacht?« Ich drehte mir weiter die Haare um die Gabel. »Die sind sehr böse. Es sind schlimme Verbrecher. Ich hoffe, dass sie bald alle weg sind.« David und Anna sahen mich ängstlich an,

dann ihre Mutter. »Was machen die denn alle?«, fragte die Mutter. Ich baumelte mit den Beinen und sah mich in der Gegend um, während ich sprach. »Sie machen, dass meine Mama immer ganz krank ist und weint. Den ganzen Tag muss Mama weinen, weil die alle so böse sind zu ihr. Und weil sie so traurig ist, kann sie nicht aus dem Bett aufstehen.«
Am Nachmittag kam der Vater der Familie nach Hause, ein groß gewachsener dünner Mann mit vollem blondem Haar. Er trug ein weißes Hemd und eine graue Stoffhose und ließ sich auf das marzipanfarbene Ledersofa fallen. Die Eltern redeten kurz leise miteinander. Dann beschlossen sie, dass er mich nach Hause bringen sollte.

Ich führte den großen, dünnen Mann durch die Gassen. Der Ort lag nun schon im Schatten, die Luft war feucht und kühl. Als der Mann an unserer Wohnungstür klingelte, passierte nichts. Er klingelte mehrmals, und wir warteten gemeinsam. Es dauerte lange, bis jemand kam.
Nur mit dem Kopf versteckt hinter der Tür öffnetest du die Tür. Das letzte Tageslicht blendete dich, dein Haar war zerlegen.

»Ist das Ihre Tochter?«, fragte der Mann, aber ich war schon reingehuscht zu dir.

»Was?«, hörte ich dich fragen, gereizt mit träger Zunge. »Was ist mit meiner Tochter? Ach so, ja. Ja. Das ist meine Tochter. Danke, Wiedersehen«, und die Tür ging zu.

LABYRINTH

März 1987

Protokoll, schrieb der Vater mit Unterstrich und setzte einen Doppelpunkt: Zum ersten Tag der Osterferien seien seine Mutter und er nach Gallsee gefahren, um mit seiner Tochter zwei Tage zu verbringen. Dem Besuch seien einige Telefonate vorausgegangen, welche die Besuchsplanung erschwert hätten. In einem Anruf sei seitens seiner Frau gefragt worden, ob er das Kind über die Osterferien nach Berlin nehmen könne, und seine Antwort habe gelautet: Ja, natürlich könne er dies tun, und habe vorgeschlagen, das Kind aus Gallsee abzuholen. Seine Frau habe darum gebeten, die Bettmatratze mitzubringen, dem habe er zugestimmt, worauf ein Telefonat gefolgt sei, in welchem seine Frau erklärt habe, er brauche das Kind nicht holen, es wolle nämlich nicht mit ihm reisen, stattdessen käme sie nun gemeinsam mit dem Kind und zöge wieder bei ihm ein. Dies habe er abgelehnt. Später, noch am selben Tag, habe er durch seinen Rechtsanwalt die Ankündigung erhalten, seine Frau habe über ihre Rechtsanwältin verfügt, nach Berlin zu kommen und das Kind bei seiner Mutter abzugeben, sie selbst würde bei Freunden übernachten. Dem sei ein weiterer Anruf gefolgt, in welchem ihm mitgeteilt worden sei, jene Leute, bei denen sie zu übernachten beabsichtigt hatte, seien erkältet – er solle nun *doch* nach Gallsee kommen und bitte unbedingt an die Matratze denken. Ein weiterer Anruf sei eingegangen, in welchem sie ihm erklärt habe, weder solle er nach Gallsee fahren, noch würde sie nach Berlin kommen. Worauf ein Anruf gefolgt sei mit der Mitteilung, sie würde nun doch kommen und liebe ihn noch immer. Worauf ein weiterer Anruf gefolgt sei mit der Ankündigung, ihn umzubringen aber vorher noch finanziell ausbluten zu lassen. Worauf ein weiterer Anruf erfolgt sei, in welchem sie von einer starken Unlust berichtete, so weit zu reisen, ob er sich eigentlich schon mal überlegt habe, wie weit eine solche Reise und welch eine Zumutung dies für sie und das Kind sei – sie würde stattdessen viel lieber Skifahren gehen; ob er dem Kind bitte Skier kaufen und ihnen schicken könne. Er habe dann Skier gekauft und geschickt. Wenige Tage später der Anruf mit der Aufforderung an ihn, doch zu kommen und nicht nur die Matratze, sondern auch die Küchengardinen und eine Kiste mit Kochbüchern mitzubringen. Und so habe er schließlich mit Kochbüchern, Matratze und seiner Mutter im Gepäck die zehnstündige Autoreise nach Gallsee angetreten, um dann dort angekommen zu erfahren, dass seine Frau die Reservierung telefonisch abgesagt, und eine andere Pension in einem vierundzwanzig Kilometer entfernten Ort für sie gebucht habe. Am kommenden Tag seien sie zum Mittagessen mit Frau und Kind in der Gaststätte *Waldeck* verabredet gewesen. Nicht gekommen seien Frau und Kind. Sie seien nach dem Mittagessen zur Wohnung seiner Frau gefahren, um dort zu klingeln. An der Tür sei eine optisch vollkommen verwahrloste Frau erschienen, die ihnen erklärt habe, das Kind wolle niemanden sehen. Worauf er erwidert habe, er würde die Matratze hochbringen und das Kind dann in einer Stunde abholen. Seine Frau nun habe erwidert, die Matratze passe doch überhaupt nicht in die Wohnung – warum er diese denn mitgebracht habe; er solle die Matratze wieder mitnehmen. Eine Stunde später dann sei sie mit dem Kind auf die Straße getreten. Es sei vollkommen verschüchtert gewesen und habe den Kopf gesenkt gehalten. Vater und Großmutter hätten mit dem Kind in den Wald fahren und einen Spaziergang machen wollen, als seine Frau erklärt habe, das Kind – das schon hinten im Auto saß – wolle nicht alleine mit Vater und Oma fahren. Also sei sie mit ins Auto gestiegen. Während der ersten anderthalb Kilometer seien seine Mutter und er derart beschimpft worden, dass es nahezu unerträglich geworden sei, und als seine Frau ihnen dann vom hinteren Sitz aus erklärt habe, dass sie es schließlich nur gut mit ihnen meine und ihnen verzeihe, ja, sogar in Kauf nehme, dass er und seine Mutter Alkoholiker und tablettenabhängig seien, und sie ihnen sogar noch mal eine Chance geben würde, habe er geantwortet: »Das kann doch wohl alles nicht wahr sein.« Daraufhin sei es während der Autofahrt zu tätlichen Ausschreitungen gekommen. Zuerst seien seiner Mutter büschelweise Haare ausgerissen worden, sodass sie am Kopf geblutet habe, nahezu zeitgleich habe seine Frau ihn geohrfeigt und er dadurch die Kontrolle über den Wagen verloren. Durch Zufall sei gerade kein Gegenverkehr gekommen, und er habe rübergezogen und gegenüberliegend den Wagen zum Stehen gebracht. Als er hinten die Tür geöffnet und seine Frau gebeten habe, das Auto sofort zu verlassen, habe er einen Tritt in den Bauch bekommen und schließlich in der Mitte der Straße gestanden. Er habe sie und das Kind wieder zu ihrer Wohnung gefahren und darauf bestanden, das Kind alleine zu sehen. Dies habe sie abgelehnt und sei stattdessen mit dem Kind spazieren gegangen, im strömenden Regen. Eine halbe Stunde später seien Mutter und Kind zurückgekommen, und sie habe darum gebeten, gemeinsam in den Wald zu fahren und dort endlich einmal »ganz in Ruhe zu sprechen«. Auf dieser zweiten Autofahrt habe sie ihm in einem Anfall von Nachsicht erklärt, er sei Anhänger einer verbrecherischen Sekte, nicht reif genug, um die Rolle des Vaters zu übernehmen, und schuld, dass ihrer aller Leben verpfuscht sei. Am Abend dann habe sie in der Pension an die Tür seiner Mutter geklopft und sich unter Tränen entschuldigt für alles, was an diesem Tage geschehen sei: Sie habe nur ein einziges Ziel vor Augen, nämlich ein friedliches und harmonisches Familienleben zu führen. Nun zurück in Berlin, werde er täglich auf der Arbeit und bis in die späte Nacht angerufen, wobei von »Ich liebe dich« bis »Ich bringe dich um« alles dabei sei.

Sehr geehrter Herr Schaller, schrieb Herr Dillich. Im März habe Frau Schaller erstmals beim Jugendamt vorgesprochen und sei durch große Probleme aufgefallen. Man habe ihr bereits diverse Hilfsangebote gemacht, die sie alle abgelehnt habe. In der Zwischenzeit habe sich die Situation von Frau S. zugespitzt, und vor wenigen Tagen habe erstmals die Vermieterin angerufen mit der Vermutung, Frau S. versorge das Kind nicht gut oder gar nicht. Die Vermieterin habe zudem den Verdacht geäußert, dass Frau S. eventuell tablettensüchtig sei. Für den Hausbesuch seitens des Jugendamtes habe Frau S. sich einige Tage Zeit erbeten.

Sehr geehrter Herr Schaller, schrieb Herr Dillich erneut. Bereits am 02.05. habe die Vermieterin angerufen und berichtet, Frau S. befinde sich in der Klinik in Bischofshofen, und sie, die Vermieterin, habe jetzt das Kind in Pflege. Wegen Zahlung eines Pflegegeldes wurde die Vermieterin, die sich seit dem Krankenhausaufenthalt der Mutter um das Kind kümmere, an die Mutter verwiesen. Am 07.05. dann ein weiterer Anruf der Vermieterin: Frau S. befände sich seit dem 04.05. zu Hause. Sie habe sich nicht bei ihr oder dem Kind gemeldet, die Vermieterin habe das Zuhausesein der Mutter nur deshalb bemerkt, weil das Auto der Mutter vor der Tür gestanden habe. Die Mutter halte sich in der Wohnung auf. Als das Kind bei ihr geklingelt habe, hätte die Mutter es weggeschickt. Das fünfjährige Mädchen sei durch die Situation sehr verunsichert. Die Vermieterin gebe an, dass das Kind nicht mehr esse und spreche. Um sich zu vergewissern, dass die Mutter auch nach Hause entlassen wurde, habe die Vermieterin in der Klinik in Bischofshofen angerufen und erfahren, dass Frau S. am 04.05. nach dem Mittagessen ohne Abmeldung oder Entlassung gegangen sei.

*

Bevor das Jugendamt kam, räumten wir tagelang auf. »Wenn du hier bei mir bleiben willst, musst du dir schon ein bisschen mehr Mühe geben«, sagtest du. Die Dame von *der Behörde*, wie du sie nanntest, stelzte im pfirsichfarbenen Kostüm durch die

Räume und sprach im Plauderton. Ich tat, wie mir aufgetragen worden war: »Los, spiel Spielen!«, hattest du gesagt, und auch du warst vorbereitet auf den großen Auftritt: hattest dir eine Schürze umgebunden, Kartoffeln auf dem Herd und einen Topflappen in der Hand, und weil ich bei den anderen Kindern gesehen hatte, dass Kinder auf einem Teppich sitzend mit Sachen spielen, tat ich, als sei ich in eine derartige Beschäftigung vertieft, während die Dame von der Behörde durch Zimmer, Küche und Bad ging und du mit deiner hochgestellten Erwachsene-Frau-Stimme sprachst. »Oh, was ist hier passiert?«, fragte sie und zeigte auf einen schwarzen, esstischgroßen Brandfleck im Teppich. Da sei eine Kerze runtergefallen, sagtest du. »Eine Kerze? Das ist ein sehr großer Brandfleck für eine Kerze. Sieht eher so aus, als hätte jemand ein Lagerfeuer in der Mitte des Raumes gemacht. Hat der Teppich so schnell Feuer gefangen?« »Ja, das ging alles sehr schnell«, sagtest du und lachtest wie eine Opernsängerin. »Das dauert doch eigentlich eine Weile. Alice, was ist da passiert?«, fragte die Frau von der Behörde. »Sie weiß das nicht«, sagtest du, »Alice hat da schon lange geschlafen.« Ich nickte. »Und dieser Raum hier?« Du lachtest wie eine penible Hausfrau, die versehentlich ein wenig Staub übersehen hatte. »Ja, das ist eine schreeeckliche Unordnung, hachjee, entschuldigen Sie! Wir hatten einfach sooo viel zu tun und sind noch immer beim Einrichten, wissen Sie!« »Dann vielen Dank für Ihre Gastfreundschaft und einen schönen Tag noch, ich finde alleine raus.«

Sehr geehrter Herr Doktor Rarrar, schrieb Herr Dillich an eine weitere Behörde. In Bezug auf das Kind A. Schaller habe die Amtsärztin Frau Dr. Rommel auf telefonische Anfrage Folgendes mitgeteilt: Sie habe am 08.05. auf Anzeige des Jugendamts Überlingen bei Mutter und Kind in Gallsee einen Hausbesuch gemacht. Das Kind habe auf sie, die Amtsärztin, einen schlecht versorgten Eindruck gemacht. Zwar kümmere sich hin und wieder die Vermieterin um das Kind, eine verlässliche Versorgung sei jedoch nicht gewährleistet, da entsprechende Absprachen an der Gleichgültigkeit der Mutter scheiterten. Das Kind wirke stark unterernährt und kränklich, die Kleidung sei zum Teil verschimmelt. Sie – die Amtsärztin – habe im Gespräch mit der Mutter feststellen müssen, dass diese nicht in der Lage sei, die Belange des Kindes wahrzunehmen, geschweige denn, sich darum zu kümmern. Selbst als das Gespräch ausdrücklich auf die Interessen des Kindes geleitet wurde, habe die Mutter sofort wieder zu ihren eigenen Interessen übergeleitet und sich in Selbstmitleid ergangen. Die Mutter sei überaus ichbezogen, dränge das Kind in eine Abseitsstellung und sei zu einer intakten, kontinuierlichen Beziehung zum Kind nicht fähig.

*

Ich stand auf dem Schulhof inmitten eines großen, mit gelber Farbe auf den Boden gezeichneten Labyrinths und suchte den Ausweg. Im Augenwinkel sah ich etwas Riesiges auf mich zukommen. Ein Mann im braunen Anzug und neben ihm eine nur halb so große Frau in knielangem Rock und Absatzschuhen, die kaum Schritt halten konnte. Es war der Schulleiter, und er kam direkt auf mich zu. Sein Gesicht war ganz verzerrt unter dem silbernen Brillengestell. Er ließ sich vor mir auf die Knie fallen und warf den Kopf in seine Hände. Mit seiner sauberen braunen Stoffhose kniete er auf dem harten, kieseligen Steinboden des Schulhofs. Er schluchzte und versuchte gleichzeitig zu reden, aber ich hörte nicht, was er sagte. Ich beobachtete seine Glatze und wie die Sonne darauf reflektierte wie in einem blank polierten Weinglas. Die kurze Frau daneben schien auch sehr aufgeregt und nickte immerzu. Der Mann nahm meine Hände in seine großen Hände und legte sie sich an seine warmen, nach Bart riechenden Wangen. Er weinte. Er nahm meine Hände von seinen Wangen und umschloss sie mit seinen wie zu einem doppelten Gebet. »Bitte entschuldige, Mädchen«, weinte er. »Bitte entschuldige. Ich habe das doch alles nicht gewusst! Ich habe das doch alles nicht gewusst! Ich konnte das doch alles nicht wissen! Bitte«, sagte er, »bitte verzeih mir!« Immer mehr

Kinder versammelten sich um uns herum, um zu sehen, was hier vor sich ging.

Ich verstand nicht. Was sollte ich ihm verzeihen?

»Nicht traurig sein«, sagte ich und tätschelte ihm den Kopf.

Unvermittelt standen zwei Leute in unserem Zimmer, mit groben Schuhen in unseren ängstlichen Sachen; Sachen, die nicht vorbereitet waren auf fremde Leute, und auch die Kisten und Möbel hatten aufgehört zu atmen vor Schreck. Sie brachten kalten Wind und fremde Gerüche in den Raum. Einer griff nach mir, wortlos, als hätte man sich auf eine Strategie geeinigt; stilles Einvernehmen, stilles Ausführen. Ich riss mich los und flüchtete, und dann spielten wir Fangen. Durch ihre Körpergröße waren die Abholer klar im Vorteil, sie waren so groß wie der Raum selbst und brauchten nur nach mir zu greifen wie nach einem Hasen in einem Käfig. Ich huschte durch ihre Beine hindurch, aber da griff eine der tischplattengroßen Hände zu, bekam mein Bein zu fassen, ich fiel zu Boden, er warf mich über die Schulter wie einen zusammengerollten Teppich, um mich aus der Wohnung zu tragen, ich strampelte, wand mich, biss, schlug um mich. Die Welt draußen und unser Zimmer gehörten nicht zusammen, *Innen* und *Außen* unvereinbar voneinander getrennt, aber jetzt war Außen eingedrungen ins Innen und trug es mit Gewalt hinaus. Ich biss mich fest an deiner Bluse, und so schleppte man uns die Treppen hoch bis vor das Haus, deine Bluse hing in meinen Zähnen, ich hatte mich festgebissen wie ein tollwütiger Terrier und landete auf dem Rücksitz eines braunen Zweier-Golf, dessen Türen schon offen standen; jemand schlug die Tür zu, dass es taub wurde – und der Faden riss.

drei

ÜBERGABE

12. Mai 1987

Die beiden Fremden saßen vor mir im Auto und sprachen von *dem Kind*, von *ihr* und *sie*, als befänden sie sich in einer anderen Dimension. Wohin würden diese Leute mich bringen? In einem Nebensatz hörte ich das Wort *Vater*. – Das war doch nicht möglich: Brachten sie mich etwa zu *ihm*? Meine Eingeweide verdrehten sich. Wie hattest du das zulassen können, du hattest mich widerstandlos ausgeliefert an unseren schlimmsten Feind, an den *Verbrecher* – einfach so?

Die Abholer, welche du nur wenige Wochen später *die Entführer* nennen würdest, brachten mich bis ins Flugzeug, platzierten mich in die erste Reihe und sprachen mit einer Stewardess. Nach dem Start reichte die Stewardess mir ein Mickey-Mouse-Heft, an dem in einer Tüte eine kleine Schallplatte befestigt war, gerade so groß wie eine Babyhand – das hättest du sehen sollen! Ich öffnete die kleine Tüte, der Kleber zog gelbe dünne Fäden, und betrachtete die kleine biegbare Schallplatte. Wie klein müsste ein Plattenspieler sein, fragte ich mich, um eine solche Platte abzuspielen. Die Stewardess kam ein weiteres Mal und brachte einen gelben Plüschhund, steckte ihre Hand in den Hund und ließ sein Maul auf- und zugehen, dass er sprach. Fliegst du zum ersten Mal?, fragte der Hund. Ich schüttelte den Kopf. Und auf diesem Flug, zehntausend Fuß über der Erde, wusste ich noch nicht, dass ich auf dem Weg war von einer Wirklichkeit in eine ganz andere Wirklichkeit, in der sich vieles, woran ich bislang fest geglaubt hatte, als Fiktion herausstellen würde. Und je weiter ich mich von deiner Welt entfernte, umso klarer wurde, dass nicht die anderen, sondern wir es waren, die außerhalb von Welt und Ordnung lebten, und dass unsere Feinde nicht die anderen waren.

Jede Kindheitserzählung würde später an dieser Stelle einsetzen: im Flugzeug auf dem Weg zum Vater. Wer mich kannte, meine Schulfreundinnen, Lehrer und Nachbarn, kannte das Mädchen, das allein mit seinem Vater aufwuchs – ein Umstand, der über die Jahre bei verschiedenen Lehrerinnen Muttergefühle auslösen würde, sodass sie sich während einer Klassenarbeit oder beim Bearbeiten einer Aufgabe hinter mich stellen, mir den Kragen richten, durchs Haar fahren und sagen würden:

»Arme Maus. So ganz ohne Mutti, hm.«

»Du hast ne völlich andere Sprache jesprochen, als du herkamst«, würde mein Vater im Rückblick erzählen. »Tiefstes Schwäbisch, keen Wort hab ick verstanden«. Doch innerhalb kürzester Zeit würde das Schwäbisch fort sein, genau wie all die Schulen, Häuser und Straßen, die Gasthöfe, in denen wir gegessen haben, die Flure, durch die wir gegangen waren, die Treppengeländer, die unsere Hände gefasst hatten, die Vermieterinnen und die Wohnräume im fünften, im dritten, im ersten Stock, im Untergeschoss; die anderen Kinder, die nebenan lebten, Lilly und Nala, was würde werden aus ihnen und was aus dem Blick auf die Tannen vor dem Fenster? Was war geworden aus dem zerfledderten Sessel und der Amsel, die morgens ans Fenster klackerte, was mit dem verstaubten orangenen Röhrenfernseher und dem kleinen Holzhocker, auf dem er stand? Verschwunden war das Badezimmer mit der lockeren grauen Kachel, die Küche mit dem tropfenden Wasserhahn, das Haus mit der hellrosa Fassade, das hellblaue Handtuch mit der Kapuze, die Bücher und Kassetten von *Tao Tao*, die Puppe mit dem abgerissenen Kopf und die Pinkelpuppe mit der echten Windel, verschwunden der Klassenraum mit den Kaugummis an der Decke, verschwunden der hohe, dunkle Schulflur, in dem es nach Kohl gerochen hatte, und die Schulhöfe mit den bunten Klettergerüsten und Kreidezeichnungen, die vielen, immer fremd gebliebenen Klassenkameradinnen, der Schuleingang mit der riesigen schweren Holztür und jener aus Gitterglas mit dem blauen Plastikgriff, die riesige Schulaula, der Musikunterricht und das grässliche Lied über irgendeinen Jakob, der einen Bruder hatte und nicht aus dem Bett aufstehen wollte, die Bronzestatue vor der Dorfkirche mit dem nackten Jungen, der auf einer Schnecke reitet, die Jingle-Melodien der Radiosender, die Skilangläufer, der Laden mit dem Zeitungsständer, der champagnerfarbene Opel, die weidenden Schafe, die plappernden Bäche und die schnellen, lauten Flüsse, die alles mit sich rissen, was sie fassen konnten, der Geruch von Moos, das frisch auf alten Steinen blüht, die tiefen Täler, die Tanten und Traktoren, der Großvater mit dem ballrunden Kopf und den hellblauen Augen, Tildas Apfelkuchen und ihr »Achjee, achjee, Liebchen, was machen wir nur mit dir«.

Was hast du noch getan an diesem Tag, was gedacht? Hast du dem Wagen hinterhergesehen, hast du die zerrissene Bluse angelassen oder sie gewechselt, bist du in den Gasthof *Ochsenwirt* gegangen oder wieder zurück ins Bett, hast du auch genug gegessen an dem Tag oder dich betrunken, bist du in die Küche und hast aus dem Fenster gesehen, hast du im Supermarkt randaliert, oder warst du erleichtert oder verstört, sorgtest du dich, oder konntest du gar nichts empfinden, und wer kümmerte sich ab dem Moment um dich?

Es war Abend, als ich am Flughafen Tegel ankam. Der Duty-free-Bereich war schon geschlossen, in den Restaurants standen die Stühle auf den Tischen, runtergelassene Jalousien an den Informationsständen. Vor dem Fenster das angeleuchtete Flugzeug allein in der Nacht, und kleine Fahrzeuge umschwirrten es wie Fliegen eine schlafende Kuh. Die Stewardess hielt meine Hand ganz fest in ihrer Hand –

da saß *er*.

Und ich sollte mit *ihm* gehen.

Und – als hätte ich dich auf diese Weise mitgenommen, war ich es seit jenem Tag, die nicht mehr aus dem Bett aufstand. Der Kinderarzt kam, setzte sich auf die Bettkante. »Willst du nicht mal was sagen«, fragte er. Er holte eine große Stoffpuppe aus seiner Tasche und ließ sie sprechen. »Du musst mal aus dem Bett aufstehen, und wenn du nichts isst, musst du wenigstens trinken, Milch und Kakao am besten, und magst du lieber Erdbeer- oder Orangengeschmack«, fragte er und verschrieb appetitanregende Präparate.

Mit den Wochen wurde ich immer verwirrter. Denn all die Kämpfe, die wir durchlebt hatten, all die Fernsehdramen, das Verstecken, Packen, Flüchten, Rasen und Rennen mit dir – ich konnte im Verhalten meines Vaters keinerlei Begründung dafür finden. Dieser Mensch, den ich nun sehr zaghaft kennenlernte, war so ganz und gar anders als die Vorstellung, die ich mir, durch deine Augen sehend, von ihm gemacht hatte. Trotz aller Vorbereitung auf die Maximalkatastrophe entdeckte ich nach und nach, dass der *Verbrecher* vollkommen anders war als alles, was man sich unter einem Verbrecher vorstellt. Weder wurde ich zusammengeschlagen noch die Treppe runtergestoßen, noch sperrte man mich in einen kalten, dunklen Keller. Weder bedrohte und misshandelte er Leute, noch fuhr er tagein, tagaus lauernd mit dem Auto durch die Straßen, im Gegenteil: Ich lernte einen Mann mit sanftem, ruhigem und gütigem Wesen kennen, der sich darum kümmerte, dass ich mehrfach am Tag etwas zu essen bekam. Auch schlief ich in frisch gewaschener Bettwäsche, trug einen frisch gewaschenen Schlafanzug, und Kuscheltiere säumten den Rand meines Bettes. Am Abend setzte er sich zu mir, nahm eines der Kuscheltiere, ließ es sprechen und über die Bettdecke tanzen und bewegte dessen Kopf hin und her. Zum Einschlafen lehnte er die Tür an, durch die ein kleiner Balken Licht fiel, und dann hörte ich ihn nebenan ruhig reden und die beruhigenden Geräusche des Fernsehers.

Vielmehr war es Alma, die neue Freundin meines Vaters, die mir einen Schrecken einjagte. Wie du, hatte auch Alma Locken, allerdings rot-violett gefärbt, und durch das ganze Haus roch es nach Haarspray. Alma war das genaue Gegenteil von ihm: unsanft, ungeduldig, unfreundlich und auf so befremdliche Art überfraulich, dass mir davon angst und bange wurde. Ihre Fingernägel waren lang und dick lackiert, ihr Gesicht so stark geschminkt, dass die einzelnen Poren wie kleine Fleischkrater im Gesicht aussahen, in das rechte Brillenglas der bläulich schimmernden Gläser war ein Strasssteinchen eingelassen, eine Kette hing von einem der silbernen Bügel herab, und immer guckte sie verführerisch. Beim Putzen (worum sich bei Alma alles drehte: Putzen, Wischen, Wienern und Körperpflege) wie bei jeder anderen Tätigkeit imitierte Alma Gesten, die einem schlecht gespielten Erotikfilm entnommen zu sein schienen. Sie bewegte sich nicht einfach, sie erotisierte durch die Räume, dass die Luft verklebte. Stieg sie eine Treppe hoch, zog sich die Schuhe an, wischte sie den Badezimmerboden oder rührte in einem Topf: alles tat sie begleitet von schweren Lidaufschlägen und einem Lippenspiel ihres stark betonten, voluminösen Sinnlichkeitsmundes, der immer einen Hauch geöffnet stand und die weißen geraden Zähne offenbarte, an denen sie gerne züngelte – du hättest sicher gelacht über sie. Sie war alles, was du ablehntest: desinteressiert, trutschig und immer auf die Meinung der Nachbarn bedacht, was selbst meinen Vater aufbrachte: »Die Nachbarn, die Nachbarn, Alma, was schert es mich, was die Nachbarn denken, und wie kommst überhaupt darauf, dass die denken können!«

Almas Lebensführung war geprägt von einfachen Regeln, und die enorme Geisteskraft derselben offenbarte sich in Feststellungen wie dieser, dass »wenn das Kind nicht essen« wolle, man »es eben zum Essen zwingen« müsse. Vom Tisch sei nicht aufzustehen, bis der Teller »blitzeblank« gegessen sei, und natürlich, wie sollte es auch anders sein, werde »gegessen, was auf den Tisch« komme. Dass *das Kind,* das sich nun in die vorher wohl recht harmonische Beziehung gedrängt hatte, wochenlang kein einziges Wort von sich gab, brachte Alma mit der Zeit so in Rage, dass sie ihr Lippenspiel zeitweise vergaß und stattdessen den Lappen auf den Tisch warf und aufsprang: »Dann muss man das Kind eben zum Sprechen zwingen! Mir fällt da schon was ein, Walter! Wer den Mund nicht aufmacht, der kriegt eben nichts! Dann soll sie in ihrem Zimmer bleiben und verhungern. *Mir* soll's recht sein!«

Ich saß am Küchentisch, hörte Almas Schimpfen zu, und das Fleischstück ließ sich einfach nicht runterschlucken, den ganzen Abend hindurch wanderte es von der linken in die rechte Wange, wurde zäher und zäher, und als Alma sich erholt hatte von ihrem Anfall, kam sie zurück in die Küche und setzte sich *dem Kind* gegenüber, um es über Reinlichkeitsvorschriften aufzuklären: So seien meine Fingernägel viel zu dreckig, ob ich denn glaube, auf diese Weise einmal einen Mann zu finden. Denn einen Mann finden, das würde ich doch sicher wollen, oder nicht? Jede Frau wolle einen Mann, und einen solchen zu bekommen sei nur möglich, wenn ich mir die Fingernägel säubere und endlich vernünftig äße. Und wenn ich putzen und kochen lernte, so schnell es nur ginge. Heiraten mache eine Frau erst zu einer Frau, sagte sie, aber eine Frau würde ich leider nicht werden, wenn ich weiterhin so dürr bliebe, denn das sei ganz unweiblich und sehr fürchterlich.

»Alma meintet nur jut«, sagte der Vater.

Eine alte Dame kam ins Haus, die er mir als »Frau Getrost, deine Tagesmutter« vorstellte. Ich zog die Decke wieder über meinen Kopf, als Frau Getrost etwas gebeugt durch meine Zimmertür tappelte. Sie war eine alte Dame mit grauen, kurzen Locken, einer braunen Wolljacke und einer gerade geschnittenen, grauen Stoffhose. Ihr Gesicht war sehr verknautscht. Sie zog einen Hocker ans Bett und sah sich im Kinderzimmer um: zum Kinderschreibtisch, zum Spiegelschrank, zur Kommode. Sie nahm ein Spielzeug in die Hand und legte es mir vors Gesicht. Im Spiegelschrank sah ich ihre grauen Locken. »Na, Mäuschen«, sagte sie. »Magst du denn nicht mal was erzählen?« Sie war fremd, aber freundlich, beim Sprechen rollte sie das R, sie hatte einen riesigen, uralten Mund, und ich rümpfte die Nase. Frau Getrost warf mir einen Ball zu. »Ich bin die Christa, und wer bist du?«, sagte sie. Der Ball kullerte über die Bettdecke, und ich drehte mich zur Wand. Sie holte den Ball zurück und kam mir damit viel zu nah, dann warf sie ihn erneut. »Ich bin die Christa, und wer bist du?«

Als ich mich kurz zu ihr umdrehte, flog mir der Ball direkt ins Gesicht. »Huch, Entschuldigung, Mäuschen«, sagte Frau Getrost und lachte. »Ach du liebe Zeit!«, sagte sie und setzte sich zurück auf den Hocker. Dann hielt sie den Ball eine Weile in ihren Händen und überlegte …

… in einem ruhigeren Ton setzte sie neu an:

»Ich bin die Christa. Ich komme aus Schlesien. Als ich so alt war wie du, wurde ich aus meiner Heimat vertrieben und habe alles verloren: mein Zuhause. Meine Schwestern und Brüder. Meine Freundinnen. In Schlesien habe ich auf einem großen Hof gelebt. Ein schöner großer Bauernhof mit Hühnern, Schweinen, Ziegen und Schafen.« Sie lachte, dann hielt sie einen Moment inne, drehte den Ball zwischen ihren Zeigefingern und sah aus dem Fenster. »Dann musste ich nach Deutschland, wo ich niemanden kannte. Die Menschen waren so anders hier. Also habe ich Klavier gespielt den ganzen Tag. Musikmachen ist wie Reden, auf eine Weise, weißt du. Und als ich langsam die Sprache lernte, fing ich an, auf Kinder aufzupassen. Viele Kinder habe ich großgezogen. Und wenn eines der Kinder nicht reden wollte, sagte ich: Komm, setz dich mal hierher zu mir. Ich habe es auf den Küchenschrank gehoben und gesagt: Nun verrate mir mal alle Ausdrücke, die du kennst. Aber nur die allerschlimmsten, die man nicht sagen darf! Und dann bekam ich Sachen zu hören, huiuiuiui!« Sie lachte mit tiefer, rauer Stimme. »Das muss alles raus, sonst verstopft es dir das Herz, und das macht das Herz schwach und krank, weißt du. Man darf mir schlimme Dinge sagen, mich erschreckt das nicht.«

Sie schwieg eine Weile. Dann sah sie mich an, so lange, bis auch ich sie ansah und unsere Blicke sich trafen. Wieder warf sie mir den Ball zu. »Ich bin die Christa aus Schlesien. Ich würde dir gerne das Klavierspielen zeigen. Und wer bist du?«

»Alice«, sagte ich.

Mein Vater zeigte mir in einem Reiseprospekt Bilder von einem geschwungenen blauen Swimmingpool mit orangenen Sonnenschirmen und tuschkastengrünen Liegen. Vulkanberge, Dromedare, Strand und blaues Meer. »Jefällt dir ditt?«, fragte er. Ich nickte. »Ick dachte, et wäre gut, wenn wir zwei uns ma besser kennenlernen würden«, sagte er, »und dafür könnten wir nach Lanzarote fliejen für zwee Wochen. Wat meinste?«

*

In der Lobby der Hotelanlage gab es das Unglaublichste, was ich je gesehen hatte: einen sprechenden Papagei, der alles nachplapperte, was die Gäste an Forderungen, Fragen und Wünschen aussprachen, und dadurch alles ins Lächerliche zog. Er saß auf einem geschwungenen Ast neben der Rezeption, und ich verbrachte Tage damit, dem Tier etwas zu sagen und das Gesagte von ihm zurückgesagt zu bekommen. Wir fuhren auf eine Dromedar-Safari, suchten gemeinsam Edelsteine im schwarzen Lavasand, rote und grüne, er erklärte mir, wie ein Vulkan funktioniert, kaufte eine Luftmatratze, blies sie auf, und wenige Minuten später flog sie an einen riesigen Kaktus und platzte. Also kaufte er eine neue Luftmatratze und blies sie wieder auf, und ich stapfte damit zum Pool. Beim Büfett gab es so viele bunte Obstsorten, wie ich es noch nie gesehen hatte: Melonen, Orangen, Erdbeeren, es gab Eis und Spaghetti, und bis die Lippen blau wurden, spielte ich im Pool mit anderen Kindern. »Samma Alice! Willst du nicht mal langsam da aus dem Wasser rauskommm?«, rief mein Vater. Abends saß er in der Bar, und ich spielte Billard mit älteren Herren, die spanisch sprachen, und gegen zehn lagen wir in dem kleinen Appartement, er in seinem Bett an der einen, ich im Bett an der anderen Wand, und ich erzählte ihm aufgeregt, was ich am Tag alles erlebt hatte; so viele Dinge waren es, dass ich fürchtete, einzuschlafen und dadurch das Erlebte zu verlieren. Auch sein Einschlafen war mir nicht recht, er schien verloren zu gehen, sobald er einschlief, also weckte ich ihn, und er drehte sich zur Wand, und ich weckte ihn wieder. »So jeht das nich«, sagte er, »du musst mich ooch mal schlafen lassn.«

Im selben Sommer zeigte er mir das Segeln. Er fuhr mit mir und einem Segelkameraden auf einem kleinen wackeligen Motorboot raus auf den See und zog einen voll aufgetakelten Optimisten, ein Kindersegelboot, hinterher. In der Mitte des Sees stellten die Männer den Motor ab, und mein Vater hob mich in die viereckige Holzschale mit dem sechseckigen Segel, und ich stand noch nicht einmal ganz in dem Boot, da knallte es, das Segel spannte sich, und das Ding fuhr los, peste über den See, mit mir noch darinstehend.

»Hinsetzen!«, rief mein Vater, »setz dich hin!«

Ich fiel mehr auf meine Knie, als dass ich mich setzte, und noch auf den Knien schwang das Boot mit einem Mal rum, der Baum flog mit dem Segel über meinen Kopf, streifte meinen Haaransatz, und ohne dass ich den Übergang mitbekommen hatte, waren wir umgefallen. Das Boot lag auf der Bordwand, das weiße Segel schwamm waagerecht im dunkelgrünen, trüben Wasser. Ich saß auf allen vieren im Inneren auf der Bordwand wie ein Hund, der gleich durch einen Ring springen will, und wusste nicht, wo Wasser und wo Himmel ist, hörte nur meinen Vater rufen, verstand aber die Worte nicht. In dem Moment kippte das Boot wieder zurück, das Segel schlug einmal über mich hinweg, das Boot drehte sich einmal um sich selbst, ich wusste nicht mehr, wo hinten und vorne, rechts oder links war, sah nur Baumreihen am einen Ufer, Baumreihen am anderen Ufer, ein Paddelboot, zwei Motorboote, einen Ausflugsdampfer, der direkt auf mich zukam, Wolken rasten über mich hinweg, dann wehte der Wind mir meine Haare über die Augen und ich sah gar nichts mehr; das Segel schlug mit einem lauten Knall über mich hinweg auf die andere Seite, die Schot verhakte sich hinter dem Schwertkasten, das Segel spannte sich wieder, und auf einmal kam wieder Zug ins Boot, und es raste mit mir über den See. »Super, ditt läuft doch!«, rief mein Vater und ich sah eine Reihe von Bäumen auf mich zukommen – »die Pinne!«, rief er, »du musst die Pinne in die Hand nehmm! Ditt lange Ding dahinten, da hängt ditt Ruder dran! Damit lenkt man!«

Panisch griff ich nach dem Holzstab, der wie durch Geisterhand hin und her schwenkte, zog ihn an mich, da drehte das Boot, das Segel knallte wieder rüber, nun kippte das Boot auf die andere Seite, und ich kullerte auf die andere Bordwand, lag jetzt auf dem Rücken wie ein umgefallener Käfer, und schon kippte die Schale wieder zurück. In dem Moment hörte ich den Dieselmotor neben mir rattern und sah das Motorboot mit den beiden Männern darin an meiner Seite schaukeln. Mein Vater hielt den Mast des Optis fest. »Ditt lief doch schon richtig super!«, sagte er, »ditt könnte doch jetzt dein Hobby werdn, oder?« Vollkommen zerfleddert und pitschnass kletterte ich zurück ins Motorboot, stieß mir Knie und Fußrücken an den vielen harten Kanten und bibberte.

»Na, hat ditt Spaß jemacht, Spatz?«, fragte er und strich mir über den Kopf. Ich nickte. Hellauf begeistert war ich.

SEITEN UND ZEITEN

In der Schule lernte ich nichts. Die Schulflure rochen nach Gummiboden und Mittagessen, an den Fenstern klebten gebastelte Bienen, und die anderen Kinder und ich konnten absolut nichts miteinander anfangen. Also gesellte ich mich in die hinterste Ecke zur Riege der Außenseiter: Kai die Presswurst, Popel-Heidrun und Scheiße-Sandra. Nicht nur gewann ich an Wissen nichts dazu, ich verlor auch alles: Hausschlüssel an die sechs Stück, Haarspangen, Jacken, ich vergaß mein Fahrrad am Kiosk, verlor meine Zahnspange, Schulbücher verschwanden unauffindbar, und weil mein Vater und Alma morgens noch vor mir das Haus verließen, brachte ich, als Frau Getrost einmal für zwei Wochen auf Sylt zur Kur war, auch meine Schulmappe nicht mit in die Schule und kam stattdessen in meinen geliebten Mäusehausschuhen und meinem Pandabären-Pyjama, was ich erst bemerkte, als die anderen mich auslachten. Ich sah an mir runter: Glücklich kullerte ein Pandabär mit einem grünen Halm im Mund über meine Brust, und die runden Wollnasen der rosa Mäuse an meinen Füßen zeigten an die Decke. Von diesem Moment an hatte ich in der Klasse den Namen »Oberspasti«. Mit allem, was ich über die Monate vergaß und verlor, brachte ich Alma nur weiter auf gegen mich, und sah ich beim Heimkommen Almas Auto vor der Tür stehen, streunte ich so lange durch den Park hinterm Haus, bis es verschwunden war.

Vor den »Tagesthemen« saßen mein Vater und ich zusammen am Tisch in der Veranda im gedämmten Licht, mein Vater übermüdet von einem langen Arbeitstag, und ich konnte nicht still sitzen. »Mensch, was bist du nur für ein *Unruhegeist*«, sagte er, und redete, wie immer, wenn er angespannt wurde, hochdeutsch. Er versuchte, mir all die Dinge zu erklären, die ich in der Schule nicht lernte. Immer wieder fing er von vorne an, erklärte mir den Unterschied zwischen links und rechts, erklärte mir, wie die Uhr zu lesen sei, und ich konnte weder das eine noch das andere verstehen. Er rechnete mir Aufgaben vor, die ich ihm nicht nachrechnen konnte, er zeigte mir seine Methoden, redete von Dreisatz, ein Begriff, den ich noch nie gehört hatte. Weil er bald nicht mehr weiterwusste, schweifte auch er ab und erklärte mir schließlich, wie ein Widerstand funktioniert und wie ein Lasttrennschalter, auf welche Weise welche Art von Spannung erzeugt wird und wie man diese ausgleicht, was ein Halbleiter und was eine Spule ist, wie mithilfe elektromagnetischer Wellen Informationen von einem Sender zu einem Empfänger gesendet werden. Er malte die Wellenarten der verschiedenen Frequenzbereiche auf und erklärte mir die Bedeutung von Oberwellen und Bodenwellen. Mit seinen Händen malte er einen Bogen in die Luft. »Das ist die Ionosphäre«, sagte er. Dann machte er mit den Händen kleine kippende Bewegungen über den Tisch, »und das sind die Bodenwellen: zack und zack und zack und zack.«

Ich bekam einen *Tobsuchtsanfall.* Ich brüllte und weinte, schmiss Sachen um mich, strampelte mit den Füßen. »Schluss jetzt!«, rief er. »Spinnst du denn! Du bist ja schon so wie deine Mutter!«

Ich erstarrte.

Nichts Schlimmeres, nicht Entsetzlicheres hätte er sagen können als das. Keine Lebensprophezeiung hätte fürchterlicher sein können als diese. So wie du zu sein, hieße, Unglücksbringerin zu sein; hieße, in einer Hölle der Isolation unverstanden und ungetröstet vor sich hin zu vegetieren, aus der Welt zu fallen; hieße, auf ewig als *die Irre* verschrien zu sein.

Dieser Satz, den er in seiner übermüdeten Verzweiflung gebrüllt hatte, würde sich ab diesem Abend wie ein Filter vor mein Handeln schieben. Durch diesen Satz hindurch würde ich nun alles abgleichen, was ich sagte und tat, und alles daransetzen, dass er ihn niemals mehr würde hervorbringen können. *Tobsuchtsanfälle*, wie er es nannte, waren also jene so häufig mit Richtern, Gutachtern und Anwälten besprochene *Krankheit*. Wütend werden und die Fassung verlieren also war die so oft verhandelte *Psychopathie*. Nicht bei Kai aus der Schule, den alle nur auslachten, wenn sein Gesicht in einem solchen Anfall mal wieder in der Luft zerfledderte und er seinen Schulranzen durch den Raum trat. Das nervte und war lustig – bei mir war es eine *Krankheit*. Ein Mädchen, das einen Wutanfall bekam, weil es überfordert war und weder ein noch aus wusste, war ein wahnsinniges Mädchen und ich also: eine *Gefahr.* Die Sache war ganz klar:

Ich, Alice Schaller, sechs Jahre alt, war eine gefährliche Psychopathin!

Nichts war mehr sicher.

Und so war ich seit jenem Abend um eine Empfindung ärmer geworden, dafür aber um eine Eigenschaft reicher, die mir bald zu größter Beliebtheit verhelfen sollte:

Fügsamkeit.

Und nachdem wir die Spannungsebenen, Widerstände, Lasttrennschalter, Seiten und Zeiten aufgegeben hatten, malte ich friedlich meine Buchstaben in Schreibschrift auf die fünfzeiligen Linien, und er saß neben mir und erzählte von den neuesten Entwicklungen mit der Rundsteueranlage und den neu angelieferten Transformatoren, von den Problemen mit den neuen Halbleitern, der Instandhaltung überregionaler Transportnetze und über die Einweihung der Freiluftschaltanlage in Pforzheim.

Was keiner wusste: Ich war mit Wichtigerem beschäftigt. Ich hatte eine Mission, über die ich ununterbrochen nachdachte und die überhaupt keinen Platz ließ, um Seiten, Zeiten, Zahlen oder Buchstaben zu lernen:

Ich musste den Tod abschaffen. Nacht für Nacht lag ich in meinem Bett unter dem Fenster, weiße Lichtstäbchen leuchteten durch die geschlossenen Jalousien, und ich grübelte, wie das wohl anzustellen wäre. Was könnte man tun, um nicht zu sterben, fragte ich mich. Die Zeit anhalten. Das Leben einfrieren. Einfrieren, das hatte ich mal im Fernsehen gesehen, wie Leute sich in einer dampfenden Truhe in Eis legen ließen. Ich musste unbedingt in eine solche Truhe. Und wenn mein Vater ins Bett gegangen war, stand ich aus dem Bett auf und lief durch das Haus, schaltete in jedem Zimmer das Licht an und atmete so schwer und hastig, als wäre ich zu schnell gerannt. Ich ging ins Wohnzimmer, das ohne den laufenden Fernseher und den Vater im Fernsehsessel ein ganz anderer Raum war. Auch hier schaltete ich alle Lichter an; die Deckenlampe, das Leselicht, das kleine Licht hinter der Anbauwand. Ich breitete die Arme aus und streckte die Finger weit auseinander: Mir war mit einem Mal schrecklich heiß, und in meiner Haut war es viel zu eng, ich wollte raus und lief durch den Flur zur Haustür, drehte den Schlüssel und öffnete: Weißer, im Licht der Straßenlaterne leuchtender Schnee in der schwarzen Nacht, und die Kälte legte sich besänftigend an meine fiebrigen Wangen.

Es war Frühling, und mein Vater feierte sein fünfundzwanzigjähriges Firmenjubiläum. Ich machte mich hübsch. Schnitt mir den Pony zu einem modischen Dreieck, klemmte die rote Froschhaarspange in mein dünnes rotes Haar und formte aus meinen kurzen Haaren neun Zöpfe, die ich mit seidenen Haargummis von Alma fixierte. Dann zog ich mir meine schicksten Sachen an: einen weit ausladenden Blumenrock in Lila und Rosa mit blauem Tütü-Unterrock, dazu meinen schönsten weißen Frottepullover mit den zwei aufgedruckten Hasengesichtern, den Oma mir mitgebracht hatte. Als Schmuck hängte ich mir eine tomatengroße goldene Weltkugel von Alma um den Hals, und bei der Fußbekleidung entschied ich mich für die weißen Lackschuhe mit den Riemchen, die ich mit Oma bei Brenningmeyer gekauft hatte.

Wir fuhren zum Umspannwerk Charlottenburg und betraten einen Saal mit langer weißer Tafel, die von Blumengedecken geschmückt war und an der Männer in schwarzen Anzügen vor

Weingläsern saßen. Mein Vater platzierte mich bei Herrn Bartholomäus und Herrn Ullrich, gegenüber von Herrn Bächer, die sich gerade angeregt über Volltransistorisierung austauschten, und ging weiter zu einer Gruppe von Asiaten, die ihn überschwänglich begrüßte. Ich baumelte mit den Beinen. Die Männer, bei denen ich saß, sprachen über Taiwan, Teheran und die neuen Zulieferer in den Staaten.

»Wie alt sind Sie?«, unterbrach ich Herrn Bartholomäus, aus dessen Nacken sich dicke Hautwülste wölbten, sodass es aussah, als trage er einen Kragen aus Bockwürsten.

»Achtundfünfzig«, sagte dieser zögerlich und zog eine Augenbraue hoch.

»Dann haben Sie ja die meiste Zeit schon hinter sich. Zum Tod ist es jetzt kürzer als bis zur Geburt. Oder kennen Sie jemanden, der über hundert geworden ist?« Er schielte seitwärts zu mir und schüttelte den Kopf, der sich auf seinem steifen Nacken kaum bewegen ließ.

»Ich auch nicht«, sagte ich und baumelte weiter. Ich zeigte auf die goldene Armbanduhr von Herrn Bartholomäus, auf die er sehr stolz zu sein schien:

»Denken Sie auch bei jeder Sekunde, dass es nun eine Sekunde weniger ist, die einem bleibt, und dann noch eine weniger und noch eine weniger?« Herr Barthomomäus lächelte milde.

»Na, du bist mir ja eine!«, sagte er und klopfte mit seiner großen haarigen Pranke auf meinen Rücken. Ob ich nicht etwas zum Spielen dabeihätte?, fragte er. Ich schüttelte den Kopf. Auch kein Buch? Ich könne nicht gut lesen, sagte ich, der Kinderarzt meine, ich hätte Konzentrationsprobleme.

»Auch kein Bilderbuch?« Ich verneinte.

»Wissen Sie, was *für immer* bedeutet?«, fragte ich.

»Du, hör mal, Mädchen«, sagte er – ich unterbrach ihn:

»Genau dasselbe wie *nie wieder*.«

»Du, äh, Kleine, das ist ja alles ganz lustig«, sagte er, »aber sei doch so gut und geh mal rüber zur Frau Bedjeti. Guck mal, die Frau dahinten mit der weißen Rüschenbluse. Die will bestimmt gerne mit dir spielen.« Ich guckte rüber zu Frau Bedjeti die mit einer Kaffeetasse an der großen Tafel saß, immer wieder auf die Uhr sah und sich etwas zu langweilen schien.

»Ich will gar nicht spielen«, sagte ich.

»Ja, du«, sagte er, »aber wir wollen uns hier gerne unterhalten, wir besprechen gerade Firmensachen, weißt du.« Ob er sich schon entschieden habe, ob er lieber verbrannt werden oder in der Erde verwesen wolle?, fragte ich, denn das bereite mir das größte Kopfzerbrechen, mir gefielen beide Varianten nicht besonders. Im Grab sei es kalt, dunkel, und man bekäme keine Luft. Verbrennen dagegen würde ich mir unangenehm heiß vorstellen. Jetzt stand Herr Barthomomäus auf, als höre er mich nicht mehr, und ging zu Herrn Bohn, der gerade in ein Gespräch vertieft war mit Mister Li und Mister Wong. Ich stand auf und spazierte herum, ließ die Finger an den warmen Rillen der Heizung entlangrattern, drehte mich um und ratterte den Weg wieder zurück, bis viel feiner Staub sich an meinen Fingern gesammelt hatte. Ich spielte Balletttänzerin, tanzte eine Kür durch den großen Saal, stellte mich vor die Tische der Leute und verbeugte mich mit einem Knicks. Ein sehr dicker Mann mit Stoffserviette im Kragen zwinkerte mir zu. Ich stellte mich zu einer weiteren Gruppe von Männern.

»Hallo, wie alt sind Sie?«, fragte ich.

»Oh oh, alt!«, sagte einer, und alle lachten.

»Oh, und haben Sie Angst vor dem Tod?« Sie fingen wieder laut an zu lachen.

»Wenn man tot ist, kann man all die schönen Dinge nicht mehr sehen: Sonnenuntergänge, Vögel, Katzen, Schafe, den Himmel, Bäume, das Meer, man kann keine Luft mehr atmen, keine Schokolade mehr essen, nicht mehr in der warmen Badewanne liegen, keine Musik mehr hören.« Sie lachten wieder.

»Geh mal zu deinem Papa, der steht dahinten.« Sagte einer.

»Gibt es etwas, was Sie gerne mit ins Grab nehmen wollen? Ein Kuscheltier beispielsweise. Oder das Auto? Oder einen Lastenschalter?« Die Männer lachten, drehten sich von mir weg und gingen ein paar Meter weiter.

Nur beim Singen und Malen in der Schule dachte ich nie über solche Dinge nach. Herr Uckel, der Musiklehrer, hatte einen langen grauen Bart, trug ein kariertes Hemd und eine schwarze Lederweste, und ihn fand ich besonders nett. Er ließ mich auf einer Mundharmonika spielen, während er Klavier spielte, und machte mir Komplimente über meine Musikalität. Fast in jeder Stunde lobte er mich, und ich war so glücklich in diesen Stunden wie vielleicht noch niemals vorher. Am liebsten wollte ich nichts anderes mehr machen, als mit Herrn Uckel zu musizieren. Nach Unterrichtsschluss ging ich zu ihm an den Lehrertisch.

»Ich liebe Sie, wollen Sie mich heiraten?«, fragte ich.

»Oh, na, da bist du aber noch ein bisschen jung, und ich bin ein bisschen zu alt für dich«, sagte er und lud mich stattdessen ein, in seine Gitarrengruppe zu kommen, die einmal die Woche nach Unterrichtsschluss stattfand.

Vier Kinder saßen in dem sonnigen, warmen Klassenzimmer im Kreis, und jedes hielt eine Gitarre in der Hand. Herr Uckel ließ alle auseinanderrücken und holte einen weiteren Stuhl, den er dem Kreis hinzufügte und auf dem ich Platz nehmen sollte. Dann sagte er: »Und dir gebe ich *meine* zwölfsaitige Western-Gitarre, aber du musst sehr vorsichtig sein, in Ordnung?« Ich nickte voller Eifer, und mit einem eleganten Schwung schwang er seine schwarz glänzende, zwölfsaitige Gitarre, die nicht Plastik-, sondern Stahlsaiten hatte, in meine Arme.

Mit den Monaten bereiteten mir nicht nur der Kunst- und Musikunterricht Freude, auch hatte ich in der Kunstlehrerin Frau Riemelt, die der Klasse durch ihre Launen regelmäßig zu verstehen gab, welch unerträgliche Last ihr die Schüler seien, ein Opfer gefunden. Frau Riemelt ließ sich durch Kleinigkeiten herrlich aus der Fassung bringen, ihr Nervenkostüm war so schwach beschaffen, ihr Wesen so kleinmütig und eine Lehrerpersönlichkeit so wenig vorhanden, dass, wann immer sie sich aufplusterte und durch Herumgekeife ihre Schwäche an Autorität zu kaschieren versuchte, wann immer sie schon schwitzend, motzend und humpelnd den Raum betrat, ich ihr Schnaufen nachäffte, ihre Art zu sprechen, und Frau Riemelt so in Rage brachte, dass die ganze Klasse zu lachen anfing und Frau Riemelt mich am Arm packte und mit schief gerutschter Brille und am Gesicht klebenden dunkelgrauen Haaren laut schimpfend aus dem Raum zerrte.

Und abends, wenn ich den 230er Mercedes vor dem Haus ankommen hörte, das scherenhafte Auseinanderreiben des Gartenzauns und das Gähnen des Garagentors, straffte sich das Haus. Ich hörte die Schritte meines Vaters, entschieden und gleichmäßig mit den immer geputzten Lederschuhen, hörte den Schlüssel in immer gleicher Weise durch seine Finger gleiten auf der Suche nach dem richtigen, und dann die Stufen, die er hochstieg: eins-zwei-drei-vier-fünf. Jetzt stellten sich die Räume her, bekamen ihre Formen und Definitionen: Wohnzimmer, Veranda, Küche, Kinderzimmer. Er brachte Frische von draußen rein, schaltete das Licht an und rief einen Gruß durch das Haus, das mein wohliges Zuhause geworden war.

EINE MIESE PERFORMANCE

Wann immer *es* wieder *so weit* war, legten wir nachts den Hörer neben das Telefon. *Es* fing meist an mit Anrufen am Nachmittag oder nachts zwischen eins und vier. Ging einer von uns ran mit verschlafener Stimme, meldete sich niemand zurück.

»Hallo? – Hallo? – Wer ist denn da?« Klack, wurde aufgelegt. Manchmal hörte man nur ein schweres Atmen, und gelegentlich war ich unsicher, ob es richtig war, immer dich zu verdächtigen, und fragte mich, ob es nicht doch der gefährliche Kinderschänder sein könnte, über den die anderen in der Schule mit so begeisterter Furcht erzählten.

»Hallo? – Wer ist denn da?« Im Hintergrund waren Geräusche einer Gaststätte zu hören, Gläserklirren, lautes Stimmengewirr, dann wusste ich sicher, dass du es warst, und rollte genervt die Augen. Dennoch hattest du für einen Moment lang Macht über mich, zogst mich durch das Atmen wie in einen Tunnel hinein, in dem es nur uns beide gab – und flogst auf, weil jemand dich ansprach.

»Gleich, Moment noch. Einen Moment bitte, ja?«

»Mama, denkst du, ich erkenne deine Stimme nicht? Was soll der Quatsch?« Klack, legtest du auf. Und zurück blieb eine abrupte Taubheit am Ohr, der andere Raum am Ende der Leitung verschluckt, der Tunnel hatte mich wieder ausgespuckt, der Schlund sich geschlossen. So ging das über Wochen, und du brachtest damit Leute um ihren Schlaf. Firmenkollegen und den Chef meines Vaters, seinen Anwalt, den Familienrichter, die Nachbarschaft, die Großeltern, Nala und Trautchen und deine anderen Schwestern, einen Halbbruder in Finnland, frühere Arbeitskolleginnen aus verschiedensten Ländern, und selbst vor der Telefonleitung des Zulieferers in den Staaten machtest du nicht halt.

Am Abend legten wir den Hörer neben die Gabel, um weitere Anrufe zu verhindern, und wählten eine der Ziffern, um das Rufzeichen zu unterdrücken, woraus ich Jahre später ein zynisches Benotungssystem entwickelte: Brülltest du auf den Anrufbeantworter (»Haaaaalloooo!! Raaaangeeeehhhhn! Hallo hallo hallo halllo hallooooooooo!«), drückte ich die Sechs. Machtest du Vorwürfe (»Wenn du wieder ein liebes kleines Baby wärst, könnte ich glücklich sein!«), drückte ich die Drei. Für einen ärztlichen Krankenbericht, den du über dich selbst in der dritten Person erstellt hattest (»Atmung schlecht, Herzschlag schwach, leerer Blick, isst nicht, trinkt nicht, spricht nicht. Wiederhörn!«), bekamst du eine glatte Eins.

Wo waren sie, diese Gaststätten, aus denen du anriefst, welche Namen hatten sie, gab es dort Spielautomaten oder weiße Tischdecken, waren es Kneipen oder Restaurants, trafst du dort jemanden, bestelltest du etwas zu trinken, zu essen oder warst du nur dort für diese Anrufe? Ich stellte mir das Telefon hinter einem braunen Vorhang vor, in einem Durchgang zu den Toiletten, Leute drängelten sich vorbei, du hieltest das Mikrofon zu, gedämmtes Licht, Unruhe, der Hörer schwarz und klebrig, ein Telefonbuch darunter auf einer Ablage, der Münzeinwurf silbern und zerkratzt. Aber wie genau war das? Veränderte sich dein Blick, als du meine Stimme hörtest? Erschrakst du, hattest du Sehnsucht, klang meine Stimme fremd oder vertraut? Spielten sie Musik in der Kneipe, das Beste der Siebziger, Achtziger und *von heute*? Gab es einen Tresen, an dem du gesessen hast, oder kamst du durch die Eingangstür, eine Glocke klingelte, liefst weiter zum Tresen und sagtest, du müsstest mal telefonieren? War es immer ein anderes Restaurant oder immer dasselbe, sah dich jemand zweifelnd an, und was war das überhaupt, dieses große Einschüchterungsschauspiel; gab es dir einen Kick, nahm es dir deine Angst, oder ging es auch hierbei um dein so oft bemühtes *Anrecht* auf das, was dir *zusteht*?

Ich hörte meinen Vater den Anrufbeantworter abhören, und manchmal später fragte ich mich, ob hinter alldem nicht einfach ein hinreißender, unverstandener Humor gesteckt haben könnte:

(herrisch) »Ja, hallo Ex-Mann. Ich wünsche dir alles Gute für dein weiteres Leben, das du ja sehr zu genießen scheinst, während die Mutter deiner Tochter hier auf quälende Weise krepiert. Aber bitte. Nun hast du, was du willst: Bald habt ihr es geschafft, dann bin ich tot. Wiederhörn.«

(lieblich) »Ja, Schatz, ich bin's noch mal, eine letzte Frage noch: Könntest du mir 1000 Mark überweisen? Ich brauche dringend Urlaub. Wiederhörn.«

(streng) »Ja, ich. Das Geld unbedingt postalisch schicken, nicht überweisen. Das Amt darf davon nichts mitbekommen. Wiederhörn.«

Jetzt musstest du selbst anrufen und konntest nicht mehr deine Tochter dazu animieren.

»Du rufst jetzt deinen Vater an«, hattest du mir befohlen, »und sagst: wenn er der Mama nicht sofort fünftausend Mark schickt, bringt die Mama sich um. Und weine, hörst du, Du musst weinen, los jetzt!«

Sprach ich dich später darauf an, sagtest du:

»Aber gut gemacht hast du das nicht.«

Es war wieder der zweite Samstag im Monat, *Besuchstermin* beim Jugendamt, so lautete der Beschluss: Alle zwei Wochen zwei Stunden *unter Aufsicht*, weil von der Mutter »eine akute Gefährdung auf das Kind« ausgehe. Mittlerweile ging ich in die dritte Klasse, und zu den Terminen wurde ich regelmäßig krank. Wir können das jetzt nicht schon wieder absagen, sagte mein

Vater, und als machten wir uns für eine Beerdigung bereit, liefen wir wortlos die Wege des Morgens ab; erst ging er ins Badezimmer, dann ich, dann zogen wir unsere Jacken und Schuhe an, während das einzige Geräusch im Haus der Fernseher war, der eine andere, leichtere Wirklichkeit in unsere Stimmung mischte, und je näher die verabredete Zeit rückte, je näher es auf elf Uhr zuging, desto angespannter wurden wir, und als würde jedes gesagte Wort das letzte bisschen Nervenkraft verschleudern, wurde das Schweigen an diesen Vormittagen wie ein unausgesprochenes Gesetz. Er zog sich die Jacke an, schaltete den Fernseher aus, wir fuhren los, und auch im Auto redeten wir nicht. Das Gesicht meines Vaters verzogen vor mir im Rückspiegel, sein geschlossener Mund schief, ein Auge wie zusammengezurrt durch einen inneren Faden; ein Gesicht, das wie meines schnell aufspringen konnte durch einen Schreck. In den violetten Ästelungen auf seinen Wangen konnte man einen Überdruck erkennen, etwas, das er unter Verschluss hielt und das von innen gegen die Scheiben drückte. Er drehte das Autoradio lauter. Eine Frauenstimme machte Witze und lachte. Sie klang nach dicken blonden Locken und viel Haarspray. Ein Mann mit sonorer Stimme lachte zurück. Wir fuhren in den Tunnel, und an der Scheibe neben mir sah ich meinen eigenen Mund wie eine gerade Linie zwischen den gelben Lichtern aufflackern. Die gelben Lichter im Tunnel blendeten auf und ab, schalteten mein Gesicht ein und aus, und als wir ankamen, parkten wir auf dem obersten Deck eines Parkhauses, stiegen aus, er holte seine dicke Jacke vom Haken über den Rücksitzen, zog sie sich an, und dann liefen wir lange über die weite hellgraue Betonfläche des Parkplatzgeländes, deren Farbe sich im Himmel spiegelte.

»Mach dir mal die Jacke zu, der Wind schneidet hier«, sagte mein Vater. Wir gingen durch eine elektrische Schiebetür aus Glas, diese führte in eine Einkaufspassage, in der alles warm leuchtete zu leiser Hintergrundmusik. Leute eilten mit Taschen, Tüten und Kindern, und dazwischen unsere sprachlose Ernsthaftigkeit und der entschiedene Schritt meines Vaters, ein eleganter, dunkler Klang. Er griff nach meiner Hand, um mich nicht zu verlieren zwischen den Passanten, wir liefen vorbei an einem Parfumgeschäft, aus dem es so künstlich roch, dass es mir in den Schläfen stach. Wir erreichten einen weiteren Fahrstuhl, warteten wortlos Hand in Hand, die Türen schoben sich auseinander, wir stiegen ein. Die Spiegel im Fahrstuhl waren vollgekritzelt und zerkratzt, unsere Gesichter darin bleich. Wir fuhren in den zweiten Stock, und jedes Mal hoffte ich, der Fahrstuhl möge stecken bleiben. Die Ungewissheit über dein Gesicht – auf alles versuchte ich mich einzurichten, doch nie traf eine Erwartung zu, und manche deiner Gesichter waren so fremd, dass ich dich kaum darin erkennen konnte. Mir hämmerte der Puls durch den Nacken.

Der Fahrstuhl hielt an, und die Tür zog sich auf:

Da saßest *du* – auf dem mittleren der drei Wandklappstühle wie auf einer ausgestreckten Zunge, du klapptest das kleine Lippenstiftetui zu, riebst dir die frisch geschminkten Lippen aufeinander –

und ich sollte mit *dir* gehen.

Mit *dir*, die uns so viel Schaden zufügte, *dir*, die du meinen Vater zu Tränen und in den finanziellen Ruin triebst, und wie immer kautest du; kautest, als bekämst du etwas nicht zerbissen. An den kleinsten Regungen deines Gesichts war erkennbar, ob es wieder zu *Ausschreitungen* kommen, ob es im nächsten Moment einen Polizeieinsatz geben würde, und immer tat ich das mir Mögliche, um eine Eskalation zu verhindern. Wo Panik war, spielte ich Wiedersehensfreude, wo ich fortrennen wollte, blieb ich stehen und reichte dir die Hand. In der hintersten dunklen Ecke des Flurs öffnete sich Frau Knittels Tür, ein Lichttrapez fiel durch den Gang, und mit robuster Knödelstimme sagte Frau Knittel:

»Guten Morgen, die Damen. Sie können auch gerne schon reinkommen.« Sie hatte ein sehr breites Becken und humpelte, als hätte sie ungleich lange Beine.

»Um zwölf bin ich wieder da«, sagte mein Vater. »Hier, dein Rucksack.« Dann lag meine Hand in deiner unheimlichen

Mutterhand, und wir gingen in den Raum mit der Nummer J302 und setzten uns an den Tisch aus Birkenholz. Der Deckenventilator reflektierte im gekrümmten Teil des silbernen Tischbeins, dass es aussah, als flattere dort eine nervöse, kleine Spinne. Es roch nach Wachs- und Buntstiften. Auf dem Tisch lagen Kinderbücher, Stifte und Papier. Frau Knittel schloss die Tür und humpelte zurück an ihren Schreibtisch vor dem Fenster, setzte sich, und nun fing auch sie an mit ihrem Schauspiel: gab vor, etwas in den Akten zu arbeiten und nichts mitzubekommen, gab vor, einen Schluck vom Kaffee zu trinken, tat, als würde sie heften, blättern, entspannt schmatzen, hüsteln, und doch waren ihre Ohren überall im Raum.

Du zogst mich auf deinen Schoß, warm und vertraut, dein herbes Parfum furchterregend. Deine Beine wippten und wackelten unter mir, ein Wippen, mit dem du dich selbst zu beruhigen versuchtest. Ich ließ das Wackeln durch meine Stimme gehen, als führe ich mit dem Fahrrad auf Kopfsteinpflaster einen Berg hinunter. Dann hörtest du auf mit dem Wippen und legtest deine Hand auf meinen Rücken. Ich drehte mich zu dir, zu deinem nach innen gewendeten Blick, und versuchte, dich zu wecken.

»Mama.«

Versunken warst du. In deine Träume, deine Kämpfe.

»Mama!«, sagte ich streng.

Und nach viel zu langer Zeit sagtest du –

»Ja? – Ja, was ist denn, Schatzi?«, und hobst den Blick zu mir, ohne mich anzusehen.

Frau Knittel lochte, schrieb, schluckte, schob sich die Brille hoch und hatte Augen im Genick. Und doch bekam sie nicht mit, dass die große Tasche, die auf dem leeren Stuhl lag, geöffnet, mit sehr viel Krimskrams darin, verdächtig war.

»Kannst du mir nicht etwas Lustiges erzählen?«, fragte ich.

»Wir könnten uns doch zum Beispiel Witze erzählen.«

»Witze? Wieso denn Witze?«, fragtest du.

»Na, ich seh' schon«, sagte Frau Knittel, stand auf und ging zur Tür. »Sie beide kommen ja auch kurz ohne mich zurecht.«

»Jaja, sicher. Danke«, sagtest du in deiner gekünstelten Erwachsene-Frau-Stimme.

Eine weitere Gerichtsverhandlung stand an. Mein Vater und ich gingen durch den Sicherheitseingang, wo Taschen und Kleidung überprüft wurden, und stiegen die geschwungenen Treppen des Gerichtsgebäudes hoch. Das Kammergericht war beeindruckenderer als das Familiengericht, fast wie ein Schloss kam es mir vor. Das riesige Foyer, die dunklen Holzbänke mit den hohen Lehnen und den kurzen Sitzflächen, die geschwungenen, festlich aufeinander zulaufenden Treppen. Eine junge Frau kam uns entgegen und stellte sich vor mit »Sabine, bist du Alice? Ja, super, kannst Biene sagen, ich kümmer mich jetzt erst mal um dich. Komm, wir gehen mal in den Raum da drüben.« Mein Vater nickte einverstanden und verabschiedete sich in die Kantine. Ich lief mit Biene in einen großen Raum mit sehr hohen Decken und schlanken, hochgezogenen Fenstern, die wie lange Augen strafend auf mich herabsahen. »Spiel ein bisschen«, sagte Biene, zog ihre Jacke aus und steckte sich den sandfarbenen Turban fest. So sollte ich die Zeit überbrücken, bis man mich in den Gerichtssaal rief. Mein Herz klopfte so sehr, dass mein ganzer Körper wankte. Vollkommen undenkbar, sich in so unsicherer Umgebung ins Spielen zu verlieren. Die Polizei saß überall und passte auf, das beruhigte mich, und doch war da diese Anspannung, aus der zu jeder Zeit etwas Unvorhersehbares hervorbrechen konnte; dass du wieder auf ihn zustürmen und auf ihn einschlagen könntest, dass du wieder von Polizisten festgehalten und zur Ruhe ermahnt werden müsstest – Momente, in denen mein Vater immer besonders ruhig und sachlich wurde. Und irgendetwas fand ich immer seltsam an dieser so klaren, überdeutlichen Rollenverteilung: Du, die impulsive Wahnsinnige, er der Vernünftige, Besonnene, geistig klare Erwachsene. Und manchmal kam es mir vor, als triebe eines das andere nur immer weiter in die Höhe, die Vernunft die Irrationalität und diese wieder die Vernunft, als drängte das eine das andere in eine groteske Überhöhung.

Die Sozialarbeiterin wollte Autoquartett spielen. »Spielst du nicht gerne Autoquartett?«, fragte sie und ich schüttelte den Kopf. Dann legte sie mir Holzkugeln hin. Damit sie Ruhe gab, tat ich so, als würde ich mit den Holzkugeln spielen wie ein Affe. Die Tür ging auf, ich sprang auf. Ein Polizist winkte mich zu sich.

An der Hand des Polizisten ging ich durch die Gänge, vorbei an Leuten in dunklen Anzügen und schwarzen Roben. Es war sehr leise im Gerichtsgebäude, nur hier und da hörte man Absätze hallen oder das Öffnen und Schließen einer Tür. Leute standen in kleinen Gruppen auf dem Kreuzgang und flüsterten – dann sah ich dich dort sitzen. In einer dunklen Ecke, einsam und jämmerlich auf verlorenem Posten, in hilfloser, brennender Wut. Ich erschrak so sehr, dass ich mir die Haare aus der erhitzten Stirn pustete. Wie oft schon hatte ich dich und deine kämpferischen Reden im Gerichtssaal erlebt, wobei du dich gerne verglichst mit der Hauptfigur aus dem Roman *Nicht ohne meine Tochter*, und dich selbst als jene kämpfende Löwenmutter sahst, die gegen all die Missstände um ihr Recht – »*meine* Tochter!« – kämpfte. »*Meine* Tochter lass ich mir nicht nehmen!«, hattest du heldenhaft gerufen, »da setze ich Himmel und Hölle in Bewegung!«

Ohne dich anzusehen, und mit angehaltenem Atem ging ich vorbei an dir.

»Hallo, Alice!«, warfst du mir hart und kalt ins Genick und gabst meinen Beinen damit ordentlich Anschwung. Der Polizist öffnete die große, schwere Tür, wir traten in den Gerichtssaal, und die Tür fiel ins Schloss. Mit zusammengepresstem Mund lief ich vorbei an den vielen dunklen Holzstühlen links und rechts und sah niemanden an. Es war wieder Richter Alberti mit den längeren roten Locken und den Sommersprossen. Er bat mich, vorne am Tisch ihm gegenüber Platz zu nehmen, um ein weiteres Mal jene zu verraten, die ich liebte.

»Alice, wir kennen uns ja schon. Danke, dass du noch mal hergekommen bist. Wir wollen hier alle nur dein Bestes, weißt du? Und ich will, dass wir das hier ganz schnell über die Bühne bringen und wir uns nicht noch ein weiteres Mal hier sehen müssen. O.k.?« Ich nickte. »Wir haben dich das ja schon öfter gefragt, aber wir müssen dich das leider noch ein weiteres Mal fragen, weil das, was wir entschieden haben, immer wieder angezweifelt wird. Daher frage ich dich noch einmal: Alice, möchtest du lieber bei deiner Mutter oder bei deinem Vater leben?«

–

»Alice?«

»Ja.«

»Hast du meine Frage gehört?«

»Ja.«

»Kannst du mir, oder irgendjemandem von uns, sagen, bei wem du lieber leben möchtest?«

»Hab' ich doch schon so oft gesagt.«

»Ja, könntest du es noch mal sagen, für uns? Ein letztes Mal, versprochen. Deine Mutter ist sich nämlich nicht so sicher, ob das auch wirklich die Wahrheit war, was du letztes Mal gesagt hast. Sie sagt, du seist leicht zu beeinflussen, und glaubt, dass das gar nicht deine Meinung, sondern die deines Vaters war.«

»Bei meinem Vater.«

»Bei deinem Vater möchtest du lieber sein als bei deiner Mutter, ist das richtig? – Alice? Bist du hier bei uns?«

»Mhm.«

»O.k., dann wissen wir das jetzt und fragen dich nicht noch mal, versprochen. Nur eine kurze Sache noch: Redet dein Vater manchmal schlecht über deine Mutter? Es ist gerade niemand hier im Raum, du kannst ganz offen reden.«

»Eigentlich nicht.«

»Eigentlich?«

»Er weint, wenn schon wieder Rechnungen vom Anwalt kommen. Und dann schimpft er, warum das mit den Gerichtsterminen nicht aufhören kann.«

»Und an den Besuchstagen: Redet deine Mutter da manchmal schlecht über deinen Vater?«

»Manchmal.«

»Und was sagt sie dann?

»– Alice? – Hast du meine Frage gehört? – Alice?«

»– Ja.«

»Kannst du uns sagen, was sie dann sagt? –«

»– Dass er ein widerliches Dreckschwein ist.«

»Du triffst deine Mutter ja alle zwei Samstage für zwei Stunden beim Jugendamt. Finden diese Treffen statt? Gehst du dorthin?«

»Ja. Manchmal geht es nicht, weil ich oft krank werde.«

»Wirst du immer dann krank, wenn diese Treffen stattfinden?«

»Manchmal, ja.«

»Und wenn du zu diesen Treffen gehst, fühlst du dich dann wohl? – Hm? – Kannst du … uns von diesen Treffen erzählen?«

»Ich … –«

»Was passiert bei diesen Treffen? Redet ihr?«

»Ja. Wir sitzen an einem Tisch und reden. Manchmal male ich was.«

»Und fühlst du dich wohl?«

»– Ich hätte lieber, dass sie mir schöne Geschichten erzählt. Oder etwas Lustiges. Einen Witz zum Beispiel.«

»Was erzählt sie denn?«

»Sachen von früher und so …«

»Dein Vater hat etwas von einer Tasche erzählt, in der deine Mutter ein Diktiergerät mit sich trägt und das sie manchmal einschaltet bei den Treffen. Stimmt das? So ein kleines Kassettending?«

»Ja.«

»Und du hast ihr die Kassette weggenommen?«

»Ja.«

»Warum hast du ihr die Kassette weggenommen?«

»Ich will nicht aufgenommen werden.«

»Was ist da zu hören auf der Kassette?«

»Sie fragt, ob es mir gut geht und –«

»Und …?«

»Ob mein Vater –«

»Ob dein Vater was?«

»Sie denkt, ich bin dumm und verstehe ihre Fragen nicht.«
»Was fragt sie dich?«
»Sachen über meinen Vater.«
»Was genau fragt sie? – Alice, macht dein Vater irgendetwas, was dir unangenehm ist?«
»Nein!«
»Nein? Niemals?«
»Niemals? Eigentlich nicht, nein.«
»Dein Vater ... fasst dich also niemals an?«
»Doch.«
»Und ist dir das unangenehm?«
»Nein.«
»Ist es dir *nie* unangenehm?«
»Na ja, manchmal kitzelt er mich. Dann muss ich so lachen, dass es im Bauch wehtut.«
»Was heißt das, er kitzelt dich? Wo genau kitzelt er dich?«
»Am Bauch.«
»Am Bauch?«
»Ja. Hier an der Seite.«
»Was glaubst du, warum deine Mutter dir solche Fragen stellt?«
»Weil sie etwas sucht, was sie vor Gericht gegen meinen Vater verwenden kann.«
»Wie alt bist du?«
»Acht.«
»Und ist das deine eigene Meinung, oder hat dein Vater dir das gesagt?«
»Das hat mir niemand gesagt. Ich kenne sie halt.«
»Wäre es o.k., wenn wir uns so eine Aufnahme mal in deinem Beisein anhören?«
»Mir egal.«

»Wollen wir uns einen anderen Namen geben, Schatzi? Einen anderen Nachnamen? Einen norwegischen? Dann könnten wir wegziehen, ganz weit weg, irgendwohin, wo es immer warm ist. Was meinst du? An den Persischen Golf vielleicht?

Dann kannst du endlich Prinzessin werden, das wolltest du doch immer. Hm? Alice? Malst du was Schönes? Ein Haus, oder was ist das? Schatzi, verstehst du deine arme Mami? Deine Mami braucht dich, weißt du? – Schau mich mal an, hm? Guck mal, du hast doch mal gesagt, wenn meine Mama tot ist, will ich auch tot sein, weißt du das noch? Dass du immer gesagt hast, du kannst ohne mich gar nicht leben? Aber wenn du nicht bei mir bist, vielleicht sterbe ich dann. Willst du das? Willst du, dass deine Mami sterben muss, weil du sie nicht mehr lieb hast?« »Aber ich habe dich ja lieb.« »Das glaube ich dir nicht so richtig, weil du ja nicht bei mir bist.« »Doch, ich hab' dich lieb. Ehrlich.« »Alice, weißt du, ich habe mal ein kleines Töchterchen bekommen, weil ich wollte, dass immer jemand bei mir ist, der mich lieb hat. Nicht eine Tochter, die mein Leben kaputtmacht, weil sie mich im Stich lässt. Dann kann ich auch sterben.« »Aber du stirbst ja deshalb nicht.« »Vielleicht schon. Weißt du, man kann auch an gebrochenem Herzen sterben. Und du brichst mir mein Herz.« »Mache ich nicht.« »Doch, weil ich mir solche Sorgen um dich mache, weißt du?« »Du brauchst dir aber keine Sorgen zu machen.« »Ganz sicher nicht? Kümmert sich der Papa denn auch gut um dich? Ich mache mir Sorgen, dass er sich nicht genug um dich kümmert, weißt du.« »Doch, er kümmert sich, Mama.« »Was macht er denn?« »Er spielt mit mir.« »Was spielt er denn mit dir? – Hm? Was spielt er mit dir?« »Na … mit dem Schlitten oder mit dem Ball oder so.« »Und bekommst du auch Essen?« »Ja klar.« »Aber er ist doch den ganzen Tag nicht zu Hause, wer macht dir denn Essen?« »Meine Tagesmutter.« »Aha. – Und der Papa ist lieb zu dir, ja? So, dass ich mir keine Sorgen machen muss. So richtig lieb?« »Ja.« »Wie lieb denn?« »Na, lieb halt.« »So lieb, dass er dir auch den Rücken krault, so wie ich das immer gemacht habe?« »Ja.« »Er streichelt dich?« »Ja.« »Aber auch genug?« »Jaha!« »Und wo?« »Mann, das weiß ich doch jetzt nicht! Am Kopf!« »Was?! Nur am Kopf?!« »Nein, nicht nur!« »Wo denn noch?« »Weiß ich jetzt nicht, überall halt!« »Überall? – Zum

Beispiel auch hier am Arm?« »Ja.« »Und am Fuß?« »Ja.« »Und am Knie?« »Mann! Ja!« »Und hier oben an den Schenkeln?« »Nein!« – »Schatzi, komm zurück, komm wieder zurück auf meinen Schoß! – Du kommst jetzt sofort zurück zur Mama! – Alice, kommst du jetzt bitte hierher zurück, verdammte Scheiße noch mal!« »Jetzt nicht, ich will jetzt hier das Bild zu Ende malen!« »Das Bild kannst du auch hier auf meinem Schoß zu Ende malen, Menschenskinder! Komm mal hier wieder her jetzt, was soll denn die Frau vom Jugendamt denken, wenn sie gleich wieder reinkommt. – ALICE! – Alice, komm jetzt sofort hier zu mir! Sofort! – ALICE! – Ohh, schau mal, was für ein schönes Geschenk ich für dich habe! Willst du nicht einmal schauen?« »Jetzt nicht.« »Nein?! Da bin ich aber traurig! Da besorge ich so ein schönes Geschenk für dich, und du willst es dir noch nicht mal angucken?! Vielleicht muss ich mir doch ein anderes Kind suchen!« »Mach doch!« »Mein liebes Frollein, jetzt werd aber nicht frech! – Komm Alice, komm, hm. Lass uns wieder vertragen! Ist wieder gut jetzt. Manchmal streitet man, aber dann muss man auch wieder lieb sein!«

»Gut, danke. Gehst du gerne zu den Besuchsterminen mit deiner Mutter?«

—

»Hast du meine Frage gehört?«
»Ja.«
»Und?«
»Nein.«
»Wie oft würdest du deine Mutter denn gerne sehen?«
»Gar nicht.«
»Sollen wir machen, dass du deine Mutter nicht mehr siehst?«
»Nein.«
»Du möchtest sie weiterhin sehen? Warum?«
»Weil sie sonst traurig ist.«

NEPTUN

»In der Enge dreht der Wind immerzu, da kann man nur Geduld haben und warten, bis man es durchgeschafft hat«, sagte mein Vater. Er saß am Ruder, ich trug eine dicke orangene Schwimmweste, ein Reiher stand am Ufer auf einem Eisenpoller wie eine Statue, und durch den seidenrosa Himmel flatterte laut trötend eine Gänseschar. »Meine Tochter hat endlich ein paar gute Noten im Zeugnis, da erfülle ich mir endlich einen großen Traum«, hatte er gesagt und sich eine alte O-Jolle gekauft, sie in der Werft einmal abziehen lassen, dann gemeinsam mit mir neu lackiert, und zur Taufe im Mai hatte es eine große Feier gegeben. Das Boot war geschmückt worden mit vielen bunten Fahnen und einem Blumenkranz am Bugbeschlag, und ich war die Taufjungfer.

»Ich taufe dich auf den Namen *everyday joy*, wünsche dir allzeit gute Fahrt und immer eine Handbreit Wasser unterm Kiel«, hatte ich gerufen, so laut ich konnte, damit auch alle auf dem Steg und an Land es hören konnten, hatte mit zugekniffenen Augen den Korken in die Luft katapultieren lassen und den Sekt über das Boot geschüttet. Alle applaudierten. Und nachdem man angestoßen und jeder ihn mit einem kleinen Geschenk beglückwünscht hatte, ging eine kleine Gruppe von Leuten an Bord zur Jungfernfahrt. »Na, dann wolln wa ma hoffn, ditt Neptun euch wohljesonnen is, wa«, hatte Ulli gesagt, einer der Jugendfreunde meines Vaters, und ihm ermutigend auf die Schulter geklopft.

Das Wasser kräuselte sich vor uns, er zog nach Luv hoch, Wind setzte sich ins Segel, das Boot gewann an Fahrt und zog sich auf die Seite, mein Vater warf die Schot in eine Ordnung, wir lehnten uns gegen die Krängung, und wie in einem Ritt holperte das Boot über die kleinen Wellen des Sees.

»Klar zur Wende?«, fragte er. »Ist klar«, sagte ich, und wir drehten, das Segel schwang geführt auf die andere Seite, ich lehnte mich raus und ließ meine Finger durchs kühle Wasser gleiten. *Moby Dick* näherte sich von hinten, der große Ausflugsdampfer in Form eines riesigen Wals. Die Sitzreihen an Deck waren komplett gefüllt, und auch unten im Bauch sah man Menschen an Tischen sitzen. Den Passagieren an Deck stand der Fahrtwind im Haar, sie trugen leichte Sommerjacken, zwei Kinder turnten auf der silberfarbenen Schwanzflosse herum. Langsam und kaum hörbar zog das riesige Tier an uns vorbei. Mein Vater hob den Arm zu einem lautlosen Seemannsgruß, ich tat es ihm gleich und unzählige Hände hoben sich aus *Moby Dicks* Rücken und winkten, freundliche Gesichter guckten neugierig zu uns, eine Spinne kletterte in der Mitte der Segelfläche herum, seilte sich ab und zog sich wieder hoch.

Am nächsten Morgen in der Schule sprach Frau Stucki wieder über das Ozonloch. Über kaum ein Thema konnte die Lehrerin so ausführlich sprechen wie über das Ozonloch, an dem sie, wie es schien, der Klasse 5b die Schuld gab. Wie auch für die Umweltverschmutzung, die Vergiftung der Meere, den Plastikmüll, die Öllache vor Jakarta, die Abholzung der Regenwälder, die Verpestung der Luft, Weltraumschrott, Atommüll, das Artensterben, das Abtauen der Pole, den Verlust von Lebensraum für Eisbären und Pinguine, die Bebauung der Felder, den Rückgang der Bienenpopulation; täglich zog sie einmal den gesamten Bogen, bis von einer Zukunft nicht mehr zu sprechen war, um am Ende wieder bei ihrem Ozonloch zu landen. Dabei brach sie jedes Mal fast in Tränen aus, sodass Simone nach vorne rannte und der verzweifelten Lehrerin ein Taschentuch reichte. »Wir werden alle verbrennen!«, weinte sie. »Auch ich?«, fragte Kai. Die Lehrerin verschluckte sich an ihrer eigenen Spucke und lief rot an, Holger rannte nach vorne und klopfte ihr auf den Rücken. Ein Schwall Urschleim flog ihr aus dem Mund auf den Boden, was sie nicht merkte, nur die Schüler warfen sich angewiderte Blicke zu. »Ist mir heiß!«, sagte sie, der schwarze Stoppelpony von Frau Stucki stand stramm zur Decke, sie zog sich ihre sportliche Steppweste aus. Ich malte mit Bleistift auf den Radiergummi, so angenehm butterweich ließ sich die Mine darüber ziehen. Popel-Heidrun hatte unter dem Tisch ihre Brotbüchse geöffnet, es roch nach Gurke, und Frau Stucki schloss die Stunde mit den Worten »Jedenfalls ist alles sehr schlimm« und ließ die metallenen Schnallen in die Laschen ihrer Tasche schnappen. Es klingelte zur großen Pause, und alle sprangen auf, sofort Riesenlärm im Klassenzimmer.

Ich beobachtete die anderen Kinder beim Toben. So eins waren sie mit dem, was sie taten, dass sie nichts um sich herum mitbekamen. Dass sie auch nicht merkten, wie sie ihre Hände beim Um-die-Tische-Rennen für den Bruchteil einer Sekunde auf den Tischkanten abstützten und die Fingergelenke sich weiß färbten. Diese Kinder dachten nicht daran, dass sie etwas übersehen oder überhören könnten; dass ihr Rufen etwas übertönen könnte, einen Zwischenton, einen Unterton, der eine lebenswichtige Botschaft hätte enthalten können. Als schließlich alle aus dem Raum waren, schlenderte auch ich mit einem Apfel in der Hand hinaus. An einem Pfeiler im Foyer sprang plötzlich eine Hand hervor, griff nach mir und hielt mir den Mund zu. Ich erkannte dein herbes Parfum, ansonsten warst du unkenntlich. Du trugst eine blonde Langhaarperücke und einen Mantel, den ich noch nie gesehen hatte. Du atmetest schnell und zerrtest mich mit dir in die nächste Tür, die Mädchentoilette. Dort zogst du mich weiter in eine der Einzelkabinen und drehtest das Schloss zu. Du hieltst mich an einem Arm fest, zittertest, wühltest etwas aus deiner großen Tasche, es war der alte Geruch nach unbeatmetem Leder und abgestandenem Mintkaugummi.

»Du wolltest doch immer Prinzessin sein«, sagtest du mit panisch bebender Stimme und zogst ein Kleid aus deiner Tasche.

»Du kannst jetzt Prinzessin werden. Guck mal, was ich hier Schönes für dich habe«, sagtest du. Das Kleid war türkis, es erinnerte an *Tausend und eine Nacht* und hatte am Bauch unzählige, raschelnde Goldpailletten. Du hängtest es mit einem Bügel oben an die Kabinentür. Es war tatsächlich das schönste Kleid, das ich bis dahin gesehen hatte, es schillerte und glitzerte und deine Stimme flatterte.

»Du kannst jetzt endlich Prinzessin sein! Und ich bin die Königin, ja?« Dein saurer Atem mischte sich mit dem Geruch lang gekauten Kaugummis.

»Das wolltest du doch immer: Prinzessin sein!« Du schütteltest mich verzweifelt.

»Aber du bekommst es nur, wenn du mit mir kommst!«, sagtest du, und ich blickte zu Boden. Du kralltest dich fest an meinem Oberarm, als hingest du an einem Abhang, im Begriff abzustürzen.

»Los, komm jetzt!«, sagtest du in forschem Ton und rissest an meinem Arm.

»Nein!«, sagte ich und zerrte den Arm zurück. Ich sah dich nicht an. Deine Stimme wurde süßlich und weich:

»Schatzi, komm. Schau mal, ich habe noch etwas für dich«, sagtest du, »kennst du das Märchen *Die kleine Seejungfrau*?«

Es klingelte zum Pausenende. Man hörte trampelnde Kinder draußen auf dem Flur. Vorne im Waschraum schwang die Tür auf, und zwei Mädchenstimmen drangen laut ein, du hieltest mir den Mund zu. Die Stimmen der Mädchen hallten in den gefliesten Räumen, sie redeten und lachten. Kurz hörte man das harte Rauschen eines Wasserhahns. Dann wurde die Lautstärke des Flurs wieder hörbar, das Trampeln und Rufen von Kindern, das Scharnier quietschte, und die Stimmen wurden wieder leise, waren verschwunden, die angespannte Stille wieder da.

»Du kommst jetzt mit!«, sagtest du mit strenger Stimme und rissest erneut an meinem Arm. Du öffnetest die Tür und wolltest mich mit dir ziehen. »Nein!«, sagte ich, stemmte mich mit aller Körperkraft gegen dein Ziehen und hielt mich an der Türklinke fest. Dir schien es nun zu heikel zu werden, und du ließest los.

»Dann muss ich das Kleid aber wieder mitnehmen!«, sagtest du.

»Du bekommst es erst, wenn du wieder lieb bist!« Du stopftest es in deine Tasche, dann warst du mit einem Mal fort, als wäre alles nur ein Traum gewesen. Die Kassette mit der *Kleinen Seejungfrau* hattest du auf dem grau gefliesten Boden liegen lassen. Ich hob sie auf. Der Boden war kalt, und das Plastik der Kassette schleifte kurz über ein paar Körner Sand.

Ich ging zurück in den Klassenraum, kam zu spät.

»Was sagt man?«, fragte Frau Stucki.

»Entschuldigung«, sagte ich.

März '92

Sehr geehrte Frau Knittel, schrieb mein Vater an das zuständige Jugendamt. Er beantrage ein Aussetzen des Umgangsrechts mit der Kindsmutter. Es bestehe die Gefahr der Kindesentführung. Wie aus dem Bericht vom 20.2. an das Familiengericht hervorgehe, habe die Mutter das Kind mit Gewalt aus dem Haus zerren wollen. Der gleiche Vorfall habe sich erneut am 24.2. ereignet, diesmal ohne die Möglichkeit, mit Alice Kontakt aufzunehmen, da seine Lebensgefährtin Alma mit dem Kind durch den Hinterausgang geflüchtet sei. Am 2.3 nun habe die Mutter das Kind am Vormittag in der Schule abgefangen, habe es dort in der Toilette eingesperrt und versucht, Alice dazu zu bewegen, mit ihr zu kommen. Am 8.3. habe es erneut einen derartigen Vorfall gegeben, diesmal jedoch sei die Kindsmutter mit einer *Perücke* verkleidet gewesen. Wieder einmal habe sie versucht, Alice mit Gewalt mit sich zu ziehen. Seitdem stehe das Kind in der Schule unter Sonderaufsicht und dürfe den Klassenraum in den Pausen nicht mehr gemeinsam mit den anderen Kindern verlassen. Alice sei seit Wochen von Angstvorstellungen erfüllt. Sie traue sich nicht mehr aus dem Haus und habe Angst, in die Schule zu gehen. Zu Hause frage sie immer wieder »Hast Du abgeschlossen?« Bei Autofahrten glaube sie, die Mutter hinter unserem Auto herfahren zu sehen, auch höre sie die Stimme der Mutter, ohne dass diese in der Nähe sei. Sollte es zu einem weiteren Treffen mit der Mutter kommen, hieße dies, dass Alice wohl nicht wieder in das Haus des Vaters zurückkehren würde. Die Mutter handele gegenwärtig in einer Phase schwerer Verhaltensgestörtheit. Sicherlich gebe es gegen ein neu zu verhandelndes Umgangsrecht nach einer vollständigen Gesundung der Kindsmutter nichts einzuwenden. Dies setze jedoch voraus, dass keinerlei Gefahr, welcher Art auch immer, für das Kind bestehe.

April '92

Protokoll, schrieb der Vater, er saß in der Veranda, es war Abend, er setzte einen Unterstrich und einen Doppelpunkt. Am 16.4. um 14:30 Uhr sei seine Frau mit ihrem Auto am Haus vorgefahren. Sie sei aufgebracht auf das Haus zugerast, habe nach dem Kind geschrien und an ihm vorbei ins Haus gewollt, um das Kind zu holen. Sie habe auf ihn, den Vater, eingeschlagen, mit Knien und Füßen nach ihm getreten, an seiner Kleidung gerissen und gekratzt, sich schließlich durch Fußtritte den Weg zum Keller freigekämpft und sich dort eingeschlossen. Von den Nachbarn sei die Polizei alarmiert worden. Bald habe sie den Keller verlassen und sei mit einem alten Koffer zu ihrem Auto gerannt und abgefahren. Später sei sie erneut erschienen, habe nach dem Schneeschieber gegriffen, der im Hauseingang gestanden habe, habe mit dem Schneeschieber erst die Mittelscheibe der Haustür eingeschlagen und sei dann auf seine Lebensgefährtin Alma losgegangen, habe mit dem Schneeschieber auf diese eingeschlagen, ihr die Brille zerschlagen, dass sie im Gesicht geblutet habe, und mit ihren Absatzschuhen gegen deren frisch operierten Bauch getreten. Daraufhin sei seine Lebensgefährtin ins Krankenhaus eingeliefert worden, und die Polizei habe eine Fahndung eingeleitet, zumal seine Frau unter Substanzmittelmissbrauch und ohne Fahrerlaubnis fahre. Seit diesem Tag sei das Kind damit beschäftigt, das Haus zu trösten, es streichele Wände und Türen und sage: »Entschuldigung, armes Haus.«

»Ich kann das alles nicht, ich habe keine Kraft mehr dafür«, sagte Alma am späten Abend in der Küche und verließ meinen Vater.

Dieser bekam erneut Post.

»5000 Mark! 5000 Mark!«, weinte er, hielt sich die Hand vor den Mund und ging die Treppe hoch zum Schlafzimmer. Ich stand unten an der Treppe und hörte ihn im Schlafzimmer weinen. Nichts hätte entsetzlicher sein können, als dieses Weinen. Ich schlief die ganze Nacht nicht. Am Morgen schlich ich mich zu ihm hoch. Er schlief noch, und ich setzte mich auf den Teppich neben sein Bett und sah mir sein schlafendes Gesicht an. »Entschuldigung«, sagte ich. »Das habe ich alles nicht gewollt.«

Juli '93

Sommer war es, die großen Ferien, Übergang von der Grundschule zum Gymnasium. Kinder in der Nachbarschaft rollten mit ihren Inlineskates bis zum späten Abend durch die Straßen, Grillgeruch zog über die Zäune, man hörte das zinkende Geräusch vom Kronkorken öffnen, und ich spielte mit Popel-Heidrun bei Popel-Heidrun im Baumhaus, das Popel-Heidruns Bademeistervater gebaut hatte. Wir gingen ins Freibad, bestellten »Pommes-Schranke«, legten uns mit unseren Bäuchen auf die Handtücher im warmen Sand, und manchmal abends holten wir noch Paul von nebenan ab und fuhren mit Heidruns Vater ins große Hallenbad. Er schloss auf, warf alle Styroporstangen, Schwimminseln und Bälle für uns ins Wasser, öffnete den Schrank mit den Schnorcheln, Flossen und Schwimmbrillen, man hörte das Glucksen und Schlucken unter den Filterlamellen, wir alle liebten den Chlorgeruch des Schwimmbads, sprangen in verschiedensten Formen vom sonst verbotenen Beckenrand, führten Wettbewerbe auf im Langstreckentauchen, rutschten die bunte Plastikrutsche, platschten schwer und mit Schwung unten ins Wasser, wie einmal neu in die Welt geworfen, rannten, immer mehr bibbernd, gleich wieder zur Treppe zurück, flutschten vor dem Aufstieg zur Rutsche mit dem Zeigefinger den Badeanzug an unseren Hintern zurecht und sprinteten auf Zehen wieder die genoppten Stufen hoch. Schaltete die Rutschampel oben von Rot auf Grün, schwangen wir uns nacheinander unter dem Bügel durch und auf den reißenden Untergrund, machten unsere Körper steif, klemmten die Arme dicht an die Flanken und schwangen durch die Kurven, nach links, nach rechts, wieder nach links und an den Seiten immer höher, riefen laut durch die bunten Rohre und gackerten, und am Abend schoben wir daheim die Matratzen zusammen, zogen uns, die Haare noch immer feucht, unsere Frotteeschlafanzüge an und schliefen kreuz und quer und müde von einem langen, schönen Tag zusammen ein.

An den Wochenenden bekamen wir neuerdings Besuch von einer Bekanntschaft, die mein Vater über einen Kollegen gemacht hatte. Anneliese bezeichnete sich selbst gerne als »wilde Partymaus« und beschrieb sich, entzückt von sich selbst, gern als »ein bisschen verrückt«, woraufhin sie zu kichern anfing und sich etwas scheu, etwas niedlich, mit dem Kopf in die Schulter meines Vaters vergrub und rief: »Strubbel mich!«, und mein Vater »strubbelte sie«, was bedeutete, dass er ihr durch die Dauerwelle wuschelte und währenddessen genervt die Augen verdrehte. Sie trug gern knallrote Minikleider aus Polyester und hatte mit ihrer Haarpalme, der rosa Schleife, und ihrem putzigen rosa geschminkten Lächeln etwas von einem aufgeweckten Yorkshireterrier-Welpen, der gerne herumsprang, »Sektchen« trank und viel »mit den Mädels« bei uns auf der Veranda gackerte. Fast jeden Satz, den sie von sich gab, begann sie mit einer Selbstbeschreibung: »Ich bin ja mehr so der Typ Strandurlaub«, oder »ich bin ich eher Team Sekt als Team Bier«. Vor ihren Mädels bezeichnete sie meinen Vater als ihren »Lover« und schlug sogar vor, dass die anderen »ruhig auch mal ran« dürften, was meinen Vater, der eigentlich nicht verklemmt war, die Ohren glühen ließ vor Scham. Manchmal, wenn das Gegacker zu laut wurde, klopfte er bei mir, kam rein, schloss die Tür hinter sich, setzte sich auf den Kinderschreibtischstuhl und atmete einmal ganz lange aus. »Na, kleiner Schlawiner«, sagte ich, und er schüttelte ungläubig den Kopf. Die Geschichte mit Anneliese erledigte sich schnell von selbst, als folgender Brief von dir in unserem Kasten steckte und überall an den Bäumen der Straße hing.

An die Nachbarschaft von Walter Schaller,
ich muss Sie darüber informieren, dass mein Ex-Mann meine Tochter immer wieder daran hindert, ihre Mutter zu sehen, obwohl Alice dies ausdrücklich wünscht. Als ich am 7.7. mit Alice telefonierte, stand sie offensichtlich wieder einmal immens unter Druck, und das Gespräch wurde dann unterbrochen. Bei ihren Freundinnen traf ich sie auch nicht an, angeblich sollte sie dort sein. In letzter Zeit ist mir erneut aufgefallen, dass das Kind sehr schlecht aussieht und wieder einmal abgemagert ist. Auch kam sie zum letzten Umgangstermin wieder einmal völlig eingeschüchtert und mit dick verquollenen Augen. Alice versprach mir, »wenn du aufhörst, ständig vor Gericht zu ziehen, komme ich dich auch öfters besuchen«. Dies ist ein erneuter Erpressungsversuch seitens ihres Vaters, der das Kind massiv beeinflusst und sich auch trotz vieler Bitten nicht zu einem Gesprächstermin bereit erklärt. Ich habe bereits am Karfreitag ein Interview im SFB gegeben und stehe in Austausch mit einer großen Berliner Zeitung, die den Fall auf seine Titelseite nehmen will. Ich habe im Übrigen bei der Staatsanwaltschaft ein Ermittlungserfahren gegen Frau Knittel vom Jugendamt eingeleitet, auch stand der Gutachter Prof. Dr. Schlotter vergangene Woche vor Gericht in Tübingen, ein weiteres Verfahren gegen ihn steht an wegen Kindesentführung und Kindesentzug aus Gewinnsucht. Frau Rützel, meine damalige Rechtsanwältin, hatte den

Gutachter Prof. Dr. Schlotter gegen meinen Wunsch beauftragt, und sie holte auch damals das Kind gemeinsam mit dem Gutachter ohne Beschluss bei mir ab und brachte es nach Berlin zum Kindsvater. Es besteht der Verdacht, dass Frau Rützel Herrn Prof. Dr. Schlotter eine schöne Summe »zuschanzen« wollte.
Sollten Sie in irgendeiner Form etwas Nachteiliges bei meiner Tochter bemerken oder direkt bemerken, dass das Kind misshandelt wird, bitte ich Sie, mir umgehend schriftlich Bescheid zu geben unter oben genannter Adresse. Ich habe bereits einmal Striemen auf ihrem Rücken gesehen, auch schien er das Kind auf den Mund geschlagen zu haben. Auf jeden Fall betreibt er seelische Kindesmisshandlung, auch wenn Alice sich nicht traut, auszusagen. Auch war sie in letzter Zeit immer unkonzentrierter und zeigte auch psychosomatische Beschwerden. Ich bin im Gespräch mit der Organisation »Wildwasser« sowie dem Deutschen Kinderschutzbund. Das Kind zeigt heute schon Suchtverhalten.
Für Ihre Mithilfe wäre ich Ihnen im Sinne meiner Tochter dankbar.
Mit freundlichen Grüßen,
Henriette Schaller

vier

KIPPFIGUR

Zwei Jahre später war das Sorgerecht wieder ausgeweitet worden, und nun traf ich dich jeden zweiten Samstag von elf bis neunzehn Uhr an einem Ort freier Wahl, nach wie vor mit einer beaufsichtigenden *Drittperson*. Nach psychologischen Untersuchungen und aufgrund deines immer wieder unkontrollierten Verhaltens im Gerichtssaal waren verschiedene Gefahrszenarien formuliert worden, aufgrund derer *das Kind* »niemals unbeaufsichtigt mit der Mutter allein sein« dürfe; man hielt dich für imstande, mich zu vergiften oder mir Betäubungsmittel ins Essen zu mischen, um mich anschließend zu entführen, und dies weniger aus überbordender Mutterliebe, als um mich als Rachemittel einzusetzen. Eher gering fiel das Zutrauen der Richter aus, was deine Fähigkeit betraf, mit mir allein Zeit zu verbringen, »ohne dass der Geisteszustand des Kindes Schaden« nehme. Dir fehle »das nötige Gespür«, so hieß es, dich auf einen anderen Menschen, geschweige denn ein Kind, einzuschwingen, und so fand man auch die Auswahl deiner Gesprächsthemen für ein Kind noch immer ungünstig gewählt – pflegtest du doch mit mir Gespräche zu führen, die man »einer Sechstklässlerin gegenüber« für »nicht angemessen« erachtete, wobei du dich weniger mit mir unterhieltest, als dass du Dinge »richtigstelltest«. So belehrtest du mich auf gemeinsamen Spaziergängen oder Dampferfahrten, war die *Drittperson* einmal kurz zur Toilette oder verspätete sich, über die Falschheiten oder Fälschungen psychiatrischer Befunde, erklärtest mir, an wem du dich alles rächen und gegen wen du gerichtlich vorgehen würdest, klärtest mich wieder einmal darüber auf, welche Person du welcher Tierart zuordnen würdest, wobei du dich nach wie vor an den rosafarbenen, alles fressenden Paarhufern orientiertest, oder besprachst dich mit mir über Fragen rund ums Thema Liebe und Sexualität:

»Die Mami war letzte Woche wieder bei ihrem schönen Anwalti! Weißt du, der mit der tollen Fachwerkvilla! Und den Rosenbüschen!! Sag mal, Schatzi, meinst du, dass der vielleicht verliebt ist in die Mami? Ja? Ach ja?! Warum glaubst du das denn? Stell dir mal vor: Was der für Geld haben muss – ha! Das wär' ein Leben, du! Deine Mami in so einer schicken Villa! Mit Personal und so! Aber warum ruft er die Mama nicht zurück? Hm? Alice? Nun sag doch mal was, Alice! – Was?! Was soll das heißen: ›Weil er keine Lust hat?‹ Sag mal, spinnst du jetzt!? Du hast doch EBEN GERADE noch gesagt, DASS ER VERLIEBT IST IN MICH! Warum sollte er dann keine Lust haben, mich zurückzurufen?! Sag mal, was stimmt denn nicht mit dir – säufst du?!«

Mit meinem vierzehnten Geburtstag stand eine noch größere Veränderung an. Laut Gesetzestext sollte eine Vierzehnjährige die ausreichende Mündigkeit erreicht haben, selbst entscheiden zu können über das Umgangsrecht, und so war die *Besuchspflicht* nun der Pflicht gewichen, eigene Entscheidungen zu treffen. Vor allem aber kam es endlich zu einem Ende der gerichtlichen Kriegsführung.

Scheidung und Sorgerechtskrieg hatten neun Jahre gedauert, Freunde, Nachbarn, Arbeitskollegen und Vorgesetzte involviert und in die Privatleben von Anwälten, Richtern, Psychologen und Gutachtern gereicht, hatten vom Familiengericht über das Kammergericht bis zum Bundesgerichtshof geführt und all dein Geld, das meines Vaters und die gesamten Ersparnisse beider Großeltern aufgebraucht.

Mittlerweile lebtest du in einer Frauenzufluchtswohnung, zusammen mit der kettenrauchenden Angie aus dem Wedding und einer Jordanierin, die man kaum zu Gesicht bekam, weil sie ab morgens um vier das Haus verließ, um vor Arbeitsbeginn die

Büroräume verschiedener Ministerien zu putzen, und danach erschöpft zurück ins Bett zu fallen.

Nun gab es schöne Unternehmungen, wir gingen in den Zoo oder schwimmen, auf die Eisbahn, in ein Konzert, und ich wurde ausgelassener und entspannter. Ich lernte von dir Dinge über Kultur und Religion, die mir Freude bereiteten und mir Einblick in ganz neue Gebiete ermöglichten. Wir besuchten Konzerte nordafrikanischer Bands, Auftritte irischer Volksmusiker, Gospelchöre oder Kreativnachmittage in der ökumenischen Gemeinde, wo wir auf andere Menschen trafen und ich auf Jugendliche meines Alters, die ganz anders waren als die, mit denen ich sonst Kontakt hatte, während du dich mit anderen Müttern unterhieltst, was mir die ersten unangestrengten Momente seit vielen Jahren bescherte. Endlich lag nicht mehr die gesamte Aufmerksamkeit auf mir, lag nicht mehr auf meinem Aussehen, meiner Art zu reden, mich zu bewegen, mich zu freuen oder nicht zu freuen, bedrückt zu sein oder ausgelassen, gut zu essen oder schlecht, zu dünn angezogen zu sein oder zu dick, eine hässliche Frisur zu haben oder eine erträgliche – nein, jetzt gab es Tage, in denen sich momentweise etwas wie eine Mutter-Kind-Beziehung einstellte.

Über diese Tage allerdings hattest du Protokoll zu führen, was du mit großem Eifer tatest, und alles, was ich während unseres entspannten Beieinanderseins geäußert oder getan hatte, was mich interessiert, was ich gegessen oder deiner Meinung nach empfunden hatte, nun nachträglich zu einer dir dienenden Erzählung schmiedetest. So beschriebst du mich, sobald ich bei dir ankam, stets als »sehr glücklich, zufrieden, ausgelassen« und unterstelltest mir bei Rückkehr zum Übergabeort »Blässe«, »plötzliche Niedergeschlagenheit«, »Appetitlosigkeit« und »akute Freudlosigkeit« – ließest dabei aber völlig unerwähnt, dass du mich zum Bleiben zwingen wolltest, dass du kurz nach neunzehn Uhr mit mir in ein Restaurant gingst, um dort anderthalb Stunden etwas zu essen, obwohl mein Vater seit neunzehn Uhr pünktlich am Übergabeort stand; schriebst auch nicht ins Protokoll, dass du mir zu jedem Abschied Urlaubsvorhaben unterbreitetest, die ich meinem Vater bitte mitzuteilen und die Erlaubnis einzuholen hätte – was ich nicht wollte – und auch, dass auch deine WG-Mitbewohnerinnen, die mittlerweile zu deinen brennenden Unterstützerinnen geworden waren, dir dabei halfen, mich am Gehen zu hindern: »Alice, wir gehen jetzt alle zusammen runter zu deinem Vater und sagen ihm, dass du hier bei uns bleibst! Du musst nie wieder zu *ihm*, versprochen, wir passen alle auf dich auf! Du musst nicht weinen, er wird dir nichts mehr tun, Kleine, bleib hier. NEIN NEIN NEIN, du darfst nicht wieder zu ihm zurück – kommt, Leute! Legt euch alle auf sie drauf, damit sie nicht wegkann! Sie will es nicht wahrhaben! Sie versteht es nicht!«

Tage folgten, an denen ich frisch erholt und wohlgenährt von einem Sommerurlaub zurück sein konnte und von dir empfangen wurde durch deine Begrüßung im Koloratursopran: »HERZLICH WILLKOMMEN, MEINE GELIEBTE TOCH–«, der innerhalb eines Wortes mehrere Oktaven in einen pathetischen Alt abstürzte: »Ach. Du. Meine. Güte.« *(Pause. Pause. Pause.)* Und sich nun innerhalb weniger Worte wieder schrill leiernd nach oben riss zu einem panischen »Wie SIEHST DU DENN-AAAUS!« Die Hände in schierer Verzweiflung vor deinen Mund schlagend, äußertest du nun wieder ein tränenersticktes »Jessesmaria«, um dann bang wimmernd ein »Ist ja schrecklich. Krank. Nee echt, du. Ganz ganz krank siehst du aus. SO blass. Hat der Papa das getan?«

»Was?«

»Dich so zerstört!«

Innerhalb der ersten Minute war ich oft so bedient, dass ich am liebsten auf dem Absatz kehrtgemacht hätte, um schreiend in die Tannen zu rennen. Trotz allem trat ich über die Schwelle, jedes Mal wieder, und im Flur ging es erst richtig los:

»Ja sag mal –« Deine Stimme bebte und brach gleich darauf aus in ein in alle Richtungen auseinanderschießendes Kreischen: »Was IST DAS DENN!?« »Was denn?«, fragte ich, schlagartig matt und in mich selbst zusammengefallen wie ein aller Haltestangen beraubtes Einmannzelt.

»In deinen OHREN! Sind das etwa LÖCHER in deinen Ohren?!« Du schriest nicht, du selbst warst der Schrei. Du reagiertest auf Ohrlöcher in einer Weise, wie andere auf eine Enthauptung reagiert hätten. Kampfessicher kniffst du die Lippen aufeinander und schossest ein knappes, hartes »Werhatdasgetan« gegen mich. »Nein«, weintest du, »das halt ich nicht aus, ich muss mich setzen. Das ertrag ich nicht.« Du hangeltest dich mit der einen Hand an der Wand entlang, die andere Hand an den unteren Rücken gestützt, und verschwandest in der Küche. »Ich komme gleich«, sagte ich und schloss mich im Badezimmer ein.

Ich setzte mich auf den Wannenrand, atmete tief ein und aus und wartete. Öffnete einige Cremedöschen und schloss sie wieder, sah mir die kleinen und großen Schwanstatuen aus Keramik an, die im Badezimmerregal und auf dem Fensterbrett standen, und hoffte, der Sturm da draußen würde sich beruhigen. Ich drehte den Wasserhahn auf, ließ mir warmes Wasser über meine kalten Hände laufen, trocknete sie mir mit Klopapier ab, warf das Papier in die Toilette und drückte die Spülung. Vor der Tür knarrten die Dielen. Was passierte da draußen. Ich versuchte, so leise wie möglich zu atmen. Vor dem Schlüsselloch war es mit einem Mal dunkel, und als ich genauer hinsah, blinzelte es. Ich sah schnell weg, riss ein Handtuch von der Halterung und warf es über die Türklinke wie über einen Vogelkäfig. Es streifte die Klinke und fiel zu Boden. Ohne mich zu rühren, schielte ich zur Tür. Nun war wieder Licht vor dem Schlüsselloch, und die Dielen knarrten erneut. Ich sah in den Spiegel und setzte ein entspanntes Gesicht auf. Vor der Badezimmertür hörte ich leise sich entfernende Schritte.

Als ich mit gespielter Gelassenheit in die Küche geschlendert kam, saßest du aufrecht am weißen Tisch der möblierten Küche, stütztest dich mit einer Hand auf dem Oberschenkel ab und schnauftest schwer. Dann sagtest du gefasster, aber noch immer kämpferisch: »Du weißt, dass das Körperverletzung ist, Alice. Jemandem die Ohren zu zerstechen ist Körperverletzung. Und du kannst dich darauf verlassen, dass ich das zur Anzeige bringen werde.« Ich sah zu Boden und kniff die Lippen aufeinander. Mit Blick in die scheinbar unendlichen Weiten der Küche gerichtet, setztest du hinzu: »Ich werde diese Menschen zur Strecke bringen, die meiner Tochter das angetan haben. Zur STRECKE bringen! Darauf kannst du dich verlassen!« Weiter ging es im Schreiweinen: »Sieh dich doch an! Wie blass und verschüchtert du bist! Was machen die nur mit dir!« Unter keinen Umständen schien es dir jemals vorstellbar zu sein, dass hier das *Ich* im *Du* entstand. Und mit jedem Schritt, den ich weiter in diese Wohnung tat, war es, als trete ich mich selbst in ein Watt hinein, während die Flut von allen Seiten auf mich zuströmte. Kann sie mir nicht einfach mal irgendwas völlig Flaches, Belangloses erzählen, dachte ich, irgendeinen hohlen, geschmacklosen Witz.

Wann immer ich von allen Seiten von dir eingekästelt wurde, stellte ich mir vor, in einen Teich zu tauchen und dahinzugleiten in frischer, kühler Stille, träumte mich aus dem Fenster … wäre hinter den Fenstern Wasser statt Luft … und die Häuser ein unterseeisches Gebirge … die Wolkendecke wäre die Wasseroberfläche … und da oben erst geht es los mit der eigentlichen Welt. Nein: Der Druck des Wassers würde die Fenster zum Einsturz bringen. Es bräuchte Panzerglas. Und Luftzufuhr wie in einem U-Boot. Und im Winter? … Unter Wasser schneit es nie … Ist das Schwarz, wenn man die Augen schließt, dasselbe Schwarz wie das zwischen den Sternen? … Ist die Schwerelosigkeit im All dieselbe wie die unter Wasser? Könnte ein Schwarzes Loch ganz plötzlich die Erde einsaugen? … Könnte die Erde ganz plötzlich ihre Anziehungskraft verlieren, sodass alles, was nicht festgenagelt ist, ins Universum gesaugt wird? Menschen mit fliegenden Haaren, die Autos, Bahnen, Flugzeuge, alles würde nach oben gesaugt und dann im All schwerelos herumschwirren – »Mama, was machst du da an meiner Tasche?«

»Was?!«

»An meiner Manteltasche, was machst du da?«

»An deiner Manteltasche? Ja, sag mal, spinnst du jetzt? Ich bin nicht an deiner Manteltasche! Ich gucke nur nach, was da drin ist! Das wird ja wohl noch erlaubt sein! Ich bin deine Mutter! Hast du da Geld da drin?«, und ein entblößender Lachanfall kam über dich. »Meine Güte, Alice, nun sei doch nicht so humorlos!«, lachtest du. Dann ging es weiter im Text.

Ich hatte mir selbst Rechenaufgaben für diese Tage gestellt, obwohl mir sonst alles mit Zahlen eine Zumutung war – in diesen Stunden konnte ich mir wenig Besseres vorstellen, als richtig angestrengt zu rechnen. Wobei ich mich da eher an die einfachen Dinge hielt: Mal, Geteilt, Plus und Minus. Ich addierte und subtrahierte mit solchem Enthusiasmus, als würde eine sehr große Belohnung auf mich warten, nahm immer höhere und schwierigere Zahlen, während deine Vorwürfe sturzregenhaft auf mich niedergingen; Klagen über Klagen über all die Missstände, durch die du dich »diskrimiert«, »verleumdet« und »vernachlässigt« fühltest, beherrschten die weiteren Stunden des gemeinsamen Zusammenseins. Erst reichten die Stunden der Besuchszeit nicht aus, es sollten ganze Wochenenden sein, dann sollten es ganze gemeinsame Urlaube sein, und all die Zeit, die man angenehm hätte verbringen können, woraus sich dann auch mühelos mehr gemeinsame Zeit ergeben hätte, verschwendetest du mit Forderungen, *mehr* Zeit haben zu wollen. Und sagte ich, dass das nicht ginge, löchertest du mich mit Fragen: »Warum nicht? Warum um alles in der Welt soll das bitte nicht gehen!? Hm? Alice. Was ist das Problem? Rede. Du kannst dich trauen. Vor *mir* musst du keine Angst haben. Was macht er mit dir? Droht *er* dir?« Ein »Ich will nicht« ließest du nicht gelten, du machtest daraus ein »Er lässt dich nicht«. Also bezogst du für mich das Bett, hattest für mich Frühstück eingekauft, und immer wieder aufs Neue blieb ich *nicht* über Nacht, und immer wieder neu war die Enttäuschung von so historischer Schwere, dass man sich auch nicht mehr in bunte Fischteiche hineinretten konnte.

Hattest du dich gerade etwas beruhigt, galt es, ja kein falsches Wort zu verlieren, ja keine falsche Antwort zu geben, da du sonst wieder in dieser Plötzlichkeit das Besteck auf den Teller fallen ließest, dass es mir in den Knochen klirrte, und hatten wir uns eben noch an einem künstlich hochgerüsteten Freundlichkeitsort befunden, waren wir mit einer falschen Regung ins Katastrophenland hinübergestürzt. Die Grenzübergänge waren so schmal, dass sie nahezu unsichtbar waren, und ich hatte gelernt, die Füße hochzuziehen und mich so leicht wie möglich zu machen, um mich mit größter Vorsicht an den Umbrüchen entlangzutasten; man hätte den gesamten Raum pflastern müssen mit Triggerwarnungen – »Mein Gott, nun entspann dich doch mal!«, patztest du über den Tisch, und ich versuchte augenblicklich, mich mit aller mir zur Verfügung stehenden Kraft zu entspannen und bekam Nasenbluten. Und so hatten wir uns weiter gemeinsam durch deine Stimmungsräume hindurchbewegt, die von heißbeißend sekundenschnell zu schrillschreiendneongrell sekundenschnell zu kellertiefnasstriefendfröstelnd wechselten, und nach diversen *Kippungen* selbst in die undenkbarsten Richtungen hatte ich mich bald in einem luftleeren Raum befunden, in dem Boden, Decke und Wände an mich herangerückt und alle Scheinwerfer auf mich gerichtet waren, und ich hatte mir die Arme vor Kopf und Körper geworfen, um mich vor den Röntgenstrahlen zu schützen, die mir alle Eingeweide zu durchleuchten suchten.

»Nun *erzähl* doch mal was, Alice! Was ist denn los, warum *erzählst* du nie was von dir! Andere Kinder kommen zu ihren Müttern und erzählen ganz viel! Was stimmt nicht mit dir, dass du zu so was nicht in der Lage bist! Verbietet *er* dir das? Oder stehst du unter Drogen, zusätzlich zu deiner Magersucht und deinem sonst so gestörten Verhalten?«

Und so gab ich mir alle Mühe, etwas von mir zu erzählen. Etwas möglichst Neutrales, vollkommen Temperaturloses musste es sein, was keine neue Emotion in dir auslösen durfte, und ich hangelte mich von einer sachlichen Information über diverse *Auslassungen* zur nächsten sachlichen Information. Ich wählte Themen über Leute, an denen du mit Sicherheit keinen Anstoß würdest nehmen können – meine Schulfreundinnen wären da eine gute Möglichkeit, dachte ich –, doch auch da hatte ich mich vertan.

»Aha, und wie heißt die, deine Freundin? Marie? Marie und wie weiter? Wie, du weißt nicht! Du wirst doch wohl den Nachnamen deiner Freundin kennen? Die hat keinen Nachnamen? Und warum kenne ich diese Marie ohne Nachnamen nicht? Wo wohnt die denn? Du weißt nicht, wo deine beste Freundin wohnt? Das ist etwas seltsam, findest du nicht? Die muss doch eine Adresse haben. Ja, wenn du das jetzt nicht weißt, finde es doch bitte mal heraus, und nenne sie mir beim nächsten Mal. Ich denke, dass ich als deine Mutter ja wohl ein Anrecht habe darauf, Namen und Adressen deiner Freundinnen zu erfahren! Und warum kommst du nicht mal her mit der? Oder mit der anderen – wie heißt die andere, Lisa? Wie lange bist du schon befreundet mit denen? Zwei Jahre?! Das ist schon ein bisschen seltsam, dass ich die nicht kenne. Andere Mütter kennen doch auch die Freundinnen ihrer Töchter. Warum behandelst du mich so? Merkst du nicht, wie krank dein ganzes Verhalten ist?! Du bist krank, Alice, sehr krank bist du, du musst dich dringend mal in Behandlung begeben.«

NACHTBLIND

Marie hatte lange dunkelbraune Haare und trug im Unterricht eine Brille, die sie sich, genau wie ich, sofort vom Gesicht riss, wenn jemand sie ansah. »Ich fühle mich so hässlich mit meiner Brille«, sagte Marie, »wie mit einem Brett vor dem Kopf«, sagte ich. »Aber deine ist wenigstens nicht rosa«, sagte Marie. »Ich habe auch so eine hässliche Zinkennase.« »Quatsch«, sagte ich, »deine Nase ist super, guck dir mal meine an, die ist geformt wie eine Rutsche.« »Ey, ihr beiden Hackfressenmädchen da vorne, vom Labern wachsen euch auch keine Titten, also Fresse halten!«, rief Marc aus der letzten Reihe, der immer nach Davidoff Cool Water roch und seine Dickies-Jacke auch im Unterricht nicht auszog. »Den find ich soo süß!«, flüsterte Marie und verdrehte schwärmerisch die Augen.

Am Ende des Schuljahres waren wir fünf Tage auf Klassenfahrt in die Jugendherberge Warnemünde gefahren. Gezuckerter Pfefferminztee am Morgen, lange Nächte und heimliches Wachbleiben, sich schlafen stellen, sobald die Tür aufging und ein ermahnender Blick durch das Zimmer wanderte, in dem gerade noch gegackert wurde; Verliebtsein, Kaugummiaustausch, erste Schminkversuche. Marie und ich toupierten uns die Haare vor den Spiegeln in den nach Chlor und Urin stinkenden grauen Toilettenräumen, machten uns gegenseitig Frisuren für die Party am Abend, die wir »Disco« nannten. Ich bürstete Maries lange, dicke Haare, Marie meine dünnen roten Haare. Mit dem Zeigefinger malten wir uns lila glitzernde Lidschatten auf die Augen und schwarzen Kajal dick aufs untere Lid. Mit der Wimperntusche piksten wir uns in die Augen, blinzelten, und alles war verwischt. Wir bekamen einen Lachanfall, sodass uns die ganze Schminke über unsere Gesichter lief. Mit Nivea-Creme und hartem Klopapier wischten wir wieder alles ab, um dann noch einmal von vorne anzufangen. Marie zog ein bauchfreies schwarzes Netzhemd über ihren Wonderbra, ich ein weißes bauchfreies Top mit der Aufschrift *Pepsi.* Stundenlang hatten wir sie anprobiert, unsere Wonderbras, gemeinsam in der Umkleidekabine bei C&A, und hatten uns stolz voreinander unsere weiblichen Oberkörper präsentiert: »Wie findest du meine OW?«, fragten wir einander, was eine Abkürzung für »Oberweite« war. Für alles hatten wir Codenamen; da gab es den ZK, den V, die BRW, die GT, den K, die M, die HMHM und den GFTTH mit L oder ohne L.

Wie verliebt wir waren. Sie in Ole, ich in David, und wann immer wir allein in unserem Jugendherbergszimmer waren, übten wir heimlich Bluestanzen und sprangen panisch auseinander, sobald wir ein Geräusch von draußen hörten. Ohne uns zu rühren, lauschten wir einen Moment, und wenn es still war, ließen wir uns zurücksinken, ganz tief hinein in unsere Liebesträumerei. Wir überlegten uns einen Song von der Kuschelrock 3, *Drive* von The Cars, schalteten ihn in unserer Vorstellung ein und hörten der Musik in unseren Köpfen zu, es war ganz still im Raum, vor dem offenen Fenster zwitscherten die Vögel, und wir umarmten uns, tanzten mit geschlossenen Augen und erzählten einander alles, was wir uns vorstellten in unseren schönsten Phantasien, und schworen einander, uns nach der »Disco« jedes kleinste Detail des Erlebten zu erzählen. »*Alles*, o.k.? Du musst mir dann *alles*, also wirklich *alles* erzählen, und zwar *ganz* genau, versprochen?« Jede Berührung mit David, jeden Blick mit Ole, worüber man gesprochen hatte, ob es einen Kuss gegeben hatte, mit Zunge oder ohne, und wenn mit, wie es sich angefühlt hatte; rau, eklig, nass, hat er gesabbert oder du, waren die Zähne gegeneinandergeknallt, wie war das mit Oles fester Zahnspange, und die Bartstoppeln: Haben die gekratzt? Und hattest du Kribbeln im Bauch? Doll? Zwischen eins und zehn: wie doll? Habt ihr Händchen gehalten? Und wie genau: die Finger ineinandergefaltet?

An einem Donnerstag nach Schulschluss außerhalb der regulären Besuchstermine kam ich mit Marie und Lisa bei dir vorbei, unter der kleinen Vorwarnung, meine Mutter sei ein wenig anders als andere Mütter. Doch als wir dort ankamen, die Treppen nach oben gestiegen waren und du die Tür öffnetest, blieb ich noch auf der Treppe stehen vor Staunen. Mit umgehängter Küchenschürze und einem Topflappen in der Hand, perfekt frisiert, standest du im Türrahmen und warst ein vollkommen anderer Mensch. Du redetest mit hoher, fürsorglicher Stimme, warst liebevoll, gefasst, verständnisvoll; eine Mutter wie aus einer Margarine-Werbung. Du warst lustig, auf sympathische Weise selbstironisch, wach und interessiert, stelltest Fragen, schwangest mit, warst begeistert über alles, was Lisa und Marie erzählten. Die Freundinnen und du, ihr verstandet euch sogar so gut, dass es mir auf einmal vorkam, als wärest du enger mit den Mädchen befreundet als ich selbst, die hier ganz klar im Abseits saß und dem Geschehen gebannt von außen zusah. Du serviertest Tee, geschmierte Klappstullen – noch niemals hatte ich bei dir geschmierte Klappstullen gesehen – und hattest Essen aufgesetzt. Plötzlich befand ich mich in einem Zuhause, wie ich es immer nur neidvoll bei anderen beobachtet hatte, und Lisa und Marie, die du zu deinen Komplizinnen gemacht hattest, plapperten vergnügt auf dem Sofa. Sie sahen sich in der Wohnung um, die übermäßig aufgeräumt war, und ließen sich von dir alle möglichen tollen Dinge aus verschiedenen Ländern zeigen und planten, während ich stumm danebenstand, gemeinsame Ausflüge, die man demnächst mit dir unternehmen würde (»Au ja, ein Picknick!«). »Wollt ihr noch zum Essen bleiben, ihr Lieben?« »Nein, wir müssen ja schon um sechs wieder zu Hause sein!« »Ach so, na dann hoffentlich ein andermal!« »Ja, schade, Frau Schaller! Es ist sehr schön bei Ihnen!« Gleich nachdem die Tür hinter ihnen zugefallen war, schwärmten die Mädchen. »Deine Mutter ist ja sooo cooool!«, sagte Marie. »Ja! Ich glaub, ich hab' noch nie so eine krass nette Mutter kennengelernt!«, sagte Lisa. »Meintest du nicht mal, deine Mutter ist irgendwie komisch?« »Warum wohnst du denn nicht bei deiner Mutter?« Ich zuckte nur die Schultern und sagte kein Wort mehr.

Irgendwas stimmt nicht mit mir, dachte ich. Ich bilde mir das alles nur ein. Die haben recht. Du bist die beste Mutter der Welt, *ich* bin komisch. Und vielleicht hattest du doch recht mit deiner großen Weltverschwörung, wahrscheinlich waren diese ganzen Leute, von denen du sprachst, tatsächlich kranke Verbrecher und Verleumder, und mit *mir* und *meiner* Wahrnehmung stimmt etwas nicht.

Beim nächsten Zusammentreffen allerdings war wieder alles beim Alten, hattest du Kostümierung und Rolle nicht nur abgelegt, sondern längst vergessen, und wenn ich auf eine Weise doch sehr genau wusste, dass es sich hierbei um eine große Theatervorstellung gehandelt hatte, verbot ich mir, dir, meiner eigenen, geliebten Mutter, Derartiges zu unterstellen. Zu böse erschienen mir die eigenen Gedanken über Berechnung, zu bösartig der eigene Blick auf die Frau, die mich doch zur Welt gebracht hatte, die doch alles für mich aufgegeben hatte und die das Wort »Liebe« in Gegenwart ihrer Tochter so verschwenderisch gebrauchte, als wäre es eine Zauberformel wie *Sesam öffne dich*. Liebeliebeliebe, das Wort nahm in deinem Gebrauch die verschiedensten Gestalten an, und die ständige Wiederholung ließ es immer größer werden wie ein Ballon, der sich aufspannte vor mir im Zimmer und mich gegen die Wand zu drücken schien, und du tatest immer noch mehr dazu, immer noch mehr Liebe und noch größere Ichliebedichs, und oft setztest du diesen Satz genau in dem Moment ein, wenn ich mich gerade ein Stück aus dir herausgearbeitet hatte, wenn mein Blick sich gerade distanzierte, meine Gedanken aufklarten und ich anfing, Fragen zu stellen – exakt dann spießtest du das Wort auf wie eine Made auf einen Angelhaken, warfst deinen Köder aus nach mir, und ich sah ihn an, großäugig hingegeben, biss an und ließ mich zurückzerren auf deine einsame Insel – doch wollte ich den Köder schlucken, mich nähren an dem, was mir hier verabreicht wurde, schmeckte ich nichts als den metallischen Geschmack des Hakens, der da nun von innen in meinem Kopf feststeckte und langsam vor sich hin oxidierte. »Nur für dich bin ich hierhergezogen! Nur für dich habe ich so gekämpft! Was habe ich nicht alles auf mich genommen, um bei dir sein zu können! Um mit dir zusammen sein zu können! Weil ich dich so liebe! Und was ist dein Dank?! Dass du mich *so* behandelst?« Wie konnte ich dir, die du so viel getan hattest für mich, die du alles aufgeopfert hattest für deine Tochter, jemals schlechte Absichten, fragte ich mich, erschüttert über mich selbst. Also drehte ich jenes komische Gefühl um, nahm den bösen Blick an und richtete ihn gegen mich selbst. Ich schämte mich für meine Gedanken und versuchte, sie zu vertreiben, wie den sprichwörtlichen Elefanten aus dem Raum, der mit aller Vertreiberei doch nur immer mehr an Kraft und Größe gewann und mich in die Knie zwang. Warum war ich, Alice, nur ein so durch und durch böser Mensch? Wie konnte ich dir armer Mutter nur etwas wie *Berechnung* und *Schauspielerei* unterstellen, und selbst *wenn* du Dinge aus Berechnung tatest, selbst *wenn* du auf eine Weise schauspieltest, dann ja wohl nur, weil du nicht anders konntest! Weil du vollkommen hilflos warst! Weil du so viele *Probleme* hattest, *Probleme meinetwegen*. Denn früher, das hörte ich immer wieder, früher warst du ja mal eine erfolgreiche Frau gewesen, die voll im Leben gestanden hatte, hattest in verschiedenen Ländern hohe Kundschaft, betreutest Politiker und Prominenz, erklärtest ihnen Land und Kultur, sprachst mehrere Sprachen – es konnte also nur an deiner Tochter liegen. Und langsam fragte diese sich, wer hier eigentlich wen hervorgebracht hatte. Frankenstein das Monster oder das Monster Frankenstein. Und wer war wer? Und versuchte durch alles, was sie tat, auszugleichen, dass sie sich selbst als so böse empfand, ging in eine Gegenbewegung dazu und zwang sich, wann immer möglich, hinein in eine Figur, die keinen Schatten warf. Doch während ich scheinbar alles tat, um anders zu werden, anders zu reden, mich anders zu verhalten und endlich *lieb* zu sein, erzielte ich auf wunderliche Weise niemals auch nur einen einzigen Erfolg bei dir. Ausnahmslos alles, was auch immer ich von mir preisgab, auch die albernsten, kleinsten Details, die am Besuchstag selbst vielleicht noch zu einer Komplizenschaft mit dir geführt hatten, alle Ehrlichkeit und Offenherzigkeit, die dein Visier scheinbar weit aufgehen ließen und eine Harmonie herstellten zwischen uns –

»Ich habe schon wieder einen blauen Brief bekommen, Mama. Dabei bin ich doch letztes Jahr erst sitzen geblieben.«

»Ach, das macht doch nichts, Schatzi! Das schaffst du schon!«

»Ich weiß auch nicht, ich kann mich einfach überhaupt nicht konzentrieren in der Schule! Auch das mit dem Klavier hab ich jetzt aufgegeben, weil ich überhaupt keine Konzentration hab«

»Komisch. Woran liegt das denn nur?« – würden mir spätestens zwei Tage später komplett verdreht, durcheinandergewürfelt und in der geschmacklosesten Anordnung als das neue *Bild* präsentiert werden, das du dir von deiner Tochter gemacht hattest, sodass mir vom Zuhören allein so schwindelig wurde, als wäre ich zu lange in einem unerlaubt schnellen, sich nur um die eigene Achse drehenden Karussell gefahren. Wann immer es am Besuchstag, trotz all der Katastrophen, die deine Tochter auslöste, doch noch überraschend angenehm geworden war zwischen uns und wir uns sogar gemeinsam auf dem Sofa gelümmelt, gelacht und geplaudert hatten, so war mir doch immer wieder derselbe dumme, folgenschwere Fehler passiert: schwach zu werden und versehentlich hineinzurutschen in jenes fatale Vertrauen, welches die *Kippung*, die darauf folgte, nur noch viel gewaltiger werden ließ, das Messer, das mir durch den Telefonhörer in den Rücken geworfen wurde, umso spitzer und schwerer. Man konnte die Stunden zählen nach einem netten Beisammensein: Jede einzelne musstest du nutzen, um mein Gesicht mit aller Kraft, die dir zur Verfügung stand, einmal durch ein uraltes, kaputtes Gewinde zu drehen, sodass am Ende nur eine grotesk verzerrte, hassenswerte Grimasse dabei herauskam.

Und obwohl ich mir eine einfache Formel aus diesen immer selben Abläufen hätte basteln können, obwohl das Spiel bei aller scheinbaren Komplexität am Ende doch immer wieder nach genau denselben Regeln ablief, konnte man nicht sagen, dass ich dazulernte – im Gegenteil: Ich vergaß. Nicht einmal, nicht zweimal – jedes Mal vergaß ich, und jedes Mal wunderte ich mich von Neuem über das, was hier passierte.

Je mehr die Zeit ins Land ging, umso ausgeprägter entfielen mir die Dinge, und ich lief wie ein dressiertes Tier, aller Instinkte beraubt, immer und immer wieder in dieselben Fallen; erschrak, als wäre etwas Ähnliches noch nie zuvor passiert, und vergaß abermals. Das Vergessen war keines, das bis zu einer Unzugänglichkeit der Erfahrung reichte, eher war es ein rasches Entfallen, gleich einem Reisenden, der ohne lange Überlegung übermäßigen Ballast von sich abwirft, um unbeschwerter weiterziehen zu können (»Alice' unbekümmertes, fröhliches Wesen ist wirklich ganz erstaunlich bei dieser schlimmen Familiengeschichte, Herr Schaller. Sie hätte auch einen schlimmen Schaden davontragen können; zu was Kinder nicht alles in der Lage sind!«), und so war ich dann umso erschütterter, immer wieder festzustellen, dass ich erneut dieselben Fehler begangen hatte, dass ich schlafwandlerisch genau in die Richtungen gelaufen war, an deren Ende es steil abwärtsging. Dann stürzte ich ab in den dunklen Schacht all deiner vernichtenden Gefühle, die wie eine Meute schwarzer Hunde nur darauf warteten, mich endlich zerfetzen zu können, wachte wieder auf, stand auf, schwor mir, *nie, niemals mehr, nie und nimmer* wieder so dumm zu sein, richtete die Augen auf den Weg, der vor mir lag, und schon war das gerade Passierte wieder weg, vergessen, *abhandengekommen*, und das alte Spiel konnte von Neuem beginnen.

Es wäre vielleicht gut, einfach nicht mehr allzu viel auf Unterhaltungen angewiesen zu sein, dachte ich, und sich stattdessen auf gemeinsame Unternehmungen zu konzentrieren. Neue Eindrücke von außen würden ablenken von der Beziehungsebene, würden zu neuen Unterhaltungen führen, zu gemeinsamen Erlebnissen. Doch auch das machte die Sache nicht einfacher. Das Zusammentreffen mit dir in der Außenwelt führte regelmäßig zu Eskalationen, was ich durch Entschuldigungen oder eigene übertriebene Freundlichkeit auszugleichen versuchte. Waren wir zusammen im Supermarkt, hörte ich plötzlich an der Kasse eine Auseinandersetzung und eilte dazu. Die Kassiererin stand in ihrem Kabuff, bereit, den Notknopf zu drücken:

»Diese Kundin hier hat mich gerade Fotze genannt!«, rief sie,

»JA, UND OB ICH DAS HABE, SIE FOTZE!«, brülltest du, adressiertest alle Menschen im Supermarkt und zeigtest auf die Kassiererin:

»Diese Frau hier ist eine GANZ, GANZ KRANKE Person! Rufen Sie SOFORT die Polizei!«

»Mama, ist gut, bitte. Komm. Lass uns gehen, o.k.?«

»Nein, ich komme überhaupt nicht! Red nicht mit mir wie mit einer Bekloppten!«

»Mama, bitte, wir wollten doch noch auf den Kunstmarkt gehen. Bitte komm, bitte, bitte.« – »Entschuldigen Sie. Meiner Mutter fehlt sozusagen die innere Polizei.«

Gingen wir zu einem Konzert in der Waldbühne, kamen wir so spät los, dass wir keinen Sitzplatz mehr fanden, und du machtest einen Aufstand, dem die gesamte Südtribüne gebannt lauschte. Standen wir in der U-Bahn, rissest du einer Muslimin den Hijab runter und sagtest:

»Sie dürfen mein Gesicht sehen, also zeigen Sie mir gefälligst auch Ihres!« Saßen wir bei einem gemeinsamen Kurzurlaub im Strandkorb und wurden darauf hingewiesen, dass die Strandkorbbenutzung Geld koste, sprangst du auf, schubstest die Zurechtweisende in den Sand, beugtest dich über sie und schriest:

»HALT DEIN MAUL, DU HÄSSLICHE STASI-SCHEISSE!«, und zugegeben, auf eine Weise verehrte ich dich auch dafür. Auf dem Kunstmarkt lief ich mit meterweitem Abstand hinter dir an den Ständen entlang, um vorsichtshalber nicht mit dir in Verbindung gebracht zu werden, denn es war klar, dass es nicht allzu lange dauern würde, bis wieder Krieg ausbrach. Und tatsächlich – es dauerte keine Viertelstunde, da ging es los: Der Verkäufer brüllte von seinem Keramikstand:

»Eine Frechheit! Hab' ich ja noch nie erlebt, so was! Haben

Sie 'ne Macke?!« Über den ganzen Markt hörte man deine Stimme etwas von »Misshandlung« keifen, und ich sah zu, dass ich Land gewann, um bloß nicht mit reingezogen zu werden, und hörte nur, wie dir ein älterer Herr hinterherbrüllte:

»Kann man nur hoffen, dass so was keinen Nachwuchs in die Welt setzt!«

ÜBERRASCHUNG

Wann immer du zu Festlichkeiten oder auch aus einer plötzlichen Laune heraus mit einer *Überraschung* um die Ecke kamst, wurde ich misstrauisch.

»Überraschung!«, sagtest du an meinem fünfzehnten Geburtstag, und wir trafen uns vor einem italienischen Restaurant; du warst überdreht, deine Stimme schrill – ich kannte es, wenn du so warst. Euphorisch griffst du mit langen Fingernägeln in meinen Arm, dass es Spuren auf meiner Haut hinterließ, und wie immer wurde ich wortkarg.

»Wir gehen hier in die Pizzeria!«, sagtest du.

Im Restaurant, in das wir einkehrten, gab es die übliche Speisekarte von gemischtem Salat über Spaghetti Bolognese, Cola, Fanta, Fassbrause, und Eros Ramazzotti lief in Dauerschleife. Wir setzten uns an einen Tisch in einer geschützten Ecke am Fenster.

»Wir warten noch auf jemanden«, sagtest du höflich zur Bedienung. Und wenig später kam eine Frau durch die Tür auf unseren Tisch zu, sie trug eine schwarze Lederjacke, schwarze Jeans, einen beigen Strickpullover und hatte graue Haarstoppeln. Sie begrüßte uns freundlich, blickte mich etwas betroffen an, als wüsste sie etwas, das ihr Mitleid für mich weckte. Du begrüßtest sie mit Küsschen rechts und links, was ich noch nie bei dir gesehen hatte.

»Das ist Frau Riek«, sagtest du zu mir, und ich fragte gar nicht erst nach, was Frau Riek mit meinem Geburtstag zu tun hatte.

»Jaaaa!«, sangst du in einem Ton, der einmal von ganz oben alle Oktaven nach unten fiel.

»Das hier ist also meine Tochter«, und zeigtest auf mich, als führtest du ein schönes Kleidungsstück vor. Frau Riek gab mir die Hand und stellte sich mir mit »Jenny« vor. Sie hatte diese Ostberliner Temperatur, die für mich immer noch neu war; irgendwie wärmer und freundschaftlicher, als das mir bekannte, verbindlicher, ungekünstelter, aus Überzeugung glanzlos. Sie schien vertrauenserweckend, und mir war klar, dass ich das Spiel eine Weile mitzuspielen hatte. Ich kaute auf meinen Fingernägeln herum und sah aus dem Fenster. Ich wollte Frau Riek, zu der ich Jenny sagen sollte, nicht vor den Kopf stoßen, war aber so wütend, dass ich ihr nur gegen innere Widerstände antworten konnte, was meine Stimme angespannt und leblos klingen ließ. »Und?«, fragte Frau Riek. »Gehst du gerne zur Schule?« Sie redete mit mir wie alle Leute, für die Kindheit und Jugend so weit entfernt sind, dass sie sich kaum noch daran erinnern können.

»Normal gerne, glaube ich. Und Sie? Machen Sie gerne Ihren Beruf?« Du lachtest beschämt und schütteltest dein Haar. Dann wählte auch Frau Riek erst mal etwas in der Karte aus, und du und ich taten so, als sähen wir uns das Interieur des Restaurants an.

»Und? Habt ihr zwei schon gesprochen?«, fragte Frau Riek und strich sich eine nicht vorhandene Strähne hinters Ohr.

»Was bestellst du denn, Schatzi?«, fragtest du, als spieltest du in einer Vorabendserie. Die Bedienung kam erneut an den Tisch.

»Einmal Spaghetti Bolognese«, sagte ich.

»Na klar, mein Schatz«, sagtest du überfreundlich; du hattest »Na klar, mein Schatz« doch noch nie zuvor gesagt. Dann erhobst du dich von deinem Platz und überreichtest mir vor Frau Rieks Augen einen Blumenstrauß. Es waren fröhliche, zarte Frühlingsblumen in Pastellfarben; gepflückt, um für diese Schmierenkomödie herzuhalten, deren einzige Zuschauerin Frau Riek war. Wie leid mir diese Blumen taten.

»Danke«, sagte ich knapp. »Die sind sehr schön.« Du wandest dich höflich lächelnd, formtest mit einer Hand dein Haar, und los ging das eigentliche Stück:

»Erzähl doch der Frau Riek mal«, setztest du an, »wie es zu Hause so ist.«

»Was soll das?«, fragte ich. Da unterbrach dich Frau Riek, der die Situation sichtlich unangenehm war, machte eine Wegwerfbewegung mit ihrer Hand und lachte beschämt.

»Ach, i wo, wir wollen ja nichts überstürzen«, sagte sie. Du lachtest dein Schauspielerinnenlachen.

»Da hast du natürlich recht, Jenny.« Du griffst mit deiner Hand auf Jennys Hand. Mit der anderen schnipptest du in die Luft und riefst, viel zu laut für den Raum, die Bedienung.

»Entschuldigung? Hallo Sie?!«

»Pschscht, Mama«, sagte ich.

»Ich hätte gerne noch ein zweites Glas Wein«, sagtest du, sehr fein und in überdeutlicher Sprache. Es gab eine angespannte Gesprächspause. Frau Riek versuchte, die Situation aufzulockern. Sie und ich fingen an, über die Leute zu reden, die draußen vor dem Restaurant standen, irgendwelche Biker, und Frau Riek sagte, sie möge Motorradfahren ja auch. Dann glitten Frau Riek und ich langsam in eine freundliche Plauderei ab, und du schwiegst zermürbt und grübeltest. Du tatest mir leid, wie du deine Felle davonschwimmen sahst. Die große Show war schon jetzt gescheitert. Frau Riek und ich redeten über Bücher, sie erzählte mir davon, dass sie früher auch mal Lehrerin werden wollte und jetzt Sozialarbeiterin sei.

»Na, das war ja klar«, sagtest du bitter, und ohne eine von uns anzusehen. Du warfst deine Serviette auf den Tisch und gingst zur Toilette. Als du verschwunden warst, beugte sich Frau Riek zu mir rüber.

»Es tut mir leid«, sagte sie. »Ich möchte mich bei dir entschuldigen. Ich habe hier einen großen Fehler gemacht. Deine Mutter hat mich überredet, dich kennenzulernen, und sie darin zu bestätigen, dass mit dir etwas nicht stimmt. Aber jetzt verstehe ich, dass hier etwas ganz anderes nicht stimmt. Ich werde mich gleich verabschieden, und ich wünsche dir alles Gute. Bleib stark.«

Frisch gekämmt, geschminkt und stark verstimmt kamst du

zurück. Frau Riek stand auf und verabschiedete sich freundlich und wünschte uns beiden noch einen schönen Geburtstag.

»Überraschung!«, riefst du auch an meinem sechzehnten Geburtstag, und wir fuhren los mit der U-Bahn, das Ziel wurde mir nicht verraten, und erreichten das Berliner Congress Center. Wir liefen die schmalen Stufen hoch, ich schwang die Glastür auf, und dann sah ich, welche große Überraschung auf mich wartete: ein Kongress der Anonymen Alkoholiker. Ich verdrehte die Augen. »Mama, was soll das.« Du schobst mich durch den Gang, auf dem einzelne Stehtische verteilt waren, dann öffnetest du eine der Seminarraumtüren, und eine junge Stimme, die durch ein Mikrofon sprach, drang bis raus auf den Flur. Du gucktest durch den Türschlitz, zogst die Tür weiter auf, hantiertest nervös an meinem Rücken herum und drängtest: »Los. Geh mal da rein.« und versuchtest, mich durch die Tür zu schieben. Leute meines Alters saßen auf den Zuschauersitzen, vorne am Mikrofon stand ein Mädchen mit geschorenem Kopf und ganz in Schwarz gekleidet und erzählte von ihrer Alkoholsucht. Hinter ihr auf einer großen Leinwand wurde weiß leuchtend *ALATEEN* projiziert, die Jugendgruppe der Anonymen Alkoholiker *ALANON.* »Jetzt stell dich nicht so an, und geh da mal rein, da kannst du anderen in deinem Alter von deinem Problem erzählen«, sagtest du. – Ich hatte in meinem bisherigen Leben noch nicht mal an einem Pflaumenwein genippt, mich aber im Chemieunterricht gemeldet bei der Frage, wer denn gerne ein Referat zum Thema »Alkoholismus« halten wolle. Begeistert schnipste ich in die Luft: Damit kannte ich mich aus, hier konnte ich endlich so richtig glänzen! Über nichts war mir in meiner Kindheit so viel erzählt worden wie über Alkoholismus, und tatsächlich: Für das Referat bekam ich eine glatte Eins! – »Ich gehe da nicht rein«, sagte ich, »ich gehe jetzt nach Hause«, und riss mich los von dir, die du mir noch hinterherranntest und mehrmals nach mir zu greifen versuchtest. »Du bleibst jetzt hier! Bleib sofort stehen, Alice!«, aber ich war schneller.

NAHTLOSER ÜBERGANG

Mein Vater und ich verbrachten die Abende wieder zu zweit, und über die Jahre hatte ich gelernt, die Welt durch seine Augen (»Frontscheinwerfer«) zu sehen, und es war nicht zu verhindern, dass ich seine Augen sah, nachdem er von Frauen abgewiesen wurde (»Ich mag lieber Männer mit dichtem Haar«), hintergangen (»Richard und ich fahren nur freundschaftlich nach Australien«), ausgenommen (»Ich werde dich finanziell ausbluten lassen!«) oder geliebt wurde, aber nicht zurücklieben konnte (»Hier, Musicalkarten für dich und deinen Vati, als Wiedergutmachung, schließlich habe ich dir für einen Abend deinen Papa weggenommen, schade – schluck –, dass es nur ein Abend war«).

Auf seine Zeitungsannonce

> *Geschäftsmann, 48, NR, Einfamilienhaus, Boot & Flugschein, (Tochter vorhanden) sucht*

bekam er achtundsechzig Zuschriften. Er sammelte sie alle über die Wochen an, um sie dann an einem Sonntagabend mit mir gemeinsam in der Veranda durchzugehen. »Wir müssen uns ja beide mit der Frau verstehen«, sagte er und riss mit dem kleinen Finger einen Brief nach dem anderen auf. Eine Kathrin schrieb, sie sei »eine leidenschaftliche, sehnsüchtige Frau mit vierzehn Katzen«. Eine Johanna schrieb, sie zeige einem Mann »auch gerne mal, wo der Hammer hängt«. Brigitte, dreiundzwanzig, suchte »einen Mann, der mir mein Studium finanziert, wofür ich bereit bin, Gegenleistung zu erbringen in Form von

Haushaltsführung«. Libgart schrieb: »Ich glaube nicht an die Liebe, aber an die Ehe!« Anna-Maria wollte »gerne in einem Haus leben, aber nur in einem, bei dem es in der Nähe einen Kletterwald gibt«. Einige schienen sich von der Anzeige provoziert zu fühlen: »Nein, ich möchte nicht Ihre Haushälterin werden, Sie brauchen keine Frau, Sie brauchen eine Sozialarbeiterin!« Am meisten aber staunte er über den Brief einer Renate, fünfzig, die den »nahtlosen Übergang« aus ihrer gerade scheiternden Ehe suchte. »Nahtloser Übergang«, sagte er immer wieder, lachte kurz auf, schüttelte den Kopf und strich sich einige der Haare glatt, die er sich täglich über die Glatze kämmte. Ich lachte laut mit. Dabei wusste ich weder, was »nahtloser Übergang« heißen sollte, noch, was das auf Beziehungsebene zu bedeuten hatte, und hielt es für einen dieser Witze, über die Erwachsene eben lachen.

Alle vierzehn Frauen, die eine ernst zu nehmende Antwort geschrieben hatten, traf er nach und nach am immer selben Ort: unter der Weltzeituhr am Alexanderplatz und lud sie zum Essen ein. Renate blieb neun Wochen, Beate ein paar Monate, Wiltrud ein Dreivierteljahr und jede, die kam und wieder ging, ließ das Haus ein Stück leerer zurück, indem sie ein weiteres Mahnmal hinterließ – eine Trockenhaube, ein Paar Absatzschuhe, einen Paillettengürtel, Urlaubsbilder im Sekretär – Souvenirs gescheiterter Ideen eines zusammengebastelten Familienglücks.

In den Herbstferien nahm er mich mit auf eine Dienstreise nach Malmö. Am Flughafen stiegen wir in ein Taxi und fuhren weiter zur Umspannanlage. Dort standen wir in einem Keller mit einer Gruppe von Männern in dunklen Mänteln und guckten auf eine Reihe von brummenden Metallkästen. Lichtröhren knisterten zwischen Rohrleitungen an den niedrigen Decken über unseren Köpfen. Wir liefen von einem Raum in den anderen, blieben kurz vor einem brummenden Metallkasten stehen, die Männer besprachen etwas auf Englisch, und dann ging es wieder zurück zu den Kästen im Nebenraum.

Nach Stunden in den Maschinenräumen fuhren wir zum Strand und spazierten zu zweit im Nieselregen auf einen langen Steg, blieben am Ende des Stegs stehen und guckten aufs Wasser. Die Brille meines Vaters war nass geregnet, er kniff die Augen zusammen, als versuche er, durch die Tropfen hindurch etwas zu erkennen. »Was überlegst du?«, fragte ich. Es dauerte lange, bis er antwortete. »Ich rechne nur«, sagte er. »Was rechnest du?« Er zupfte sich zweimal an der Nase. »Na. Die Wellen. Jede siebte Welle ist die höchste«, sagte er. »Jede siebte Welle?« »Ja, es geht los mit kleinen Wellen, die sind wie Vorankündigungen. Dann kommen mehrere mittelgroße, und dann diese eine, die alles niederreißt!« Ruhig schwappte das Wasser vor uns durch den Nebel. Er nahm die nass geregnete Brille ab, zog ein Stofftaschentuch aus seiner Hosentasche, putzte sie, setzte sie wieder auf. Ein riesiges Containerschiff brach unerwartet durch die Nebelwand.

Am Flughafen bestellte ich eine Fanta und Spaghetti und mein Vater sechs Whiskey. »Wegen dem Husten«, sagte er. »Das beruhigt meinen Husten.« Und auf dem Rückflug las er mir einen Brief vor, den er auf Englisch an die iranische Eisenbahngesellschaft RAI formuliert hatte.

»Was meinst du?«, fragte er. »Kann man das so machen?«

»Machen Sie sofort die Tür auf!«, rief es mitten in der Nacht. Müde von der Reise waren wir früh schlafen gegangen, mittlerweile war es kurz vor zwei, und die Männer hämmerten gegen die Haustür. Mein Vater eilte die Treppe runter, ich sprang aus dem Bett. Durch die Fenster sahen wir Blaulicht, ein Sondereinsatzkommando der Polizei. Mein Vater öffnete die Haustür: »Wir haben einen Anruf bekommen, dass hier ein Kind missbraucht wird!«, rief einer der Männer. In Unterhose und ausgeleiertem T-Shirt stand mein Vater vor der offenen Tür, seine Haare in alle Richtungen, die Vierzigwattbirne blendete uns, und mit kratziger verschlafener Stimme sagte er: »Nein, bitte kommen Sie doch rein. Wir haben geschlafen.« Die Polizisten warfen einander Blicke zu, ihre Pupillen waren geweitet. »Bist du das einzige Kind hier im Haus?«, fragten sie und blickten mich misstrauisch an. Ich nickte. »Das war meine Mutter«, sagte ich, »sie macht so was leider öfter.« »Kommen Sie doch einen Moment rein, wir erklären Ihnen alles«, sagte mein Vater. Mit den schwarzen Stiefeln kamen sie zur Tür rein. »Also, wenn das alles tatsächlich ein Missverständnis sein sollte, entschuldigen Sie bitte«, sagte der Polizist, »ich habe selbst eine kleine Tochter, und ich kann mir auf der Welt nichts Schlimmeres vorstellen – allein der Gedanke macht mich fast wahnsinnig.« Mein Vater rieb sich mit dem Handballen ein Auge, dann bekam er einen Hustenanfall, entschuldigte sich und verschwand im Badezimmer. Die Männer und ich standen im Flur, sie sahen sich unbeholfen um und baten erneut um Entschuldigung. »Und mit dir ist wirklich alles in Ordnung?«, sagte einer, während man meinen Vater aus dem Badezimmer husten und würgen hörte. »Ja klar«, sagte ich lässig und fühlte mich unwohl in meinem Schlafanzug. »Mann, Papa, jetzt komm doch mal!«

Später saßen die vier Männer gedrängt um den kleinen Küchentisch herum und tranken Schnaps. »Auf den Schreck«, sagte mein Vater, er hatte die Flasche aus dem Keller geholt. Ich stand, nun mit einem Bademantel über dem Schlafanzug, an den Türrahmen gelehnt und hörte zu, wie sie redeten, nickte, ergänzte die Erzählungen meines Vaters, bestätigte, dass so was leider seit Jahren zu unserem Alltag gehöre, und machte Witze, um die Stimmung aufzulockern. Der eine Polizist streckte das Bein aus, Dreck fiel ihm vom Stiefel auf die weiß-blauen holländischen Fliesen; Fliesen, die du für das Haus ausgesucht hattest. Sie saßen im Licht der holländischen Lampe – auch diese war von dir. Ich versuchte, mir dich vorzustellen, deinen Zustand und den Ort, von dem aus du die Polizei angerufen hattest. Hattest du das seit Längerem geplant? Oder war es einer deiner vielen Albträume, von denen du mir so oft erzähltest und der dich dazu gebracht hatte, so etwas zu tun? Oder war es doch einfach nur perfide und einzig dem Zweck dienend, Schande über deinen Ex-Mann zu bringen und wieder einmal ein Schauspiel zu inszenieren, dem die Nachbarschaft folgen sollte und das du weiter ausbauen würdest, um deines *Anrechts* willen? Oder lag es an falschen Medikamenten? Hattest du zu viele genommen oder die falschen, oder hattest du die richtigen genommen und zu wenig getrunken und auf diese Weise ein Delir verursacht? Unvorstellbar die Räume, in denen du dich aufhieltest. War dein Anruf von dem silbernen Plastiktelefon mit den großen, runden Zahlentasten ausgegangen, das du beim Trödler gekauft hattest? Trugst du ein Nachthemd, den roten Bademantel, saßest du nackt auf dem schwarzen Hocker im Flur oder warst voll bekleidet und kamst gerade nach Hause? Ich stellte mir dich vor, dort allein, im Wahn, ohne Trost – hier die Gewinner, die dich auslachten wegen des *Unfugs* und Dreck auf deine Fliesen fallen ließen – dort in der Dunkelheit die Verliererin. Seid froh, dachte ich, dass ihr diese Hölle nicht kennt, in der *die Verrückte* gefangen ist; keinen Tag würdet ihr darin überleben. Außen lächelte ich und verbrüderte mich mit den trinkenden Männern. Innerlich dachte ich: Arme, ärmste Mama; schlimmster, grausamster Mensch.

»Na, willst du auch einen?«, fragte einer der Polizisten, jetzt viel gelöster, und lehnte einen Ellenbogen auf sein Knie. »Nein, danke«, sagte ich und zwinkerte ihn an. Ich wollte, dass sie sehen, dass man mir nichts anhaben kann. Dass ich niemals mehr Angst haben würde; dass ich mich nicht fürchtete und mit ihnen, den Männern, mithalten kann.

Niemals werde ich ein Opfer sein, dachte ich; niemals.

SO WERDEN

Über die Jahre hatte ich in der Schule und Nachbarschaft endlich die *ganz Normalen* kennengelernt. Sie hießen Gandalf, Quetschgesicht, Sauron, Prinzessin, Hans-Schwanz, Milli und Scheide – mit bürgerlichen Namen Daniel, Holger, Sandra, Milena, Marc, Florian, Hanni und manchmal war auch Marie mit von der Partie. Gandalf war großer *Herr der Ringe*-Fan, er hatte ein Schrankbett und ein *Night Rider*-Poster an der blau gestrichenen Wand seines Zimmers und zockte den ganzen Nachmittag bei runtergelassenen Jalousien X-Box. Quetschgesicht war ein von seiner Mutter zum Standard/Latein-Tanzen gezwungener, extrem früh gealterter Junge ohne jegliche Körperbeherrschung mit einwärtsgestülptem Gesicht, sehr kurzem Hals und ohne Kinn. Sauron, dessen Spitzname ihm nur aufgrund des Klangerlebnisses gegeben worden war, war ein kleiner, dünner Tüftler mit Segelohren und gemeinsam mit seiner Mutter und seinen fünf Brüdern Anhänger einer evangelikalen Freikirche. Als solcher war er sehr fromm und von perversen Phantasien umgetrieben, weshalb er gern mit dem Hans-Schwanz genannten Marc rumhing, denn dieser hatte auf dem japanischen Schwarzmarkt eine überdimensional große Pornovideo-Sammlung aufgetrieben, bei der selbst Leute mit schwersten Sexualentstelltheiten auf ihren Geschmack kommen konnten. Im Unterricht saß Hans-Schwanz in der letzten Reihe, hatte ein Schulbuch auf seinem Schoß abgestellt, die Hose geöffnet und fummelte an seinem Geschlecht herum, hielt danach den Mädchen seine Finger unter die Nase und sagte: »Riech mal.« Marie fand Marc noch immer »voll süß«. Hans-Schwanz' Vater war Harfenist bei den Berliner Philharmonikern, der schon seine zwölfte Solo-CD mit zärtlich gesäuselten Harfenliedern rausgebracht und sich damit abgefunden hatte, dass sein Sohn den abgeschnittenen Daumen seines toten Großvaters in einem Einweckglas auf seinem Nachttisch stehen hatte und nachmittags bei McDonald's übte, Cola durch seine Nase einzuatmen und aus dem Mund wieder auszuspucken. Milli war die Erwachsene in der Gruppe, sie liebte Backen, Stricken und Babys und wollte so bald wie möglich in den Hafen der Ehe einlaufen, am liebsten mit »Scheide« – sie fand Florians Spitznamen immer »voll fies« – der Bassist in einer Schulband war und in seiner Gesamterscheinung ein sehr haariger Mensch. Die *ganz Normalen* lebten mit ihren Eltern in Häusern mit perfekt gespülten, sauber sortierten Gläsern in Schubladenschränken, die so geschmiert aufratterten wie Leichenkühlschränke in Fernsehkrimis. In ihren Kellern standen Wäschetrockner, in ihren Badezimmern gab es zwei Waschbecken, ihre riesigen Kühlschränke und Eisfächer waren bis unters Dach gefüllt mit Lebensmitteln von *Butter Lindner*. Die Eltern der *ganz Normalen* arbeiteten, abgesehen vom Hans-Schwanz' Vater, bei Versicherungen, als Immobilienmakler oder im Vorstand eines Automobilherstellers; es waren meist übellaunige Eltern, die man in den Weiten ihrer riesigen Häuser nur selten zu Gesicht bekam und niemals miteinander sprechen hörte. Manchmal pampte die Mutter von Daniel die Treppen der vier Stockwerke hoch, dass das Essen fertig sei, und dann wurde gelangweilt in der Lachsforelle gestochert und nebenbei in einem Bader-Katalog geblättert. Der Vater von Sauron kam manchmal missmutig die Treppen hochgestapft, um in einer Nöligkeit der absoluten Lebenserschöpfung zu fragen, wie lange das Werkzeug seines Sohnes da unten noch im Weg rumliegen solle und ob der Sohn denn glaube, dass die Sitzkissen auf der Hollywoodschaukel dazu da seien, vollzuregnen und zu vergammeln. Seinen Besuch schloss der Vater ab mit der Frage in die Runde, ob »die jungen Leute« denn gedächten, auch einmal »die Nachrichten zu gucken und sich ein bisschen über das Weltgeschehen zu informieren«, was auf eifriges Kopfnicken mit anschließendem Gegacker stieß, woraufhin der Vater abwinkte und noch von der Treppe aus ein beleidigtes »Ja gut, dann eben nicht, wer doof bleiben will, muss eben doof bleiben« hochmotzte.

Waren die Eltern nicht da, feierten wir Partys, betranken uns an Berentzen Apfelkorn, bis wir auf dem Rasen umfielen und in die Sterne guckten. Wir rauchten eine Schachtel nach der anderen, hörte Tage und Nächte hindurch Metallica, Blur, Oasis, The Verve, The Smiths, Nirvana, die Cranberries, R.E.M., Radiohead und The Cure, Marie und ich schliefen, ineinander verhakt, auf dem zerknautschen Ledersofa der fremden Eltern ein, während Gandalf, Hans-Schwanz und Sauron das Meerschweinchen »Stefan« in der Mikrowelle durch das Programm »Auftauen« drehen ließen, im Keller Bong rauchten, beim Purzelbaummachen ihre Fürze anzündeten oder sich durchs Haus jagten, um sich gegenseitig die Brustwarzen umzudrehen.

Die *ganz Normalen* fuhren in den Ferien in ihre Ferienhäuser, Marcs Eltern hatten ein Haus in Portugal mit Pool und riesigem Garten und nahmen dorthin auch Marie und mich – Prinzessin und Dummdumm – mit.

Das waren die Urlaube, von denen ich dir niemals erzählen würde; du hättest die Telefonnummern und Adressen aller Eltern herausgefunden, um diese bis an ihr Lebensende zu terrorisieren; hättest das Auswärtige Amt informiert, uns die Polizei bis nach Portugal geschickt, dem *Berliner Kurier* ein Interview gegeben, hättest mir was von Katholizismus und Frömmelei erzählt, während du selbst Mitglied der »Scientology« geworden warst und auch unsere Adresse an diese Vereinigung weitergegeben hattest, damit sie mir Werbeprospekte und Bücher von Ron Hubbard zur Gewinnung junger Mitglieder schickten. Du hättest meinen Vater wegen »grober Vernachlässigung« und »sexueller Kindesmisshandlung« verklagt, seine Kollegen und seinen Firmenchef angerufen, um sie darüber zu unterrichten, dass der Vater deine Tochter zu einer Hure heranzog, und während Gandalf und Hans-Schwanz bei runtergelassenen Jalousien Computer zockten, zogen wir unsere Bahnen im Pool, und du würdest niemals etwas erfahren von Portugal, und stattdessen zu hören bekommen, deine Tochter sei mit einer Simone Bertram (die es gar nicht gab und deren Adresse und Telefonnummer du deswegen auch nicht herausfinden konntest) in den Reitferien gewesen.

Hier, bei den *ganz Normalen,* hoffte ich auch, zu lernen, so zu werden, dass absolut niemals mehr jemand diesen einen, zwar liebevoll gemeinten, aber für mich allerschlimmsten Satz über mich würde sagen können: »Alice ist eben ein bisschen verrückt«; ein Satz, der für mich das Weltende bedeutete, und so lustig, nett und neckend die *ganz Normalen* das auch meinten: Wann immer er mich traf, ob von der Seite oder frontal ins Gesicht, schoss mir das Blut in Hals und Wangen, und mein Blick verengte sich. Mit allem, was ich tat, versuchte ich, diesem Satz entgegenzuarbeiten, versuchte, so zu werden wie die, über die man einen solchen Satz absolut niemals sagen könnte. Die *ganz Normalen* wurden für mich die A-Menschen, die Vorzeige-Leute, die, die wissen, wo es langgeht, und die mir den Weg zeigen würden: hin zum *ganz normalen Wahnsinn*, den ich unbedingt kennenlernen wollte. In den Leben dieser Menschen existierten all die psychiatrischen und juristischen Begriffe nicht einmal, die mein bisheriges Leben zu einem großen Teil geprägt hatten, da war ich mir sicher. Niemand hier hatte seine Kindheit und Jugend in Gerichtssälen, unter Aufsicht, auf Jugendämtern und mit Sozialarbeiterinnen zugebracht. Von niemandem hier waren psychologische Gutachten erstellt worden, für die man Bilder beschreiben musste, auf denen ein riesiger Tiger mit gefletschten Zähnen über eine Schar kleiner erschreckter Mäuse springt:

»Und Alice, was siehst du auf dem Bild?«
»Einen Tiger, der über drei Mäuse springt.«
»Aha, und wie ist dieser Tiger? Ist der lieb? Oder ist der böse?«

Niemand hier hatte zur Veranschaulichung der *familiären Situation* die eigenen Eltern als Tiere zeichnen müssen:

»Und wer auf dem Bild ist die Mama?«
»Der Pfau!«

Mit niemandem von ihnen hatte man in Amtsräumlichkeiten *Interaktionstests* durchgeführt, bei denen das Kind vor der Mutter versteckt wurde, um herauszufinden, wie die Mutter reagiert:

»Hilfe! HILFE! Meine Tochter ist verschwunden, POLIZEI! POLIZEI!«
»Nein, Frau Schaller, Ihre Tochter ist im Nebenzimmer und malt ein Bild.«

Von sicherlich keinem hier war jede einzelne Regung unter die Lupe genommen worden, war mit Akribie dokumentiert worden, wann man sich freute und auf welche Weise, wann man bedrückt, bekümmert, verschreckt gewesen war, wann man warum mit dem Reden aufgehört hatte und mit dem Essen, wie und was man, seit das Reden wieder eingesetzt hatte, redete oder wie man den *letzten Vorfall* wahrgenommen hatte:

»Und, Alice, wie hast du den Vorfall am vergangenen Samstag wahrgenommen?«
»Spannend! Ich habe einfach Krimi gespielt und dass ich vor einem bösen Axtmörder flüchten muss! Wir sind hinten durch den Kellerausgang geflüchtet, dann durch den Garten der Nachbarn, dann sind wir über den Zaun gesprungen, waren im Wald, und schon hatten wir es geschafft!«

Diese Menschen hier waren mir ein gutes Beispiel dafür, alles ganz anders zu machen und mein Leben in gänzlich andere Richtungen zu lenken als das mir bekannte.

Die Jahre vergingen und mittlerweile hatten sie alle die Schule abgeschlossen und studierten oder machten Ausbildungen, nur Sauron war abgedackelt nach Guatemala, um dort für die Evangelikalen missionieren zu gehen. Ihre ersten Wohnungen bekamen sie von ihren Eltern gesponsert, zusammen mit einer Einbauküche, Geschirrspüler, Waschmaschine und einem Kleinwagen, und wer all das mit zwanzig nicht hatte, war *seltsam*. Ihre Interessen fürs Bassspielen und Fotografieren waren höheren Zielen gewichen: Großkonzern, Familie, Eigenheim »und am Wochenende schön einen wegballern!«, rief Quetschgesicht. »Und fertig ist die Laube«, sagte Holger, nahm einen Schluck vom Bier und rülpste. »Schulz«, sagte Flo und stellte seinen gestreckten Daumen an die Stirn, dann gaben sie sich ein High Five.

Und bald redeten die *ganz Normalen* von »Arbeit« und rollten dabei genervt die Augen. Sie tanzten nur noch unter Volltrunkenheit, liebten Fernbedienungen, schafften sich fenstergroße Fernseher an, hatten alles übers Leben begriffen, weil sie jetzt wussten, wie es ist, »total gestresst« zu sein, und Musik hörten sie kaum noch. Dass sie noch immer – oder jetzt erst recht – die *ganz Normalen* waren, erkannte man vor allem daran, dass sie sich selbst als solche bezeichneten. »Wir sind einfach normal«, sagten sie gern als Abgrenzung zu allem, was von dem abwich, was ihnen vertraut war, und ich dachte: So muss man das also machen, wenn man ein ganz normaler Erwachsener werden will: Alles aufhören, was Spaß macht, und einer Tätigkeit nachgehen, von der *man* so abgegessen ist, dass *man* die Sekunden zählt, bis der Tag vorbei ist. »Wieder einen Tag geschafft«, sagte Sanni. Sie waren gerade Anfang zwanzig, warfen sich nach Feierabend ausgelaugt aufs Sofa und fanden alles »voll öde«. Also warf auch ich mich ausgelaugt aufs Sofa – das ich mir extra angeschafft hatte, weil die *ganz Normalen* Sofas hatten – und langweilte mich vor dem Fernseher. Und hatten die *ganz Normalen* früher noch für verschiedene Bands oder Filme geschwärmt: Heute fanden sie, Leute, die von und mit der Kunst leben wollten, seien »irgendwie crazy«, denn »was man über die so in den Zeitungen liest, die haben doch alle irgendwie *Probleme*« – was man von den *ganz Normalen* ja nun wirklich nicht behaupten konnte. Dann bestätigten sie sich gegenseitig darin, froh zu sein, dass sie selbst eben nur *ganz normale Menschen* waren, und ich beneidete sie um diese Selbstverständlichkeit, mit der sie reinpassten, ohne sich anstrengen zu müssen. Und sie gaben sich alle Mühe mit mir, das muss man sagen. Immer wieder erklärten mir Milli und Scheide in erzieherischen Hinweisen, was *man* macht und was *man* nicht macht – *man* kocht zuerst Wasser, *man* schreibt einen Einkaufszettel, *man* guckt sich das vorher auf dem Stadtplan an – mit der Begründung, »Du wirkst einfach manchmal wie von einem anderen Stern, Alice«. Und wenn mir diese Sätze auch oft die Wangen glühen ließen und ein Teil in mir dagegen anwetterte, dachte ein mächtigerer Teil in mir: Sie werden wohl recht haben. Nimm dir ein Beispiel an ihnen, sie kennen den Weg. Denn das wollte ich doch: Eine werden, die macht, was *man* macht. Eine, die ihre Lebenserfüllung in Dingen findet, in denen *sie* ihre Erfüllung fanden, nicht eine, die wie ich an vier Abenden die Woche mit pochendem Blut im Theater sitzt, sich manche Vorstellung vier-, fünfmal ansieht und sich nur noch hier wirklich zugehörig fühlt. Ich schämte mich schrecklich für meine Begeisterungen. Das konnte einfach nicht gesund sein. Und mit großem Unbehagen merkte ich immer wieder, dass es zwischen dem grausamen »ein bisschen verrückt« und diesem scheinbar problemhaften Künstlersein eine Verbindung zu geben schien: Beides war so vollkommen anders als die *ganz Normalen*. Und so sortierte ich meine übersprudelnden Interessen rüber auf die andere Seite: *nicht normal*, also – krank. Da gab es in meiner Wahrnehmung nur Schwarz und Weiß. Und *krank* zu sein, hieße *SO* zu sein; hieße ausgestoßen, vereinzelt, für immer im Krieg mit sich und der Welt zu sein – wie du. Nicht wie die anderen zu sein bedeutete, alles und jeden zu verlieren, wie du, weil sich alle von einem abwenden, wie von dir. Diese Menschen, die mich umgaben und die ich weniger als einzelne Personen sehen konnte, als mehr ein Gebinde gleichartiger Blumen in einem gut gewässerten Topf, mochten gern Samstagabendshows im Fernsehen, und die Frauen schwärmten von den »schönen Kostümen«. Ihre Lebensziele waren die Mittagspause, das Feierabendbier, die Hochzeit und die Rente, das der Frauen bestand darin, Verhaltensweisen der Nachbarskinder zu begutachten und mit erwachsenem Nicken darüber zu diskutieren. Was stimmt denn nur nicht mit mir, dass ich das hier alles nicht kapiere, fragte ich mich und gab mir noch mehr Mühe, so zu werden wie sie. Die *ganz Normalen* waren schnell zu irritieren, wie verzogene Gläser, die bei einem Temperaturwechsel unmittelbar zerspringen. Auf jede größere Gefühlsregung reagierten sie mit einem verstörten Augenverdrehen, über Unangenehmes ging man schnell hinweg, und brach einer von ihnen mit Nervenzusammenbruch heulend auf dem Küchenfußboden zusammen, wurde es beschämt weggelacht und anschließend wochenlang gelästert. Aber manchmal kam es mir so vor, als spielten sie alle ein inneres Skript nach, das den Titel »Erwachsensein« trug, spielten sich selbst vor, jemand geworden zu sein, den sie, hätten sie sich mit ihren eigenen Kinderaugen noch einmal sehen können, womöglich ziemlich *seltsam* gefunden hätten. Doch die Zweifellosigkeit, mit der sie das taten, ohne ein gelegentliches Nachjustieren ihrer Rollen, war auf einschüchternde Weise überzeugend. Das stabile Selbstverständnis, mit dem sie eine Ordnung vor sich hertrugen, der ich immer nur mit großem Staunen aus der Ferne zugesehen hatte, stand vor mir wie eine riesige dicke Wand, über die ich mir selbst zu blicken verbot. Diese Menschen hier, sagte ich mir, wissen genau, wie das gute Leben funktioniert und wo das Glück sitzt. Sie waren nicht »ein bisschen verrückt«, sie waren nicht *so*, und schon gar nicht *SO*, sie saßen mit ihren Bieren vor ihren Grillwürstchen in ihrem selbstverständlichen Sosein herum, und ich wollte mir dringend einen Platz in ihren vorderen Reihen sichern.

HEXENJAGD

Bobbi war ein dreizehn Jahre älterer Maler, der schon graue Haare hatte, in einer Laientheatergruppe spielte und nie malte. Er nannte mich »Süße«, wollte gern eine Sportskanone sein und hasste Gemütlichkeit. Seine Wohnung war eine depressive Künstler-Kalkhöhle, Frauen mochte er gern sehr sportlich und sehr muskulös, und wenn wir morgens aufstanden, bekam er einen Anfall, weil er weder Sport noch Kunst trieb, und fand, ich sei schuld daran. Versuchte ich, Lösungen herbeizuführen (»Nimm dir doch mit anderen zusammen ein Atelier«), blieb er stehen, warf sich die Hände vors Gesicht, legte sich rücklings auf die Straße und schrie: »Ahhhhh! Eine Zweiundzwanzigjährige will mir erklären, wie ich im Leben vorankommen kann! Ahhhhh!«

Ich hatte ihn bei einer WG-Party kennengelernt, er hatte mich auf dem Flur festgenagelt und nicht mehr aufgehört zu reden, hatte erzählt von seiner Heimat Kaltensundheim und wie er vor Jahren nach Berlin gezogen war, und obwohl er mir nicht sympathisch war, war ich stehen geblieben; man will ja nicht so sein. Zu dieser Zeit hatte ich eine kleine Eleven-Rolle am Deutschen Theater. Ich hatte mich ohne jegliche Ausbildung mal wieder an allen Theatern der Stadt beworben und nun endlich einen kleinen Erfolg erzielt. Ein einziges Mal hatte ich halbherzig an der Schauspielschule vorgesprochen, mit dem Ergebnis, dass ein Mann im Holzfällerhemd, Cowboyschuhen und schwarzer Hornbrille, der in der Auswahlkommission saß, sich mit verschränkten Armen zurücklehnte und mich zweifelnd ansah. »Man kann nicht sagen, dass Sie nicht auf eine Theaterbühne gehören«, sagte er. »Aber wollen Sie wirklich hierher? Auf unsere Schauspielschule? Es macht nicht den Eindruck, dass Ihnen die Sache wirklich ernst ist.« Überhaupt entstünde der Eindruck, ich könne »nichts, absolut gar nichts ernst nehmen«. »Überlegen Sie sich das bitte noch mal genau, ob Sie hierherkommen wollen«, sagte er, »und dann sind Sie herzlich eingeladen, im nächsten Jahr noch mal wiederzukommen.«

Ich kam nicht wieder. Man konnte nicht sagen, dass es mir »ernst« war. »Ernst« traf die Sache nun wirklich nicht. Mein Leben hing davon ab, so einfach war das. Würde ich nicht spielen können, hieße das, nicht leben zu können, und natürlich wollte ich nicht auf diese Schauspielschule, ich wollte direkt ans Staatstheater! Unter keinen Umständen wollte ich mit anderen zusammentreffen, die ähnliche Begabungen hatten wie ich, und mit ihnen als Frosch und Hase gemeinsam durch Gymnastikräume hopsen. Nur hier, auf der Bühne, meinte ich, würde ich endlich all das sein dürfen, was das Alltägliche mir abschnürte; zu spielen erst hieße, mit dem eigentlichen Leben zu beginnen, ich hatte so viel loszuwerden, dass ich mich durchgehend fühlte wie ein mit viel zu viel Luft vollgepumpter, zum Platzen überspannter Gymnastikball. Warum zur Hölle sollte ich etwas lernen, was ich doch eh längst konnte, dachte ich, um *dann* Theater zu spielen; nein, ich musste *jetzt sofort* ans Theater, nichts anderes war möglich, und ich war mir sicher: Käme nur einer, der des *Sehens* fähig wäre: Er würde an meinem Gesicht allein erkennen, wie viele Figuren ich in mir trug, gegen die ich Tag für Tag anwitzelte – allen voran natürlich: *Penthesilea.* Die Amazone, die gemeinsam mit ihren Hunden ihren Geliebten Achill zerreißt und verspeist und sich daraufhin allein kraft der Gefühle Schuld, Reue und Hoffnungslosigkeit selbst abmurkst. Eine Rolle, die von vielen Theatermachern als unspielbar bezeichnet wurde – ich war überzeugt, das locker aus der Hüfte spielen zu können. Und so probte ich Tag für Tag in meinem Kinderzimmer, in dem ich noch immer wohnte, Penthesileas Sterbemonolog:

und diesem Dolch jetzt reich ich meine Brust: So! So! So! So! Und wieder! Nun ist's gut.

Bumm. Umgefallen war ich. Im Schrank schepperten die alten Spielsachen, und Flipp, das Meerschweinchen, schaute angststarr aus seinem Häuschen. Solche Rollen wollte ich spielen, Abend für Abend, das würde das Einzige sein, das Sinn ergab: Sie zu ergründen, ihre Bewegungen, ihre Worte, ihre Innenleben, nichts erschien mir interessanter als diese Forschungsarbeit und der Versuch, immer weiter fremde Gestalten anzunehmen – und andersrum die fremden Gestalten, die mich bewohnten, auf diese Weise loswerden zu können. Der allabendliche, geführte Kontrollverlust, so stellte ich mir den Beruf vor, das war es, das musste es sein, und nun ging ich also jeden Morgen stolz mit dem alten Schulrucksack in *mein Theater*, und wenn die Hospitantin frischen Kaffee aufbrühte und die Scheinwerfer an der Decke über der Probebühne knisterten, war ich mir sicher, genau am richtigen Ort zu sein. Mit elf anderen »Damen«, wie man uns nannte, war ich eine von zwölf Hexen in Arthur Millers *Hexenjagd* und hörte voller Begeisterung den Ensemblespielern bei der Textbesprechung zu: Endlich normale Menschen, dachte ich, und sprudelte enthusiastisch in mich selbst hinein. Noch nie hatte ich Menschen dieser Art kennengelernt. Die führten richtige *Gespräche*. Und bis auf eine Frau, die immer mit sich selbst sprach, auch wenn sie andere adressierte, und einen Mann, der immer schon betrunken zur Probe kam und zu cholerischen Anfällen neigte, kamen die meisten mir auf eine ganz neue, mir noch nie zuvor erschienene Art *gesund* vor. Sie waren verspielt, neugierig, entdeckungsfreudig und alles an ihnen war ... ich suchte nach Worten und fand nichts Besseres als: *zusammenhängend*. Sie konnten sich gut bewegen, im Gegensatz zu fast allen Menschen, die ich aus meiner bisherigen Welt kannte, und wenn einer der Schauspieler den Arm hob, tat er dies, ohne dass irgendein anderer Muskel sich dabei verkrampfte. Die Hände dieser Menschen waren so entspannt, dass sie alle warm durchblutet sein mussten. Und ihre

Stimmen waren so direkt an ihre Empfindungen angebunden, und nicht nur das: Sie fanden *Worte* für Empfindungen! Worte, die ich noch niemals einen Menschen hatte laut aussprechen hören. Und waren diese Leute von etwas bewegt oder spielten es, konnten sie dies mit einer dazu passenden Geste äußern, die ohne jegliche Anstrengung daherkam und ohne dass es nach einer ausgedachten Bewegung aussah. Ich dachte daran, wie Marie immer Referate gehalten hatte, wie sie sich mit zusammengekrampften Fingern an ihrem DIN-A4-Blatt festgehalten und sich nicht getraut hatte, jemanden anzugucken. Die hier guckten sich alle *in die Augen*! Ihre Stimmen kamen von einem Ort, der mir vollkommen unbekannt war, und die Frauenstimmen klangen nicht so hoch gequetscht wie die, die ich kannte. Wenn sie auf der Bühne miteinander sprachen, geschah dies auf eine Weise, dass nicht nur die Worte das Gegenüber erreichten, sondern noch etwas anderes, das weit über Sprache hinausging, wurde von einem zum anderen durch die Luft getragen. Mit riesigem Abstand konnten diese Leute im Raum stehen und leise sprechen, und dennoch erreichten sie einander. Was waren denn das für Menschen! Alles hier war normal! Alles war Willkommen! Liebe, Hass, Wahnsinn, Lautstärke, Leidenschaften, Verzweiflung, Neid, Eifersucht – alles gehörte ganz selbstverständlich mit in diesen Raum. Einer von ihnen rülpste versehentlich. »Entschuldigt bitte«, sagte er. Ich war hin und weg. Theater war das Ding überhaupt, ich hatte mich nicht vertan; das war der einzig gesunde Ort auf der Welt, und ich wollte den Probenraum nie mehr verlassen. Warum war es nicht auf der ganzen Welt wie in diesem Raum, warum saßen nicht jeden Morgen Menschen um einen Tisch herum, um anhand eines Theaterstücks das Leben zu erforschen, neue Erkenntnisse zu gewinnen und dann auszuprobieren und zu *spielen*? Was sollte interessanter sein als das, was hilfreicher, was lebendiger? Würde ich jemals wagen, mit einem von diesen Leuten zu sprechen? Nein, unvorstellbar. Aber wenn ich mich schon nicht mit ihnen zu sprechen traute, dann musste ich zumindest sehr viel Zeit mit ihnen verbringen, um mich ihnen irgendwie anzugleichen, dachte ich.

Während »die Damen« nach und nach in den Raum zur Probe tröpfelten, einander noch gegenseitig die Reißverschlüsse der schweren, schwarzen Hexenkostüme zuzurrten, scharte der Regisseur sie alle um sich, und jede Einzelne hätte sich drei Zehen abgeschnitten, wenn sie dafür auch nur einen einzigen Satz auf der großen Bühne hätte sagen dürfen.
Doch zunächst machten wir Übungen. Wir sollten uns für eines entscheiden: Übelkeit, Schwindel oder das Nahen von Bewusstlosigkeit und uns in einen dieser Zustände hineinfühlen und: atmen. Und einige atmeten sich mit solchem Enthusiasmus in Übelkeit hinein, dass man meinen konnte, es gäbe nichts im Leben, wofür sie mehr brannten als für Übelkeit, sodass sich eine sogar nach einer halben Stunde auf den Bühnenboden erbrach. Ich hatte mir *Bewusstlosigkeit* ausgesucht und atmete, was das Zeug hielt, bis ich schließlich mit einem lauten Knall umfiel und zwei Rettungssanitäter mich auf den Regietisch zwischen Wasserflaschen, Kekspackungen, Bananen, Trauben und Äpfel legten, um mich ins Leben zurückzutätscheln. Dieser Zwischenzustand gefiel mir, so konnte man es aushalten. Wie alle auf einmal besorgt waren – was für ein Genuss.

Abends erzählte ich meinem Vater aufgeregt von den Proben und schwärmte von den Schauspielern und wie sie so ganz anders waren als alle anderen Menschen. Dass sie über so vieles redeten, worüber ich noch nie Leute hatte reden hören: über ihre Familien, ihre Stellung innerhalb der Familien, über ihre Ängste, über das Dritte Reich und was das mit den Menschen gemacht hatte, sie sprachen über Eltern und Großeltern, über Klassenunterschiede, über Ost und West, Stadt und Land, und sie wussten, wie man Dinge interessant erzählte. Mein Vater freute sich überschwänglich über meine Begeisterung, er freute sich sogar so sehr, dass er gleich vorschlug, das gesamte Ensemble des Deutschen Theaters zu uns in den Garten zum Grillen einzuladen. »Ich kauf zwei Kästen Bier!«, sagte er. Dass ich mit diesen Leuten gar nicht zu sprechen wagte, erzählte ich ihm nicht. Und auch nicht, dass ich mir sicher war, diese besonderen

Leute würden Leute wie uns verachten. Sie würden meinen Vater und mich viel zu einfach finden. Bei uns hingen keine Kunstwerke an den Wänden. Wir kannten uns nicht aus mit Theater, mit Musik, mit Architektur, Bühnenbau, Kostümbildnerei und all diesen Dingen, von denen dort andauernd die Rede war. Das waren Menschen, die sich jenseits all dessen aufhielten, was uns vertraut war.

An einem Nachmittag holte Bobbi mich von der Probe ab. Er wartete vor dem Theater, und ich kam aus der Kantine gesprungen. Er lehnte an einem Pfeiler, war wie immer gefasst und hatte die Augen misstrauisch zusammengekniffen. »Bloß weg hier«, sagte er übellaunig. »Wieso?«, fragte ich. »Zu viele Schauspieler. Schrecklich«, sagte er, und wir zogen los.

Diese Abneigung war mir neu. Schließlich war er selbst Laienschauspieler und sein bester Freund Harald spielte am Theater in Celle. Gerade wenige Wochen zuvor hatten wir eine Premiere von Harald besucht, und danach hatte Bobbi unbedingt noch mit den Schauspielern zusammensitzen wollen. Er hatte sich zu ihnen an den runden Tisch gesetzt, ein Bier nach dem nächsten bestellt und über den Beruf des Schauspielers doziert und am Ende war er der Einzige gewesen, der noch sprach, und ich hatte mich schrecklich geschämt, seine Freundin zu sein. Er erklärte ihnen ihre Rollen, erklärte ihnen das Stück und was sie am Stück leider nicht verstanden hätten: »Man kann das so nicht machen, wie ihr das gemacht habt«, erklärte er, »du zum Beispiel«, er zeigte auf eine anmutige, ältere Aristokratin mit weißen Haaren, »du hast die Spannung überhaupt nicht halten können, ja. Und deine Motivationen waren mir oft nicht klar. Du musst dich einfach fragen: Was genau ist der Vorgang? Ne. Was ist der Vorgang. Verstehst du, was ich meine.« Und auch seinem Freund Harald erklärte er, wie er, Bobbi, dessen Part gespielt hätte. »Ich hab' dir das leider nicht geglaubt, was du da gespielt hast, sorry!« Meine Muskulatur verzog sich in mehrere entgegengesetzte Richtungen und mein Kiefer verspannte sich so sehr, dass ich für einen Moment unter der Tischplatte abtauchte unter dem Vorwand, etwas aufzuheben, um dort in Wahrheit durch wilde Grimassen meine verhärteten Gesichtsmuskeln wieder auseinanderzuzerren.

Wir spazierten an der Spree entlang, die Sonne schien, ich band mir die Haare hoch und versuchte, ein Brötchen zu essen, aus dem die Remoulade auf den Boden tropfte, während Bobbi erzählte, was Schauspieler »in Wirklichkeit für Menschen« seien. »Grässlich«, sagte er und machte ein angewidertes Gesicht über jene, mit denen ich mich eben noch so wohlgefühlt hatte und deren Arbeit ich mir stundenlang ansehen konnte, ohne dass es mir langweilig wurde. »Strunzdumm« seien die meisten, »peinlich« und »selbstverliebte Nichtskönner«, die in ihren Paralleluniversen lebten.

Wir setzten uns ans Wasser. Vor uns in der Spree dümpelte ein riesiges eisernes Containerschiff, das hier angelegt hatte. Wir setzten uns auf den Asphaltboden vor dem Schiff, ich zog meine Schuhe aus und lehnte meine Fußsohlen an die Bordwand. Auf der anderen Seite des Flusses spazierte eine Familie; Vater, Mutter und ihr etwa fünfzehnjähriger Sohn. Der Vater lief etwas vorgebeugt ein Stück vor Mutter und Sohn und hatte die Hände hinter dem Rücken verschränkt. »Und?«, sagte Bobbi. »Was ist das Problem dieser Familie, was glaubst du?« Ich guckte vor mich und überlegte. »Das Problem? Ich sehe so auf den ersten Blick kein Problem.« »Klar. Sie reden nicht, und sie laufen nicht nebeneinander. Sie haben sich komplett nichts mehr zu sagen.« »Aha. Na, wenn du meinst.« »Ja, das meine ich. Aber wie hat das alles angefangen, das ist die Frage. Was ist das Hauptproblem dieser Familie, was glaubst du?« »Woher soll ich das wissen, ich kenn die doch gar nicht.« »Das Problem ist, dass die Frau fett geworden ist nach der Geburt. Weil sie schön faul zu Hause rumsaß und sich fett gefressen hat. Wenn wir mal Kinder haben, wirst du nicht zu Hause faul abhängen und dich fett fressen. Du wirst schön gleich wieder zu Arbeit gehen und vor allem: Sport machen.«

Ein Motorboot raste mit aufgerichtetem Bug an uns vorbei

und erzeugte einen starken Wellengang. Ein Mann mit Sonnenbrille und offenem weißem Hemd stand am Steuerrad. Laut und hallend fing das Containerschiff an zu knarren und zu quietschen; Schichten aus Eisen rieben aneinander und echoten im Innern des Schiffs wieder.

»Und wenn unsere Tochter mal groß ist, werden wir nicht so uncoole Eltern, die zu Hause rumhängen«, sagte er. »Wir gehen dann mit ihr in die Disco und sind auch Freunde von ihren Freunden.« »Na, da werden die sich aber bedanken«, sagte ich und löste damit eine Riesendiskussion aus, die noch drei Tage anhalten sollte.

Zur selben Zeit schrieb ich an einer Hausarbeit, ohne in der Uni eingeschrieben zu sein. Da ich wegen eines zu miesen Abiturs nicht reinkam in den Studiengang, versuchte ich einen Quereinstieg, was bedeutete, Seminare zu besuchen und Hausarbeiten zu schreiben, ohne Garantie auf eine Immatrikulation. Ich hatte ein Seminar in Anglistik zum Thema *Doppelgänger in der englischen Literatur* besucht und bekam die Note mitgeteilt. Aufgeregt rannte ich die Treppen rauf zu Bobbis Kalkhöhle. Es war später Nachmittag, er saß in der dunklen Küche am Holztisch, vor dem Fenster schien die Sonne noch voll und saftig gegen die Fassaden der Altbauten. Wie immer war es eiskalt in der Wohnung. Es saß, in eine graue Bundeswehrdecke gewickelt, am Tisch, trank grünen Tee, fingerte an einer Gemüsebulette herum und hörte sich mit zusammengekniffenen Augen meine Freude an. Um seine Augen zogen sich leichte Falten, seine Haut war fahl und wirkte ausgetrocknet, seine Wangen waren eingefallen, das Kinn spitz wie seine Finger, die nervös über den Tisch strampelten wie Spinnenbeine. Er kratzte mit einem Fingernagel etwas Klebriges von der Tischplatte, und eine graue Strähne fiel ihm in die Stirn. An der Wand über dem Herd, an dem Essensreste festgetrocknet waren, hing ein alter Spiegel, der schwarz angelaufen war. Ich sah uns beide darin. Wie wir hier saßen, in dieser schrecklichen Wohnung. An diesem alten, dunklen Tisch in der tristen Küche. Ich, die mit zweiundzwanzig aussah wie eine Zwölfjährige, und Bobbi, der mit achtunddreißig aussah wie achtundfünfzig.

»Alice. Süße.« Sagte er und faltete seine Spinnenbeine zwischen meine jungen Finger. »Denkst du wirklich, dass du die Eins für deine Leistungen bekommen hast?« Ich sah ihn an und verstand nicht. »Meine Güte, wie naiv bist du denn. Hm? Süße? Der Typ will dich ficken, das ist alles. Und wen man ficken will, dem gibt man schon auch mal 'ne Eins.«

Ein riesiges Schloss, das sich in den letzten Stunden in mir aufgebaut hatte, fiel innerhalb von Sekunden durch diesen kleinen Anstoß zusammen. Selbst den Boden hob es aus, und übrig blieb ein Schacht, so tief, wie das Schloss hoch gewesen war, kalt und dunkel, und ich fiel kopfüber hinein. Ich blinzelte beschämt. Ja klar. Sicher. Wie hatte ich schon wieder so dumm sein und glauben können, ich hätte wirklich, wahrhaftig, eine Eins geschrieben. Ich. Was für ein Schwachsinn. »Ach, Schnaffchen«, sagte er, strich mir sanft mit der Hand übers Gesicht und wechselte das Thema. »Betti hat ja gern Sportunterwäsche getragen«, sagte Bobbi, kam mit seinem Gesicht nah an meines und schnaufte mir seinen bitteren, rote Linsen-Wurzelgemüse-Atem in die Nase. Fast täglich erzählte mir Bobbi von seiner Kollegin Betti, mit der er vor Monaten eine Affäre gehabt hatte, und was Betti im Bett gern gemocht hatte, welche Finger er bei Betti für welche Prozedur verwendet hatte, an welchen Orten Betti es am liebsten getan hatte (Park und Badewanne), wie Betti am besten gekommen war und was Betti dabei für Geräusche von sich gegeben hatte. Eine graue Strähne klebte an seiner verhärmten Stirn fest, und nun machte er auch Bettis Bewegungen vor, schlug seine Arme hoch in die Luft, schleuderte sein Gesicht immer wieder von rechts nach links und kreischte, wie Betti immer gekreischt hatte, und erklärte mir, was ihm an Betti so gefallen hatte war, dass Betti im Bett zu absolut allem bereit gewesen sei, »und damit meine ich wirklich Alles, Alice. Eine wirklich gute Frau«, sagte er, sei eben eine, die »zu wirklich allem bereit« sei. Und während sich Bobbi mit einem Krümel Gemüsebulette zwischen Daumen und Zeigefinger ganz den Erinnerungen an Betti hingab, verzerrte sich vor Begehren sein Mund, was ihn derartig leidend und entstellt aussehen ließ, als begatte ihn jemand rektal mit einer riesigen Ananas. Er zog seinen ausgeblichenen, verwollmausten Strickpullover hoch, richtete sich auf und spannte die Bauchmuskeln an. »So in etwa waren Bettis Bauchmuskeln«, sagte er und guckte an sich runter. Bettis Hinterteil habe laut Bobbis Erzählungen eher dem eines Mannes geglichen, Brüste hätte Betti fast keine gehabt, was er »ganz geil« gefunden habe, und das Gesicht von Betti sei viel erwachsener gewesen als meines, welches ihm auf eine Weise doch noch ein wenig zu mädchenhaft aussähe, sagte er und seufzte enttäuscht. Erneut strich er mir wie einem Pferd von der Stirn über die Nase über den Mund.

Für einen Film wurden rothaarige, junge Frauen gesucht, die erschossene Prostituierte spielen sollten. Ich bekam die Mail, sagte sofort zu und strengte mich beim Casting sehr an, tote Frau zu spielen. Da kam der Entscheider zu mir und stellte sich nah vor mich hin. Er schnippte seine glühende Kippe auf den sauberen Boden und kam mit seinem Gesicht ganz nah an meines. Es war stoppelig und stank nach saurem Alkoholatem und abgestandenem Rauch.

»Wo bist du. Hä?« Ich sah ihn an.

»Wie heißt du nomma?«

»Alice.«

»Wo bist du, hä.« Ich machte große Augen, überlegte kurz und sah mich im Raum um.

»Hä? Äh, hier«, sagte ich, versuchte, mich seiner Sprache anzugleichen, und schlug mit beiden Händen viel zu doll gegen meinen Bauch. Er schubste mich. »Wo bist du. Hä?« Seine Augen waren glasig über der großporigen Quellnase. Er schubste mich wieder. »Wo ist dein Körper. Hä. Astrid.« Ich sah an mir runter und suchte. Er schubste noch mal. »Du hast keinen Körper, Mann! Du hast kein Garnichts! Du bist überhaupt nicht da, Mann!« Immer wieder sagte er das und schubste mich weiter durch den Raum. »Du, du, du, hä? Hä? Hä?«

Ich fiel zu Boden, krauchte rückwärts und nickte verständnisvoll. »O. k., o. k., tut mir leid. Dann rufen Sie doch einfach die Nächste rein.«

*

Hatte ich meinen Körper vor der Tür gelassen, frage ich mich jetzt im Warteraum mit dem hirnrissigen Zitat vor den Augen, weil ich in seiner Gegenwart lieber ohne Körper hatte erscheinen wollen? Ob es da einen Zusammenhang gab oder nicht, keiner weiß es. Aber auch er hatte etwas benannt, das mir sofort einleuchtete und dem ich ohne jede Überlegung zustimmen konnte: Ich bestand aus Augen und Kopf allein, mit einem daran hängenden Tentakel, den ich kraft meines Kopfes durch Orte und Straßen zerrte. Das Herz schlug im Kopf und versorgte von dort aus den Rest, nur unterhalb des Kopfes schien kaum Durchblutung stattzufinden. Alles war taub. Als hätte jemand Schwellen in ein Flussbett gebaut, um den Strom abwärts zu bremsen, damit es in den Überrest namens Körper nur noch leise hineintröpfelt. Von den Gliedmaßen ganz zu schweigen. Die Arme gefühllos, Hände und Füße, als wären es nicht die eigenen, und Finger und Zehen komplett offline. Mir war, als verhinderten meine dauergespannten Muskeln den Blutfluss, als machten sie sich so breit in mir, dass für nichts anderes mehr Platz blieb. Weshalb ich oft mein letztes Geld ausgab, um mich von Rita massieren zu lassen, und auch Rita war jedes Mal von Neuem erstaunt darüber, dass »eine junge Frau, die keiner körperlich harten Arbeit nachgeht« und sich auch regelmäßig bewegt, »dermaßen verspannt und gleichzeitig überbeweglich« sein kann. »Das gibt's doch gar nicht«, sagte sie, »was machst du denn nur?« Auf Anraten von Rita hatte ich mir ein Gesundheitskopfkissen vom *Sanitätshaus Dornieden* gekauft, was aber auch nichts an der Taubheit änderte und zudem beeindruckend unbequem war. Morgens knetete und klopfte ich meine Arme und Beine, um sie aufzuwecken, aber sie wurden nicht wach. Dann duschte ich viel zu heiß, aber auch das half nichts. Ich fuhr Fahrrad, schnell, immer schneller und trieb den eigenen Herzschlag so lange hoch, bis ich mit Kreislaufkollaps vom Fahrrad fiel – die Taubheit blieb.

ZUR HILFE, ABIGAIL!

Bobbi und ich stritten nur noch. Schrie ich ihn an, sagte er sanft: »Süße. Beruhig dich. Du meinst nicht mich, es ist deine Mutter, die du anschreien willst.« »Du begreifst wirklich eine Menge«, sagte ich. Auf fast kunstvolle Weise konnte ich zusehen dabei, wie hier etwas genau der Form entsprach, deren Abdruck vor langer Zeit als Negativ in mir hinterlassen worden war. Aber ich war gefangen in der Endlosschleife, mich immer wieder erklären und ins Recht zurücksetzen zu wollen, und verfehlte dennoch immer das Ziel. Und als mein Vater mich das nächste Mal fragte, warum ich gar nichts mehr vom Theater erzählte, sagte ich: »Ach. Das sind alles Arschlöcher«, und warf meine Zimmertür zu.

Im Theater stieg die Spannung derweil immer weiter an. Denn alle zwölf Eleven warteten nur auf eines: die frohe Botschaft verkündet zu bekommen, *die eine* zu sein; *djejenige*, der eine besondere Begabung attestiert und der die Ehre zuteilwürde, einen echten Satz auf der Bühne zu sagen, welcher vom Regisseur ins Stück hineingeschrieben worden war, und der da lautete: »Zur Hilfe, Abigail! Was bedeutet eine Nadel?« Wir hatten es alle tagelang geübt, waren, jede für sich, durch die Flure des Theaters gelaufen, hoch konzentriert, und hatten, immer auf verschiedenste Weise, »Zur Hilfe, Abigail! Was bedeutet eine Nadel?« gesagt. Wir hatten es geschrien, es als Frage, als Vorwurf, als panischen Notruf gewimmert, gerufen oder aus uns herausfallen lassen, hatten es zitternd und in tiefster Verzweiflung um die Ecken gebrüllt, waren weinend auf dem Boden zusammengebrochen, hatten es einander in unseren Garderoben vorgespielt und zusammengehalten, obwohl man uns gegeneinander ausspielte, und jede von uns fühlte »Zur Hilfe, Abigail! Was bedeutet eine Nadel?« so deep, wie sie vielleicht noch nie zuvor einen Satz gefühlt hatte.

An einem Morgen, sechs Tage vor der Premiere, ließ der Regisseur uns alle am Rand der Bühne antreten wie Soldatinnen und ging eine nach der anderen ab wie ein Generalinspekteur, fuhr sich mit dem Zeigefinger durch die Stoppeln seines grauen Barts, dass man es leise kratzen hörte, und fokussierte jede einzelne der Hexen, die da in schwarzen Gewändern und mit zerzausten Hexenhaaren standen. Er fuhr mit seinem Blick an unseren Körpern hoch und runter und zeigte dabei eine so nervenzerreißende Entscheider-Attitüde, dass die Scheinwerfer zerspringen wollten. Er erzeugte diese Spannung durch jene allergenauste Inspektion jeder Einzelnen, vor allem aber durch die extreme Verlangsamung seines Gangs; ein Gang, der nicht einfach ein Gang war, sondern ein Abschreiten der zahlreichen Möglichkeiten, die sich ihm da boten, und man fragte sich, nach welchen genialen künstlerischen Kriterien er wohl sein Urteil fällen würde und keine wagte auch nur, einen Laut von sich zu geben. Bei mir blieb er stehen.

»Du«, sagte er. Ich wankte, schweißnass, mit hämmerndem Herzen. Das war der Moment, jetzt endlich würde ich entdeckt werden!

»Du.« Er kam mir noch ein Stück näher.

»Hm?«

»Irgendwas ist komisch mit dir«, sagte er und schoss Blickpfeile durch seine eng gezogenen Augenschlitze.

»Was ist mit dir?«

Ich blinzelte ein paarmal und zuckte vorsichtig mit den Schultern.

»Bist du hier?«, fragte er.

»Was?«

»Ob du hier bist? Bei uns. Guck. Obwohl du zwischen allen anderen stehst, tust du es nicht. Du bist – irgendwie abgetrennt.«

Ich sah mich um, sah die anderen an, verstand es nicht und vergaß seine Worte gleich wieder, weil ich nichts mit ihnen anzufangen wusste. Er stand noch eine Weile und sah mich rätselnd an. Dann ging er weiter zur Nächsten, und am Ende der Reihe sagte er schließlich, er habe sich gerade überlegt, die Entscheidung doch erst am Abend der Premiere zu fällen. Alle sollten perfekt vorbereitet sein und den Satz wirklich gut gelernt haben. Da hatte Nemesis aber ordentlich zugeschlagen, die Rachegöttin der Selbstüberschätzung mich einmal kopfüber ins Klo gestukt.

Mit Bobbi wurde weiter gezankt. Ich ging, ich kam, ich schlug Türen zu und riss sie wieder auf. Er tat mir leid. Dann hasste ich ihn. Dann verließ ich ihn. Dann kam ich wieder zurück. Und eines Nachts auf der Straße, als wir von einer Party kamen und er, beleidigt von sich selbst und seiner Unfähigkeit, irgendetwas im Leben zustande zu bringen, zwanzig Meter vor mir lief, zog ich meine Absatzschuhe aus und warf sie durch die Luft an seinen Kopf. Die Kopfschmerzen bekam allerdings nicht er. Was sind das für Höllenschmerzen, fragte ich mich. Kein Medikament, kein Wasser, keine Daumenwurzelmassage und kein Schlaf half. Und bis zum Morgen hing ich über dem Klo und kotzte mir die Seele aus dem Leib.

Im Freundeskreis fing ich an, willkürlich Pfeile abzuschießen. Vielleicht um zu sehen, welcher trifft, vielleicht um an etwas zu rühren, was unanrührbar schien, und es machte mir immer mehr Spaß, gehässig zu sein.

»Ich mache mir zur Zeit ernsthaft Sorgen um dich«, sagte mein Vater. Wir saßen beim Kroaten an einem Fenster mit Blick auf das frisch abgeerntete Rapsfeld, das von der Abendsonne beschienen wurde. Ein dünner Nebelstreifen lag über der Erde.

»Dieser Typ, mit dem du da zusammen bist, der erinnert mich an eine Person, die wir beide zu gut kennen. Und dass du am Telefon mit diesem Typen ständig so durchdrehst, erinnert mich an sehr schlimme Zeiten. Mit dem stimmt ganz gewaltig was nicht, Alice. Und ich glaube, bei dem ist es sogar noch schlimmer ausgeprägt als bei deiner Mutter.«

Ich nickte zustimmend und wandte mein Gesicht zum Fenster. Auf der anderen Seite des Feldes stand, aufgetaucht wie aus dem Nichts, ein Reh und sah in meine Richtung.

»Ja«, sagte ich nach einer Weile. »Ich habe mir letzte Woche eine Therapeutin gesucht.«

Mein Vater sah von seinem Essen hoch, und ich erschrak. Seine Gesichtszüge waren entgleist. Er legte sein Besteck am Rand des Tellers ab. Ich hörte auf zu kauen. Er stützte die Ellenbogen neben dem Teller auf, faltete die Hände und sah aus dem Fenster. Er zog die Augen eng zusammen, als beobachte er etwas in der Ferne.

Wann geht es bei mir los? Wann wird mein Leben dieselbe Richtung einnehmen? Darüber redete ich Stunden um Stunden, befragte Ärzte, Therapeutinnen, Hypnotiseure, und all die Leute, bei denen ich mich versichern wollte, verstanden nicht. Sie saßen da mit ihren Taschentuchpackungen, hatten ihre sauber zusammengerollten Gästehandtücher im Bad, sie hatten es mit Depressionen zu tun, mit Angstzuständen, aber all das war Lichtjahre entfernt von dem, womit wir es zu tun hatten, und ich war mir sicher: Sie kannten den *Wahn-Sinn* nicht. Versicherten Sie mir, dass ich definitiv *nicht so sei* wie du, glaubte ich ihnen kein Wort. Auch dir würde niemand, vor dem du in einer gemütlichen Praxis sitzt, je den Wahnsinn attestieren. Auch du kannst so übermäßig sympathisch und glaubwürdig daherkommen – wie konnten sich diese Leute also sicher sein, dass ich ihnen nichts vorspielte? Selbst langjährige Psychiater diagnostizierten bei dir eine »reaktive Depression« oder eine »Anpassungsstörung«; sie kannten nur deine Perspektive.

Mein Vater drehte das Gesicht wieder zurück zum Teller, nahm Gabel und Messer, hielt einen Moment inne, schüttelte den Kopf und sagte: »Ich kann dir nicht sagen, wie enttäuscht ich von dir bin. Eine Therapeutin! So was hat wirklich noch keiner aus unserer Familie jemals nötig gehabt. Und unsere Familie hat ganze Kriege überlebt.«

Das Reh war nicht mehr da. Nur von dem Platz, an dem es eben noch gestanden hatte, ging ein Sog aus. Ich wollte gern dorthin und diesen Platz einnehmen, an dem das Reh gerade noch gestanden hatte und jetzt verschwunden war.

Die Generalprobe fiel auf Bobbis Geburtstag, und ich kam erst kurz vor Mitternacht bei seiner Feier an. Er saß im Park vor einem kleinen Feuer mit Getränken auf Decken, die schon klamm geworden waren, und es war zehn vor zwölf, als ich angerannt kam. Ich hatte in der Mittagspause ein Geschenk kaufen wollen, doch diese war ausgefallen, also hatte ich schnell einem Restaurant, an dem wir vorbeikamen, eine Flasche Wein abgekauft. Außer Atem kam ich an, und er saß dort mit drei Freunden um die kleine Feuerstelle, einem Engländer und zwei Spaniern. Ich wollte ihn umarmen zur Gratulation, doch er war gereizt und wich mir aus. »Es ist noch vor zwölf«, sagte ich zu meiner Verteidigung. »Ich habe wirklich alles getan, um noch pünktlich zu sein! Es tut mir leid!« »Nein, Alice, nein. Fang jetzt nicht so an«, sagte er kalt und knapp. »Sag nicht, du hättest ALLES getan.« »Aber heute war die Generalprobe! Du weißt genau, dass ich da nicht einfach wegkann!« »Dann sag eben nicht, du hättest ALLES getan. Was du getan hast, ist nicht ALLES, Alice!«

BRACE BRACE

Weiterhin bewarb ich mich an allen Theatern der Stadt, alle paar Monate wieder, sah mir öffentliche Proben an, machte Hospitanzen, kochte Kaffee, assistierte, notierte, kopierte, schrieb Textfassungen um, stand als Lichtdouble zur Verfügung, vertrat ausgefallene Kolleginnen in den Proben, trat als Komparsin und in Sprechchören auf und sah, wann immer möglich, den Schauspielern bei der Arbeit zu. Bis weit nach Mitternacht saß ich zwischen einzelnen Figuren in einem dunklen Zuschauerraum und beobachtete, wie sie arbeiteten, sprach die Texte der Rollen leise mit, hörte mir die Kritik nach Probenende an und traute mich nun sogar, einen Schauspieler zu fragen, ob er mich unterrichten würde. Erstaunlicherweise stimmte er sofort zu. Was er dafür haben wolle, fragte ich. Nichts, sagte er, das sei schon o.k., er helfe gern mal jungen Kollegen. Ich spielte ihm die *Penthesilea* vor, stand in einem langen Wallegewand auf der Bühne und leierte leidend meinen Sterbemonolog runter, kollabierte auf dem Bühnenboden und ließ meinen ganzen Körper gestorben erschlaffen.

»Heieiei«, sagte er. »Da, äh … ist noch eine Menge zu tun. Eine ganze Menge. Das geht … nein, das geht so wirklich überhaupt gar nicht. Das ist auch eine wirklich schwierige Rolle, die du dir da ausgesucht hast. Hast du nicht irgendwas Leichteres?« Ich schüttelte den Kopf.

Ich hospitierte bei den Proben zu Heiner Müllers *Germania. Tod in Berlin.* »Das da ist der Regisseur«, sagte die Regieassistentin und zeigte auf eine ranzige Oma mit langen grauen Haaren, die ganz hinten in einem der Sitze hing und vor einem Glas Whiskey mit Eiswürfeln schlief. Ich war beeindruckt. Bei der Textbesprechung am nächsten Morgen erzählte der Regisseur, den alle anhimmelten wie einen Guru, weshalb ich ihn natürlich auch auf diese Weise anhimmelte, das Ziel sei es, hier in diesen Proben einen *Vertrauensraum* zu schaffen, in dem alle sich sicher fühlten. Jetzt war es noch mehr um mich geschehen: *Vertrauensraum.* Ich fall um, dachte ich; das ist genau mein Ding, da will ich rein.

An einem Abend mit Freunden in einem Klub lernte ich Hinnerk kennen. Sein Charisma pendelte zwischen sympathisch und furchterregend. Dieser Mann mit dem symmetrischen Gesicht und dem schwarzen, sauber gekämmten Seitenscheitel, den ich, weil er zu intelligent für diese Frisur wirkte, als Ironie interpretierte, lief mir an diesem Abend hinterher, wohin ich auch ging. Zur Bar, auf die Tanzfläche, nach draußen vor die Tür, und selbst vor den Toiletten fing er mich ab. Aufgrund der übermäßig lauten Musik machte er gestische Witze: Schwenkte eine Bierflasche in seinen Armen wie ein Baby, tat, als spucke er in die Hände und zöge seinen Seitenscheitel nach. Mit Kronkorken bewarf er heimlich Leute, die sich umdrehten, aber niemanden entdeckten. Hinnerk erschien mir wie das Gegengesicht zu Bobbis neidzerfressener Freudlosigkeit und war immer darauf bedacht, gute Laune zu verbreiten. Hinnerk zog mich in den einen Raum, dann wieder in einen anderen, die Treppen hoch zur anderen Tanzfläche, er zeigte mir Leute, die er witzig fand, und äffte sie nach, und dann äfften wir gemeinsam Leute nach, lasen uns das Gekritzel an den Wänden laut vor, kletterten heimlich auf die Dachterrasse, um über die Stadt zu gucken; in einem Zwischengeschoss fand er einen alten Drucker und schleppte ihn mit aufs Dach, um ihn runterzuwerfen, und erschlug beinahe einen Passanten. Ich lachte vor Schreck. Nur seine Art, von sich selbst in der dritten Person zu reden, irritierte mich. »Der Hinnerk holt noch mal zwei Bier.« »Der Hinnerk findet, er hat da gerade eine scharfe Maus kennengelernt.« Wir gingen zurück, um die anderen wieder zu suchen, fanden sie, tanzten und tranken weiter, und als es schon fast Morgen war, brüllte er inmitten der vielen Tanzenden: »GEEEEHN?« »WAAAAAS?«, brüllte ich zurück. »OB DU MIT MIR GEH-EN WILLST!« »ACHSO-HO! JA GUHUT!«, brüllte ich zurück – und wir lösten den Witz drei Jahre lang nicht auf.

Hinnerk arbeitete als Business Analyst für einen großen Finanzdienstleister, sein Schwerpunkt war Mitarbeiter-Controlling. Die Räume seiner Wohnung waren hell und versnobt, aber wohnlich. Er hörte gute Musik, mochte Fernsehabende mit Decken und einem Tablett voll Essen dazu. Er war kein Sportfanatiker wie Bobbi, er war in meinem Alter, dazu gesellig und einfallsreich, und er lud mich gleich ein, am nächsten Abend mitzukommen zu einem Spieleabend bei seinen Freunden. Größer hätte der Kontrast nicht sein können, und was war ich froh, mir keine verspannten parteipolitischen Witze mehr anhören oder Kulturgespräche führen zu müssen mit diesem vergrämten Typen, der immer mit übergeschlagenen Beinen dasaß und in der *taz* blätterte, nur um danach vor anderen mit seinem neu ergatterten Wissen herumzugockeln. Hinnerks Freunde waren alle noch vom Evangelischen Gymnasium, auf das er gegangen war, und wirkten lebensfroh und zugewandt. Und auch meine Freunde mochten Hinnerk, misstrauten ihm aber momentweise.

Denn Hinnerk war ununterbrochen damit beschäftigt, eine Show abzuziehen, was nicht weiter schlimm gewesen wäre, hätte sich der Vorhang zu irgendeiner Zeit mal geschlossen und jemand Echtes wäre sichtbar geworden. Doch dem war nicht so: Alles war auf Spaß ausgerichtet, auf Party und gute Stimmung, aber es gab dazu scheinbar keine Rückseite. Und versuchte ich, einmal ernsthafter mit ihm zu sprechen, war es nur, als wechsle er das Rollenfach und schlüpfe in die Figur *Nachdenklicher Mann*; so als setzte er abwechselnd verschiedene Gesichter auf, um Menschen-Klischees nachzuspielen, die er im Vorabendprogramm gesehen hatte. Da gab es den *getriebenen Geschäftsmann*, den *lässigen Freizeittypen* im rosa Polohemd, den *ruhigen und besonnenen Chef, der auch mal streng werden kann, wenn's drauf ankommt*, den *lustigen Kumpel*, den *geduldigen Daddy*.

Doch manchmal hatte er versehentliche Aussetzer. In einer Bar, wir saßen in großer Runde an einem langen Tisch dicht neben dem Tresen, kippte ein alter Mann, der am Tresen auf einem Hocker saß, plötzlich zur Seite weg, als verliere er das Bewusstsein. Wir sprangen auf und eilten zu ihm. Nur Hinnerk zischte ihn voller Verachtung an: »Ey, pass auf, Mann!«, und riss seinen Mantel von dem Hocker, in dessen Richtung der Mann kippte. Für einige Sekunden verlor Hinnerks Gesicht alle Grimassen, und sichtbar wurden kalter Zorn und Überheblichkeit. »Sag mal, spinnst du, Alter?«, flüsterte Quetschgesicht und stellte sich vor Hinnerk. »Wir dachten gerade alle, der Typ stirbt hier, und du heulst rum wegen deinem Scheißmantel?« »Komm«, sagte Hinnerk und wedelte mit der Hand, um ihn zu verscheuchen. »Weg sein und nicht rumnerven.« Er nahm seinen Mantel, hängte ihn an einen Garderobenhaken am Eingang, und als er wieder zurückkam, rubbelte er sich die Hände, setzte ein Lächeln auf, nahm Platz an meiner Seite und beugte sich fröhlich zu mir rüber. »Na, meine kleine Maus!«, sagte er. »Geht's dir gut?«

Nach unserer ersten gemeinsamen Nacht, in der wir über einer Pinguin-Doku eingeschlafen waren, wurde ich morgens durch einen Schuss geweckt. Ich schreckte auf, sprang aus dem Bett, rannte in die Küche und sah ihn dort stehen. Mit einem Lärmschutz auf den Ohren und einer Waffe in der Hand stand er in Boxershorts in der Küche und schoss aus dem offenen Fenster auf die gegenüberliegende Hauswand. Er tat, als bemerke er mich nicht, visierte mit einem zugekniffenen Auge einen Punkt draußen und schoss erneut, sodass ich zusammenzuckte. Mit einem schlecht gespielten Doubletake tat er, als entdecke er mich ganz plötzlich zufällig.

»Oh, hallo, kleine Maus!«, sagte er und zog sich langsam und großmütig den Lärmschutz von den Ohren, wie ein liebevoller Vater, der gerade bei einer sehr wichtigen Arbeit unterbrochen wird, aber die Familie grundsätzlich an die erste Stelle setzt.

»Was machst du da?«, fragte ich.

»Nur ein Hobby«, erklärte er. »Völlig ungefährlich.«

Ich blieb.

Am zweiten gemeinsamen Morgen wachte ich in seiner leeren Wohnung auf. Er war schon zur Arbeit gegangen, und neben dem Bett stand eine Papiertüte, oben geschlossen durch ein zur Schleife gebundenes Seidenband. Sie sah hochwertig aus und war von dem luxuriösen Unterwäschegeschäft, an dem wir einige Tage zuvor entlanggeschlendert waren. Wir hatten in den Laden geguckt, das Schaufester war im Umbau und die Schaufensterpuppen von rot-weiß gestreiftem Baustellen-Tape umwickelt. Beim Anblick dieser Tüte wurde ich unsicher und traute mich nicht, hineinzusehen, ging erst mal duschen, zog mich an, föhnte mir die Haare, frühstückte ein paar Cornflakes, packte meine Tasche für den Tag und zog die Schuhe an. Vor der Wohnungstür blieb ich kurz stehen und ging zurück zu dieser Tüte. Und als ich sie nur einen Spalt öffnete, um vorsichtig hineinzuschmulen, entdeckte ich darin: eine Rolle rot-weißes Klebeband. Ich grinste und schrieb ihm eine Nachricht. Dann wurden wir ein Paar.

An den Wochenenden lief ich als Zeitungsverkäuferin durch Restaurants, um mir das Geld für privaten Schauspiel- und Gesangsunterricht zu verdienen, unter der Woche stand ich nach der Uni als Hostess an Eingangstüren herum und wies Leuten lächelnd den Weg, stand an Garderoben, an Akkreditierungsschaltern, oder bediente talentlos in verrauchten Kneipen. Derweil war die Begeisterung für das Theater immer weiter angewachsen und führte dazu, dass ich immer eingeschüchterter wurde. Mein Wunsch, zu dieser Welt dazuzugehören, wurde so unermesslich, dass ich anfing, mich davon gedemütigt zu fühlen. Das Gefühl, der Größe des eigenen Wunsches nicht beikommen zu können, dieser Kraft, die da in mir brodelte, selbst nicht gewachsen zu sein, machte etwas Eigenartiges: Es wendete sich gegen das von mir Verehrte und verschloss mir nur noch weiter den Mund. Nichts von dem, was ich wollte, konnte ich auf irgendeine Weise mitteilen; mein inneres Erleben und das, was ich nach außen brachte, hätten nicht weiter auseinanderklaffen können. Und je brennender mein Wunsch wurde, umso kühler wurde ich im Äußeren. Die nun Abneigung gewordene Liebe zum Theater fand ihren Höhepunkt in einem Theaterbesuch meines Vaters, für den er extra zum Friseur gegangen war und sich zurechtgemacht hatte. Es waren einige, wenige Sätze, die ich auf der Bühne sagen durfte, und nach Stückende rannte ich freudig aus der Garderobe runter, um ihn dort anzutreffen, doch er war schon nach Hause gegangen. Auf meine Nachfrage am Telefon gestand er, sich im Zuschauersaal »so dumm gefühlt« zu haben, dass er einfach nur fortgewollt habe. Nichts habe er verstanden von dem, was auf der Bühne verhandelt wurde, und ab diesem Moment verachtete ein Teil von mir diese Art von Theater, die ich eigentlich so mochte. Es demütigte den, den ich um alles in der Welt glücklich, stolz und wertgeschätzt sehen wollte. Dieses Theater reichte nur seinesgleichen die Hand, bezog sich nur auf sich selbst, es führte nicht ein, es hieß niemanden willkommen, der aus einer anderen Welt kam, und mit einem Mal ging mir alles daran auf die Nerven: Die Schauspielerinnen, die sich, lasziv rauchend, im Spiegel begafften und so verdummt sich selbst gefielen, diese Schauspieler, die ihre Launen und Befindlichkeiten für das Maß aller Dinge hielten, die laut singend durch die Gänge schlitterten und ihr Haar nach hinten warfen – was war das doch für ein Affenhaufen.

»Und, erzähl mal, was machst du da am Theater?«, fragtest *du*, als ich dich besuchte und wir zusammen bei dir auf dem Sofa saßen. Du hattest Salat gemacht und frisches Brot gekauft, mir mehrere, liebevoll verpackte Geschenke auf den Tisch zwischen brennende Kerzen gelegt, es war warm und wohnlich, Pflanzen gediehen in deiner Pflege, schöne Dinge hatten gute Plätze gefunden; dein Zuhause war ein beseelter Ort geworden. »Im Moment bin ich in einem Sprechchor«, sagte ich. »Und neulich hat der Regisseur – er ist ein sehr berühmter Theatermacher aus Frankreich – die Probe unterbrochen, meinetwegen! Er hat mich zu sich runtergerufen und gesagt ›Komm, wir laufen ein bisschen herum.‹ Wir sind durchs Theater gelaufen und er hat mich gefragt, was meine Pläne sind. Und ich habe ihm gesagt, dass ich Schauspielerin werden will, werden muss! Wie alt ich denn bin, hat er gefragt, dreiundzwanzig, habe ich gesagt. Und dann hat er vorgeschlagen, dass ich ja später mit ihm und dem Ensemble Essen gehen kann. Er hat sich auf ein rotes Samtsofa in einer Ecke des Theaterfoyers gesetzt und mit der Hand auf das Polster neben sich geklopft. Das Haus war leer, niemand sonst war da, und ich sollte mich neben ihn setzen. Und dann, ich weiß gar nicht, wie das plötzlich gekommen ist, lag er auf einmal auf mir drauf und hat versucht, mir die Zunge in den Mund zu schieben.«

Du lachtest beherzt. »Und?«, fragtest du geheimnisvoll.

»Was und?«

»Na! Was und!«

Du strecktest die Arme in die Luft, rolltest die Augen und schütteltest dein silberblaues Haar. Und als würdest du mit offenen Armen in Richtung Himmel beten, sagtest du:

»Bist! Du! Mit! Ihm! Ins Bett gegangen!?«

Ich sah dich verdattert an. »Was? – Nein!«

Enttäuscht ließest du die Hände auf deinen Schoß fallen und gucktest mich an. »Warum das denn nicht? Dann hättest du jetzt vielleicht einen bessern Job!« Du zucktest mit den Schultern, und beratend, von Frau zu Frau, sagtest du, mir das Knie tätschelnd: »So was kann man ruhig mal machen. Ältere Männer sind meist sehr zärtlich!« Du standest auf, um in die Küche zu gehen. An der Tür bliebst du stehen, schütteltest den Kopf, lachtest schallend los, drehtest dich zu mir um, und mit grollender Verachtung sagtest du:

»Mein Gott, Alice! Du glaubst doch wohl nicht im Ernst,

dass aus dir noch mal eine *Schauspielerin* wird!« Dann liefst du, mich noch immer auslachend, in die Küche.

Hinnerk nannte sich mittlerweile selbst den »Mucki« (»Der Mucki ist wieder da!« »Der Mucki hat seine Maus lieb!« »Ist der Mucki der liebe Mucki von seiner kleinen Maus?« »Freut sich dem Mucki seine Maus, wenn der Mucki nach Hause kommt?« »Der Mucki hat was Leckeres mitgebracht!«) An seine verschiedenen Rollen hatte ich mich mit der Zeit gewöhnt und von der Möglichkeit echter Gespräche längst so weit Abstand genommen, dass ich selbst gar nicht mehr wusste, wie so was ging. Morgens spielte er den *väterlichen Geschäftsmann, der sich noch schnell zu seiner Frau ans Bett setzt, um ihr einen Kuss auf die Stirn zu geben und Bescheid zu sagen, wann der Mann am Abend nach Hause kommt.* Ich hörte das Rascheln seiner Ärmel beim Überziehen und wie er vor dem Spiegel seines begehbaren Kleiderschranks den Kragen richtete, und ich wusste, dass er sich für den ersten Auftritt des Tages bereit machte. Dann kam er, setzte sich ans Bett und beugte sich zu mir herunter, er roch frisch geduscht und nach teurem Parfum und sagte jovial und seriös: »Dein lieber Mucki geht jetzt zur Arbeit und wird heute erst spät wieder zurück sein, hm, meine Maus.«

Abends in der Kneipe beim Kicker spielte er wieder den *superlustigen Typen, der Stimmung macht,* und hatte, um stets herauszustechen und der allerallerlustigste Typ zu sein, Requisiten zum Entertainment dabei. So konnte er zu jeder Zeit etwas Neues aus dem Hut zaubern:

»War das gerade ein Karpfen in dem Video?« fragte Flo.

»Jepp«, sagte Hinnerk.

»Und was macht der da?«

»Na, was glaubst du denn.«

»Ieh! Iieh! Nee oder?«, rief Flo, »lässt der Typ sich von ’nem Karpfen einen blasen?«

»Jepp«, sagte Hinnerk stolz.

»Nee, ne. Hahaha, iieh, Alter, das ist ja so geil krank!«, rief Flo.

Gingen der Mucki und ich abends ins Kino, fuhren wir mit offenem Verdeck in seinem weißen Golf Cabrio durch die Stadt und hörten Musik. Wir fuhren am Ritz Carlton vor, er warf »dem Boy«, wie er ihn nannte, den Schlüssel zu und sagte: »Einmal Tiefgarage.« Ich wollte vergehen vor Scham und setzte mir schnell die Sonnenbrille auf. Wir stiegen aus, und der Mann, der Hinnerk scheinbar noch nie gesehen hatte, setzte sich in den Wagen und fuhr ihn tatsächlich in die Tiefgarage. Wir liefen durch die gläsernen Automatiktüren des Ritz Carlton, erst mal zu den Toiletten, weil der Mucki dort, wie immer, einen Stapel Einmalhandtücher klauen wollte (»die sind wirklich gut«), dann verschwand er kurz, kam wieder zurück und bedeutete mir mit einem kurzen Nicken zur Automatiktür, dass wir jetzt mal lieber schnell verschwinden sollten. Als wir aus dem Hotel raus waren, öffnete der Mucki seinen Mantel und holte eine etwa armlange, kopfbreite Porzellanvase hervor. »Für meine kleine Maus«, sagte er. »Hä?«, sagte ich. »Was soll ich mit der scheiß geklauten Vase?« Er sah mich einen Moment an, seine Pupillen huschten unruhig hin und her, dann senkte er den Blick, presste die Lippen zusammen und wurde sehr still. Wir kamen beim Multiplex-Kino an, doch Hinnerk hatte den Kopf gesenkt und sich innerlich ausgeklinkt. »Was ist?«, fragte ich nach einer Weile des strafenden Schweigens. Er verschränkte die Arme hinter sich wie ein Butler und stand mit gesenktem Kopf inmitten all der Leute, die zu den Kinos oder Kassen liefen. »Was ist los?«, fragte ich wieder. »Findet der Mucki gar nicht schön, dass seine Maus so böse redet«, sagte er. »Mann, Hinnerk«, sagte ich, »was soll ich mit der geklauten Vase. Ehrlich. Das ist ja vielleicht nett gemeint, aber ich raff's nicht.« Er nickte mit gesenkten Lidern und auf eine Weise, als trage er die Bürde des ihm angetanen Schmerzes zwar ungern, aber würdevoll. Mittlerweile hatten alle Filme begonnen, und wir zogen weiter und streunten ziellos durch die Gegend. Vor einem Schuhgeschäft blieb er stehen und nahm meine Hand. Seine Stimmung war schlagartig verändert, als wäre nie etwas gewesen. »Guck mal, der Mucki mag gerne die da aus Lack! Die in Rosa. Falls die

Maus ihrem Mucki mal eine kleine Freude machen will.« Er gab mir einen Kuss auf die Wange.

Hinnerk war der erste Freund, den ich dir offiziell vorstellte. *Diesmal* sollte es anders laufen als die Male davor, *diesmal* würde ich den Diskriminierungsvorwurf gar nicht erst aufkommen lassen und es von Anfang an richtig machen. Es war Winter und schon später Nachmittag, und wir trafen uns in einem Wiener Kaffeehaus in Berlin-Mitte und setzten uns an einen kleinen runden Marmortisch. Die Lichter waren gedämmt, über uns hingen Kronleuchter, goldene Rahmungen glänzten durch den Raum, und die Akustik war die einer Bahnhofshalle. Du hattest dich zurechtgemacht und parfümiert mit dem herben Herrenduft, den du so gern mochtest und der in mir immer dasselbe Gemisch aus Vertrautheit und Angst auslöste. Deine Lippen waren dunkelrot geschminkt, und auf einer Seite hattest du deine Haare mit einem Einsteckkamm nach hinten gesteckt. Du sahst elegant aus. Hinnerk, noch im Mantel, verbeugte sich zur Begrüßung vor dir, reichte dir die Hand und stellte sich vor. Wenn er eines draufhatte, dann war es Etikette. Er half dir aus dem dünnen Mantel, rückte den Stuhl ein Stück vom Tisch ab, dass du dich setzen konntest, und schob den Stuhl wieder ran zu dir. Du warst begeistert. »Oh! Danke!«, sagtest du und lächeltest geschmeichelt. Dann brachte Hinnerk alle Jacken und Mäntel zur Garderobe. So viel gutes Benehmen hatte ich bei noch niemandem kennengelernt, auf eine Weise imponierte es mir, und doch war alles von einer Anspannung begleitet und auf Performance ausgelegt. Er trat nun in seiner Rolle *perfekter Schwiegersohn* auf, aber immerhin: er schien es für mich zu tun. Hinnerk lenkte die Unterhaltung und tat es mit der Professionalität eines Moderators. Wann immer er eine Möglichkeit fand, schmeichelte er dir.

»SO viel sind Sie rumgekommen in der Welt, das ist ja wirklich außergewöhnlich! Da müssen Sie ja sehr viel über das Leben und andere Kulturen gelernt haben!« Du lachtest irgendwie stolz, irgendwie verschämt und nicktest fast tänzerisch, wandest dich auf dem Kaffeehausstuhl, schlugst deine Beine übereinander und fuhrst dir mit der Hand durch die Haare. Man merkte, dass die vielen Komplimente dich einschüchterten, so viel Interesse eines anderen warst du nicht gewohnt, und ich gönnte es dir. Bald schon hattest du dir das dritte Glas Rotwein bestellt, und deine Zunge wurde schwerer, dein Lachen schmutziger, deine Blicke verräterisch. Es lag so viel Verzweiflung in deinem Begehren, so viel Hunger nach Anerkennung; deine roten, abgetragenen Absatzschuhe, die einseitig runtergelaufen und zerkratzt waren und die du dir über deine mehrfach gebrochenen Füße gestülpt hattest, wollten von Hinnerks Händen langsam und behutsam abgezogen und zur Seite gestellt werden. »Entschuldigt mich bitte«, sagte Hinnerk und verschwand zu den Toiletten. Du gucktest mich von der Seite an.

»Nett«, sangst du so beeindruckt wie pikiert.

»Der hat ja ein paar scharfe Brusthaare!«, entfuhr es dir und ein entblößendes Gelächter machte sich frei. Ich sah dich ausdruckslos an.

»Willst du seine Nummer haben?«, fragte ich. Du schriest vor Lachen, dass der Kronleuchter klirrte.

Zu Fasching ging der Mucki als Hitler. Mit seinem angeklebten Hitlerbart, der perfekt zu seinem schwarzhaarigen Seitenscheitel passte, stellte er sich hinter mich und umfasste meinen Bauch. Vor uns tanzten Hexen, eine Frau mit Bauchtanzkostüm, ein Mann mit gegelten Haaren in einem schwarzen Frack, und einer trug ein Walfischkuscheltier auf dem Kopf (»Ey, Keule, du hast dich verirrt, die Wahlparty findet woanders statt!«). Der Mucki zog mich an sich, küsste mich auf den Hals mit seinem kratzenden Hitlerbart und flüsterte in Babysprache: »Machen der Mucki und seine kleine Maus bald eine kleine Mausefamilie?«

Ich wartete. Auf die Lösung. Auf das erleichterte Seufzen eines zum Himmel klatschenden ACH SO, den comic relief einer geistreichen Pointe, in der sich alles wieder zusammenfügen würde, was auseinandergefallen war, in der sich all die Anspannung endlich auflösen würde, die sich so lange in mir angestaut hatte. Doch es gab sie nicht. Und da meine Freunde Hinnerk immerhin lustig fanden und zwei Freundinnen sogar heimlich mit ihm flirteten und er auch mit ihnen, meinte ich: Sollte es hier ein Problem geben, dann muss ich es sein. Ich werde an mir arbeiten, um die Frau zu werden, die der Mucki haben will.

Nach Feierabend spielte der Mucki zum Ausgleich Ego-Shooter, wobei er in einem Tunnel verschwand und nicht mehr ansprechbar war. Ich saß derweil an seinem großen Glastisch mit den elfenbeinfarbenen Lederstühlen (»Nichts auf den Tisch stellen! Das ist GLAS!«) und wartete wieder. Denn der Mucki mochte es gar nicht, wenn ich anfing, mich selbst mit etwas zu beschäftigen. Wagte ich es, mich ans Klavier zu setzen oder Nachrichten an Freunde zu schreiben, merkte der Mucki das sofort, sprang auf, riss sich selbst an den Haaren, tigerte vor mir hin und her und schrie auf mich ein: »ICH ICH ICH! Oder!? Immer nur ICH ICH ICH! Du drehst dich wirklich nur um dich, Alice!« Nach einem Streit, der aus einer solchen Szene eskalierte, erstarrte er von einem auf den anderen Moment – dann riss er sich alle Klamotten vom Leib: strampelte sich wie ein Dreijähriger seine Jeans von den Beinen, riss sich rabiat das Polohemd über den Hals, sodass seine Haare elektrisch in alle Richtungen standen, stürmte ins Bad, kauerte sich in die Ecke hinter die Kloschüssel und fing an, mit leerem Blick zu wippen. Immer vor und zurück, vor und zurück. So hockte er, nackt sich selbst wiegend, hinter der Kloschüssel und weinte mantraartig »Ich bin doch der kleine Mucki. Ich bin doch der kleine Mucki. Ich bin doch der kleine Mucki. Sag, dass ich der kleine Mucki bin. Sag, dass ich der kleine Mucki bin.«

Ich saß nebenan auf dem Bett und fühlte nichts. Ich wusste, dass die große Mucki-Litanei jetzt wieder stundenlang so weitergehen konnte, und saß und wartete, dass die Zeit vergehen möge. Nach etwa einer Stunde Muckigekreische stand ich auf, setzte mich auf den Klodeckel und versuchte den Mucki dazu zu bewegen, wieder hinter der Kloschüssel hervorzukommen. »Na komm, Mucki«, sagte ich. Er stoppte das Wippen, behielt aber den leeren Blick bei. »Komm, Mucki, ist wieder gut jetzt.« Mit riesigen, flehenden Augen sah er hoch zu mir wie ein Trickfilm-Eichhörnchen und presste ein babysprachiges »Jaaa?« aus sich raus. »Ist die Maus wieder lieb zu ihrem Mucki?«, fragte er wie ein kleiner Junge, der von Mama zur Strafe im Schrank eingesperrt worden war und jetzt wieder rausdurfte. Ihn zu verlassen schien mir unmöglich.

Auf einer Feier, während der ich ausgelassen auf dem Dach mit Hinnerks Freunden tanzte und er trotz all der Witzigkeiten und Sodomie-Pornos nicht zum Mittelpunkt des Geschehens wurde, drehte er durch. Er schaltete die Musik aus und fing an, mich vor allen Beteiligten anzubrüllen. In meinem Kopf setzte alles aus. Ich hörte keine Worte, keine Inhalte, ich hörte ihn nur brüllen und sah, wie alle verstummt dastanden oder -saßen, und die Stimmung, die vor wenigen Sekunden noch ausgelassen und fröhlich gewesen war, war mit einem Mal komplett gekippt. Keiner verstand, was hier gerade passierte, und keiner wusste, wie man hätte einschreiten oder die Situation umlenken können. Und als der Sturm vorbei war, blieben alle noch einen Moment beklommen sitzen. Erst nach und nach trauten sich Einzelne, aufzustehen, zogen sich ihre Jacken an, packten ihre Sachen zusammen und verabschiedeten sich mit einer Ausrede; morgen langer Tag und so, Geburtstag der Großtante, Rasenmähen bei den Eltern, müde, lange Woche gehabt. Sie versuchten, die Situation freundschaftlich abzufedern und aufzulockern, und dann – waren sie alle weg.

Schweigend räumten wir auf. Sammelten die Decken auf dem Dach ein, die Bierflaschen und Gläser, die Pappteller mit Nudelsalat. Am Mülleimer in der Küche trafen wir uns. Er legte seine Hand auf meine Schulter. »Meine Maus«, sagte er. Ich schüttelte sie von mir. »Meine Maus!«, sagte er wieder. »Was ist?«, fragte ich. »Dein Mucki liebt dich so.« Sagte er. Ich nickte und verließ die Küche. »Meine Maus!«, rief er flehend durch die Wohnung und lief mir hinterher. »Du darfst deinen Mucki nicht verlassen!« Ich räumte weiter und wich seinem Blick aus. »Meine Maus!«, schrie er jetzt panisch und weinte. »Sag, dass ich dein lieber Mucki bin! Dein Mucki liebt dich so!« Er kann nichts dafür, er kann nichts dafür, sagte ich mir. »Komm, lass uns schlafen gehen«, sagte ich und strich ihm über den Rücken, der erhitzt war und pulsierte. Ich legte mich hin und Hinnerk sich sofort dazu, er klammerte sich an mich, die gesamte Nacht, immer enger, *brace, brace.*

ZIKADEN

Ich verwuchs immer weiter mit Hinnerk. Mit seinen Rollen, seinen Ängsten und Eifersuchtsanfällen.

Wir reisten nach Kreta. Und als wir am Abend draußen beim Essen saßen, vor uns eine Flasche Weißwein, gegrillter Fisch, die nackten Füße auf dem warmen Steinboden und unsere gebräunten Unterarme auf dem Tisch, glaubte ich daran, dass es weitergehen könnte, dass es doch noch irgendwann gut werden könnte. Wir guckten auf das spiegelglatte Meer, das wie eine riesige Fläche Quecksilber dalag und die pastellenen Farben des Himmels spiegelte, und ließen den Tag Revue passieren. Am Morgen hatten wir ein Hotel geprellt. Man hatte unsere Daten nicht aufgenommen und das Essen, das man uns serviert hatte, war offensichtlich Tage alt gewesen und mehrfach aufgewärmt. Die Handtücher und Bettbezüge waren schmutzig, und in der Nacht hatten wir den Plan ausgeheckt: Um 6 Uhr würde er die Koffer ins Auto bringen, den Motor starten und ich dann zielstrebig und vollkommen selbstverständlich durch die Hotelhalle am Rezeptionstresen vorbeigehen, ohne jemanden anzusehen, direkt zum Auto laufen, einsteigen, und er würde losfahren. Unser Plan war perfekt aufgegangen, und so hatten wir um 8 Uhr morgens in einer Gaststätte weit oben in den Bergen gesessen und Spaghetti Bolognese gefrühstückt.

Wir lachten über den Tag und küssten uns, und in ohrenbetäubender Lautstärke surrten wie Starkstrom die Zikaden. Wir sahen hoch in die Blätter und versuchten, die einzelnen Tiere zu erkennen. »Sie kommunizieren durch Wellen«, sagte eine ältere Deutsche vom Nachbartisch, die allein vor einem Glas Wein saß und uns anlächelte. »Genauer gesagt, durch Erschütterungswellen. Ihre Trommelorgane klacken vor und zurück wie die Deckel eines Marmeladenglases. Bis zu neunhundert Hertz können sie erreichen.« Wir unterhielten uns einen Moment mit ihr, und sie gab uns Tipps, was wir in den kommenden Tagen noch unternehmen könnten. Dann zahlte die Dame und verabschiedete sich. »Sie erwecken den Anschein, als wären Sie glücklich miteinander«, sagte sie, doch jetzt lächelte sie nicht mehr. »Ich wünsche Ihnen alles Gute«, sagte sie und guckte erst zu mir, dann zu Hinnerk. Wir wünschten dasselbe zurück, und als sie verschwunden war, stand ich auf und ging zu den Toiletten.

Als ich kurz darauf zurückkam, hatte sich das gesamte Bild verändert. Ein älteres Paar saß nun an dem Tisch, der eben von der Dame verlassen worden war, eine Wolke hatte sich vor die Sonne geschoben und trübte das Licht, und Hinnerk stand aufrecht am Tisch. »Was war das da gerade?«, fragte er leise und streng. »Was meinst du?«, fragte ich. »Tu nicht so, Alice. Was war das gerade?« »Was war was?« Ich guckte mich um, um zu sehen, ob ich irgendetwas fallen gelassen oder umgestoßen hatte. »Der Typ da gerade. Denkst du, ich habe das nicht gesehen? Wie du mit dem Mann da gerade von der Toilette gekommen bist?« »Was für ein Mann?«, fragte ich. Jetzt wurde er richtig wütend. Er kam mir näher und flüsterte wahnhaft durch seine zusammengebissenen Zähne. An seinem Hals traten die Sehnen hervor. »Willst du mich verarschen, Alice?«, sagte er, und kam jetzt um den Tisch herum, stellte sich direkt vor mich und kam mit dem Gesicht so nah, dass ich seinen warmen, nach Alkohol riechenden Atem im Gesicht spürte. »Denkst du, ich schnalle das nicht, was du tust?« Er hob den Arm, als drohe er mir Schläge an. Ich verstand kein Wort.

Es folgte eine Nacht, in der sich zwei Leute in einem liebevoll eingerichteten Pensionszimmer ohne jeden Grund anbrüllten und an deren Ende ich vollkommen entkräftet am Boden saß, mit nass geweinten Klamotten in der Dunkelheit an einer Wand lehnte und es mir vorkam, als vergingen wir uns an all der Schönheit, die uns hier umgab. Doch er hörte nicht auf zu brüllen. Und durch ihn hindurch sah ich dich bei jeder Unterstellung eifrig nicken. Hörte deine Stimme bei jedem Vorwurf zustimmend raunen. Diese Stimme muss recht haben, meinte ich, sonst gäbe es doch diese Übereinstimmungen nicht. Denen, die mir Schlechtes unterstellen, musste ich Glauben schenken, und *nur* denen. Nur von ihnen würde ich lernen können ein anderer Mensch zu werden. Du stelltest dich niemals selbst infrage, also tat ich es doppelt. Du gabst dir für nichts die Schuld, du nahmst deine Bedürfnisse todernst, du hattest auf alles ein Anrecht, und du verbatst dir jeglichen Humor, was dich betraf. Wenn ich lernen würde, alles, was andere Leute an mir störte, auszuradieren, dann würde meine Bahn auf dem Gleis bleiben, meinte ich. Und sah nicht, dass ich schon längst weitab von allen Gleisen fuhr, und dass das, was ich für den Weg der Rettung hielt, genau der war, der mich immer wieder direkt in den altbekannten Schlamm führte, aus dem ich mich schon so viele Male herausgearbeitet hatte. Würde ich meine geistige Gesundheit und alles, was ich sagte und tat, permanent anzweifeln, könnte mein Leben besser verlaufen, als deines verlaufen war. Und wann immer sich etwas wie eine eigene Wahrheit in mir regen wollte, ließ ich mich schnell wegziehen davon wie von einer Süßigkeit, die mich bei zu viel Verzehr jene Form verlieren lassen würde, die diese Art des Zusammenseins erst ermöglichte.

In den folgenden Urlaubstagen wich ich jedem fremden Blick aus und blieb immer eng an Hinnerks Seite. Ich setzte keine Sonnenbrille auf, damit er meine Blicke sehen konnte, ich ließ mir die hässlichsten Lackpumps von ihm kaufen, die ich je gesehen hatte, und kam mir vor wie in einer Faschingsverkleidung. Ich guckte dem Mucki dabei zu, wie er von hohen Felsen ins Wasser sprang, applaudierte, reichte ihm zur Belohnung Gummibärchen aus einer Tüte und strich ihm stolz über den Kopf. Zu seinem Geburtstag schenkte ich ihm das Legohaus, von dem er so oft geschwärmt hatte und an dem wir dann gemeinsam, auf der Erde sitzend, bauten, während mir übel war vor Kopfschmerz.

Mein Vater war indes auf uncharmante Weise in den Vorruhestand versetzt worden und wusste seitdem nicht mehr, wer er war. Er verbrachte seine Zeit damit, gemeinsam mit Irmi, die ihm in den Ruhestand gefolgt war, in *der Bar* zu sitzen. *Die Bar* war ein Kellerraum, den er zu einem Barraum umgebaut hatte, denn in diesen hatte er sich zeit seines Lebens am meisten zu Hause gefühlt. An den Wänden hingen verspiegelte Bierschilder, das Licht war schummerig, der Boden ausgelegt mit dem alten dunkelroten Perserteppich seiner Mutter, es gab zwei lange orangene Cordsofas, einen Fernseher, einen Kalender von Orion, ein Sideboard, auf dem diverse Biergläser aus den verschiedensten Ländern vollstaubten, vor allem aber gab es einen dunklen Holztresen mit zwei Barhockern, hinter dem ein großes Regal mit Spirituosen hing. In der Bar war er Gast und Gastgeber zugleich, was bedeutete, dass er mehrmals am Abend hinter den Tresen sprang und einen »ganz besonderen Brandy« oder einen »Whiskey aus dem Jahre ...« präsentierte. Dazu erzählte er die Geschichte dieses Brandys oder Whiskeys und wo er ihn zum ersten Mal getrunken hatte, »das war im August 1978 in Taipeh – nein, Moment«, sagte er und überlegte. »Nee, entschuldigt, das war nicht im August, das war im Juni '78 mit Herrn Ming.« Er überlegte wieder. »War das wirklich Herr Ming oder war das Herr Li. Nein, Herrn Li traf ich erst im November '79. Dann muss es doch Herr Ming gewesen sein. Ach, was red ich: Das waren weder Herr Ming noch Herr Li! Es war Röhnke. Richtig. Mit Röhnke, unserem Entwickler, hatte ich den das erste Mal getrunken. Aber Moment mal – Röhnke war ja gar nicht mit in Taipeh. Dann muss das ... nee. Doch. Nee, warte mal ... doch!« So ging das noch eine ganze Weile, bis er den Whiskey endlich in das frisch von ihm polierte Glas schüttete, einen Schluck nahm, seine Lippen aufeinanderrieb, um noch mal genau nachzuschmecken. »Ja, doch, das ist genau der Geschmack aus der Zeit mit Röhnke. Das war eine Zeit, sag ich euch. Das war, als deine Mutter gerade das Haus ausgeräumt hatte und wir mit den neuen Halbleitern …« »Nu lass doch mal, Walter«, sagte Irmi. »Irgendwann muss doch auch mal gut sein damit.«

Dann wurde ferngesehen. Den gesamten Tag, ab dem frühen Morgen, liefen Nachrichten oder politische Talkshows, die mein Vater kommentierte mit einem Raunen, einem Zischlaut, einem Kopfschütteln oder einem verzweifelten Handklatscher auf die Glatze, wobei er Dinge zu sagen pflegte, wie: »Samma, hat der Typ Lack gesoffen, oder wat ist mit dem?« Und Irmi antwortete: »Du. Kann ja gar nicht anders sein. Muss ja so sein, sonst wär' der ja nicht so doof.« Über die Jahre hatte er sein Repertoire diesbezüglich immer mehr erweitert, und irgendwann reichte es von »zu lange in die Sonne geguckt« über »Filz gefressen«, »zu heiß gebadet« und so weiter bis »an der Steckdose geleckt«. Und war der Abend schon vorangeschritten und er so richtig in Fahrt gekommen, sagte Irmi: »Walter, ich sag doch immer: Rufe doch mal da an! Du, ehrlich! Dann werden die schon merken, dass du auf jeden Fall der bessere Kanzler wärst!« Wovon sie tatsächlich überzeugt war. »Das sollte ich echt mal machen«, sagte mein Vater. Und Irmi: »Ja, na ja, warum machste's denn nich mal!? Ehrlich jetzt, Walter!« Und kurz danach verstummte das Gespräch langsam und wiederholte sich am darauffolgenden Abend in derselben Weise.

Der Mensch in meinem Leben, von dem ich gewohnt war, dass er selbst in den unhaltbarsten Situationen die Haltung bewahrte, hatte innerhalb weniger Wochen jegliche Spannkraft verloren und hing nun, zusammengequetscht von all den Lasten seines Lebens, zwischen einem Fundament, das bröckelte, und einem Dach, dem die Ziegel davonflogen. Gereizt und ruhelos war er geworden, Gefühle der Wertlosigkeit glimmten ihm meterweit durch die Haut, hatten seine Haltung gekrümmt und das Licht in seinem Blick verschwinden lassen. Er motzte über zu heißes Essen, zu lange oder unklare Wege, über Dreck im Badezimmer oder in der Küche, nahm aber selbst niemals mehr einen Lappen in die Hand. Kurzfristige Planänderungen führten zum völligen Verlust seiner Nerven. Er wurde zum Angeber, protzte mit längst vergangenen Erfolgen, und in alldem lag nur die verzweifelte Bettelei, als der gesehen zu werden, der er einmal gewesen war und der doch immer noch in ihm steckte. Bei jeder Einladung redete er ungefragt über seine *Millionenprojekte* und all seine vergangenen Leben, über seine Erfolge in Holland, Amerika, Taiwan, Johannesburg, Peking, Dänemark, und von der Wertschätzung, die ihm einmal entgegengebracht worden war, er zeigte die goldenen Tafeln mit seinen Namensgravierungen, zeigte Schnitzereien, die für ihn angefertigt worden waren, berichtete von der Zeit im Iran, wo er seinen eigenen Fahrer gehabt und immer hinten rechts im Wagen gesessen hatte. »Papa«, sagte ich und legte ihm die Hand in den Nacken, der warm war, rau und faltig, und ein paar flauschig dünne Haare standen ihm vom Hinterkopf ab, wie bei einem Küken. »Willst du nicht mal ein bisschen an die frische Luft gehen, anstatt die ganze Zeit hier im Keller rumzusitzen und Serien zu gucken?« Er verdrehte die Augen. »Lass mal«, sagte er, »ich weiß schon, was ich machen will und was nicht.«

Der Mucki und ich saßen in der Kneipe und glühten vor für den Abend, Whiskey-Cola für eins sechzig das Glas. Wir waren mit Freunden zu einer Party verabredet, zahlten und fuhren angetrunken weiter. Als wir gerade auf der Hauptstraße durch die bunt beleuchtete Stadt fuhren, rief sein Freund Gunnar an, und Hinnerk schaltete ihn auf laut. Sie frotzelten rum und lachten, dann machte auch ich irgendeinen Scherz, über den Gunnar am anderen Ende der Leitung lachte und – augenblicklich kippte alles: Hinnerk verlor die Fassung. Er beendete das Telefonat und trat das Gaspedal durch, fuhr über die erste rote Ampel, über die zweite, dann rasten wir mit hundertvierzig Sachen durch die Innenstadt, »Stopp, bitte, Hinnerk, was machst du!« Da drückte er noch weiter drauf, zog rüber in den Gegenverkehr und genoss meine Angst. »Bitte, bitte, was machst du, bitte, bleib stehen!«, rief ich. Wir rasten aus der Stadt raus, ich überlegte, was ich tun könnte, und redete besänftigend auf ihn ein, doch er war unerreichbar. Auf einer Landstraße zwischen zwei Bäumen am Straßenrand kamen wir zum Stehen. Er warf die Tür auf, rannte raus aufs Feld, durch den Regen und weinte wie ein Kind, das sich nicht mehr beruhigte. »Meine Maus!«, brüllte er in den Regen, warf sich zu Boden und wälzte sich kurzärmelig durch das im Wasser stehende Weizenfeld. »Meine Maus! Ich bin der Mucki! Ich bin doch der Mucki!« Zitternd rief ich Gunnar an und bat ihn, Hinnerk abzuholen. »Er dreht durch, ich weiß nicht mehr, was ich machen soll«, sagte ich. Es war mittlerweile vier Uhr morgens, und Gunnar sicherte zu, gleich loszufahren.

Als Gunnar etwa eine halbe Stunde später neben uns parkte und aus dem Auto stieg, ging er zu Hinnerk. »Na, Keule, wat los bei dir?« Und sofort veränderte sich alles. Er setzte sein lustiges Kumpel-Grinsegesicht auf. »Der Hinnerk hat ein bisschen einen sitzen«, sagte Hinnerk nun, als wäre es eine echte Leistung. Er ging mit Gunnar mit, sie stiegen in Gunnars Auto und fuhren davon. Gunnar glaubt mir nicht, dachte ich, ich kann niemandem erklären, was hier passiert, mir würde doch keiner glauben. Am nächsten Tag telefonierte ich mit Gunnar. »Und? Hast du ihn beruhigen können«, fragte ich. »Das kann man so nicht sagen«, sagte er. »Wir sind an die Tanke gefahren, haben noch ein Bier gekauft, und ich habe gesagt: ›So, Junge, was ist da los.‹ Aber er wusste gar nicht, was ich meine. ›Nichts, was soll los sein‹, sagte er, und dann haben wir noch zusammen einen Sixer leer gemacht und sind pennen gegangen.«

An den Tagen darauf übergab ich mich permanent vor Kopfschmerzen, und weil es gar kein Ende nahm, fuhr der Mucki mit mir ins Krankenhaus. Ich wusste nicht, was los war mit mir, und weil auch dort nichts gefunden wurde, legten sie mich in einen Ruheraum und hängten mir einen Tropf mit Elektrolyten an den Arm.

»Es wäre gut, wenn Ihre Freundin zur Ruhe kommen könnte«, sagte die Schwester. »O.k.«, sagte Hinnerk und setzte sich auf einen Stuhl an der Wand. »Vielleicht wäre es besser, wenn Sie Ihre Freundin jetzt erst mal schlafen lassen und später wiederkommen«, meinte die Schwester. »Ich lasse sie schlafen, das stört ja nicht, wenn ich hier sitze«, sagte Hinnerk. Sie sah ihn einen Moment lang an, dann mich. »Gut, wenn irgendwas ist, drücken Sie einfach auf den Knopf«, sagte sie und verließ das Zimmer.

Eine Weile war es still. Regen setzte ein und klöppelte leise an die Scheiben. Ich hörte Hinnerk einmal tief ein- und ausatmen. »Meine kleine ...« »Bitte, geh«, unterbrach ich ihn, und Tränen fielen auf die Papierunterlage der Liege, auf der ich lag. »Aber nein«, sagte er sanft. »Ich bleibe bei meiner Maus.« »Bitte, Hinnerk. Lass mich allein. Ich möchte gern allein sein.« »Aber nein, meine Maus«, sagte er wieder sanft. »Du darfst jetzt nicht allein sein.« Jetzt weinte es so laut aus mir heraus, dass meine Bauchmuskulatur sich zusammenkrampfte. Er stand auf und legte eine Hand auf meinen Oberarm. »Ich bin ja da«, sagte er. »Ich bin ja da.«

Wenige Tage später setzte er sich morgens im Mantel zu mir ans Bett. »Meine Maus, ich habe mir Gedanken gemacht«, sagte er. »Dein Mucki ist vielleicht manchmal etwas unausgeglichen. Und ich habe mir etwas überlegt, damit es besser wird mit uns: Ich werde jetzt jeden Tag in der Mittagspause zwanzig Minuten spazieren gehen und nachdenken.«

Ich plante die Trennung. Hinnerks Freund Jens würde über zehn Tage zu Besuch kommen. Vor Jens wollte Hinnerk immer gut dastehen, vor ihm würde er sich niemals die Blöße geben, so ein Theater zu veranstalten, und sein Gesicht wahren wollen, da war ich sicher. Und als Jens durch die Tür von Hinnerks Wohnung kam, begrüßte ich ihn gut gelaunt. Jens und Hinnerk setzten sich an den Glastisch, machten sich ein Bier auf und redeten über Fußball. In der Zeit packte ich meine letzten Sachen zusammen, schloss den Reißverschluss meiner Tasche, zog die Schuhe an. Hinnerk kam in den Flur. »Wo willst du denn hin?«, sagte er streng. »Ich gehe, Hinnerk. Es ist aus.« Er nickte jovial, ging zurück ins Wohnzimmer und zauberte dort den großen *Unterhalter* hervor.

»Wie geht's Hinnerk?«, fragtest du als Allerserstes, als ich dich das nächste Mal besuchte. »Es hat sich ausgehinnerkt«, sagte ich. »Watt?«, sagtest du fassungslos. »Wieso das denn? Alice! Sag mal, spinnst du? Das ist so ein toller Mann! Sag nicht, dass du das auch wieder kaputtgemacht hast. Musst alle Menschen wegstoßen und kaputtmachen, die dich *lieben*!«

Ein paar Jahre nach der Trennung traf ich Hinnerk zufällig auf der Straße. Er hatte mittlerweile geheiratet, eine sympathische Grundschullehrerin, so viel wusste ich. Nun erzählte er mir, sie sei aus der gemeinsamen Wohnung ausgezogen und habe die Scheidung eingereicht.

»Was ist passiert?«, fragte ich. »Nichts«, sagte er. »Die spinnt.« Er zuckte die Schultern. »Ist auf einmal verrückt geworden. Das sagen alle, selbst ihre Familie. Mit denen bin ich superdicke. Hat auf einmal 'ne Macke bekommen. Wahrscheinlich Anlage.«

fünf

JUNGEJUNGEJUNGE

Auch ohne Auftragskiller war mittlerweile eine Form von Frieden möglich geworden. Es ging dir besser, und ein wichtiger Grund dafür war wohl, dass du den Machtkampf gegen *den Verbrecher* endlich aufgeben konntest. Seit einiger Zeit wirktest du nicht mehr bei jedem Treffen, als hättest du dich an einer Starkstromleitung verhakt, was wohl dem Umstand zu verdanken war, dass deine Tochter, soweit du wusstest, nicht mehr bei *dem Verbrecher* im Hause wohnte, »den ich, das sag ich dir ganz ehrlich, Alice«, wie du großmütig formuliertest, »ja trotz seiner schweren Geisteskrankheit noch immer sehr liebe! Er kann ja nichts dafür!«

Du lebtest mittlerweile in einer Wohnung, die dir gefiel, sie war hoch und hell und direkt am Wasser, und wenn es mir auch lange Zeit unvorstellbar gewesen war, so konnte ich inzwischen sagen, dass ich dich gern besuchen ging. Lief ich auf den Berliner Altbau zu, in dem du wohntest, war ich jetzt mehr von Freude als von Panik erfüllt, und stieg ich die Treppen des taghellen, sauberen Treppenhauses nach oben in den dritten Stock, war ich mehr von Neugier gespannt als von der Frage, gegen welche Angriffe ich mich zu rüsten hatte.

Ich war stolz auf dich, die du allen Umständen zum Trotz ein eigenes, fast märchenhaftes Zuhause gestaltet hattest und wieder auf die Beine gekommen warst. Wie zwei gute Freundinnen konnten wir einander endlich auf Augenhöhe begegnen und Erwachsenengespräche führen, von Frau zu Frau. Bei meiner Ankunft standest du, schön zurechtgemacht in der offenen Tür, und gleich beim Reinkommen entdeckte ich etwas Neues in deiner Wohnung; ein Bild, das im Flur hing und das du in einem Hinterhof gefunden und selbst mit Ölfarbe weiterbemalt hattest, ein kleines Regal, das du neu beim Trödler erstanden hattest, der dich immer freundschaftlich mit einem frisch aufgebrühten Tee begrüßte und auch mir schon freudig zuwinkte, spazierten wir an seinem Laden vorbei. Der würzige Geruch frischer Salatkräuter stieg mir in die Nase, und wenn du die Tür hinter mir schlossest, war ich mittlerweile wie in einem zweiten Zuhause angekommen und bestaunte alles, was du wieder neu gestaltet hattest. Jedes Zimmer soll ein Land sein, hattest du beschlossen, und führtest mich strahlend durch die verschiedensten Länder. »Jetzt stehst du mit einem Fuß in Afrika und mit dem anderen in Indien!« Das Badezimmer war Japan und als solches weiß, schwarz und rosa mit Bildern von Kirschblüten, einem fransigen schwarzen Sonnenschirm über der Badewanne und einem kleinen Bonsai, der selbstgenügsam auf dem Fensterbrett seine Frisur präsentierte. Das Wohnzimmer war Namibia, möbliert mit Jugendstilvitrinen und einer Ledercouch, afrikanische Holzmasken. Die Küche war Holland, in Weiß und Blau, alles aus weiß angestrichenem Holz, mit Windmühlenmustern, ans Regal gehängten Klompen und einem großen Bild von Tulpenfeldern. Und das Schlafzimmer, fragte ich. »Ja, das ist immer noch Umzugskistenland«, sagtest du; seit Jahren war es vollgestellt mit etwa dreißig vollen Umzugskisten, zwischen denen du auf einer Matratze schliefst, was du mit einem angenehm selbstironischen »Na ja nun, da ist es wenigstens richtig dunkel!« zu kommentieren wusstest. »Deine Wohnung ist so schön«, sagte ich und freute mich stolz über meine außergewöhnliche Mutter, die so anders war als die langweiligen anderen Mütter. Du machtest dir nichts aus Moden; an einem Tag trugst du einen Kaftan, am nächsten ein Seidenkleid, dann einen blumigen Jogginganzug, und nichts davon war jemals neu in einem Laden gekauft worden, alles hattest du von Reisen mitgebracht oder in Secondhandläden erstanden, und immer wieder verliebte ich mich neu in deine unkonventionelle Art, dein Improvisationstalent, dein Interesse an Sprachen, Ländern und Kulturen. Wir lachten gemeinsam über Woody-Allen-Filme, sprachen über Charlotte Rampling, Romy Schneider und Michel Piccoli, und wie großartig dein Humor in *guten Zeiten* sein konnte, zeigte sich an Geschenken wie dem Comic, den du mir einmal zwischendurch zustecktest – ein kleines blaues Buch von Avery Monsen und Jory John mit dem Titel:

All my friends are dead.

Ein Dinosaurier war auf dem Cover abgebildet, der mit großen Augen, die Welt nicht mehr verstehend, in die leere Landschaft blickt und keinen einzigen seiner Art mehr findet. Verschiedene Lebewesen und Gegenstände führen einen Wettstreit darüber, wer im Leben einsamer und mieser dran ist als der andere. Ein Baum, der mutterseelenallein in einer Landschaft steht, stellt fest: »All my friends are tables.« Der Bäcker sagt: »All *my* friends are bread«, die Kassette: »All *my* friends are obsolete«, ein Zombie bemerkt: »All *my* friends are *un*dead.«

Bei jedem Besuch behandeltest du mich nun wie eine Prinzessin – »Nun lass doch, Mama, ich mach das schon selbst«, »Nein, nein, Madame lässt sich heute nur verwöhnen! Setz dich schon mal raus!« Ganz erfüllt warst du von den vielen Pflanzen auf deinem Balkon, den du auch deinen »Stadtdschungel« nanntest, und ich nahm Platz in deinem kleinen Paradies auf dem Sonnenstuhl (»Brauchst du noch ein zweites Kissen?« »Nein, Mama, nun setz dich doch endlich mal hin«), vor mir ein silbernes Tablett mit zwei Gläsern von frisch aufgebrühtem arabischem Tee. »Darf ich Madame sonst noch einen Wunsch erfüllen?«, fragtest du. Du fühltest dich wohl in dem bunten, offenen Berlin (»Wenn es doch nur nicht so dreckig wäre überall«) mit Menschen aus aller Welt und mit den verschiedensten Lebensentwürfen. Dir gefiel es, wenn Leute sich schrill und auffällig kleideten (»Guck mal, Alice, die grüne Brille da ist ja fesch!«), wenn Männer als Frauen rumliefen, Frauen mit Frauen lebten, du lachtest über eine Dame, die mit einer Gans zusammenwohnte, besuchtest Frauengruppen und Gottesdienste und nahmst mich gerne mit, um mich allen stolz zu präsentieren.

Und so saßen wir gemeinsam in der Sonne, hingen zusammen wie in einem viereckigen Schiff in der Luft zwischen den Baumkronen, hörten auf einem gebraucht gekauften Kassettenrekorder irische Folkmusik, und sprang die Taste nach dem Abspielen der einen Seite hoch, drehte ich die Kassette um und drückte erneut auf *play*. Und im Laufe des Tages präsentiertest du mir deine neuesten Anschaffungen: eine echte, fast sechs Meter lange, braun-grau gemusterte Schlangenhaut, »von einer echten Königskobra!«, die du mit einem entzückten »IST die schön?!« anpriesest, oder einen ausgestopften Pfau mit aufgefächertem Rad, der in der Mitte des Wohnzimmers seinen Platz gefunden hatte und den du mit einem händeklatschenden: »IST der nicht süß?! Er heißt Florian!«, kommentiertest, und ich fand die Schlangenhaut »wunderschön!« und Florian »sehr süß!«.

Der Frieden hatte seinen Preis. Ich hatte mich auf den lang erprobten Weg, ihn zu wahren, mittlerweile widerstandslos eingelassen, und die Lösung lautete: langweilig zu sein und etwas beschränkt. *Von Frau zu Frau – Alice* erlebtest du nun ausschließlich in der bedingungslosen Zustimmung zu allem, was du sagtest und tatest, und stets darum bemüht, absolut nichts mehr von sich selbst preiszugeben. Wie ein Seepferdchen tanzte ich widerstandslos alle Bewegungen von dir mit und konzentrierte mich auf meine so ausführlich erprobte Kunst, so langweilig zu sein, dass nichts, absolut gar nichts mehr dein Interesse wecken oder dich in irgendeiner Weise irritieren konnte. Ich wusste, wie man das eigene Leben in so farbloser, so öder Art und Weise darbot, dass es keinerlei Angriffsflächen mehr bot; meine Lebenserzählung war von so vollkommener Glätte, dass man abrutschte daran, die Gewöhnlichkeit und komplette Abwesenheit jeglicher Unebenheiten ließen mein Leben so bruchlos erscheinen, dass es ein fast zweidimensionales Bild ergab, flach wie eine Ansichtskarte.

Fragtest du: »Und, was gibt's Neues?«, zuckte *Von Frau zu Frau – Alice* mit den Schultern und sagte: »Ehrlich gesagt ...«, ich sah kurz grüblerisch in der Luft und kratzte mich am Hals, »ehrlich gesagt, gar nichts.« Studium lief. Freund war nett. »Ist das noch dieser Musiker, der allein irgendwo im Wald lebt? Dieser, mit dem ich dich da einmal zufällig auf der Straße getroffen hatte?« »Jaja, genau der!«, sagte ich, überging einfach das Wort »zufällig« und ließ die kleine Lüge gelten. Einige Jahre nach Hinnerk hatte ich bei einer Theaterproduktion Leonhard kennengelernt, einen Bassklarinettisten und Einsiedler, der mit allen Menschen in seinem Leben gebrochen hatte und immer einsam und schweigend durch die Parks schlich. Wie ausgeschaltet hatte er immer in den Proben gesessen und mit niemandem gesprochen, und ich war entzückt gewesen von seiner Schrulligkeit. Und als wir uns das erste Mal unterhalten hatten, hatte ich einfach alles nachgesprochen, was er sprach: Er fühle sich schnell von Menschen eingeengt, sagte er. Ich fühle mich schnell eingeengt, sagte ich. Er wolle eigentlich immer allein sein, sagte er. Ich wolle eigentlich immer allein sein, sagte ich. Er verstehe eigentlich gar nicht, warum Menschen miteinander sprechen würden, Unterhaltungen ergäben für ihn keinerlei Sinn. Miteinander sprechen ergäbe für mich keinerlei Sinn, sagte ich. Wir hatten einen Ausflug zu einer alten Nazi-Ruine gemacht, und da war es dann gänzlich um mich geschehen: Wie er dort stand! Wie ein Gespenst! Starr und grau und vollkommen depressiv fügte er sich ein in die Trümmerlandschaft! Ich hatte mich dazugestellt und mit ihm gemeinsam in die Trümmerlandschaft gesehen – ein sehr intensiver Moment, wie ich fand. Und morgens beim Marmeladentoast auf einer Holzbank seiner alleinstehenden Hütte in der Endmoränenlandschaft Ringwalde hatte er mir erzählt, er habe keine eigenen Gefühle und spiele seit seiner Kindheit nur die Gefühle nach, die er bei anderen Menschen beobachte. Er sei ein Narzisst, habe eine Psychologin zu ihm gesagt. Und ich strich ihm liebevoll über die Wange. Was für ein hinreißender Schatz, dachte ich, wie er kokettiert! Und als er mir sein erstes selbst geschriebenes Katzengedicht geschickt hatte, war ich so tief ergriffen, dass ich mich ganz seinem Lebensentwurf angleichen wollte: In vollständiger Isolation mit ihm leben, keine anderen Kontakte zu Menschen mehr haben. »Du bist die gute Welt, und alle anderen sind die böse Welt, und die böse Welt darf niemals in unsere eindringen«, hatte er gesagt – also wenn das nicht die ganz große Liebe war, was dann?!

»Wir sind noch zusammen, ja.«

»Ah ja. Aha. Ja.« Du überlegtest.

»DER –«, du pausiertest kurz, hieltest die Luft an, blicktest mich an, und beim folgenden Satz zog sich deine Stimme über die Länge des gesprochenen Satzes von einem einfachen Sprech- zu einem metallischen Schreiton:

»Der hat aber auch eine geile Stirn!«

Ein Schrei, der sich in ein entgrenztes Kreischgelächter entlud. Ich lächelte und sah dir beim Lachen zu.

»Wollt ihr euch mal alleine treffen?«, fragte ich. Du überlegtest eine Weile, drehtest deinen Kopf zu mir, sahst mich viel zu lange an, und aus dir heraus brach es wieder einmal so entblößend heraus, dass dir das Lachwasser übers Gesicht rann und auf die Bluse fiel; du lachtest und lachtest, dass die Gläser in der Vitrine vibrierten, über den Kanal hätte es bis nach Berlin-Mitte klirren müssen, so laut schrie es. Und dann musste auch ich lachen. Und als du dich langsam beruhigtest, gingst du unter lautem Stöhnen und vielen *Achs* und *Hachs* und einem *Jungejungejunge!* ins Badezimmer, um dich abzutrocknen, dir die Nase zu putzen und dir das Haar zurechtzurücken.

Mit beschwingter Zufriedenheit schienst du, wenn auch unterbrochen durch kurze Momente der Irritation, hinzunehmen, dass es auf seltsame Weise niemals auch nur *irgendetwas* Neues im Leben deiner Tochter zu geben schien. Nur manchmal sahst du mich an in einer Weise, die zu fragen schien, wie aus diesem Mädchen, das doch einmal recht lebhaft gewesen war, eine so sterbenslangweilige Person hatte werden können. Eine Person, in deren Leben, so jung es doch noch war, immer »alles beim Alten« blieb. Du hattest über all die Jahre mitansehen müssen, wie deine Tochter auf sonderbare Weise immer einfältiger, ja, immer dümmer wurde, und mittlerweile verstand ich schlicht gar nichts mehr. Und obwohl du mich zu früheren Zeiten einmal als begabt eingeschätzt hattest, du mich sogar Malwettbewerbe hattest gewinnen lassen, um vom Preisgeld etwas für dich zu kaufen, so schien deine tolle Tochter nun leider an allem verloren zu haben: an Begabung, an Intelligenz, an Gedächtnisleistung. *Von Frau zu Frau – Alice* war wohl leider nicht die hellste Birne im Leuchter, was sich auch zeigte an dem stets neutralen, immer vollkommen unwissenden, man könnte sagen: debilen Gesichtsausdruck. Und es war ein nicht zu änderndes Ärgernis, dass deine Tochter *alles*, wirklich *alles* vergaß. »Wie heißt noch mal der Ort, an den du und dein Freund in den Urlaub fahren?« »Äh …«, ich überlegte. Ich blickte auf den Boden, blinzelte, schüttelte den Kopf. »Mist, das gibt's doch gar nicht. Wie hieß denn dieser Ort noch mal …« Ich blickte in die Luft. »Lo…, Li…, nee. Doch. Irgendwas mit L. Mist, es fällt mir gerade nicht ein. Das gibt's doch gar nicht! Gestern hab ich's doch noch gewusst!« Selbst das Versprechen, dich am Tag darauf noch einmal anzurufen und dir den Ort zu nennen, vergaß *Von Frau zu Frau – Alice*. »Hach, mein Gedächtnis ist einfach ein Sieb, ich weiß auch nicht, Mama!«, sagte ich. »Was wolltest du noch mal? Ach, richtig! Den Urlaubsort! Du, das wissen wir jetzt auch gar nicht mehr, ob wir da überhaupt hinfahren, mein Freund hat in der Zeit wahrscheinlich ein Konzert. Leider. Aber *wenn* wir hinfahren, dann finde ich den Namen noch mal raus und sage ihn dir – versprochen.«

Von Frau zu Frau – Alice verfügte über keinerlei Tiefe, was sich auch daran zeigte, dass sie ganz einfache zwischenmenschliche Dinge auf unbegreifliche Weise nicht mehr zu kapieren schien. Fragtest du: »Und, wie geht es der Freundin deines Vaters?«, so sagte ich, die Augäpfel an der Zimmerdecke herumrollend, als versuchte ich herauszufinden, wovon du sprachst, auf jene knalldumme Art und Weise: »Wem?« Und du schlugst dir ungehalten auf den Schenkel: »Na. Der Freundin! Deines Vaters! Der Dings. Irmi.« »Ach DIE! Sag das doch!« Ich überlegte. »Gut!«, sang ich im Krankenschwesterjargon – als wäre es dir tatsächlich darum gegangen, dich über das Befinden einer dir fremden und zudem absolut unsympathischen Person zu erkundigen! »Doch, doch.

Gut, gut«, trällerte ich, nickte und zog eine Schnute, als überlegte ich, ob es darüber, wie es Irmi ging, irgendetwas Erzählenswertes zu berichten gab. »Obwohl!«, sagte ich, und du hobst gespannt die Augenbrauen. »Obwohl! Neulich, da war die Irmi beim Hautarzt wegen so einer komischen Stelle am Auge! Aber dann hat sie eine Salbe bekommen, und jetzt ist das wieder gut. Zum Glück! – Ja.« Ich glitt dir durch die Finger wie ein nasser Fisch. Und doch stellten meine Antworten dich merkwürdigerweise zufrieden.

»Und dein Vater? Was macht der?« »DER?«, fragte ich, »– uh, das muss ich mal nachfragen, den habe ich ja schon *ewig* nicht gesehen!«, log ich. »Ach! Seht ihr euch denn nicht oft?«, fragtest du sehr interessiert. »Nein, nicht oft. Also, eigentlich nie«, log ich. »Jedenfalls bei Weitem nicht so oft wie du und ich. Tja, wie es dem wohl geht … Ich glaube … der wollte sein Auto waschen. Ja. Gestern war ja Sonntag, da wäscht er immer sein Auto. Das hatte er neulich am Telefon mal gesagt. Dass er sein Auto waschen muss.« »Ach, ihr telefoniert öfter?« »Öfter? Kaum. Das letzte Mal vor etwa zwei Monaten. Oder sogar drei? Da haben wir mal *ganz kurz* telefoniert. Ach ja, und dass er zum Friseur muss. Das sagte er auch noch. Mehr weiß ich nicht.«

Jawoll, du hattest es geschafft, der wichtigere, bessere Teil für deine Tochter zu sein, hattest deinen von dir geschiedenen Mann endlich besiegt, so sollte es aussehen. Launig schenktest du dir noch ein Schlückchen ein und konntest es kaum abwarten, Weiteres zu hören. »Hat er immer noch dasselbe Auto?«, fragtest du. »Jaja, er hat ja wenig Geld. Die Gehälter sind ja auch nicht mehr das, was sie einmal waren!« Ich war selbst ganz überrascht von der dummen Trutsche, die da aus mir redete, musste beinahe lachen über mich selbst, und du pultest an deinen Fingern, gierig nach mehr Informationen dieser Art, die den Vater schlecht aussehen ließen. Auch er hatte wenig Geld? Toll! So ging es dir ja auch! Hatte er Gehaltskürzungen hinnehmen müssen, hatte man ihn vielleicht einen Kopf kürzer gemacht? Es klang ganz danach!

»Und die beiden? Verstehen sich noch gut, ja? Irmi und dein

Vater?« »Uh, du, Mama, das weiß ich gar nicht«, log ich. »Ich sehe die beiden ja kaum zusammen. Weiß gar nicht, ob sie überhaupt noch ein Paar sind.« »Warum – wohnt sie denn nicht mehr dort?« »Wenn ich das so genau wüsste, Mama. Als ich einmal da war, hab' ich sie jedenfalls nicht gesehen.« Du stutztest. »Aber das passt doch nicht zusammen, Alice. Du hast doch gesagt, sie war beim Augenarzt. Dann hast du doch mit ihr gesprochen.« »Nein, das hat *er* mir erzählt. Aber gesehen hab' ich sie nicht.« »Ah, verstehe.« Du nicktest, gucktest an mir hoch und runter, doch auch an meiner Kleidung gab es nichts mehr zu beanstanden; die Jeans nicht zu eng, der Pulli nicht zu kurz, die Sachen waren sauber, nichts war da mehr an mir, was irgendwie hätte ins Auge fallen können. Endlich war ich das geworden, was du dir immer so sehr gewünscht hattest: auf vollkommene Weise *lieb*.

Von Frau zu Frau – Alice trank auch einfach Wein mit, wo sie früher noch rebelliert hätte (»Meine Güte, Alice, nun stell dich nicht so an, man kann ruhig mal ein Glas Wein trinken!«). Ich hatte aufgegeben, diese Dinge verstehen zu wollen; verstehen zu wollen, warum ich schon mit vierzehn bei den Besuchsterminen dazu aufgefordert worden war, *Alkohol* zu trinken, wo doch *Alkohol* all die Jahre die allergrößte Bedrohung für dich dargestellt hatte. Alle paar Abende hatten wir früher nach dem Kindergarten in Selbsthilfegruppensitzungen von *Alanon* gesessen, und ich hatte zugehört, wie du mit bleierner Stimme von deinem Leid berichtetest, eine »Angehörige von Alkoholikern« zu sein, nicht *einem* Alkoholiker oder *zwei* Alkoholikern, es musste ein ganzes Alkoholikerdorf gewesen sein, dem du dich angehörig fühltest. Dein halbes Leben musstest du durch einen meterhohen Schnapsmonsun gewatet sein, umgeben von lallenden, torkelnden Suffzombies – warum also fordertest du deine eigene Tochter plötzlich auf, mit dir Alkohol zu trinken. Mittlerweile aber stellte ich einfach keine unangenehmen Fragen mehr und machte alles, was man mir sagte. »Ja, gern! Na klar, gieß mir noch einen ein, Mama.«

Und sagtest du in einem fixen Einfall: »Ich will, dass wir

zwei beste Freundinnen sind, und beste Freundinnen erzählen sich all ihre Geheimnisse!« – nun hatte ich gelernt, dir diesen Wunsch auf eine Weise zu erfüllen, und redete drauflos, wie ich mir vorstellte, wie du dir das wohl vorstelltest, dass zwei *beste Freundinnen* sich Geheimnisse erzählen, und redete verschwörerisch.

Und bevor sich irgendetwas allzu Echtes hätte herstellen können zwischen uns, bevor ich versehentlich in jene fatale Vertrauensseligkeit hätte hineinrutschen können, sagte ich: »So. Wird ja auch gleich dunkel.« Und du sagtest: »Hast du auch alles?« Und gabst mir noch einen Topf mit Blumen, eine Tüte mit Süßigkeiten, und ich ging.

Waffenstillstand im Vieleländerland.

MOBY DICK

»Kiek ma, ick bin schwanga!«, sagte mein Vater und klatschte sich stolz auf seinen riesigen Bauchball, der von Wundwasseransammlungen bis zum Platzen gespannt war. »Nein, du bist ein Wal«, sagte ich. »Moby Dick, jestrandet«, sagte er, und die Tränen stiegen uns in die Augen.

Er lief durch die Flure des Krankenhauses wie der stolze Mitarbeiter eines aufstrebenden Unternehmens; Schlips, Kragen und sein bester dunkelroter Pulli – ich mit Kugelschreiber und Aktenstapel hinterher; klick, klick, vierzehn Uhr Röntgen, fünfzehn Uhr die erste Infusion, ach, und das hier ist übrigens meine Managerin, sagte er stolz und zeigte auf mich, und ich zwinkerte neckisch und nickte, dann verschwand er hinter der Tür zum Arztgespräch, und als er wieder aus der Tür kam, eierte sein Gang, als hätte man ihm die Füße gebrochen.

Den Sterbevorgang hatte ich bei dir ja schon unzählige Male mit durchlebt und ihn gewohnheitsgemäß mit einem Augenrollen kommentiert oder der Frage, ob ich in irgendeiner Weise nachhelfen könne, was jedes Mal aufs Neue mit allergrößter Empörung von dir aufgenommen worden war; einer Empörung, die aus mir die immer gleichen Gebärden hysterischer Langeweile hervorgebracht hatte. In diesem Moment aber, als ich den Tod tatsächlich in den Augen meines Vaters entdeckte, in den stecknadelkleinen Pupillen, versteinert, als würden sie direkt in einen Abgrund blicken, tat ich alles daran, mich dagegenzustemmen, wie gegen eine zufallende Eisentür, die ich mit aller Kraft offen zu halten versuchte.

Ordnung wiederherstellen beginnt mit einer Hose, die man zusammenlegt, und einem Stuhl, den man ein Stück an den Tisch ranstellt. Einem Handtuch, das ins Bad gebracht wird, Wasser, das in der Blumenvase gewechselt wird, vor allem aber begann ich, ihm offenherzig ins Gesicht zu lügen, dass im Sommer, *wenn die Sonne wieder höher steht*, alles wieder in bester Ordnung sein würde, versprochen!

Mit den Ärzten redete ich hemmungslos im Befehlston, obwohl ich Ärzte immer sehr respektiert habe, vielleicht sogar mehr als das, aber Doktor Mehlhorn-Raabe, der behandelnde Oberarzt mit dem viereckigen Gesicht und der hübsch gezinkten Nase, der immer in einem grauen Anzug mit Schlips durch die Gänge lief, was meinen Vater wohl an sich selbst erinnerte, weshalb er »den Arzt, nur den!« wollte, da alle anderen ihm zu sehr nach Arzt aussahen, schien sogar Gefallen an meinem dominanten Tonfall zu finden. Er parfümierte sich neuerdings mit einem aufdringlichen Herrenduft und lief mit geöffnetem Hemdkragen herum, sodass man den Ansatz seiner grau melierten Brusthaare deutlich sehen konnte, was mir hin und wieder einen Schweißausbruch bescherte, den ich so schnell wie möglich wegzuatmen versuchte. Aber sicher bildete ich mir auch das wieder nur ein und war es selbst, die sich plötzlich die Lippen schminkte und sich mit Doktor Mehlhorn-Raabe zusammen in einer Art Elternrolle sah – Vater, Mutter und unser krankes Kind, dachte ich und spielte mit mir selbst ein Spiel, das ich *Wir müssen unser Kind retten* nannte. Nicht erst jetzt neigte ich dazu, meinen Vater auf unverschämte Weise zu verkindlichen, was mir bewusst wurde, als ich ihm ein Spielzeugauto, einen kleinen Lkw, mit ins Krankenhaus brachte, das ich vorher geistesabwesend bei Karstadt in der Spielzeugabteilung für ihn gekauft hatte. Ich stellte ihm das Geschenk auf den Nachttisch und sagte mit großen Augen und hoher, lieblicher Stimme: »Schau mal, da kann man sogar hinten die Ladetür aufmachen wie bei einem echten großen Lkw-Auto!« Mein Vater sah mich an mit einem Blick, der fragte, ob ich noch alle Tassen im Schrank hätte. »War nur Spaß«, sagte ich und behauptete, den Lkw lediglich an der Tankstelle als Prämie geschenkt bekommen zu haben. Auch ordnete ich an, meinen Vater bitte so weit wie möglich von der Wirklichkeit fernzuhalten, was ich mit der Drohung verband, dass es ansonsten gewaltig knalle im Karton, und Mehlhorn-Raabe sagte: »aber, aber«, und ich: »Nix Aber aber – er kann damit nicht umgehen, er hielt sich schon immer für unsterblich. Sehen Sie, mein Vater ist eben ein Mann und ein Ingenieur obendrein, und an so was wie Gesundheit glaubt er nicht. Sage ich ihm ›Du rauchst zu viel, das ist nicht gut‹, erwidert er ›das ist sogar sehr gut, und zwar für die deutsche Wirtschaft!‹ Um mir dann zu erklären: Der Reichtum dieses Landes gründe zu einem nicht unwesentlichen Teil auf den Steuerabgaben der Tabakindustrie, und wenn ich ihm für irgendetwas danken sollte, dann fürs Rauchen. Mit dem Alkohol ist es dasselbe. Weil seine Mutter genau weiß, dass er sie nicht mehr besuchen würde, wagte sie auch nur im Leisesten das Thema zu erwähnen (vor ihm verklausulierte sie es mit *du weißt schon* oder *ich fang damit jetzt lieber nicht an.* Es wäre besser, wenn du weniger *du weißt schon, aber ich fang damit jetzt lieber nicht an*), und weil sie wusste, dass sie da ganz schlechte Karten hatte, stellte sie ihm jeden Freitag eine Flasche Sherry mit Glas hin und schenkte ihm zum Gewissensausgleich zu allen nur denkbaren Anlässen Hepabesch-Leber-Pillen. Was ich sagen will«, sagte ich, »versuchen Sie bitte nicht, ihn so plötzlich mit etwas zu konfrontieren, das er sechs Jahrzehnte erfolgreich von sich ferngehalten hat. Das macht keinen Sinn. Er wird mir eine Riesenszene machen, wenn Sie ihm eine von den Krankenhaus-Psychologinnen aufhalsen; wir wissen doch, wie diese Generation drauf ist. Er selbst sagt von sich, er sei eben Techniker, und wenn »eine Pipeline defekt« oder ein »Schaden im Maschinenraum« entstanden sei, dann müsse das »repariert, ein Ölwechsel gemacht oder ein Zylinder ausgetauscht werden« – und als ich mit vierzehn meine Periode bekam, sagte er, na los, gehen wir Stöpsel kaufen, dann ist *das da* – zack – dicht (das sagte ich dem Arzt allerdings nicht). Ich habe mich so viele Jahre wie eine nörgelnde Ehefrau damit abgemüht, ihn von einem anderen Weltbild zu überzeugen – ach, und dann noch etwas und das ist sehr wichtig: Bitte geben Sie absolut *niemandem* Informationen darüber, dass er hier ist. Wenn jemand anruft und fragt: Bitte geben Sie auf keinen Fall Auskunft! Es sei denn, Sie wollen gern einen Polizeieinsatz auf der Station haben. Ich habe ihn hierher verlegen lassen, und das ist nun schon das dritte Krankenhaus, und langsam gehen mir die Ideen aus. Bitte tun Sie mir den Gefallen, und lassen Sie niemanden zu ihm, ohne es vorher mit ihm und mir abzusprechen.« – Mein Handy klingelte, ich zog es aus der Manteltasche, der 26. Anruf von dir an diesem Tag. Die Mailbox schaltete sich ein.

Mir war klar, dass mein Vater sich, solltest du auf der Station erscheinen, freiwillig vorzeitig ins Jenseits verabschieden würde, und ich wusste, dass du sein Ausgeliefertsein, die Situation, dass er durch sein Gebrechen an einen Ort gefesselt war, sofort ausnutzen würdest, um auch jetzt noch, nach zwanzig Jahren, mit einem deiner *Friedensangebote* auf der Station zu erscheinen, die jedes Mal darin bestanden, ihn mit Kraftausdrücken zu beleidigen, auf den Fluren herumzubrüllen, die gesamte Belegschaft zu involvieren, der du dann drohen würdest, sie allesamt zu verklagen, und ihn am Ende des Spektakels zu fragen, ob er es nicht doch nochmal versuchen will mit dir.

Lassen Sie mich SOFORT los! Was soll denn das heißen, das Kind ist frisch operiert, natürlich darf ich da jetzt rein. Es ist immer noch meine Tochter, und wenn Sie sich mir in den Weg stellen, werde ich die Polizei rufen. Das ist ein Verbrechen, gute Frau, und jetzt gehen Sie mir gefälligst aus dem Weg, sonst schreie ich die gesamte Station zusammen. Das Kind hätte sterben können; Blinddarmentzündung – das ist mit Sicherheit psychosomatisch, weil ihr der Kontakt zu ihrer Mutter verwehrt wird. Das Kind kann nicht leben ohne mich, und ich kann nicht leben ohne das Kind, es ist MEIN KIND, und ich werde es jetzt mit mir nehmen, ob sie wollen oder – BITTE WAS? Erzählen Sie doch keinen Unsinn! Die

Narbe ist gerissen, weil SIE sie nicht richtig zugenäht haben, ich habe nicht am Kind GERISSEN, ich habe sie lediglich am Arm GEZOGEN, und der Arm ist ja wohl nicht der Bauch! Oder ist der Blinddarm neuerdings im Arm?! NEIN, ich gehe jetzt NICHT nach Hause! – Na und!? Dann STÖRE ich eben! Dann SCHREIE ich eben die ganze Station zusammen; HEY, was wollen SIE denn jetzt, was will DIESE PERSON jetzt hier; mischen Sie sich gefälligst nicht ein! Finger weg! Das ist KRIMINELL! HILFE! Wenn Sie zulassen, dass das Kind vom Kindsvater abgeholt wird, muss ich Sie leider anzeigen, denn der Mann ist SCHWER GEWALTTÄTIG; es ist stark anzunehmen, dass der Vater das Kind SCHLÄGT. Die Wunde kann ebenso gut bei mir zu Hause zusammenheilen, dafür muss das Kind nicht hier bei Ihnen liegen. Was erzählen Sie denn da für LÜGEN, ich HABE DAS KIND NICHT AUS DEM BETT GERISSEN. Gauben Sie dieser Person KEIN WORT, Sie riechen auch eh irgendwie nach Alkohol, Sie sollten sich dringend mal in Behandlung begeben! FINGER WEG!
HILFE! POLIZEI!
HILFE!
HILFE!

Mäuschen,
ist wieder gut jetzt. Sie ist weg.

Du bist in Sicherheit. Schlafe, schlafe, ruh dich aus. Sieh, deine Mama ist ein sehr kranker Mensch, weißt du, Mäuschen. Guck mal, diese Blumen hier hat sie dir mitgebracht, aber sie sind ganz schmutzig. Ich weiß nicht, wo sie die herhat, aber sie hat es sicher lieb gemeint, sie kann das nicht anders, weißt du, das sind auch keine echten Blumen, die hat sie vielleicht irgendwo mitgenommen, aus einem Restaurant vielleicht, weil sie kein Geld hat. Du musst bald mal was essen, Kleine, das wäre schön, ja? Jetzt ruhst du dich aber erst einmal aus, und dann essen wir was, versprochen?

»Hallo Alice. Deine Mutter hier. Ich habe längst herausgefunden, in welchem Krankenhaus dein Vater liegt. Und eins kann ich dir sagen: Ich werde mir von niemandem verbieten lassen, dort aufzutauchen. Ich bin ein freier Mensch und kann hin, wo ich will und wann ich will. Wiederhörn.«

»Hallo Alice, noch was. Auch ICH sterbe jetzt. Und zwar an gebrochenem Herzen. Es sieht sehr, sehr schlecht aus. Tja, aber dein Vater ist dir wohl wichtiger. Schade. Mach's gut. Wiederhörn.«

MASTLEGEN

»Dit Boot muss aus'm Wasser«, sagte er aus seinem Krankenhausbett. »Kannst du den Mast legen? Ick erklär' dir, wie dit jeht. Dit is bei dem Jollenkreuzer jetzt bisschen schwierijer als früher bei der O-Jolle.« Ich besorgte ein Blatt Papier und einen Kugelschreiber aus dem Schwesternzimmer. »Also. Frag bitte Klaus, ob der dir helfen kann. Und dann jibst du Klaus ordentlich einen aus und schreibst allet uuf meine Rechnung.« »O.k., o.k.« Nach jedem Mastlegemanöver diktierte er ihr: *Einen trinken gehen.* »Papa, wir sind jetzt schon beim achten *Einen-Trinken-Gehen*, da sind Klaus und ich doch längst so blau, dass wir samt Mast und Boot umkippen.« »Is ejal«, sagte er. »Los, mach weiter. Punkt neun.«

Er hatte sich mittlerweile eingerichtet im Krankenhaus, »Koofst du bitte drei Trainingsanzüje, die möglichst elejant und vor allem *sehr* sportlich aussehen?«, und wir schmiedeten Pläne, welches Unrecht aus der Welt zu schaffen sei in der Zeit, *bis die Sonne wieder höher steht*, sodass er dann, wenn alles überstanden sein würde, in eine neue, bessere Welt entlassen werden könnte; eine, in der alle Leute, die ihm über die Jahre seinen Schlaf, seine Kraft und den Verstand geraubt hatten, schlicht nicht mehr da sein würden. Ich hatte mir extra einen schwarzen Blazer und eine Aktentasche gekauft, um der Rolle der Managerin zu entsprechen, und nun überlegten wir gemeinsam, wen von den Leuten ich um den Verstand bringen könnte, und ich machte Vorschläge: Vierzig Hamster durchs offene Badezimmerfenster in der Wohnung aussetzen. Haustüren und Autos mit Leberwurst einschmieren, böse Worte mit Theaterblut an eine Hausfassade malen. Göbel, seinen neuen Vorgesetzten, der ihn beruflich zu Fall gebracht hatte, sollte nun ich zu Fall bringen durch geheime Akten, die eine Stasi-Vergangenheit Göbels offenbarten, und er verriet mir, wo diese zu finden seien und über welche Außentreppe ich nachts in die Firma einbrechen könnte, ohne aufzufallen. Wir zeichneten gemeinsam den Weg auf, den ich durch verschiedene Tore nach Mitternacht gehen sollte, denn da, sagte er – er versicherte sich mit einem Schulterblick, dass wirklich niemand sonst uns zuhören konnte, und kam mit seinem Gesicht näher –, sei dann definitiv niemand mehr auf dem Gelände! Herrn Bartholomäus, einen Kollegen, unter dem er viele Jahre sehr gelitten hatte, hatte ich mir schon vorgeknöpft. Ich war zu ihm gefahren am späten Abend und hatte ihm einen Haufen frisch dampfender Hundescheiße in den Briefkasten geworfen. »Soll ich auf die Ledersitze seines BMW-Cabrio pinkeln?« Mein Vater schüttelte den Kopf. Dauere zu lange, könnten die Nachbarn sehen. »Ich könnte vorne in die Lüftung des Wagens Milchsäure kippen, dann riecht es für immer nach einem Gemisch aus Fäkalien und Erbrochenem, und das geht nicht mehr weg.« Das gefiel ihm. »Aber wat ist, wenn ihm von dem Jeruch so übel wird, ditt er während der Fahrt ohnmächtig wird, einn Unfall baut und stirbt«, fragte er und rieb sich den Bart. Und so entschieden wir uns stattdessen für eine bessere Taktik: Mit aus Zeitungen ausgeschnittenen und zu Worten geklebten Buchstaben würde ich alle paar Wochen einen Einschüchterungsbrief an Herrn Bartholomäus schicken. Wir formulierten gemeinsam den Text, strichen immer wieder durch und einigten uns schließlich auf:

WIR BEOBACHTEN SIE

Heutzutage frage ich mich manchmal, wer von uns beiden eigentlich wem etwas vorgespielt hatte in der Annahme, dem anderen wäre die Wahrheit einfach nicht zuzumuten.

Später sahen wir zusammen fern. Er saß geschwächt, aber zu stolz für das Bett, am Tisch in seinem Trainingsanzug, ich lag in seinem Bett mit dem hochgeklappten Kopfteil, und Irmi nickte regelmäßig am Tisch ein. Und wann immer es im Fernsehen zu gefühlvollen Szenen kam, klatschte er genervt in die Hände und sagte: »Mensch Leute, is doch jut jetz.«

Als er das Interesse am Fernsehen verloren hatte, zeigte ich ihm Dinge, die er vom Bett aus vor dem Fenster sehen konnte. Flugzeuge, deren Höhe wir gemeinsam auszurechnen versuchten. Die von Sonnenlicht angeleuchteten Tautropfen in einem Spinnennetz in der oberen Ecke des Fensters. Die goldene und die blaue Stunde. Schatten von Ästen an Häuserwänden. Den metallicblauen Federteil im Flügel eines Eichelhähers. Im Oktober bemerkten wir an einem frühen Abend gemeinsam, dass der hiesige Himmel, wie er sich in diesem Moment zeigte, uns an einen Tag South Carolina erinnerte. »Warum muss ick beim Blick in den Himmel jetzt gerade an diesen Tach denken, weißt du, dieser Moment, wo wir uff dem Steg standen, und der herrenlose Hund neben uns, der uns verfolgte?«, fragte er. »Was genau ist es, das ein solches Déjà-vu verschafft? Sind es die Farben oder eine bestimmte Wolkenformation, die einen Abdruck im Unbewussten hinterlassen hat?« Er benannte mir die Wolkenarten. »Das ist eine Kumulus-Nimbus-Bewölkung, und diese lang gezogenen Wischwolken, die aussehen, als hätte jemand sie gekämmt, nennt man Cirrus. Und die da ganz hinten Cirrostratus. Und die, die sich über das Land legen wie eine Decke, heißen Nimbostratus. Weißt du was«, er sah mich an. »Ick will wieder filmen! Wie lange habe ick nicht jefilmt, dabei war ditt doch immer mein Hobby! Wie konnte ick ditt nur verjessen all die Jahre? Ick habe so vielet verjessen über mich!«

Noch am selben Nachmittag kaufte ich eine Kamera, und wir fingen an, gemeinsam Bilder zu machen. Ich schlug vor, *bis die Sonne wieder höher steht*, eine Bilderreihe aufzunehmen, und wir machten jeden Tag ein Bild vom selben Stück des Himmels: der immer gleichen Antenne auf einem Dach, das wir von seinem Krankenzimmer aus sehen konnten. Dann mehrere Bilder täglich, immer zu verschiedenen Tageszeiten. »Dit ist doch nicht zu fassen: wie könn'n Tage und Stunden nur so völlich verschieden sein! Jede Sekunde sind alle Farben janz anders!«, sagte er, als er sich die Bilder im Display der Kamera ansah. Seine wenigen Haare, plötzlich weiß, zeigten in alle Richtungen, und die trockenen Füße suchten zwischen der weißen Krankenhausbettwäsche das kühle Metall des Bettgestells. »Ditt is wirklich 'n Ding«, er schüttelte den Kopf. »Ick habe mich viel zu viel mit Wolken und viel zu wenich mit dem Himmel selbst beschäfticht.«

»Er guckt Autorennen«, sagte die Schwester. Er lag mittlerweile auf der Intensivstation, an diesem Morgen saß er mit baumelnden Beinen in seinem Nachthemd auf der Kante des Bettes und guckte in den kleinen Kasten, den man extra für ihn gebracht und auf einen Hocker gestellt hatte. »Der McLaren ist vorne«, sagte er. Ich setzte mich neben ihn, Irmi auf einen Stuhl. Die Autos rasten um die Kurven. Sein Kopf ragte mit dünnen Härchen aus dem weiß-blau geblümten Nachthemd, seine Haut am Hals und im Gesicht war so trocken und schuppig, dass sich große und winzig kleine Falten zogen. »Papa, du siehst aus wie eine Schildkröte, ich creme dich mal ein, darf ich?«, fragte ich und hockte mich vor ihn. Er sah kurz auf meine Hände und verzog angeekelt das Gesicht: »Igitt, schlechte Milch«, sagte er. Er versuchte, an mir vorbei zum Fernseher zu sehen. Und als ich mit den Händen über seine schmalen Wangen strich, die früher füllig gewesen waren, erkannte ich zum ersten Mal mich selbst in ihm.

Das Deckenlicht war schon ausgeschaltet, es leuchteten nur noch die Leselampen über dem Bett, und der Fernseher lief. Ununterbrochen sah er zum Fernseher. Als wäre es ihm eine Qual, konnte er nicht zu mir sehen und haftete mit dem Blick oben am Bildschirm. Ich nahm einen Stuhl, setzte mich neben ihn und guckte mit. Es lief eine Seifenoper, überbunte Farben, Weichzeichner und Schauspieler mit symmetrischen Gesichtern, geraden weißen Zähnen und perfekten Frisuren, die wirkten wie ausgeschnitten aus einem drittklassigen Modekatalog. So saßen wir eine Weile und sahen den bewegten Bildern zu, ohne wirklich der Handlung zu folgen. Manchmal sagte ich etwas, aber es war ihm nicht möglich, mich anzusehen. Ich überlegte eine Weile, was ich tun könnte, um mit ihm in Kontakt zu treten. Und als ich das nächste Mal zu ihm rübersah, waren seine Augen geschlossen, sein Kopf nach vorne gekippt und seine vorher angestrengten Gesichtszüge hatten sich ein wenig entspannt. Leise zog ich meine Jacke an. Im schwarzen Fenster sah man die Spiegelung des Raumes. Die anderen beiden Betten waren unbelegt. Als ich schon fast an der Tür stand und mich noch mal umdrehte, sah er mich wach und neugierig aus seinem Bett aus an. »Du bist ja wach«, sagte ich. »Weißt du«, sagte er, »ich habe keine Ahnung, was die mir hier ins Essen tun. Aber neuerdings, wenn ich auf der linken Seite schlafe, träume ich als Frau. Und wenn ich auf der rechten Seite schlafe, träume ich als Mann. Gibt's so was? Und es ist etwas ganz anderes, als Frau zu träumen. Man versteht die Dinge nicht Schritt für Schritt, nicht Punkt für Punkt, sondern eher – spiralförmig. Man gleitet von außen immer tiefer in die Dinge hinein, kann man es so sagen?« Er fokussierte mich und sagte eine Weile nichts. Dann zog er die Augen zusammen und sah wie durch mich hindurch, als wollte er etwas erkennen, das mich lenkt. »Du kannst nicht zwischen Gut und Böse unterscheiden«, sagte er. »Du hast gelernt, dich selbst um die Wahrheit zu bringen.«

»Wahrheit ist ein großes Wort. Ich gehe jetzt, gute Nacht!«, sagte ich, schloss die Tür hinter mir und eilte durch die Flure des Krankenhauses.

Es war der Tag, als die *Costa Concordia* verunglückte. Captain Schettino verließ das sinkende Schiff unbemerkt und machte sich in einem Beiboot davon, auf Nimmerwiedersehen. Formel 1 lief tonlos und war gerade unterbrochen worden durch eine Autowerbung. Als die Zahlen bei Null ankamen, hängte sich der Fernseher auf. Das flackernde Standbild beschien den

Raum wie ein ein viereckiger Vollmond. Ein weißes Auto fuhr gerade aus dem Bild und zog einen weißen Schweif nach sich. Darüber verwackelt der Slogan:

Everyday Joy
Twinair Turbo Motor

»Ja. Deine Mutter. Ich möchte dir helfen. Warum rufst du nicht zurück, dass ich dir helfen kann. Das ist Diskriminierung, Alice. Du verweigerst mir das Recht darauf, dir unterstützend zur Seite zu stehen. Das ist mal wieder ein deutliches Zeichen dafür, dass auch du alkoholabhängig bist, da Süchtige generell jegliche Hilfe verweigern und sich von der Welt abschotten. Ich werde dir etwas zum Thema schicken, es ist wichtig, dass du dich mit deiner Sucht auseinandersetzt.«

(weint) »Ja. Schatzi. Deine Mama hier. Mir geht's schlecht. Alice! (weint laut) Ich will mein Kind!«

»Ja, deine Mutter. Ich habe gerade erfahren, dass die Trauerfeier nicht am geplanten Ort stattfinden wird. Bitte teile mir den Ort der Trauerfeier mit, ich habe ein Recht darauf, dies zu erfahren. Ansonsten hoffe ich, es geht dir gut. Wiederhörn.«

»Ja, pass mal auf jetzt, ja. Es geht mir sehr schlecht. Vielleicht ist dir das nicht klar, aber mein Ex-Mann ist gestorben.«

»Ja, deine Mutter hier. Ich habe den Ort längst herausbekommen. Das ist ganz einfach, man kann sich da beim Friedhofsamt erkundigen. Wiederhörn.«

Abends fuhr ich zum Flughafen und setzte mich in die leere Empfangshalle. Check-in und Informationsschalter waren nicht mehr besetzt. Keine Durchsagen, keine eilenden Geschäftsmänner, keine Sommerurlauber in Jogginghosen. Es war ruhig, fast heimelig um diese Zeit. Nur das Saugen eines Putzfahrzeugs, die Lüftung an der Drehtür, einzelne Schritte. Die Tafelanzeigen waren ausgeschaltet. Hier hatte er mir erklärt, wie ein Flugzeug startet und landet. Immer gegen den Wind. Dass eine Landung nur in Wellenschritten funktioniert, von Luftschicht zu Luftschicht. Hier kam er an, und hier verabschiedete er sich, wenn er auf seine Dienstreisen flog. Nach Teheran, nach Taiwan, nach Schweden, nach Johannesburg. Hier empfing ich ihn mit einer Blume in der einen und einer Frau an der anderen Hand: als Renate-Alice (»Komm und gib der Renate einen Kussi. Nein, nein, Liebchen, erst ein Kussi, und dann darfst du spielen! Mach ei ei bei der Renate und hab' die Renate lieb, hopp hopp!«), Anneliese-Alice (»Du brauchst einen anderen Haarschnitt, einen modernen, man nennt ihn Igelschnitt!«), als Alma-Alice (»Du musst ein Steak braten lernen für deinen zukünftigen Ehemann!«). In dieser Zeit bedeuteten Telefonate ins Ausland Gespräche mit Zeitverzug. Das gespannte Horchen, den Zeigefinger in die Ringel des Hörerskabels verhakt und den Hörer fest ans Ohr gepresst, als könnte man so ein Stück der Entfernung überwinden:

——————————————————————

—————————————————— Hallo!

Hallo mein Scha ——————————————

——— Was? ——— Hallo? ——————————

— Hallo? ———————————— Hast du ——

—— hast du was gesagt?/Was sagst du ———————

———————————————— WasNein, hab ich

nichts ——————————————— guter

Wind ——————————————————

— gesagt? ——————————— Ja! ————

Flamingo ————————— Pa ——————————

——————————————— Bist du jetzt schon im Taiwan? ——
——————————————————————————————
——————————————————————————————
——————————————————— Nein, in Teheran
————————————————————————————
————————————————————————— Jürgen hat/eine
Drei-hallo ————————————————————————
——————————————————————————————
—————— Bist du noch da?

sechs

»Jetzt werde ich auseinandergeschoben wie das längste Teleskop, das es je gab! Lebt wohl, Füße!«

Alice im Wunderland

MILCH

19.01

16:12
(weint) »Ja, Schatzilein, Mamichen hier. Wie geht's dir denn. Mir gar nicht gut.«

16:23
(weint panisch) »Schatzi. Hilfe. Mir geht's gar nicht gut!«

17:09
(forsch) »Ja, ich. Ich rufe an, um meiner Pflicht als Mutter nachzukommen und dich über mein Befinden in Kenntnis zu setzen: Schlecht. Wiederhörn.«

17:16
(forsch) »Ja, ich. Hast du schon mal was von Suizid gehört? Das heißt, man nimmt sich das Leben. Weil es einem sehr schlecht geht!«

18:01
(müde) »Ja. Deine Mutter hier. Pass mal auf, ja. Ich habe meinen Vater verloren und meine Mutter, mein Kind wurde mir entführt, gehirngewaschen und entfremdet, und nun ist auch noch mein Ex-Mann gestorben. Warum meldest du dich nicht? Findest du dein Verhalten in Ordnung?«

18:44
(aufgeräumt) »Ja, deine Mutter hier. Ich habe gerade mal recherchiert: Du bist ja in einer Sekte. Jetzt wird mir einiges klar. Wahrscheinlich hat dein Freund dich da reingezogen. Der ist wahrscheinlich gar nicht Musiker. Ich habe mir über den mal einige Informationen besorgt. Sieht aus, als wäre auch der einer von der ganz üblen Sorte. Zudem diskriminiert er mich, sonst würde er mir mal Blumen vorbeibringen. Findest du es in Ordnung, mit einem Mann zusammen zu sein, der deine Mutter diskriminiert? Aber das willst du sicher alles nicht sehen, wahrscheinlich trinkt er auch, und du bist co-abhängig. Oder ist er vielleicht der Sektenanführer? Das ist jedenfalls nicht mehr gesund, was du da machst. Das ist ja wie Scientology!«

19:04
(forsch) »Ja. Deine Mutter. Es ist nicht nur so, dass ich meinen Mann verloren habe; ich verliere auch noch meine Wohnung. Falls du das noch nicht weißt. Sie wollen mich hier raushaben. Aber ich werde dagegen vorgehen. Wiederhörn.«

22:57
(schwerzüngig) »Ja, deine Mutter hier. Pass mal auf jetzt, ja. Ich bin schwerst depressiv. Ich werde mir das Leben nehmen.«

27.01.

14:13
(euphorisch) »Schatziiii! Schatziiiii! Deine Mutter hiiiier! Hör mal, das Meer, hörst du das? Es ist ganz schön, haha, stürmisch (lacht).
Also alles hier! (lacht). Es ist einfach so herrlich hier, das glaubst du gar nicht, ja! Ich habe eine Unterkunft direkt am Meer! Für ganz wenig Geld! Und du wirst es nicht glauben, ich wurde gestern schon zum Essen eingeladen! (lacht laut) Von einem MANN! (lacht sehr laut)

Und was für einem! (lacht sehr, sehr laut)
Na ja, gut, ich hoffe, es geht dir gut, Schatzi, also mir geht es jedenfalls fantastisch, Ägypten ist einfach wunderschön, hier müsste ich leben, dann ginge es mir immer gut. Die Leute sind so nett, und das Essen ist köstlich, ich habe all-iInclusive, und das alles zu einem Spottpreis! (lacht)
Ach ja, und morgen bin ich auch gleich schon zu einem Ausflug in die Berge verabredet (lacht). Mit Arafat! (lacht sehr laut) Er arbeitet hier im Hotel und hat mich gleich so freundlich begrüßt, als ich ins Hotel kam! Du, ich glaube, der ist in mich verknallt! (lacht sehr, sehr laut) Melde mich wieder, bis dann. Ach so: Du bist meine tolle, wunderschöne, begabte, großartige, intelligente, brillante Supertochter! Ich bin so stolz auf dich!«

29.01.

(sehr fröhlich) »Huuhuuuhh! Schatzischätzchen – Schnuckelduckel! Du hörma: Arafat sagt, seine Frauen hier wollen alle keinen Sex! Weil die alle beschnitten sind! Das musst du dir mal vorstellen! Die fühlen nichts beim Sex! – Der Arme!« (lacht sehr laut)

14.03.

(verstimmt) »Ja, Schatzi, ich bin's. Margit hat mich angerufen und sagte, du erreichst mich nicht und machst dir große Sorgen. (verärgert) Was soll das denn jetzt! Das ist ja nun wirklich totaler Quatsch! Kann ja wohl alles nicht wahr sein! Ich habe meine Reise verlängert, weil es hier so schön ist! Meine Güte! Beruhig dich mal, Madame. Wiederhörn.«

19.03.

(süßlich) »Ja, deine Mutter hier. Sage mal, ist nur eine Frage: Wäre es möglich, dass du mir ein bisschen Geld leihst? Bitte, Schatzi, nur dieses eine Mal! Ruf bitte zurück. Wiederhörn.«

20.03.

(verstimmt) »Ja, deine Mutter hier. Ich habe gestern angerufen und dich gebeten, zurückzurufen. Warum machst du das nicht? Wiederhörn.«

22.03.

(weint) »Ich noch mal. Alice. Ich bin krank. Ich habe eine schwere Magen-Darm-Grippe und kann das Hotel nicht verlassen. Ich kann nicht abreisen! Ich hab' die Nummer der Reisekrankenversicherung vergessen, kannst du bitte in meine Wohnung fahren und sie mir durchgeben. Außerdem habe ich kein Geld mehr und nichts zu essen. Ruf sofort zurück! Hilfe! Wiederhörn.«

23.03.

(matt) »Ja, die Reisekrankenversicherung hab' ich jetzt erreicht, aber mein Geld ist alle! Deine Mutter ist krank in Ägypten und kann nichts mehr zu sich nehmen! Tu was! Rufe das Auswärtige Amt an oder was auch immer! Wo bleibt dein Rückruf!«

24.03.

(forsch) »Ja. Die Reisekrankenversicherung übernimmt jetzt die Arztkosten, die Rückreise kann ich aber nicht machen, und ich werde hier im Hotel festgehalten. Das sind alles Leute von der Mafia! Die wollen mich nicht gehen lassen, wenn ich

nicht zahle! Ich brauche Geld! Sofort! SOFORT! HILFE! KONTAKTIERE DAS AUSWÄRTIGE AAA-HAMT!«

25.03.

09:03
(entschlossen) »Ja. Ich. Was du machst, nennt man unterlassene Hilfeleistung. Ich werde das zur Anzeige bringen. Wiederhörn.«

25.03.

09:08
(vorwurfsvoll) »Ja. Ich. Ich habe nichts mehr zu essen! Soll ich verhungern?! Nur noch eine Milch, und die ist schlecht! Soll ich schlechte Milch trinken?!«

25.03.

09:16
(ruhig) »Pass mal auf, mein liebes Frollein. Deine Mutter ist akut suizidgefährdet! Aber genieß du nur dein Leben!«

25.03.

10:28
(bitter) »Weißt du, was das ist? Suizid? Das heißt, man bringt sich selber um! Weil man so schwere Depressionen hat, dass man das Leben nicht mehr erträgt! Denk mal drüber nach! Wiederhörn.«

25.03.

10:35
(bitter) »Weißt du, als du klein warst, hast du mal gesagt: ›Mama, du bist meine Seele, und ich bin deine Seele. Und

wenn meine Mama nicht mehr lebt, will auch ich nicht mehr leben.‹ Das war wohl eine Lüge! Warst du also schon mit vier Jahren eine Lügnerin!«

25.03.

10:45
(investigativ) »Bist du eigentlich ein Nazi? Nun ja, Alice. Ich muss leider annehmen, dass du ein Nazi bist, sonst würdest du deine Mutter nicht dahinsiechen lassen wie einen KZ-Häftling. Das ist krank. Wiederhörn.«

25.03.

11:11
(herzlich) »Hallo, liebe Frau Schaller, hier Liebermann aus der Energieheilpraxis Liebermann. Ich danke für Ihren Anruf und würde mich über einen Besuch von Ihnen freuen. Mein Terminvorschlag wäre nächste Woche Mittwoch um 15 Uhr. Sagen Sie mir doch gerne Bescheid. Vielen herzlichen Dank und bis dahin, ich freue mich auf Sie!«

25.03.

11:13
(bestimmt) »Als du mit sechzehn zum Schüleraustausch geflogen bist, habe ich dich am Flughafen überrascht mit einer Blume, und was machst du? Fängst an zu heulen und rennst davon! Was meinst du eigentlich, was das macht mit einer Mutter! Findest du dieses Verhalten in Ordnung? Wiederhörn.«

25.03.

11:23
(matt) »Ja, Alice, noch mal ich bezüglich deines Verhaltens und all deiner Schlechtigkeiten. Ach, vergiss es. Wiederhörn.«

25.03.

11:47
(kämpferisch) »Ja, deine Mutter hier. Pass mal auf jetzt, ja. Ich –«
»Mama?«
»Huch! Äh – ja?«
»Kannst du mal kurz Pause machen? Ich kann gerad nicht.«
»Wieso?«
»Ich liege in der Ambulanz, ich hatte einen Kreislaufkollaps.«
»Kreislaufkollaps? Ach, du immer mit deinen tausend Übertreibungen! Musste eben mal mehr essen, anstatt dir immerzu neue Klamotten zu kaufen!«

25.03.

12:14
(gereizt) »Ich noch mal. Was soll das heißen: eine Pause machen? Pass mal auf, ja. Was glaubst du eigentlich, wie es mir geht? Hast du eigentlich irgendeine Ahnung davon, was ich alles erlebt habe, mein liebes Frollein? Eine Pause machen – ist ja wirklich UNMÖGLICH so was!«

25.03.

12:33
(sanft) »Wahrscheinlich kannst du nichts dafür, dass du so bist. Das liegt sicher an der Entführung. Du wirst ein Trauma davongetragen haben, das hat einzig und allein der Prof. Doktor Schlotter zu verantworten, der damals das Gutachten geschrieben hat, du würdest komplett bei mir verwahrlosen und verhungern. Eine Lüge war das! Das hat man uns angetan! Diese schlimme Lüge!«

25.03.

12:39
(entschlossen) »Ja. Mama hier. Ich habe meinen Lebenssinn verloren. Und falls du's genau wissen willst: Ich bringe mich jetzt um. Wiederhörn.«

26.03.

04:28
(gut gelaunt) »Jahaaa, Schatzilein, Mamichen hier! Ich wollte dir sagen: Du kannst jetzt schlafen gehen, ich bringe mich doch nicht um. Habe mich jetzt abreagiert, und jetzt geht's mir besser. – Du! Pass mal auf: Ich habe hier eine so schöne Reise gefunden, nach Bulgarien, gar nicht teuer! Wenn ich wegfahren würde, noch mal in einen enstpannteren Urlaub, würde es mir so viel besser gehen. Ich bräuchte nur so um die 400 Euro, und die habe ich gerade nicht. Kannst du mir vielleicht was leihen? Bekommste auch zurück, versprochen!«

04.04.

(entschieden) »Ja, Alice, deine Mutter hier. Ich wollte dich nur darüber unterrichten, dass ich jetzt nach Bulgarien in den Urlaub fliege, Margit hat mir das Geld gegeben, ich habe mich nun bei einer Bekannten verschulden müssen. Ich muss diesen Urlaub dringend machen, um mich von der Katastrophe in Ägypten zu erholen. Ich werde dort drei Wochen sein mit einer netten Frau in deinem Alter, Ariane. Eine nette Frau. Viel netter als du. Warum bist du nicht so nett? Na ja. Ich verstehe dich einfach nicht. Du warst irgendwie immer schon seltsam. Ein seltsames Mädchen.«

10.04.

(panisch) »Ja Alice, ich bin hier gerade in Bulgarien, und mir geht es gar nicht gut. Ich habe mir den Arm gebrochen. Im Hotel hat man mir leider nicht helfen wollen. Schlimme Menschen sind das hier. Und Ariane ist leider ganz anders als erwartet, mit der stimmt was nicht. Die ist entweder tabletten- oder alkoholabhängig, eins von beiden. Seit einer Woche habe ich nichts gegessen und getrunken, und nun liege ich verhungert im Hotelbett. Ich werde wahrscheinlich sterben. Bitte melde dich. SOFORT! Ich –«

»Mama?«

(Pause) »Äh, ja?«

»Halt die Fresse.«

(Pause) »Was?«

»Du sollst die Fresse halten.«

»Sag mal, spinnst du, hast du irgendwas genommen? Wie redest du denn mit deiner …«

»Du hast mich nicht verstanden: Du hältst jetzt die Fresse. Du hältst jetzt dein saudämliches Mistmaul, sonst knallt's aber gewaltig im Karton!«

»Sag' mal, bist du völlig übergeschnappt?«

»Ja.«

Alle weiteren Nachrichten gelöscht.

ENTRÜCKEN

Ein Meter siebzig in etwa, so kam sie mir vor, die Entfernung. Den Zeitpunkt hatte ich nicht mitbekommen. Sah ich auf den Boden, kam er mir vor wie etwas aus einer anderen Dimension. Fasste ich die Wand an, war es, als fasse nicht *meine* Hand die Wand an, sondern die eines Avatars. An den Füßen konnte ich den Boden fühlen, aber die Füße gehörten nicht zu mir. Ich lief durch die Stadt und sah mich um wie ein Besucher. All das war mir bekannt: Der Bordstein und die eine Delle auf dem Gehweg, aus der eine Wurzel hervorbrechen wollte. Die Häuser, Statuen, Cafés und Restaurants. Nur die *Zusammenhänge* hatten sich aufgelöst, als wäre ein Klebstoff fortgewaschen worden, der mich mit der Welt verbunden hatte. Niemand lebte mehr, der meine, unsere Geschichte kannte, die wie ein Koloss zwischen mir und der Welt stand. Ich war die letzte Hüterin einer Geschichte geworden, deren zweiter Protagonist mich zurückgelassen hatte, sodass ich nun allein und ohne jeden Rückhalt mit dem Drachen zurechtkommen musste, den ich noch nie zu händeln gewusst hatte; mit jener Krankheit, die dich umgibt wie ein Raumanzug, der alle Fratzen abwehrt in dem schrecklichen Spiegelkabinett, in dem du lebst – weshalb es auch für dieses Leben, das ich in frühen Jahren allein mit dir geteilt hatte, keinerlei Verbündete gab – denn unsere Wirklichkeiten waren komplett getrennt voneinander und würden es immer bleiben; du und ich hatten keine einzige gemeinsame Erinnerung, an die ich hätte anschließen können. Unser Erleben war niemals ein gemeinsames gewesen. Was bleibt noch übrig von einem Menschen, dessen Geschichten niemand auf der Welt mehr bezeugen kann?

Wohin ich auch kam, sah ich mich um wie eine Touristin an einem fremden, wenig heimeligen Ort, an dem man nach viel zu schneller Anreise nicht anzukommen meint, und es war mir, als ginge ich nicht, sondern schwebe durch mir vertraute Straßen und Orte, durch die ich etliche Male gegangen war und die sich in allen Phasen meines bisherigen Lebens mit immer neuen Bildern überschrieben hatten. Und so sah ich mir alles an, wie eine Museumsbesucherin Dinge aus längst vergangenen Zeiten betrachtet, zu denen sie keinen Bezug herstellen kann. Die Erinnerungen waren da, aber die *Bezüge* hatten sich aufgelöst, weder konnte ich eine Beziehung zur Vergangenheit noch zur Gegenwart herstellen. Alles, was mich umgab, war ein abgeschmacktes Zitat geworden, das auf Textstellen verwies, mit denen ich nichts mehr anzufangen wusste. Menschen und Orte waren von einem galligen Schleier überzogen, wie man ihn von zu oft benutzten Teetassen kennt, aus denen niemand mehr trinken möchte, und im Rachenraum spürte ich durchgehend ein angespanntes Ekelgefühl. In meinem eigenen Zuhause sah ich mich um, wie ein unangenehm überraschter Feriengast, der erst jetzt kapiert, eine Pension direkt an einer vierspurigen Schnellstraße gebucht zu haben.

Und auch mein Körper war mit einem Mal vollkommen verändert. Als wäre eine Schutzschicht von mir abgefallen, war ich ganz dürr und unweiblich geworden und hatte die Statur eines Kleinkindes. Und nach und nach erschien es mir, als kehre etwas längst Vergessenes zu mir zurück; als hätte mein Vater jahrelang auf einem Deckel der Geschichte gesessen, die mit aller Kraft von unten gegen diesen Deckel drückte und befreit werden wollte – und wäre nun aufgestanden und davongegangen.

Die Entfernung, die es schon immer gegeben hatte, war nun räumlich spürbar geworden und hatte sich verdoppelt. Wochenlang hielt der Zustand an. Ich verkaufte meinen Geschirrspüler, um nur noch mit den Händen zu spülen, ging barfuß im Wald und auf den Straßen spazieren, um Boden unter die Füße und einen Bezug zu den Dingen zu bekommen. Warum hörten meine Hände nicht auf, mir fremd zu sein, warum schien die Erde so weit weg von meinen Füßen, obwohl ich direkt darauf stand? *Das* ist also Verrücktwerden, dachte ich. Nun geht es auch bei mir los.

Im Freundeskreis sah ich mich um, blickte von einem zum anderen – wer waren denn diese Leute? Sie saßen auf einer Terrasse in verschiedenen Gartenstühlen, Flo drückte auf eine Fernbedienung, und die Markise wurde ausgefahren, dann drückte er auf einen anderen Knopf, und ein kleiner, runder Rasenmäher fuhr los. »Na, Dummdumm, da guckste, wa«, sagte er zu mir. Sie hatten Bierflaschen oder Weingläser in ihren Händen, machten die üblichen Witze; Witze, die nur dem Zweck dienten, Unsicherheit zu überspielen oder etwas Altbekanntes wiederherzustellen. Doch bei mir funktionierte die Wiederherstellung nicht.

Ich hatte faszinierende Beiläufigkeit des *ganz normalen Wahnsinns* so sehr an ihnen studiert, dass ich eine Arbeit darüber hätte schreiben können. Das Laufen mit dem Wäschekorb vom einen in das andere Zimmer, das genervte Augenrollen, wenn ein Kind schrie, das nebensächliche Öffnen und Schließen von Schubladen, den Grad an Wut oder Hilflosigkeit, der erlaubt war, die Kunst, alles irgendwie zusammenzuhalten, und vielleicht hatte ich es übertrieben mit meinem Studium der Normalität, doch nur in der Übertreibung steckte für mich der Beweis. Was ich bei all dem übersehen hatte war, wie einige über die Jahre angefangen hatten, einander Dinge zu neiden. Milli und Flo, die mittlerweile ein Paar waren, hatten nachts einen heimlichen Ausflug zum Haus von Hanni und Daniel gemacht, sie waren sogar mit Taschenlampen durch deren Garten geschlichen, um zu sehen, ob das Haus größer als ihr eigenes war. Hans-Schwanz war Versicherungsvertreter geworden, und Sandra hatte ihm erlaubt, in eine Burschenschaft einzutreten, allerdings nur unter der Voraussetzung, niemals nach 23 Uhr nach Hause zu kommen. Milli schwärmte immer von ihrer Traumhochzeit und ihrem wunderbaren Leben mit Flo, als müsste sie sich selbst davon überzeugen. Und die ganze Gruppe nickte, obwohl jeder wusste, dass Flo auf allen bekannten Dating-Plattformen rege aktiv war und jeden Mittwochnachmittag, wenn Milli Spätschicht hatte, Besuch im gemeinsamen Schlafzimmer empfing. Sauron hatte Sabrina aus Braunschweig geheiratet, die in der Gruppe mittlerweile auf unangenehme Art den Ton angab, zu jeder Gelegenheit vor versammelter Mannschaft Mann und Kinder zusammenschrie, um anschließend mit Übelkeitsgesicht feierlich zu verkünden, sie habe ihre »innere Mitte« gefunden.

Die Sonne war schon hinter den Bäumen verschwunden, eine Feuerschale brannte auf der Wiese, und ich sah sie alle wie Zerrbilder vor mir. Die Anwesenheit der langjährigen Freunde hätte doch das übliche Gefühl von Vertrautheit in mir auslösen müssen. Das war doch der tollste, lustigste und treueste Freundeskreis, den man sich nur vorstellen kann, und ich hatte das große Glück, zu ihnen dazuzugehören. Aber alles Vertraute war mir auf einen Schlag fremd geworden. Was hatten wir gemeinsam? Sprach einer von ihnen mich an, redete er mit mir, als wäre ich noch dieselbe Person. Sie alle hatten den großen Knall zwar mitbekommen, aber sie wussten nichts damit anzufangen. Sie hatten noch ihre Eltern, teilweise sogar Großeltern, Onkel, Tanten, Nichten, Neffen, Cousins und Cousinen, und alles andere war ihnen unvorstellbar. Niemand hatte mein Verschwinden mitbekommen, das unvermittelte Fortsein einer scheinbaren Persönlichkeit, die sich unter dem Blick und Urteil meines Vaters geformt hatte, und welche in dem Moment, als sein Blick sich geschlossen und sein Urteil verflüchtigt hatte, nicht mehr existierte. Nur – wie hätte ich das jemandem erklären sollen – dass ich, die hier sonst mit ihnen rumgewitzelt hatte, krampfhaft versuchte, eine alte Version von sich selbst nachzuspielen, an die ich mich selbst nicht einmal erinnern konnte. Die Freunde redeten von Kollegen, von ihren Eltern und Geschwistern, Sandra erzählte, wie sie mit ihrer Schwester shoppen gegangen war, Milli vom Spieleabend mit der ganzen Familie, sie alle hatten ein Netz, in das sie jederzeit fallen konnten, emotional, finanziell. Sandra erzählte, sie wäre eine Woche bei ihrer »Mama« eingezogen, »weil ich so krass Magen-Darm hatte, da hab' ich mich von Mama mal richtig schön betüddeln lassen«. Ihr gehörte meine ganze Abneigung.

»Guckt mal, Dummdumm hat schon wieder ihren Überforderungsblick«, rief Flo und riss mich aus meinen Gedanken. Alle lachten. »Sind dir zu viele laute Kinder hier, Alice?«, rief eine von ihnen. »Stellt euch mal Alice mit Kindern vor!«, sagte Flo und grinste.

»Nee, lieber nicht«, antwortete Milli, und sie gackerten.

»Die würden bestimmt verhungern!«, rief Quetschgesicht.

Alle lachten. Ich bekam gar nicht mehr mit, wer was sagte. Mir war heiß und schwindelig, dann fiel ein runder dunkelroter Fleck auf meine Jeans. Ich kippte den Kopf nach hinten und hielt mir die Hand unter die Nase. »Das ist wirklich eine sehr lustige Vorstellung«, sagte ich und stand auf, um ins Bad zu gehen. Auf dem Weg kam Sandra mir aus der Küche entgegen, sie hielt ein Tablett mit Kuchen in der Hand, wie Sandra immer ein Tablett mit Kuchen in der Hand hielt. »Alice«, sagte sie, eine Frau im selben Alter mit einem Charme, wie eine Frührentnerin auf Kaffeefahrt. »Alice, du bist viel ernster geworden. Nicht mehr so albern. Das ist richtig schön. Schön, dass du endlich auch mal erwachsen geworden bist.« Sie lächelte sanft. Ich verschwand im Bad, schloss ab hinter mir, rollte eine Masse von Klopapier ab, drehte es zu einem Tampon und stopfte ihn mir in die Nase. Ich drehte das Wasser auf und kühlte mir das Genick. Sie meinen es nicht so, sie wissen nicht, was sie da sagen mit ihren Witzen, ich würde ein Kind verhungern lassen. Sie versuchen einfach nur, witzig zu sein. Aber – und in diesem Moment wurde ich getroffen von einem extrahellen, wenn auch sehr langsamen Geistesblitz – vielleicht ... ich sah hoch zum kleinen Fenster, eine massige, dichte, aus vielen Schichten angehäufte Kumulonimbus-Wolke stand vor dem Blau wie ein gigantischer Turm aus perlmutt leuchtendem Schnee. Ich drehte das Wasser zu, legte mir die nassen Hände aufs Gesicht, nahm ein Handtuch und rubbelte mir Gesicht und Hände trocken.

Ich sah in den Spiegel: Vielleicht ... ach du liebe Zeit! – waren die *ganz Normalen* ja gar nicht so normal? Offenbarten sich die Störungen hier nicht an den nervös flatternden Augenlidern, an der unterschwelligen Freudlosigkeit, der maskierten Gereiztheit? Warum wurden sie von Jahr zu Jahr fahler im Gesicht, ihre Körper unförmiger, ihre Ansichten verquerer, während Leute, die die ganz Normalen als *seltsam* betitelten, immer gesünder, aufgeräumter, lebendiger zu werden schienen? Zeigte sich das Ungesunde nicht daran, den eigenen Kindern genau das auszutreiben, was man an sich selbst nicht verwirklicht hatte? An ihrer seltsamen Freude, die sie empfanden, jene, die etwas wagten, scheitern zu sehen und solche Geschichten als Rechtfertigung für die eigene Mutlosigkeit zu bemühen? An dem Zwang, alles in Kategorien einteilen zu müssen oder darin, stets schnell zu werten, niemals zu zögern und auf alles eine Antwort parat zu haben? Und warum – mir fiel gerade etwas wie eine dick gepolsterte, extra blickdichte Schlafbrille von den Augen – warum war eigentlich keiner von ihnen aufgestanden, für mich, damals auf dem Dach, als dieser Wahnsinnige vor ihnen allen auf mich eingeschrien hatte. Warum waren sie dort sitzengeblieben und hatten es sich bequem gemacht in ihrer Beklommenheit, ihrer Fremdscham, ihrer Sensationslust, und hatten höflich in die Dämmerung geschwiegen, die Asche von ihren Zigaretten abgetippt und sich schon die Hände gerieben, dass sie später ordentlich Gesprächsstoff haben würden? Weil sie fanden, dass *alles ja immer zwei Seiten hat*? Und warum war auch danach nie jemand zu mir gekommen, um zu sagen »Du hast Dich verirrt, komm da weg«? War das also die so häufig beschworene Normalität, die diese Leute vor sich hertrugen, und die sie immer wieder aufs Neue benennen mussten wie eine Selbstsuggestion, war das also ihre geistige Gesundheit: dass sie da sitzenblieben, und auch beim nächsten Treffen kein Wort verloren über diesen Abend, und stattdessen taten, als wäre nichts passiert; dass sie sogar weiter lachten über Hinnerks Witze und ihm immer wieder aufs Neue das Gefühl gaben, der ganz große Held zu sein? Und war es diese Art, zu leben und zu denken, die sie einem als

ihre beschränkte, hochverehrte Bodenständigkeit verkauften? Warum waren sie so schwach, so bequem, warum gingen sie immer den Weg des geringsten Widerstands? Nie entdeckte ich hier ein geöffnetes Visier, ein Leuchten, Staunen oder Suchen. Meine Wut über meine eigenen Verirrungen, über all die Jahre der Kämpfe, sich an etwas angleichen zu wollen, das der Angleichung nicht wert war; über mein unaufhörliches Anrennen gegen eine *Veranlagung*, von der ich mich verfolgt fühlte, Tag um Tag, und der ich geglaubt hatte, nur begegnen zu können durch die endlose *Selbstbeobachtung*, die ständige Dauerschalte auf eine Außenansicht meiner selbst; mein Austarieren und Entlanghangeln an den versteinerten Überzeugungen anderer Leute, all meine Anstrengungen, jedes bisschen Seltsamkeit an mir zu verbannen zugunsten eines scheinbar *gesunden*, *normalen* Lebens – sie alle konnten nichts dafür, und sie wussten von nichts. Und doch empfand ich das Schlimmste gegen sie.
Als mich die Nachricht von Maries tödlichem Unfall erreichte, fühlte ich nichts. Und selbst als ich im Sommer auf einer Bank am Gendarmenmarkt saß, Straßen und Gebäude in warmem Abendlicht, konnte ich mit alldem absolut nichts mehr anfangen und fragte mich, wohin nur mit mir. Mit Sicherheit aber sehr weit weg, denn in der Ferne müsste die Entfernte sich doch selbst wieder näher sein.

sieben

»Aber jetzt hilft es zu nichts«, dachte die arme Alice, »so zu tun, als ob ich zwei verschiedene Personen wäre. Ach! es ist ja kaum genug von mir übrig zu einer anständigen Person!«

Alice im Wunderland

EIN EIGENES ZIMMER

In der Spiegelung des Fensters sah ich Wasser durch mein Gesicht rauschen, der Hafen, den wir gerade verlassen hatten, entfernte sich, das Herz pochte mir bis in die Arme, Dieselgeruch, die rotierenden Maschinen. Es war der 30.Juli, du hattest mir mitgeteilt, diesen Geburtstag auf Juist zu verbringen, und ich hatte mir dich vorgestellt, im Wind mit deinen steifen Gelenken und dem Gehstock, mit all den Taschen und Beuteln am Arm, die du immer mit dir trägst, mutterseelenallein an einem leeren, weiten Strand.

Es war ein ausgewachsener Sommermorgen, beim Auftritt am Abend hatte es ein paar Lacher gegeben. Ich kam gerade vom Einkaufen nach Hause und blieb auf der Treppe stehen, eine Hummel flog durch das offene Fenster ins Treppenhaus. Ich überlegte einen Moment – dann sprang ich entschlossen die restlichen Stockwerke hoch, schloss auf, ließ die Tür gleich offen stehen und packte auf die Schnelle ein paar Sachen ein, schloss die quietschende Balkontür, warf die Wohnungstür zu, sprang die Stockwerke wieder runter und fuhr los. Die Fähre um 15:20 Uhr müsste noch zu schaffen sein.

Nur wenige Passagiere waren auf der Fähre. Ich umklammerte das Smartphone. Wäre jetzt der Zeitpunkt, die Überraschung anzukündigen? Auf einem der blauen Plastiksitze hatte ich einen bunten Strauß Blumen für dich abgelegt. Ich stellte mir deine Freude vor und versuchte, meinen Atem zu beruhigen, legte mir eine Hand auf's Brustbein. »Mama« stand auf dem Display und nun drückte ich auf Grün.

Mit forschem, vorwurfsvollem Tonfall gingst du ran.

»Ja, hallo, Alice«, du ließest den Satz am Ende hinunterfallen wie eine schwere, übervolle Mülltüte. Absolut nichts an dieser Begrüßung klang erfreut. Ich stemmte mich gegen meine Verkrampfung, hob das Gesicht und die Stimme über die Situation hinweg:

»Alles Gute zum Geburtstag, Mama!«

»Ja, danke«, sagtest du müde und schwer. »Sonst noch was?« Ich drückte mich noch ein Stück höher, während unter mir der Boden zerfiel.

»Ich habe eine Überraschung für dich!« Eine lange Pause trat ein.

»Ah ja?«, fragtest du höflich.

»Rate mal, wo ich gerade bin«, sagte ich, aber weil ich mir so dämlich vorkam und merkte, dass du absolut nicht zu Rätselspäßen aufgelegt warst, löste ich es schnell selbst auf. »Auf der Fähre nach Juist!«, sagte ich hell und fröhlich.

»Ah ja, aha«, sagtest du ohne jegliches Überraschtsein. »Ich habe aber keinen Kuchen hier. Dann muss ich noch welchen holen.«

»Ist doch egal mit dem Kuchen, ich dachte, ich überrasche dich, und wir können einfach zusammen auf Juist sein, das wolltest du doch immer.«

»Na ja, Alice, guck doch mal auf die Uhr, der Tag ist ja schon fast um.« Ich blickte auf die Metallrahmen des Fensters, die Wasserlandschaft verschwamm, ich fokussierte eine Kerbe im Metall und fuhr mit dem Daumennagel mehrmals dadurch.

»Stör ich? Soll ich lieber wieder zurückfahren«, fragte ich.

»Na also, Alice, wie stellst du dir das denn vor, denkst du, da fahren ununterbrochen Fähren, um Madame hin- und herzukutschieren? Komm halt her, wenn du jetzt schon auf dem Weg bist, ich warte dann an der Anlegestelle, das ist ja sicher die Siebzehn-Uhr-Fähre.« Du legtest auf.

Ich sehnte mich nach Heimweh. Wollte mich klammern können an eine Hoffnung, zu etwas zurückkehren zu können nach diesem Kraftakt, den ich jetzt würde hinter mich bringen müssen. Heimkehren zu etwas, das besser war als dieser Moment, aber das, was sich als Heimweh ankündigen wollte, verkeilte sich in mir wie ein scharfkantiges, spitzes Trapez, das größer war als ich selbst.

Als ich die Fähre über die Rampe verließ, sah ich deine Locken im Wind wehen, du kniffst dein Gesicht zusammen und stütztest dich mit beiden Händen auf einen altertümlichen Krückstock. Ich stand fast vor dir, als du mich entdecktest, keinerlei Freude in deinem Gesicht. Mein Körper kam mir zu groß vor, meine Arme zu lang, meine Beine staksend, und augenblicklich verfiel ich in die Rolle der vernünftigen, sterbenslangweiligen Tochter, die mit sanfter Stimme daherredet.

»Hallo«, sagte ich knapp, um nicht zu sentimental zu wirken.

»Ja. Hallo«, sagtest du, zogst mich an dich und gabst mir einen Luftkuss; deine Wange berührte mich einen Moment, sie war feucht, kühl und glatt, und dann gingen wir los, in eine mir unbekannte Richtung. »Gehen wir erst mal aufs Zimmer«, sagtest du, und ich stakste neben dir her wie eine Idiotin. Immer wieder bliebst du stehen, um dir kurz den unteren Rücken zu halten, und ich blieb ebenfalls stehen und wartete.

»Hattest du gute Tage bis jetzt?«, fragte ich.

Du antwortetest nicht. Erst als wir wieder losgegangen waren und schon eine Weile liefen, sagtest du »Ja, doch«, und klangst etwas freundlicher. Sofort wurde mir das Atmen leichter.

Du schlossest die Tür auf zu einem einfachen, kleinen Zimmer und batest mich herein. Ein Reisewasserkocher stand auf einer kleinen Küchenanrichte, du drehtest den Wasserhahn auf und ließest den Kocher volllaufen, nahmst ein paar Teebeutel aus einer zerknautschten Pappschachtel und holtest zwei Tassen aus einem Hängeschrank. Ich stand in der Mitte des Raumes herum und tat, als sähe ich mich um. Ich verschränkte die Arme vor der Brust, um entspannter zu wirken, und kam mir nur noch bescheuerter vor, also ließ ich die Arme wieder herunterhängen. Ein laminierter Holztisch stand am Fenster, und links und rechts im Raum stand jeweils ein Einzelbett. Mir fiel ein, dass es bald Abend sein würde, und ich bekam Panik. Unter keinen Umständen konnte ich hier mit dir in diesem Raum schlafen.

»Ich würde nach dem Tee mal kurz los und nach einer Pension schauen«, sagte ich. Du antwortetest nicht, warst beschäftigt mit dem Teemachen. Mit einem Mal drehtest du dich um:

»Nach einer Pension?«, fragtest du vollkommen unverständig und verzogst das Gesicht, als hätte man dir in diesem Moment eine schwere Krankheit diagnostiziert. »Wieso willst du nach einer *Pension* schauen, was ist denn das schon wieder für ein Quatsch. Du schläfst hier in dem zweiten Bett.«

Was war los mit mir, dass ich das nicht konnte, fragte ich mich. Warum kann ich nicht einfach, vollkommen selbstverständlich, hier in dem freien Bett mit meiner Mutter in einem Raum schlafen, was ist mein verdammtes Problem. Ich konnte dir keine Erklärung liefern außer »Ich kriege keine Luft«, doch das hätte ich niemals ausgesprochen.

»Ich brauche ein bisschen Raum für mich heute Nacht. Ich bin so, dass ich gerne für mich bin«, sagte ich und wusste nicht, ob irgendetwas davon stimmte. Du stütztest eine Faust in die Flanke.

»Sag mal. Was glaubst du eigentlich, wer du bist, Alice«, sagtest du mit leiser, kühler Stimme, in der sich schon ankündigte, dass deine Worte gleich wieder nach oben schießen würden. Und das taten sie dann auch. »Kommst hierher! Die große Prinzessin! Und denkst doch ernsthaft, die ganze Insel wartet auf dich?! Es *gibt* hier keine Pension mehr! Meinst du, du bist der einzige Gast auf der Insel!«

»Es tut mir leid, ich dachte, du freust dich, dass ich herkomme. Du hattest dir das doch immer so gewünscht: dass wir mal zusammen auf Juist sind.«

»Aha! Und jetzt kommst du hierher, um deine Mutter zu diskrimieren?! Na, herzlichen Dank auch! Da hätte ich mir für meinen Geburtstag weiß Gott Besseres vorstellen können, Alice!«

Du stelltest uns die zwei Tassen Tee hin, der Wasserdampf zog kleine weiße Schwaden, und mir erschien die Zeit, die ich mit diesem Tee zubringen würde, als viel zu lange; er musste erst abkühlen, um bekömmlich zu sein, doch die Uhr tickte, und ich brauchte dringend dieses Zimmer. Trotzdem setzte ich mich und lehnte mich entspannt zurück.

»Ich mach das gleich ganz auf die Schnelle, werd' schon was finden«, sagte ich und schlug vor, wir könnten ja dann zum Sonnenuntergang mit einer Flasche Wein zum Strand gehen.

»Nein, du schläfst hier, und Schluss jetzt damit!«, sagtest du.

»Nein, Mama, ich möchte gerne ein eigenes Zimmer! Du musst doch gar nichts machen, ich kümmere mich! Aber ich möchte das gerne so. Ich bin hierhergekommen, um dich zu besuchen, und nun möchte ich bitte selber entscheiden können, wo ich übernachte!« Mit gehobenem Kopf blicktest du aus dem Fenster und sagtest eine Weile nichts.

»Na dann. Bitte schön, mach, was du willst«, sagtest du.

»Wir können uns doch trotzdem einen schönen Abend machen und morgen eine Fahrradtour oder worauf auch immer du Lust hast«, sagte ich. Du sahst lange aus dem Fenster.

»Ja, gut«, sagtest du jetzt trotzig mit zuckenden Augenbrauen. Du standest auf und zogst dir die Jacke wieder an, die du gerade erst ausgezogen hattest, und nahmst deinen Gehstock.

»Mama, nun lass doch! Trinken wir aus, und dann gehe ich los!«

»Nein, ich komme mit dir, was soll dieser Quatsch schon wieder, du kennst dich doch gar nicht hier aus. Und wenn wir jetzt nicht gehen, finden wir nichts mehr.«

Die Sonne hing schon tief und warf lange Schatten von Bäumen und Häusern über die Wege. Du zeigtest auf eine Pension und schlugst vor, dort zu fragen. Und als wir gerade gemeinsam die Treppe zur Eingangstür hochstiegen, knicktest du mit einem Fuß um. Du hieltest dich an deinem Stock und am Geländer fest und fielst langsam zur Seite, sodass du, mit einer Hand am Geländer hängend, nun auf der Treppe saßt, ein Bein abgeknickt unter dir, und deine hellblaue lange Jacke hing an den Stufen runter und verschmutzte.

»Aua, verdammte Scheiße«, sagtest du und hieltest dir das Knie. Ich half dir hoch.

»Das Bein?«, fragte ich. »Tut es weh?« Du schnauftest und hieltest dich einen Moment am Geländer fest, um wieder das Gleichgewicht zu finden.

»Geht schon, geht schon«, sagtest du.

Der Pensionswirt bestätigte ein freies Zimmer, und mit dem Schlüssel in der Hand versuchte ich nun, *umzuschalten* und schwungvoll zu sein.

»So, und nun machen wir uns einen schönen Abend und setzen uns an den Strand, oder was meinst du?«

»Ja, meinetwegen«, sagtest du leise und etwas freundlicher. Wir besorgten noch schnell eine Flasche Rotwein und zwei Plastikbecher und liefen dann lange an der Strandpromenade entlang gegen den Wind, der unsere Haare und Jacken flattern ließ. In der Ferne sah man ein paar Windräder aus dem Wasser ragen und Warnlichter blinken. An dem weiten weißen Strand standen mehrere leere, offen stehenden Strandkörbe.

»Nehmen wir den?«, fragte ich.

Wir schoben den Strandkorb rum, um direkt aufs Meer gucken zu können. Der Wind rauschte uns in den Ohren, und dicke graue Wolken hingen über dem Horizont, nur ein kleiner Riss ließ rotes und orangenes Licht durchleuchten. Wir setzten uns, und du öffnetest die Flasche, kipptest in beide Becher einen Schluck Wein, und wir stießen an.

»Auf dich«, sagte ich.

»Auf mich!«, sagtest du. »Mein Geburtstag ist ja auch dein Geburtstag, ohne mich gäbe es dich ja gar nicht!« Ich nickte und nippte am Wein. Dann sahen wir lange wortlos aufs Meer, und du riebst deine Handballen mit so viel Druck aneinander, dass wieder das Scharren entstand.

»Solltest froh sein, dass du eine Mutter hast«, sagtest du. »Ich hätte mir das gewünscht: meine Mutter überhaupt kennenzulernen.« Ich nickte, und weiter schwiegen wir, zu hören war nur das Reiben deiner Hände, zu sehen das Mahlen deines Kiefers.

»Es ist komisch«, sagte ich. »Ich habe immer nur versucht, dich zu verstehen. All das, was du machst, zu verstehen.«

»Zu verstehen? Was gibt's denn da zu verstehen? Ich habe dir das ja immer erklären wollen, was passiert ist, aber es interessiert dich ja nicht.«

»Mama, du hast nie etwas anderes getan, als mir deine Sicht der Dinge zu erklären und was dir alle angetan haben. Aber auch *du* hast Fehler gemacht. Wie jeder Mensch. Du warst eben oft sehr, sehr wütend. Aber vielleicht ist Wut auch ein Rausch, der nur davon abhält, das zu fühlen, was zu schlimm ist.«

»Was?! Was redest du denn da für einen Quatsch?! Und was bitte soll *ich* falsch gemacht haben? Ich habe überhaupt nichts falsch gemacht! Spinnst du jetzt?!«

»O.k., o.k.«, sagte ich und winkte gelangweilt ab, »vergiss es einfach. Lass uns über was anderes reden, es ist der falsche Anlass dafür.«

Wieder schwiegen wir lange.

»Dir ging's doch gut!«, sagtest du. »Du hattest Spielkameradinnen. Und du bist rumgekommen. Du warst halt bei verschiedenen Leuten in Pflege. Was *die* falsch gemacht haben, weiß ich nicht! Woher soll ich das wissen! Meine Schwester wollte dich nicht nehmen, meine Stiefmutter wollte dich auch nicht. Die sagten alle: ›Das Kind hat doch auch schon ein Ding weg.‹ Überall hast du gelebt: in Taiwan, in Amerika, in Holland, in Gallsee; wer kann das schon von sich behaupten, so weit rumgekommen zu sein! Was hätte ich denn anders machen sollen?«

»Eine Einsicht haben, dass du Hilfe brauchst.«

»Watt? Was für Hilfe? Ich brauche keine Hilfe! Ich bin eben depressiv! Wenn du dich vernünftig verhalten würdest, wenn mein Vater, meine Stiefmutter, meine Schwestern, meine Schwiegermutter sich anders verhalten und mir geholfen hätten, wäre ich nicht so depressiv geworden. Wenn die mir nicht alle so viel Leid zugefügt hätten, dann würde es mir ja gut gehen!«

»Du bist nicht einfach nur ›depressiv‹, Mama! Und: meinst du das ernst: Du hast *nie* einen Fehler gemacht?« »Ja, na sicher mein' ich das ernst. Was denn für einen Fehler? Wovon redest du?!«

Du warst fassungslos. »Du hast niemals irgendetwas falsch gemacht? Niemals jemanden verletzt?«

»Nein! Was quatschst du denn da schon wieder? Nun lass mich endlich in Ruhe mit dem Unsinn!«

»O.k.« Ich winkte ab.

»Fehler!«, riefst du. »Was für Fehler?! Spinnst du? Hast du sie noch alle? Ich habe alles nur noch auf dich ausgerichtet, mein gesamtes Leben an meine Tochter verschenkt!«

»Mama! Du hast mich mit einer Perücke verkleidet aus der Schule entführen wollen! Du hast eine Gerichtsverhandlung nach der anderen angezettelt, ich war bis zu meinem vierzehnten Lebensjahr nur bei Gerichten und Jugendämtern und andauernd krank! Du hast mich eingesperrt, hast Leuten aufgelauert, hast mich an Orten abgefangen, standest plötzlich bei Freunden im Wohnzimmer, bist uns bis in den Urlaub gefolgt! Du hast Menschen krankenhausreif geprügelt! Du hast mich heimlich mit einem Diktiergerät aufgenommen!«

Du schwiegst und hobst stolz das Kinn.

»Warum hast du das gemacht, Mama? Mich heimlich aufgenommen mit einem Diktiergerät?!«

»Was?« Du gucktest mich verdattert an. »Na, weil wir mal einen guten Moment hatten! Du hast mir endlich mal wieder vertraut! Das musste ich doch benutzen!«

Ich grub die Finger in meine Haare und stützte mich mit den Ellenbogen auf den Knien auf.

»Du kannst froh sein, dass du eine Mutter hast, die all diese Dinge getan hat. Ich hätte mir das immer gewünscht! Meine Mutter hat das nie gemacht! Und ich habe immer gedacht: Sie hätte doch wenigstens mal zu mir in die Schule kommen können und mich dort besuchen! Ich war doch jeden Tag da! Sie hätte doch herausfinden können, wo ich zur Schule gehe, wenn sie sich wirklich für mich interessiert hätte!«

Traurig und vorwurfsvoll sahst du mich an.

»Warum ist *meine* Mutter nie zu meiner Schule gekommen, um mich zu sehen! Warum nicht?!«

Du gucktest mich weiter vorwurfsvoll an.

Ich schüttelte den Kopf. »Ich weiß es nicht, Mama. Ich weiß es nicht.«

»*Ich* hatte nie Angst, *ich* war immer mutig!«, sagtest du.

»Ja, an Mut mangelt es dir wirklich nicht.«

Eine lange Stille legte sich zwischen uns. Ich sah den Möwen zu, wie sie ihre Manöver flogen. Eine Schar Gänse zog trötend über den Strandkorb. Du holtest einen Umschlag aus der Innentasche deines Mantels, zogst ihn auf und holtest einen alten, vergilbten Brief hervor.

»Den hat meine Mutter an mich geschrieben. Ich weiß nicht wann, ich habe ihn irgendwann gefunden«, sagtest du und faltetest ein knittriges, poröses Blatt auseinander. Ein kurzer Absatz stand darauf, in eleganter Schrift mit einem Füller geschrieben:

Ich musste mich trennen von dem Leben, das unter meinem Herzen schlug.

Der Teil, der nun folgte, war so weit verblichen, dass man ihn nicht mehr lesen konnte. Nur der letzte Satz war zu entziffern:

fühlte mich wie ein ausgesetztes Reh zwischen Mauern.

Der Rest des Textes war abgerissen.

»Ich wollte immer einmal mit meiner Tochter am Meer stehen«, sagtest du. »Einmal Hand in Hand mit meinem Kind am Meer! Das muss doch möglich sein! Es wird doch wohl möglich sein, dass du mir deine Hand gibst, den Gefallen kannst du mir doch wohl mal tun! Mit mir einmal da runterlaufen ans Wasser, und dann stehen wir da, Hand in Hand!«

»Jaja, ist ja gut. Natürlich ist das möglich.«

Wir standen aus dem Strandkorb auf, und ich überließ dir meine Hand. Das erste Mal, seit die Abholer damals gekommen waren, hielten wir uns an den Händen. Und dann ging es los. Einen Schritt und noch einen Schritt und noch einen. Und mit jedem Schritt war mir, als vergäße ich, wie das noch mal geht: einen Schritt machen.

Wir blieben stehen und guckten auf das große Rauschen. Eine Minute vielleicht oder zwei; es fühlte sich länger an und war sicher kürzer, und am Horizont nichts als Einsamkeit.

»Ich hatte eh immer einen Jungen gewollt«, sagtest du. »Mit Jungs ist es viel einfacher als mit Mädchen. Wärst du ein Junge geworden, hätte ich dich Rolf genannt.«

»Na, da hab' ich ja noch mal Glück gehabt«, sagte ich.

Du ließest meine Hand los, und wir stapften zurück zum Strandkorb. Du setztest dich und zogst das Hosenbein deiner flatternden Stoffhose hoch und drehtest das Bein zur Seite. Ein dunkelvioletter Fleck, groß wie zwei Hände, lag wie ein Kontinent auf deinem Unterschenkel. »Guck dir das an!«, sagtest du. »Das wäre niemals passiert, wenn du hier nicht so einen Stress erzeugt hättest mit deiner ganzen Art! Das ist eine schwere Verletzung, die ich hier davontrage!«

Meine Stimme klang nun belegt vor Wut.

»Mama, hör auf damit. Ehrlich. Lass es sein.«

»Und dann darf ich mir noch anhören von meiner tollen Superstar-Fernsehtochter, was ihre Mutter alles falsch gemacht hat! Ist ja wohl einiges geworden aus dir! Kannst dich ja wohl nicht beklagen! Andere kommen längst nicht so weit, also kann es ja wohl nicht sein, dass deine Mutter so viel falsch gemacht hat!«

»Mama. Du hast mir mein ganzes Leben lang erzählt, ich wäre ein vollkommen kaputter, kranker Mensch!«

Du verschränktest die Arme und zogst das Kinn wieder hoch, als hieltest du deinen Kopf über Wasser.

»Das ist richtig, ja.« Sagtest du und zucktest mit den Schultern. »Na und – meine Güte! Hast du dich eigentlich irgendwann mal damit beschäftigt, was ICH alles durchgemacht habe?« Ich rollte die Augen.

»Ja, Mama. Ich habe mich immer nur mit *dir* und *deiner* Geschichte beschäftigt! Vielleicht habe ich auch irgendwann mal das *Anrecht*, wie du immer so schön sagst, auf eine eigene Geschichte?!«

»Man hat mich misshandelt! DU misshandelst mich! Und all das muss ich mir gefallen lassen! All eure Bosheiten und Schlechtigkeiten!«

»Ich ›misshandle‹ dich?«

Meine Stimme überschlug sich, ich sprang auf.

»Ich komme hierher, verdammte Scheiße, um dich zu deinem Geburtstag zu überraschen! Und du sagst, ich ›misshandle‹ dich?!«

»Überraschen?! Verdorben hast du mir alles! Verdorben! Kommst hier angetanzt wie die tolle Prinzessin und glaubst doch wirklich, die ganze Insel hat auf nichts anderes gewartet als darauf, dir ein *eigenes Zimmer* zu geben! Meine eigene Tochter kann nicht mit ihrer Mutter, die sie überhaupt auf die Welt gebracht hat, in einem Zimmer schlafen! Nun sage mir mal bitte, was daran nicht krank und kaputt ist! Krank bist du! Überraschen! Dass ich nicht lache! Kaputt hast du mir diesen Tag gemacht! Zerstört hast du mir den Tag! Das ist der schlimmste Geburtstag, den ich jemals erlebt habe!«

»Gut, dann lassen wir das sein. Ich lasse dich in Frieden und höre nun wirklich ein für alle Mal auf, dich zu ›misshandeln‹! Das kann ich dir ja wirklich nicht antun!«

Ich stakste durch den Sand davon.

»Ach ja!«, hörte ich dich rufen. »Einfach wegrennen, ja? Das ist das Einzige, was du kannst, Alice! Wegrennen! Und deine schwer verletzte Mutter hier alleine sitzen lassen! Weißt du eigentlich, dass man von so einem blauen Fleck eine Thrombose bekommen kann? Ist es das, was du willst? Dass ich hier verrecke an meinem Geburtstag? War das das Ziel, weswegen du hergekommen bist, ja? Mich umzubringen?!«

Feuer schoss mir ins Genick, dass mir schwindelig wurde. Ich stiefelte wieder zurück.

»Mama. Was willst du? Was soll ich machen, damit das hier noch ein erträglicher Abend wird?«

»Aufhören, mich so zu behandeln!«

»Gut! Ich höre auf, dich wie auch immer zu behandeln! Was willst du machen? Was wollen wir noch anstellen mit diesem Abend?!« Du stütztest dich auf deinen Stock, deine metallicblauen Locken peitschten und wurden durch den Wind fast glatt gezogen – da standest du, wie ich es mir in meiner Phantasie ausgemalt hatte. In genau der Verlassenheit, die ich dir so dringend hatte abnehmen wollen, aus der ich dich hatte retten wollen. Warum ist es dir, was auch immer ich tue, um nichts in der Welt möglich, auch nur einen Funken Güte an mir zu erkennen, fragte ich mich.

»Was hast du denn nur gegen mich!?«, riefst du und gestikuliertest mit der freien Hand in der Luft. »Was ist denn das nur?! Woher kommt denn nur diese seltsame Abneigung gegen mich? Woher kommt denn das? Ist es, weil ich kein so schickes Handy habe wie du? Ist es das? Dann kaufe ich mir ein so schickes Handy!«

Und während ich anfing zu lachen, wollten mir die Tränen aus Bauch und Beinen platzen. »Ich kann nicht mehr. Das bringt alles nichts. Ich gehe.«

»Wenn du jetzt gehst, bringe ich mich um! Dann laufe ich ins Meer, bis ich untergegangen bin!«

Schnellen Schrittes stapfte ich durch den Sand, der unter mir wegrutschte und jeden Schritt ausbremste. Mit immer mehr Kraft schob ich den Sand unter mir weg, der nur weiter nachzugeben schien, je stärker ich auftrat, und mich einfach nicht von der Stelle kommen ließ. Abstand gewinnen, Land gewinnen, dachte ich.

Mich nicht mehr an dein Skript halten.

»Alice! Alice! Warte!«

Nicht umdrehen, nicht umdrehen, dachte ich. Weg, *raus, bloß raus,* und nie mehr zurück.

Ich blieb stehen. Ich drehte mich um.

Da staktest du durch den Sand mit deiner Krücke und der knarrenden Hüfte, und es sah aus, als stürztest du gleich in dir selbst zusammen wie eine marode Kathedrale.

»Dann bringe ich dich«, sagtest du außer Atem, als du mich erreicht hattest, und stütztest dich mit deinem ganzen Körpergewicht auf den Griff deines Holzstocks. Du brauchtest eine Weile, um dich zu erholen, und als wir uns wieder auf den Weg machten, bewegtest du dich in einer Langsamkeit und Behäbigkeit, als zögst du einen toten Wal hinter dir her.

Als wir das Ende des Strands erreichten und wieder festen Boden unter den Füßen hatten, kamen wir an einem Verkaufswagen mit Softeis vorbei, und ich war so froh, den Eisverkäufer zu sehen, andere Menschen zu sehen, und gleich war mir, als berühre ich zum ersten Mal an diesem Tag echten Boden. Daneben ein Stand mit wehenden bunten Halstüchern, Käppis und Sonnenbrillen.

»Guck mal«, sagtest du, »die da ist doch schick, willst du sie nicht mal anprobieren?« Du zeigtest auf eine der Sonnenbrillen und warst nun wieder viel ruhiger, beinahe freundlich. Ich nickte, so beglückt über so viel direkte Zuneigung, dass mein Gesicht sich weitete, ging zum Brillenstand und setzte sie auf. Es war eine Art Marilyn-Monroe-Brille, und ich sah vollkommen dämlich damit aus. »Sieht doch toll aus!«, sagtest du. Ich drehte mich zu dir und lächelte dich an. »Ich kauf sie dir«, sagtest du.

»Ach was, Mama, die ist doch viel zu teuer, fast fünfzig Euro!«

»Lass mal gut sein, ist schon o.k.«, sagtest du. Ich ließ mir die Brille kaufen, und obwohl die Gläser alle Farben aus der Landschaft filterten, ließ ich sie dir zuliebe gleich auf. »Wollen wir nicht einfach noch ein bisschen da auf der Bank sitzen?«, fragte ich.

»Nee, nee, lass man gut sein, ich bin müde, und mir ist kalt.«

Mit einem Mal warst du so liebenswürdig, so nahbar, dass ich die Welt nicht mehr verstand, und mir tat alles so schrecklich leid, was gerade passiert war; warum war ich nur schon wieder so unmöglich gewesen, hätte ich mich nicht zusammenreißen und anders sein können – geduldiger, nachsichtiger?

»Hier. Bitte schön«, sagtest du, als wir den Unfallort erreichten. »Dann wünsche ich dir eine gute Nacht.«

»Gute Nacht, Mama.«

»Dann werde mal glücklich in *deinem Zimmer*«, sagtest du trüb und ließest mich stehen, mit der Sonnenbrille auf den Augen, durch die ich nun kaum noch etwas erkennen konnte.

»Danke für die Brille, Mama!«, rief ich dir noch hinterher, aber du hattest dich schon längst verabschiedet, mir den Rücken zugedreht und humpeltest davon mit dem alten Krückstock wie ein Glöckner.

Ich sah dir hinterher, bis du am Ende der schmalen Straße in der Dämmerung verschwunden warst. Kühl war es, die Straße lag im Schatten. Langsam stieg ich die Stufen hoch zur Pension und stemmte mich gegen die schwere Eingangstür. Im Flur roch es nach Teppichreiniger, der Flurteppich schien zu kleben unter meinen Füßen, und ich kam zu der schmalen Tür aus dunklem Holz und schloss sie auf. Es roch nach aromatisiertem Putzmittel.

Im Zimmer setzte ich mich auf die Bettkante mit der Sonnenbrille auf der Nase und blieb dort regungslos sitzen. *Haste jetzt, was du wolltest.* Die dicken braunen Wollvorhänge hinter mir waren zugezogen und schirmten den Abend ab. Ich schaltete die kleine Nachttischleuchte an, aber nichts passierte, defekt oder keine Glühbirne, ich sah nicht nach.

Und dann war Nacht, und in dem schmalen Zimmer hing nur zähe, schwere Dunkelheit. Die Ecken des Raumes waren noch dunkler als der Rest, ein großer Schrank stand als schwarzer Schatten an der Wand. Der Boden, meine Beine und Füße unsichtbar. Ich hob eine Hand, auch unsichtbar, mit der anderen umklammerte ich den kleinen Schlüssel meines Zimmers. Wäre einer in den Raum gekommen, er hätte nicht gesehen, dass hier jemand sitzt. Wie lange schon? Ich öffnete die Hand, in der ich den Schlüssel hielt, strich mit der Kuppe des Zeigefingers über die scharfen Metallrillen, fühlte die kleine Gebirgsstruktur, die scharfen Furchen und Kanten –

DIE ACHTE WELLE

Ich könnte die Sonnenbrille auch einfach abnehmen, dann ist es nicht mehr so dunkel, dachte ich. In dem Moment sprang das kleine Licht an. Ein Wackelkontakt schien sich umentschieden zu haben, und der Raum wurde sichtbar, der grüne Teppich, der Schrank aus Buchenholz, die kleine Schirmlampe auf dem Nachttisch und das verrutschte weiße Häkeldeckchen darunter, ein Bild mit einem Strandaquarell neben der Tür. Ich sah auf den digitalen Wecker, der auf dem Nachttisch stand, gerade sprang er um von 22:21 auf 22:22. Ich stand vom Bett auf. Griff nach der noch immer geschlossenen Tasche. Zog mir die Jacke an. Ging aus dem Zimmer, ließ die Tür offen stehen hinter mir, und als ich in den späten Abend hinaustrat, lag blaues Licht über der Insel, und am Ende des Horizonts leuchtete ein gelbgrauer Streifen durch die Schichten von Wolken. Frische zog mir um die Nase, legte sich an meine Stirn. Ich machte ein paar Sätze die Steintreppe runter und rannte los. Vorbei an den kleinen Häusern und Gärten, vorbei an deiner Pension, ohne einen Blick zu deiner Tür zu werfen. Ich rannte zum Strand und in den tiefen Sand hinein, sackte immer wieder ein, fiel sogar hin, der Wind hatte sich mittlerweile zu einem Sturm ausgeweitet, der das Wasser aufpeitschte und die Luft vernebelte, und ich rannte weiter und weiter, bis der Sand dunkler wurde und härter und ich nah an der Brandung lief, und kam nun richtig ins Rennen. Ich galoppierte mit Turnschuhen und Jeans durch die Brandung, und je länger ich durch die Brandung rannte, desto wärmer fühlte das Wasser sich an; die frische Nässe zog an meinen Beinen hoch, und noch mehr Energie schoss mir in die Beine, ich hatte so viel Kraft mit einem Mal, dass ich hochsprang, immer wieder hoch und weit, einen Satz nach dem anderen, und das kalte Wasser spritzte mir bis zum Gesicht hoch, und nun war ich nass bis zu den Oberschenkeln und rannte und rannte.

Endlich sah ich den Fähranleger und die 22:35-Uhr-Fähre lag noch da; schneller, dachte ich, schneller, und keuchte, blieb stehen, stützte mich mit den Händen auf meinen Knien ab, die Bronchien waren zugezogen, und ich machte den Mund schmal wie zum Pfeifen, um die Luft zu portionieren, damit sich die Bronchien nicht noch weiter zusammenzögen, die Luft schmerzte im Rachen und in der Kehle, an den Schlüsselbeinen stach es, ich streckte die Arme in die Luft und entließ langsam die Luft durch den halb geschlossenen Mund; ich musste weiter, weg, *raus, bloß raus*, und rannte wieder los.

Als ich den Hafen erreichte, sah ich, wie die Fähre gerade die Eisenrampe vom Land abzog.

»Nein«, sagte ich leise. Dies war der Punkt, an dem ich sonst aufgab. An dem ich alle Wut in mich reinzog und mich so sehr für mein unaufhörliches Versagen hasste, dass es mir in den Nacken schoss und ich nicht mehr aus dem Bett kam. Dreh's um, dachte ich. Dreh's nach außen, da gehört es hin.

»HALT!«, rief ich und rannte wieder los, die Rampe war nun ganz eingefahren, aber ich konnte nicht mehr. Nichts ging mehr. Ich blieb stehen und stützte mich wieder auf meine Oberschenkel, dann schluchzte es laut, es schluchzte über das ganze Gelände und heulte und sabberte.

»Halt«, rief ich leise und schüttelte heulend den Kopf, Spucke und Tränen fielen vor mir auf den grauen Asphalt und färbten ihn dunkel. Die Haare wehten unter meinem Gesicht im Wind, und ich atmete an gegen mein eigenes Japsen. Dann holte ich noch einmal aus. Und jetzt passierte etwas Neues: Von einem mir unbekannten Ort tief unter der Erde brüllte es. Es brüllte ein so berstendes, kollerdonnerndes Brüllbrallen, dass man es nicht anders bezeichnen konnte als ein gellendgallerndes Grollgraunen, und die Geräusche aus meinem eigenen Schlund machten mich wach wie ein sehr starker Kaffee. Aufrecht stand ich jetzt, und bevor ich erneut ausholte, sah ich, wie eine Frau oben an der Rampe jemandem ein Zeichen gab. Sie … hielten an. Sie hielten tatsächlich an!

»WARTEN SIE! BITTE!«, rief ich und schwenkte mit den Armen durch die Luft. Und dann sah ich die Frau nicken. Sie nickte und sah mich an, und sie warteten. Sie warteten auf *mich*. In normalem Tempo ging ich auf das Schiff zu, und als ich es erreichte, streckte die Frau ihre Hand nach mir aus und half mir rüber.

»Danke«, sagte ich und lächelte sie erschöpft an.

»Danke, vielen Dank, ich zahle auch gleich«, sagte ich und warf mich im Inneren des Schiffs auf den nächstfreien Sitz.

Als ich bezahlt hatte, stellte ich mich ans Deck des Schiffs und sah über das schwarze Wasser, das vor mir lag wie der endlose Schatten aller abhandengekommenen Dinge. Eine Gruppe Warnlichter blinkte rot in der Ferne.

Und bitte denk dran, schlag ihr Erbe aus. Das ist das Allerwichtigste. Du musst ihr Erbe ausschlagen.

»Und die achte Welle?«, fragte ich meinen Vater. Er sah mich an und knöpfte seine Jacke zu.

»Es gibt keine achte Welle«, sagte er. »Nach der siebten kehrt kurz Ruhe ein. Ein Moment, in dem sich neue Energie sammelt, wie die Stille zwischen zwei Atemzügen. Und dann – geht das Spiel von vorne los.«

Ich setzte mich draußen auf einen der vielen leeren Sitze, es roch nach Schiffsdiesel, ich setzte mir die Kapuze auf, holte eine alte Zeitung aus meiner Tasche und notierte an den freien Rand:

Plan zum Kontaktabbruch:

- *Meinen Arbeitgeber informieren über eventuelle Anrufe, in denen ich als Verbrecherin dargestellt werde (wie erklären?). Einen Anwalt konsultieren: Kann ich für all ihre unbezahlten Rechnungen zur Verantwortung gezogen werden? Was ist, wenn sie ihre Mietwohnung weiter beschädigt (Wasserschaden)? Was sind meine Möglichkeiten, wenn sie sich an die Presse wendet und gegen mich hetzt?*

- *wegziehen, neue Adresse, ihre Nummer blockieren. Freunde informieren und auf evtl. Briefe oder Anrufe vorbereiten. Den Sozialmedizinischen Dienst ihres Bezirks informieren. KEINE MAILS MEHR LESEN! Mailbox ausschalten. Niemals bei fremden Nummern rangehen.*
- *Das wird sie tun: Jeden kontaktieren, den sie aus meinem Leben kennt. Mir liebliche, traurige Mails schreiben mit schönen Erinnerungen, mir Fotos schicken von gemeinsamen Zeiten, auch von meinem Vater. Bei ausbleibender Reaktion wird sie mir mit Sterben und Selbstmord drohen, wird Schlaganfälle, Herzinfarkte vortäuschen, sie wird sich bis ins Krankenhaus inszenieren, mit Strafanzeigen drohen, mir Bücher und Prospekte schicken. Evtl. wird sie Interviews bei Zeitungen und Radiosendern/Fernsehen geben und sich als Opfer von Misshandlung durch ihre eigene Tochter darstellen. Sie wird jeden instrumentalisieren: Nachbarn, Leute aus der Messie-Gruppe, Ärzte und Krankenschwestern wird sie bei mir anrufen lassen.*

Es war kurz nach Mitternacht, als wir den Hafen erreichten. Einige Passagiere waren auf ihren Sitzen unter Deck eingeschlafen, und nun suchten die Verschlafenen ihre Sachen zusammen und trotteten langsam über die eiserne Rampe an Land. Ich ging zum Parkplatz, warf meine Sachen auf den Beifahrersitz und fuhr los.

Kurz vor Berlin wurde es hell, und ich kurbelte die Scheibe runter. Der Fahrtwind am halb offenen Fenster, eine Autofahrt im Streiflicht der Morgensonne, Felder von Mohnblumen, Sonnenflecken, Mittelstreifen. Die Hand am Gummi des Fensterrahmens und die schattigen Bäume in der Unschärfe.

Zu Hause angekommen, drehte ich den Schlüssel im Schloss, einmal, noch einmal, noch einmal. Die Küche sah aus, wie ich sie verlassen hatte. Das Echo einer Kinderstimme im Innenhof. In der Ferne fiel eine Tür ins Schloss. Ein Flugzeug hinter den Wolken klang wie das Abschwellen einer Detonation. Ich stellte das Gepäck ab. Ging einmal jedes Zimmer ab und sah mich um. Blieb einen Moment, lauschte Stille und Frieden, tastete die Wände ab. Kühl, weich, stabil. Nur zu voll, viel zu voll alles. Ich öffnete das Fenster.

»Undicht«, hatte der Maler gesagt, ein loses Stück Holz aus dem Rahmen gebrochen und mir hingehalten. »Die schließen ja kaum noch. Wurden die mal gewaltsam geöffnet? Gab's hier mal einen Einbruch?«, fragte er. Und ich hatte ihn an mich genommen, den spitzen, kantigen Holzsplitter, einen Gegenstand, wie ihn sich jeder Gefesselte, jeder, der sich aus Fängen befreien wollte, nicht besser hätte wünschen können.

»Unzählige!«, sagte ich. »Einbrüche, Abschwünge, Wertverluste – meist zu Einbruch der Dunkelheit.«

»Sehr witzig«, sagte er. »Sind Sie Wortakrobatin?«

»Eher Wortclown.« Ich zog vor Scham die Schultern hoch.

»Es bringt nichts, undichte Fenster zu streichen«, sagte er. »Sie brauchen neue Dichtungen, am besten gleich ganz neue Fenster, sonst holen Sie sich noch den Tod.«

Mit einer Decke setzte ich mich ans offene Fenster. Ein Sturzregen setzte ein. Wie die schnellen Stiche einer Nähmaschine ratterte es auf Fensterbretter, Fahrradbleche, Kastanienblätter.

Dann, langsam, wurde alles still. Nur ein paar schwere Tropfen fielen laut auf einen Hohlraum; Katastrophenlosigkeit.

Womit füllen die neue Zeit.

Eine Taube gurrte in den nassen Zweigen. Aus einem offenen Fenster blecherte leise ein altes Radio. »Ach, und der letzte Löffel Cornflakes hat nicht mehr in den Bauch gepasst, oder was!?«, schrillte es aus einem anderen.

Ein Licht flackerte über meine geschlossenen Lider. Dann war es wieder weg. Ein großer Lichtfleck wanderte an der Wand entlang, hopste durch den Raum von Wand zu Wand. Ich versuchte dem Licht zu folgen, aber gleich sprang es wieder rüber zur anderen Wand. Auf dem Balkon gegenüber entdeckte ich Mariella. Sie bewegte einen riesigen Spiegel zwischen ihren Händen.

»Hey, bist du wieder da?«, rief sie ins offene Fenster. »Guck mal: Du wolltest doch, dass das Licht endlich direkt in dein Zimmer fällt! Wir haben uns da was ausgedacht!« Hannas Kopf schaute aus Mariellas Balkontür. Sie winkte. Mariella schwenkte den schweren Spiegel hin und her, dann traf mich das Licht. »So müsste es stimmen, oder? Wir frühstücken gerade, kommst du auch?«

RÜCKFÄLLIG WERDEN

»Ich habe kein Baby in der Wanne ertränkt.« Die Polizisten guckten mich vorwurfsvoll an.

»Na klar hast du das, lüg doch nicht!« Zwischen anderen Vereinzelten saßt du auf einem der Klappstühle an der Wand, völlig zusammengefallen mit knittriger Haut und dunklen, abgesenkten Augen, und pöbeltest angewidert gegen mich. Ein Polizist stand am Pfeiler, der andere wenige Meter weiter an einem Wasserspender, und du starrtest hoch zu mir wie eine tausend Jahre alte Schildkröte aus ihrem Panzer. Deine Pupillen riesig, schwarz dein Blick, und jedes Hauptwort flog mit metallenem Knall gegen die Decke. »Duuuu! Warst doch schon immer eine Lügnerin! Genau wie die ganzen anderen Drecksäue!« Und dann verschwamm alles:

»Komm, Mami, lass den Scheiß«, sagte ich.

Fassungslos schnapptest du nach Luft:

»Scheiß?«, flüstertest du, und die Augäpfel fielen dir fast aus den Höhlen. »Hast du gerade ›Scheiß‹ gesagt?! *(Pause, Pause, Pause)* Sag mal, wie redest du denn! Hat dir dein Vater kein Benehmen beigebracht!«

Ich setzte mich neben dich.

»Mami, hast du irgendwelche Medikamente genommen?«

»Watt? Na, sag mal, spinnst du jetzt! Was für Medikamente. Eine Unverschämtheit!« Ich wendete mich an die Polizisten.

»Sagen Sie, sehen Sie nicht, dass meine Mutter vollkommen dehydriert ist? Warum haben Sie ihr nicht einfach was zu Trinken gebracht?!« Die Polizisten zuckten eingeschüchtert mit den Schultern und wichen meinem Blick aus.

Aus einem Nebengang holte ich zwei Einliterflaschen Wasser, schraubte eine auf und reichte sie dir. Du trankst hastig, unterbrochen von Pausen, in denen du mich weiter beschimpftest. Nach und nach wurde dein Blick klarer, die Beschimpfungen weniger, und Ruhe kehrte ein.

Lange saßen wir da.

Und in einer Art Zwischenzustand zwischen Wachheit und Delirium, begannst du einfach loszureden.

»Vielleicht hattest du ja doch recht. Als du mal sagtest, ich habe irgendetwas nicht verarbeitet. So was sagtest du doch mal. Ich träume immer. Träume, schlimme Träume. Immer dieselben schlimmen Träume.« Du erzähltest mir von einem der schlimmen Träume. Und von der Stelle, an der er immer abbricht.

Du sahst mir ins Gesicht. Abrupt schienst du wieder herausgesprungen zu sein aus dieser Ebene, als wolltest du damit nichts zu tun haben. Dein Gesicht veränderte sich, und plötzlich warst du wieder im Hier und Jetzt und wach. Auch das Dunkel unter den Augen war weg, und mir schien es, als könntest du dich nicht mehr erinnern an das, was du gerade erzählt hattest.

»Guten Tag, Nanoks, Neurologie. Bitte entschuldigen Sie die lange Wartezeit. Kommen Sie mit?«

Ich hakte dich unter und langsam, Schritt für Schritt gingen wir in den kleinen Untersuchungsraum. Der Arzt warf sich schwungvoll auf einen Rollhocker und manövrierte sich mit den Füßen zum Schreibtisch hin. Er zog einen Zettel aus einem Fach.

»Frau Schaller, haben Sie irgendwelche Medikamente genommen?«

»Medikamente? Nein.«

»Gar keine Medikamente?«

»Nein. Gar keine Medikamente.«

»O.k. Wissen Sie noch, wann Sie das letzte Mal irgendein Medikament genommen haben? Können Sie sich daran erinnern?«

»Das letzte Mal? Also, das muss irgendwann heute Morgen gewesen sein. Oder gestern Abend? So genau weiß ich das nicht mehr.«

»Und was genau war das?«

»Außer Aponal nichts.«

»Aponal. O. k. Und das haben Sie wann genommen, können Sie sich noch daran erinnern?«

»Gestern Abend. Oder heute Morgen. Nein. Gestern Abend. Und Aprazolam. Und dann noch Diazepam, zwei oder drei. Und irgendein Schmerzmittel. Was mit M. Und dann hatte ich noch was zum Schlafen genommen. Da hatte ich auch etwas mehr genommen. So ein Zeug, das sind so längliche hellblaue Tabletten. Ach ja, und dann war da noch was mit F, Fori oder Furi…, nee. Na ja, das jedenfalls zweimal. Oder dreimal. Das weiß ich nicht mehr so genau.«

Eine Woche später bekam ich eine Nachricht von dir. *Der Arzt hier möchte unbedingt mit dir sprechen*, schriebst du. Und dass es ihm wirklich wichtig sei. Und mit einem Mal lösten alle Bitterkeit, aller Zynismus sich auf in einem Hoffnungsschimmer. Ein Arzt möchte mit mir sprechen! Ein Spezialist, dachte ich, jemand Erfahrenes mit grauen Haaren und Lesebrille, er würde uns einen neuen Weg ebnen können, würde mich in sein Sprechzimmer einladen, ein gut geheiztes, lichtdurchflutetes Sprechzimmer im obersten Stock mit schwarzem Ledersessel und einem dunklen, massiven Holztisch, mit großen Regalen voller blau-weißer Arztbücher, auf deren Einband immer mindestens drei Namen stehen *Brückner, Wohlert, Hinze*. Seine Sekretärin würde uns Kaffee bringen und ich mir aus einem kleinen Kännchen Milch in meine Tasse kippen, ein Stück Zucker nehmen, und er würde sich zurücklehnen, seine erfahrenen, eleganten Arzthände mit den kleinen Härchen auf den Fingern vor der Brust falten und mich ansehen über seine Lesebrille hinweg, und zum ersten Mal würde ich mit jemandem sprechen können. Zum ersten Mal würde die Sprachlosigkeit einem echten Gespräch weichen, würde eine sichere Brücke entstehen, auf der man sich bewegen könnte, ohne runterzufallen:

»Huhu, der Mike ist wieder da! Hab' den Schlüssel gefunden! Kommen Sie bitte, wir können nach oben gehen, der Raum ist frei, und den Schlüssel hab' ich auch gefunden. Ja, die Sachen können Sie mitnehmen oder hierlassen, ganz wie Sie wollen. Am besten mit den Schlappen, genau, der Gang ist rutschig. So, einmal hier um die Ecke und dann gehen wir hier die Treppen hoch. Ja, das muffelt ein bisschen, ist einfach ein altes Gebäude, ne. Und renovieren, na ja, Sie kennen ja unseren lieben Senat! Mensch, das geht ja wieder richtig gut mit dem Laufen, was, Frau Schaller? Super! Wenn ich mich an vor einer Woche erinnere ...« »Ja, das geht wieder ganz gut, danke.«

»So, schauen Sie mal, hier das kleine Eckzimmer. Ich schließe mal rasch auf, ich denke, dass das frei ist jetzt, das Zimmer. Wer zuerst kommt, mahlt zuerst. Ja, na ja, es ist ein Dachzimmer, da muss man immer etwas aufpassen, dass man sich nicht stößt. Ah, hier sind keine Stühle, ja nee, die hol' ich mal eben von nebenan. Damit wir hier nicht so zu dritt mit abgeknicktem Kopf in dem Raum stehen müssen, das ist ja doch ein bisschen ungemütlich, gell. Einen Moment, ich bin gleich wieder da ...
... sooo. Da bin ich wieder. Hier, nehmen Sie, Frollein Schaller, doch den Drehstuhl, und Sie, Frau Schaller, den mit den Armlehnen. Ich kippe mal eben das Fenster an, weil es ja doch ein bisschen riecht hier drin.

So. So-ho-ho. Wie wollen wir anfangen? Es gibt da ja wohl irgendeinen Konflikt zwischen Ihnen beiden, ist mir zu Ohren gekommen, ja, ja, ja, hier bleibt einem nichts verborgen, haha. Passen Sie auf, ich mache Ihnen mal einen Vorschlag; einen Moment, ich bin gleich wieder da ...
... daaa bin ich wieder. Gucken Sie mal, ich habe hier so ein schönes Flipchart, und da schreiben wir drei jetzt einfach mal ein bisschen was auf. Und zwar würde ich ganz gerne mal anfangen damit, dass wir gemeinsam Kritik und Ziele formulieren, ja? Also was hat in letzter Zeit vielleicht nicht so gut funktioniert, was kann man verbessern, und was wünscht sich die eine von der anderen. Fangen wir doch vielleicht mal mit der Älteren an, der Mutter. Was würden Sie sich denn von Ihrer Tochter wünschen?«

»Also ich würde gerne mal wieder eine gemeinsame Dampferfahrt machen.«

»O.k.! O.k.! Das ist doch was! Das ist doch was Konkretes! Ich schreib das hier mal auf die linke Seite: Dammmpfeeeerrrfaaaahrrt. So.

Können Sie sich das vorstellen, Fräulein Schaller, dass Sie mal eine Dampferfahrt mit Ihrer Mutter machen? Das ist ja vielleicht eine schöne Idee? – Hm? Können Sie sich das vorstellen: eine Dampferfahrt?«

Ich sah ihn lange an. »Entschuldigen Sie. Das ist leider Quatsch. Ich – ich gehe.«

»Ach ja? Das sieht dir mal wieder ähnlich, Alice!«

»Alles Gute für dich, Mama.« Ich warf die Tür hinter mir zu und sprang die Treppen runter.

Unten im Foyer stoppte ich an einer offen stehenden, bunt bemalten Holztür, die mit vielen Basteleien behängt war. *Der Psychiatrieshop*. Die Verkäuferin saß hinter einem blau bemalten Holztisch. Ich trat in den Laden, und eine altertümliche Türglocke klingelte.

»Guten Tag«, sagte eine Frau mit freundlicher, heller Stimme. Um sie herum standen Regale voller bunter Dinge. Getöpferte Vasen, Sonnen und Sterne aus Krepppapier, Traumfänger, aus Ton geformte Schälchen und Teller.

»Hallo«, sagte ich knapp, ohne der Dame in die Augen zu blicken, und schluckte. Die freundliche Begrüßung allein war zu viel, dieses sanfte, helle Guten Tag trieb mir die Tränen in die Augen, und ich drehte mein Gesicht zu den Regalen, nahm eine der Vasen in die Hand und tat, als würde ich sie betrachten. Die Vase kühlte angenehm meine Handinnenfläche, und ich umschloss sie nun auch mit der anderen Hand. Ganz oben auf dem Regal stand eine selbst gebaute Uhr. Jemand hatte in ein einfaches, unbearbeitetes Stück Holz Zahlen eingebrannt, jede Zahl mit einem anderen Abstand und in einer anderen Art. Die Eins war schräg geneigt. Die Zwei bestand aus Schnörkeln. Die Zwölf war an der Stelle, wo die Zehn hingehörte. Davor stand ein kleines Klappschild aus Pappe mit der Aufschrift »Sonderpreis: 10 Euro«.

»Warum ist die runtergesetzt?«, fragte ich.

»Die kostet eigentlich zwanzig, aber ich verkaufe sie für zehn. Sie ist leider defekt.«

»Was hat sie denn?«

»Sie geht total nach. Sehen Sie mal, es ist jetzt fast fünfzehn Uhr, und die Uhr ist erst bei elf.«

»Oh. Und wenn man sie stellt?«

»Ja, das mache ich alle paar Tage, aber sie tickt einfach anders als andere Uhren. Viel langsamer. Es braucht circa eine Woche, dann geht sie wieder vier Stunden nach.«

»Dann hat sie sich nach ein paar Wochen ja bei der richtigen Zeit eingependelt. Für einen Moment jedenfalls. Dann geht sie alle paar Wochen einmal kurz richtig.«

»Das könnte ungefähr hinkommen, ja«, sagte die Frau.

»Das ist toll. Ich nehme sie.«

»In Ordnung. Für Sie selbst oder als Geschenk?«

»Für mich selbst. Als Geschenk.«

»Gut, schauen Sie mal, ich habe hier ein richtig schönes Geschenkpapier, mit Flugzeugen und Schiffen drauf.«

»Flugzeuge und Schiffe sind genau das, was ich will. Danke«, sagte ich, und wir lächelten uns an.

Als ich mit meinem Geschenk in den Tag trat, hatten die Wolken sich verzogen. Im Sonnenlicht wirkte der Backsteinbau der Psychiatrie wie eine alte italienische Villa. Ich lief durch die Straßen des Campus bis zur Schranke und winkte dem Pförtner zu.

Es ist eine Krankheit. Eine Krankheit ist es. Und doch, es fällt so schwer, alles, was du tust, mit einer Krankheit zu begründen. Nachsicht zu haben mit einem Menschen, der so oft so klar im Geiste ist, so schlau, so gerissen und kalkulierend, der alle Tricks kennt, die Herzen der Menschen zu öffnen und für sich zu gewinnen, der Ämter zu hintergehen weiß, der selbst die Presse für sich gewinnen kann und es bis auf die Titelseite einer Hauptstadtzeitung schafft; eine Frau, die eine solche Furcht in anderen auslösen kann, dass man Türschlösser auswechselt, Telefonnummern ändert, Pläne schmiedet, das Land für immer zu verlassen – wie soll ich jemandem von mir erzählen, der das nicht kennt: ein Leben, das durch meine Lungen atmen will, meine Hände zum Greifen nimmt und in meiner Angst erst einen Sieg erringen kann. Eine Frau, die es schafft, dass Menschen ihr gesamtes Leben nach Vermeidung ausrichten, danach, dich zu vermeiden, die Unterlassungsklagen veranlassen, an die du dich nicht hältst, mit einem Strafwert von mehreren Hunderttausend Euro, weil du unerwartet in einem Hauseingang stehen könntest, aus heiterem Himmel in einem Restaurant auftauchst und die halbe Einrichtung zerschlägst, da du dir ganz sicher bist, dass du ein *Anrecht* hast auf bestimmte Menschen, ein *Anrecht* auf bestimmte Güter, auf eine Aufmerksamkeit, die du dir jetzt, in diesem Moment, nehmen wirst, mit harter Hand, koste es, was es wolle; weil es dir *zusteht,* so sagt es dir dein *Zustand;* zusteht, dass du plötzlich an einem Flughafen auftauchst, an einem Urlaubsort am Nebentisch sitzt, in einem nie zuvor gesehenen Mantel, in nie zuvor gesehenen Schuhen, dort nebenan in der Sonne sitzt und uns ansiehst – du hast einen solchen Verschleiß an guten Geistern; ja, die hat sich wirklich verirrt: Die ihre Engel mit Füßen tritt. Und immer, immer fragte ich mich, wo denn nun der Übergang ist, die Bruchstelle zwischen Charakter und Krankheit, um selbst einen Unterschied machen zu können. Wo bist du noch schuldfähig, noch fähig zur Verantwortlichkeit. Und jetzt langsam kann ich klarer sehen, kann auch etwas anderes als den Nebel sehen, der mir den Blick all die Jahre so verschleierte, dass ich oft nicht wusste, ob mein Gesicht auch wirklich meines ist. All deine Klagen über mich und meine *Schlechtigkeiten*, wie du es nennst; du, dieselbe Person, die an einem Abend von mir schwärmt mit flirrender Euphorie, mit all den Hachs und Achs und Tolls und Dolls; was für eine *tolle Tochter*, die *du* da in die Welt gesetzt hast; *deine* Tochter, was für eine *außergewöhnliche* Tochter, die nur von einer ganz und gar *außergewöhnlichen* Mutter kommen kann; so stand ich im Hotelzimmer mit dir am Ohr, wartend auf den Auftritt am

Abend, wo das Verschwinden in eine Rolle Rausch und Freude ist, das Spiel mit der Veränderung Erweiterung und Lebendigkeit, wo ich auf eine Bühne trete, in das künstliche, extrahelle Licht der Scheinwerfer, von denen ich mich anstrahlen lasse, wie von drei eckigen Sonnenund der bodenlose Blick der Kamera auf mich gerichtet ist voller Erwartungen, schwarz und fordernd, und ich sehe zurück in diesen Blick, der nichts spürt. Und ich wende mich ab, sehe runter auf mich in den kleinen Monitor am Bühnenrand, der mein Bild zu mir zurückwirft: wie ich da stehe, verkleidet zur völligen Unkenntlichkeit, in einem Kostüm, mit einer Perücke – ist ja Wahnsinn! Wahnsinn!, riefst du, du bist ja wie ein Chamäleon! Da weiß man ja gar nicht mehr, was wirklich DU bist!

Spätestens in der Nacht, wenn sich alles wieder umkehrte, wenn deine glühenden Gedanken sich abgekühlt und verkohlt zu Boden gefallen waren, wenn all die schillernden Bilder von mir sich entfärbt hatten, sie durch die Decke gekracht in deinem leeren Raum hingen – dann kippte es.

Ich war gewappnet.

Für alles, was folgt.

Deine Aufzählungen über meine Vergehen der letzten dreißig Jahre in minutenlangen Monologen als Nachrichten auf meinem Telefon; zwölf, neunzehn, dreiundzwanzig Nachrichten, die gesamte Nacht hindurch, die ich nicht mehr abhören würde, das hatte ich mir geschworen; nicht mehr abhören morgens im Frühstücksraum zwischen den Geschäftsmännern, die in schwarzen Anzügen an weiß gedeckten Tischen saßen – nie wieder, sagte ich mir, niemals mehr sitze ich mit dem Telefon am Ohr vor dem kleinen Napf mit Aprikosenmarmelade, freundlich der jungen Auszubildenden zunickend, die mir Kaffee aus einer Thermoskanne in die Hoteltasse gießt (»Zucker?« »Ja, gern!«), während deine Säure mich so berauscht, ein Gift, das mich zur selben Zeit aufputscht und sediert; ich hatte mir den *Entzug* verordnet, und bin doch immer wieder rückfällig geworden – es war nur ein Knopf, nur ein Klick, und schon hatte ich den Kick.

neun

WARTERAUM 2

Oh, da passiert was! Jemand trällert fröhlich draußen auf dem Gang, trällert und summt – in meiner Tasche klingelt das Telefon. Ich wühle, klappe die Hülle auf: Irmi.

»Ja?«, seiert es dünn aus meiner Kehle.

»Der Keller, der Keller!«, ruft Irmi. »Voller Wasser, alles voller Wasser, und es läuft immer weiter!« Durch die Wände käme es.

»Wo bist du denn?«, ruft sie. »Mann, Mädel, schwing die Hufe und komm her, aber dalli!«

Hinter mir schwingt die Glastür auf:

»Ach, hallo!«, sagt die trällernde Stimme. Eine muntere, geschmeidige Frau mit grauen Haaren, lila Stiefeln und knallrotem Lippenstift lächelt mich an. Sie hält eine Kaffeetasse in der Hand, sieht, dass ich telefoniere, und macht eine Entschuldigungsgeste.

Ich drücke Irmi weg.

»Hallo!«, sage ich und lächle zurück.

»Wer sind Sie denn?«, fragt die Frau freundlich.

»Ich wurde hier eingeladen zu einem Casting.«

»Ach, das ist ja toll! Ich bin Lucia, ich habe hier nebenan ein Studio, da arbeite ich dienstags immer mit den Moderatoren und Nachrichtensprecherinnen. Eigentlich bin ich schon in Rente, aber einmal die Woche macht es mir noch Spaß!« Sie stellt ihre Tasse in den Kaffeeautomaten und drückt auf einen der Knöpfe.

»Und, freuen Sie sich auf das Casting?«, fragt sie.

»Nein. Ich habe meine Aura und meine Stimme verloren. Dabei übe ich, als gäb's keinen Morgen mehr.«

Lucia sieht mich überrascht an.

»Ach tatsächlich? Im Moment klingen Sie ganz frei und präsent!« Der Kaffeeautomat klackt, ihre Tasse ist voll mit dampfendem Kaffee. Ich stutze, schürze die Lippen und blinzle ein paar Mal.

»Ja, jetzt ist sie ganz frei. Komisch. Vor wenigen Sekunden noch war sie wie zerschellt.«

Sie sieht mich kokett an.

»Ich nehme das als Kompliment. Denn Üben hin oder her – die Sprechstimme ist ja ein Beziehungsorgan, und insbesondere manche Frauenstimmen reagieren sehr empfindlich auf ihre Umgebung, auf andere Menschen. Da ist sie eine Art Seismograf. Es ist ratsam, ihrem Urteil zu vertrauen.«

Die Doppeltür öffnet sich.

Eine junge Frau mit Haarbommel auf dem Kopf, Goldrandbrille und grüner Achtziger-Jahre-Trainingsjacke hängt sich zwischen Türrahmen und Türklinke.

»Heeey du, soooorry für den krassen Delay!«

Lucia winkt, sagt ein stummes Toi, toi, toi in die Luft und schleicht sich raus.

Bommel wirft sich in den Sessel neben mir.

»Oh Mann, ey, ich hoffe, du konntest die Zeit irgendwie nutzen! Die Jungs hatten noch so meeega viel zu besprechen«, sie rollt die Augen, »die sind einfach beide hardcore Bayern-München-Fans und kamen irgendwie nicht mehr aus dem Labern raus über das letzte Spiel und was weiß ich, ey. Typen halt, kennste ja. Laberbacken. Aber hey: Jetzt bist du endlich dran, woohoo!« Sie macht eine Begeisterungsgeste wie jemand aus einem amerikanischen Highschool-Film, zieht einen Zettel aus ihrer Gesäßtasche und faltet ihn auf.

»So, pass auf, ich briefe dich mal schnell, das war ja bisher so 'n bisschen Geheimnistuerei, einfach weil wir wollen, dass ihr da nicht ultralange was vorbereitet, sondern auch ganz spontan abliefern könnt. Denn wir wissen nicht, wie hart die Produktionsbedingungen sein werden. Also, pass auf, erst mal zur Info: Wir haben die Rechte bekommen für ein *Re-Remake* von 'ner superbekannten Parodie-Sendung aus den Neunzigern, den Namen darf ich noch nicht verraten – aber ey, ich schwöre dir: Du brüllst, wenn du's hörst! Nur so viel: Streamingdienst, so ziemlich die fetteste Nummer gerade auf dem Markt, und wir glauben halt, dass das Ding uuuultragut laufen wird und richtig fame bekommt; die Leute lieben Imitationen! Und wir wollten mal gucken, wie ihr Schauschis da so reingehen könnt – haste Bock?« –

»Nee.«

Bommel lacht. »Was meinst du damit?«

»Damit meine ich: Nee, hab' keinen Bock.«

Sie knödellacht. »Du bist so witzig, ey! Ich liebe das! Deine Awkwardness. Also pass auf, wir haben dir hier 'n paar Leute rausgesucht, die du bestimmt super draufhast ... – hey, alles cool bei dir? Ist dir kalt, oder willst du erst mal eine rauchen?«

»Ich gehe.«

»Wohin?«

»Das weiß ich noch nicht so genau. Die Sonne kommt gerade raus. Erst mal 'ne Runde im Wald spazieren. Wird es hier ja sicher geben, einen Wald, oder? Dann ein paar Jahre ausruhen und in die Bäume gucken. Und dann – sehen wir weiter.«

»Okaaay – äh ... dann warten wir aber noch auf die Jungs, dann kannst du das mit denen abklären. Wir haben dir ja extra einen Timeslot reserviert und das Flugticket bezahlt und so.«

Während ich den langen Flur in Richtung Ausgang laufe, höre ich Lucia aus einem der Räume trällern.

RAMSCHSCHLEUDERN

Das Wasser steht mir bis zu den Knöcheln. Der Dreck eines ganzen Jahrhunderts wird aus den Ecken geschwemmt, aus alten Teppichen steigt Fäule auf. Irmi steht auf der Treppe, hält sich die Nase zu und reicht mir die Wasserpumpe runter. Es klänge, als watschele eine Ente durch den Keller, sagt sie. Von draußen sind Männerstimmen zu hören, Leute von den Wasserwerken stampfen um das Haus und heben im vorderen Garten die Erde aus. Der Sauger gluckert wie ein riesiges, saufendes Monster. Ich schalte ihn wieder aus und sehe hoch zu Irmi, die zu mir runterguckt.

»Es geht nicht mehr«, sage ich. »Ich kann das Haus nicht mehr halten.«

»Tja. Musste dir vielleicht mal einen anständigen Beruf suchen.«

»Du meinst einen, bei dem ich dann so werde wie du?«

»Künstlerin – oh, oh. Wozu hast du denn Abitur gemacht! Hat dir alles dein Vater finanziert!«

»Jedenfalls nicht, um einer Frau, die mich nicht mal leiden kann, noch ein paar Jahrzehnte weiter ihren Lebensstandard zu finanzieren.«

»Du wirst mich auszahlen müssen, und das wird dich teuer kommen, Mädel.«

»Dann zahle ich eben, wenn es das ist, was dich glücklich macht. Aber wenn du mit mir noch irgendwas verhandeln willst, gewöhnst du dir eine andere Ausdrucksweise an. Dazu gehören: ›Bitte‹, ›danke‹ und eine Ansprache mit meinem Vornamen.«

Sie sieht eine Weile auf mich runter. Ich streife mir die Gummihandschuhe ab und steige dir Treppen hoch.

»Kann ich bitte vorbei?« Irmi nimmt eine Hand vom Treppengeländer und tritt zur Seite.

»Haste mal wieder deine fünf Minuten, Alice?«, ruft sie mir hinterher, während ich zur Kammer gehe, um Lappen zu holen.

»Ja, glaube schon!«, rufe ich zurück.

»Vielleicht werden es diesmal sogar zehn Minuten. Vielleicht geht es aber auch gar nicht mehr vorbei!«

Im Flur stellt sie sich vor mich:

»Benimmst dich mal wieder wie deine irre Mutter, Alice.«

»Vielen Dank, das nehm' ich als Kompliment. Wobei ich mich frage, wie du darauf kommst. Du kennst meine Mutter doch gar nicht. Und wer hier alles irre ist, darüber wollen wir mal lieber nicht diskutieren.«

»Dein armer Vater. Hat all sein Geld verloren, nur deinetwegen. Alles für *nichts* und *wieder nichts*.«

»Ich will doch sehr bitten.«

»Konnte nicht mehr in den Urlaub fahren und gar nichts. Nur wegen dem ganzen Sorgerechtskrieg um dich. Und nun willst du sein Vermächtnis verkaufen, das ist ja wirklich ein Ding! Na ja, andererseits: Was will jemand wie du mit einem Haus, eine Frau, die nicht mal Kinder hat. Willst eben keine Verantwortung übernehmen.«

Ich lache und ziehe mir die Gummihandschuhe wieder an.

»Lass mich durch, damit ich weiter den Dreck wegmachen kann.«

Unzählige Male fahre ich zum Recyclinghof, Freunde helfen mir mit ihren Anhängern und Körperkräften, und meine Wegwerfbewegungen werden immer schleudernder, immer seufzender und ächzender, und ich lasse ihnen ungebremst den Lauf, was Blicke einiger Vorstädter auf mich zieht. Schwerste Tüten, Taschen und Kisten schleppe ich in meinem alten, abgetragenen Trägerkleid vom offen stehenden Kofferraum durch die Hitze des Sommers und schleudere sie mit Hochgenuss in die Container. Ein Arbeiter in Warnweste nickt mir bei jedem Ächzen anerkennend zu. Und nach jedem Wegschleudern falte ich die Hände vor meiner Brust und sage kurz: Danke. Selbst bei einer alten Klobürste bedanke ich mich für alle Dienste (»Ey du! Klobürsten gehören nicht in den Sperrmüll! Das ist Hausmüll und kostet extra!«) Auch die Kuscheltiere gehen mir plötzlich auf die Nerven, wie sie mich angucken mit ihrer hilflosen, knopfäugigen Niedlichkeit. Da werden sie nun zermalmt, und die ungeduldigen Blicke der Vorstädter bringen mich dazu, mir nur noch mehr Zeit zu lassen für meine Abschiedsandacht. Diese Menschen, die alles haben und denen es nie schnell genug gehen kann, die es nicht aushalten, eine Minute in einer Reihe anzustehen, die nervenverloren aus ihren glänzenden, hochgerüsteten Rollkäfigen rauskeifen, die sie vom Leben abschirmen sollen, mit Stresspusteln im Gesicht, wenn die Dinge nicht nach ihren Vorstellungen laufen, und jetzt erscheint mir die Vorstadthölle selbst als die Brutstätte des Wahnsinns, als Verlagerung von Gallsee an den Rand von Berlin. All die Vorgartenzombies, die mitten am Tag mit glasigen Augen auf ihrer weiß gekiesten Einfahrt vor den Automatikzäunen stehen und niemanden kennen wollen; die alten Damen, die misstrauisch aus ihren Fenstern schielen, als fühlten sie sich von bösen Geistern verfolgt, und blickt man zurück, schnell die Vorhänge dazwischenreißen; die alten Männer mit Föhnfrisuren, die kleinen Mädchen auf Kindergeburtstagen Eiswürfel in den Badeanzug stecken; diese Prinzipenverblödeten und Bodenständigkeitsbornierten mit ihren Grillsprüchen und Saufwitzen und Feierabendbierchen, mit ihren verklemmten Sexwitzchen, ihren Sicherheitssystemstörungen und Gartenkameras (»wegen der Wildschweine!«) – ich will sie alle an den Füßen nehmen und wie verstaubte Fußmatten gegen die Raster knallen, damit sich endlich mal ein Schrei lösen kann aus ihren weggedrückten Existenzen. Auf all das hier kann ein Mensch, der noch nicht komplett abgestorben ist, nur mit Wahnsinn antworten, und die Vorstellung bereitet mir großes Vergnügen, nur eine Einzige könnte denken, ich Irregewordene bekäme hier inmitten von Schrott und Sperrmüll gerade den Orgasmus meines Lebens.

Und mit jedem Schleudern werden Lebenskräfte wach in mir, die ich meinte, längst verloren zu haben. Endlich alles lösen aus der jahrzehntelangen Starre, Räume leeren und Fenster aufreißen, die noch niemals aufgerissen worden waren, Luft und Licht hereinlassen an all die verschütteten Orte.

DAS GUTE LEBEN

Neun Kilometer lebst du von mir entfernt, und seit vier Jahren haben wir uns nicht gesehen. Es ist Nacht, es ist Sommer, ich sitze am Schreibtisch vor dem Fenster und trage das hellblaue Kleid, das du mir aus Syrien mitgebracht hast. An meinem Hals hängt an einer Kette die kleine Uhr, die du früher getragen hast. Alle Fotos von dir habe ich in einer Schublade verstaut. Abends zünde ich manchmal eine Kerze an für dich, sehe über die Dächer der Stadt, in die beleuchteten Fenster – du bist ein Mensch von Milliarden von Menschen, sage ich mir, eine Leidende unter vielen Leidenden, deren Tochter zufällig ich bin. »Warum hast du ein Kind gewollt«, fragte ich dich einmal am Telefon. »Ich habe jemanden gewollt, der immer an meiner Seite ist«, sagtest du. »Dein Vater war viel auf Reisen, ich allein zu Haus, wir hatten Eheprobleme, ich war einsam.« »Und weil du das einmal entschieden hast, aus einem schlechten Moment heraus, soll dieses Kind nun für dein gesamtes Lebensglück und -gelingen verantwortlich sein«, fragte ich. »Was? Was redest du denn da für einen Quatsch: Nur weil es mir *mal* nicht gut geht?«

Wenige Monate nach dem Kontaktabbruch kamen mir nach und nach schöne Erlebnisse mit dir in den Sinn, und all deine guten Eigenschaften fielen mir wieder ein; Erinnerungen wie scheue Tiere, die sich lange Zeit verkrochen hatten wegen allzu viel Lärm. »Man muss immer an Wunder glauben«, sagtest du, »an Wunder und an Gott«, und zeigtest mir einen Brief von der Bank, und ich konnte nicht glauben, was ich da las, und ging die Zeilen wieder und wieder durch. Sie erließen dir 15 000 Euro

Schulden. Es war eine große deutsche Bank, und der Brief bestand nur aus einem Dreizeiler.

Auch ich habe dir einen Brief geschrieben. Du hast den Brief ungelesen zerrissen, schriebst du mir.

Auf einem Spaziergang lief ich nachmittags mit Charlotte an deiner Wohnung vorbei. »Mach mir mal die Räuberleiter«, sagte ich, als wir an der Laterne vor deinem Fenster standen. Sie faltete ihre Hände und ließ mich mit dem Fuß auf die geöffneten Hände steigen. Ich hielt mich an der Laterne fest, reckte den Kopf, um etwas zu erkennen. Und tatsächlich: Da warst du. Du liefst schleppend und traurig im Nachthemd an einem Fenster entlang, und sofort hätte ich explodieren können vor Traurigkeit. »Runter, runter, ich will wieder auf den Boden«, sagte ich, und wir liefen weiter, aber dem Gespräch konnte ich nicht mehr folgen. Ich stolperte über eine Unebenheit in der Straße, vergaß die Uhrzeit und abends stieß ich mir die Schulter an einem Türrahmen, durch den ich schon viele Male gegangen war.

Heute mache ich einen weiten Bogen um deine Wohngegend. Du versuchst es weiter mit allen Mitteln, tust fast all das, was in meiner Selbstwarnung steht. Bei einem guten Freund, der Arzt ist, rufst du tagelang auf der Station an. »Deine Mutter hat mich schon wieder angerufen«, sagte er, »mitten, als ich in einer Behandlung war. Sie lässt sich als Notfall durchstellen. Was für Störungen du wohl hast, wollte sie wissen. Und ob du Anhängerin einer verbrecherischen Sekte bist.« »Und, was hast du gesagt?«, fragte ich. »Ich habe geschrien. ›NEIN, Frau Schaller. Nein! Nein! Nein!‹ Und aufgelegt.« Er lehnte sich zurück, sah mich eine Weile an und ließ einen Kugelschreiber zwischen seinen Fingern schwingen. »Weißt du, was deine größte Stärke ist, Alice?«, fragte er mich. Ich sah ihn an. »Dass du mit den ganz harten Fällen umzugehen weißt. Und weißt du, was dein allergrößtes Problem im Leben ist?« »Jetzt bin ich aber gespannt«, sagte ich. »Dass du mit den ganz harten Fällen umzugehen weißt.«

Und obwohl so vieles fort ist, ist von anderem mehr da als in Zeiten, in denen noch mehr da war, und selbst das Jungsein ist zurück. Da sind die Freunde, neue und alte, Dazugewonnene und Zurückgeholte, da ist das Café, in dem täglich wir selben zusammenkommen; Künstler, Kinder und Rentner um einen großen Tisch herum, und kommt einer nicht, fragen die anderen: wo bist du denn, was hast du denn? Da ist die Katze, da ist die Kastanie, da sind die, mit denen ich schweigen kann, bis die Worte kommen.

Und das ist ein erfülltes Leben: Gestalten, sich immer neu erfinden und verbinden mit allem, was da ist. Eine Arbeit mit Begeisterung und Hingabe tun, der Stille lauschen an jedem neuen Morgen. In Berührung kommen beim Gemüseschneiden, beim Abwaschen, Duschen, Räumen, Gehen. Die Musik aufdrehen und die Dinge sein lassen. Die Eichelhäher in der Kastanie. Der Geruch frisch gewaschener Wäsche. Der Kassiererin in die Augen sehen.

Und das ist zuhause: Gemeinschaft, Nachbarschaft, Gleichmäßigkeit. Zur selben Zeit essen, schlafen, aufstehen. Dieselben Menschen treffen, an dieselben Orte gehen.

Und während in New York die Bahnstationen voll Wasser laufen und im Libanon ein Stück Land wegschwimmt, verliere ich dich langsam aus dem Blick. Nur manchmal, mitten am Tag, bleibe ich stehen, inmitten einer Fahrbahn, auf einer Kreuzung und falle in einen kurzen Traum außerhalb der Zeit: Was habe ich getan? Was ist denn nur passiert? Alles ist mir entfallen – kann ich nicht einfach klingeln bei dir, und dann komme ich rein, helfe dir in die Schuhe, hol dir deine Tasche, reiche dir meinen Arm, und dann gehen wir und setzen uns ans Wasser unter einen Apfelbaum, und sagen »Weißt du noch«, und erzählen uns über die Zeit in Amerika und die langen Autofahrten, über den Bungalow in Holland, die Mühlen und die Tulpenfelder. Wir beschreiben einander die vielen Wohnungen, in denen wir gelebt, die vielen Menschen, die wir kennengelernt und wieder vergessen haben, und du erzählst mir, wie mein Großvater in Wirklichkeit war, worüber er sich gefreut, woran er gelitten hat, erzählst mir von deinen Freuden, deinen Ängsten und Zweifeln, deinen in Erfüllung gegangenen und Traum gebliebenen Träumen, und wie das Leben war, als du in meinem Alter warst. Und ich erzähle dir davon, wie deine ungelebten Leben in meinem gewütet haben. Und wie es ist, Angst mit Liebe zu verwechseln und Freundlichkeit mit Bösartigkeit. Und dann nimmst du meine Hand und sagst: Es tut mir leid.

Und immer sind es diese Tage, an denen ich eine Nachricht bekomme von dir, einen Anruf aus einem Krankenhaus oder von einer unbekannten Nummer. Eine Haushaltshilfe von dir schreibt: »Liebe Alice, wir kennen uns nicht, aber ich schreibe Ihnen, weil es Ihrer armen Mutter sehr schlecht geht. Wahrscheinlich ist es die letzte Möglichkeit für einen Abschied. Wollen Sie ihr noch einmal Auf Wiedersehen sagen?«

Und wieder denke ich: *Diesmal.*

Was atme ich auf, wenn Wochen später endlich wieder eine Mail von dir aufploppt:

12:03
Hallo Alice, warum meldest du dich nicht. Willst du, dass ich deinetwegen ständig krank bin und Depressionen habe? Du hast einmal gesagt, du würdest mich lieben. Davon bekomme ich leider nichts mit. Du bist gebildet genug, um zu wissen, dass das Misshandlung ist, was du mit mir machst. Ich teile dir mit, dass ich dich leider werde anzeigen müssen wegen unterlassener Hilfeleistung. Übrigens: Wenn ich in ein Heim komme, und das wird sicherlich passieren, wenn du mir weiterhin den Kontakt verwehrst, wirst du dafür zahlen müssen. Und so ein Heim ist teuer, Alice!
Zudem will ich dich wissen lassen, dass ich den Fall der Kindesentführung von 1986 neu aufrollen werde. Ich habe mich zusammengetan mit einem gewissen Herrn Reuter aus

dem Internet, auch ihm ist Ähnliches widerfahren wie mir. Heute Morgen habe ich die ersten Schritte eingeleitet: Ich rief bei der Polizei an. Die Dame war ganz erschüttert von meiner Erzählung und sagte: Das ist ja wirklich ein schlimmes Verbrechen, gab aber auch zu bedenken, dass der Fall wohl mittlerweile verjährt ist.
Soeben habe ich bei deinem damaligen Entführer Doktor Schlotter selbst angerufen. Aus irgendeinem Grund hat er sofort wieder aufgelegt. Ich habe es dann wieder versucht, aber jetzt ist immer besetzt, vielleicht ein technisches Problem. Ich werde nicht aufgeben.

12:34
Warum willst du mich umbringen?
Mama

– bin ich erleichtert!

DANKSAGUNG

Vielen Dank an meinen Lektor Olaf, der mir nach zwanzig Seiten erklären konnte, was ich eigentlich erzählen will, und der sich mit so viel Hingabe der Sache gewidmet hat.

Dankeschön an die Verlegerin Felicitas von Lovenberg!

An K. Baumann, an Vio und an Usha.

An Willibald Bienenstich für regelmäßigen Austausch, Wiederaufbaumaßnahmen und literarische Anregungen. An Katja für ständiges Mitdenken, Einordnen, Ermutigen. An Seraina Nykios für ihren tollen Humor und die Zusammenarbeit an *Schäm dich* (gucken Sie unbedingt Serainas Filme *Havarie Petite* und *Route B96* an!) An Lennart Loss für seinen besonderen Blick auf Komik und die Zusammenarbeit an »Burn-out« (kaufen Sie unbedingt sein Buch *Und andere Formen menschlichen Versagens*!). An Julian Klein für die Zusammenarbeit an *Idem*. An das Café F. und seine Bewohner. An die Roger Willemsen Stiftung und das MARE-Haus, ans »Ledig-House« New York. An J. Schaaf, ohne die all das nie zustande gekommen wäre. An Nancy. An den apk-berlin. An die Migränespritze. An Andrea, Marcella und Julian für Verpflegung, mitdenken, mich aushalten und gemeinsames Tanzen in der Küche. An Lotte für tolle Buchtipps, Inspiration und Austausch. An Mausepüppi, an Tine, Patty und die kurze Lunte aus Heidelberg. Und natürlich an mein Herzchen Freund Lampe (Alex).